26

刘大白研究资料

LIUDABAI · YANJIUZILIAO

萧斌如 编

中国社会科学院
文学研究所 总纂

中国文学史资料全编

现代卷

知识产权出版社

内容提要：

刘大白，原名金庆棪，中国现代诗人。本书分生平和文学活动，著作自述，著作研究、评论文章选辑，著作系年、书目，研究、评论文章目录索引等五个部分，全面收集了关于刘大白的研究资料。

责任编辑： 马 岳　　**装帧设计：** 段维东

图书在版编目（CIP）数据

刘大白研究资料/萧斌如 编. — 北京：知识产权出版社，2009. 9

（中国文学史资料全编·现代卷）

ISBN 978-7-80247-758-2

Ⅰ. 刘… Ⅱ. 萧… Ⅲ. ①刘大白（1880~1932）—人物研究 ②刘大白（1880~1932）—文学研究 Ⅳ. K825.6 I206.6

中国版本图书馆 CIP 数据核字（2009）第 161348 号

中国文学史资料全编·现代卷

刘大白研究资料

萧斌如 编

出版发行：知识产权出版社

社 址：北京市海淀区马甸南村 1 号　　邮 编：100088

网 址：http: // www. ipph. cn　　邮 箱：bjb@cnipr.com

发行电话：010-82000860 转 8101/8102　　传 真：010-82005070/82000893

责编电话：010-82000860 转 8171　　责编邮箱：mayue@cnipr. com

印 刷：北京市兴怀印刷厂　　经 销：新华书店及相关销售网点

开 本：720mm×960mm 1/16　　印 张：29.25

版 次：2010 年 1 月第一版　　印 次：2010 年 1 月第一次印刷

字 数：430 千字　　定 价：60.00 元

ISBN 978-7-80247-758-2/I · 101（2606）

汇纂工作小组

名单

（按姓氏笔画排列）

王润贵　刘跃进　刘福春　严　平

张大明　杨　义　欧　剑　段红梅

编辑说明

中国社会科学院文学研究所向来重视文学史料的系统整理与深入研究，建所50多年来，组织编纂了很多资料丛书，包括《古本戏曲丛刊》、《古本小说丛刊》、《中国现代文学史资料汇编》、《近代文学史料汇编》、《当代文学史料汇编》以及《文艺理论译丛》、《现代文艺理论译丛》、《古典文艺理论译丛》等。其中，介绍国外文艺理论的3套丛书，已经汇编为《文学研究所学术汇刊》9种30册，交由知识产权出版社出版。该书出版后，国内一些重要媒体刊发评介文章，给予充分肯定。为满足学术研究的需要，2007年初，中国社会科学院文学研究所与知识产权出版社商定继续合作，编辑出版《中国文学史资料全编》，将以往出版的史料著作汇为一编，统一装帧，集中出版。

这里推出的《中国文学史资料全编·现代卷》就是其中的一种。本卷主要以《中国现代文学史资料汇编》为基础而又有所扩展。《中国现代文学史资料汇编》的编纂工作启动于1979年，稍后列入国家第六个五年计划社科重点项目。该编分为《中国现代文学运动、论争、社团资料丛书》、《中国现代作家作品研究资料丛书》、《中国现代文学书刊资料丛书》即甲乙丙3种，总主编陈荒煤，副主编许觉民、马良春，编委有丁景唐、马良春、王景山、王瑶、方铭、许觉民、刘增杰、孙中田、孙玉石、沈承宽、芮和师、张大明、张晓翠、杨占陞、陈荒煤、唐弢、贾植芳、徐迺翔、常君实、鄂基瑞、薛绥之、魏绍昌，具体组织主要由徐迺翔、张大明负责。此项目计划出书约200种。至20世纪末，前后20多年间，这套书由数家出版社陆陆续续出版了80余种，还有数十种虽然已经编就，由于种种原因，迄今尚未出版。“现代卷”包括上述已经出版的图书和若干种当时已经编好而尚未出版的图书。

这项工作得到了中国社会科学院文学研究所和知识产权出版社的高度重视，为此成立了汇纂工作小组。杨义、刘跃进、严平、张大明、刘福春等具体负责学术协调工作，于2007年11月，向著作权人发出《征求〈中国文学史资料全编·现代卷〉版权的一封信》，很快得到了绝大多数编者的授权，使这项工作得以如期顺利开展。为此，我们向原书的编者表示由衷的谢意。为尽快将这套书推向社会，满足学界和社会的急需，除原版少量排印错误外，此次重印一律不作任何修改，保留原书原貌，待全部出齐，视市场情况出版修订本。为此，我们也诚挚地希望广大读者能给予充分谅解。

《中国文学史资料全编·现代卷》出版后，我们将尽快启动“古代卷”、“近代卷”和“当代卷”的编纂工作，希望能继续得到专家学者的大力支持和热心参与。

现代卷汇纂工作组

目　录

生平和文学活动

著作自述

著作研究、评论文章选辑

著作系年、书目

研究、评论文章目录索引

生平和文学活动

刘大白传略

萧斌如

刘大白于1880年10月2日（清光绪六年庚辰八月二十八日）出生在浙江会稽县（现绍兴）平水镇一个读书人的家庭。平水镇距绍兴县城四十里，是一个山明水秀之乡，世界闻名的产茶地。

刘大白原名金庆棪，字伯贞，号清斋。三岁起，由祖父教读。六岁时就读于孙吘堂先生，九岁开始学做诗。后从陈莲远师（名畴，旧会稽县学廪贡生）学习制艺试帖律赋。他勤学苦读，曾膺拔贡。成年后，任绍兴师范学堂及山会小学堂教员，课余研究数学，考释算学名词，著有《未见书室算稿》数种（未刊行）。

1910年（清宣统二年）初春，大白告别家乡，赴北京谋职，与任瘦红同住山会邑馆，畅游名胜古迹。一次同友人吴琛饮于酒楼，吴在酒酣之际，对大白细述将继汪精卫、黄复生之后，暗杀某亲贵的计划，大白乘着酒兴即作诗一首《我有匕首行》题在壁上，署名刘大白。从此即改用此名。

同年9月，从海道南归。次年，与王世裕（子余）合编《绍兴公报》，并与任瘦红同在《绍兴公报》社共事一年余。在这期间，发表了不少时评文章，如《北京兵变感言》、《津乱危言》等，均署名大白。当时住绍兴月牙池头，门上写着“白屋刘寓”。

1913年赣宁讨袁战役失败，因《绍兴公报》主张浙江独立讨袁，被查封（后改为《禹域新闻》，由任瘦红负责主编）。大白因在该报发表过不少反对袁世凯的诗文，为避免迫害，东渡日本考察。在东京与沈玄庐（定一）初次相识。

1914年在日本东京期间，曾加入“同盟会”。次年2月，因反对袁世凯接受日本的“二十一条”，受日本警视厅监视、压迫，乃离日转赴南洋，到新加坡、苏门答腊一带，受当地华侨学校之聘，教授国文一年多。

1916年6月袁世凯称帝失败身亡，大白从南洋回国，留居杭州，住皮市巷三号，门上题写“白屋”。旋即出任浙江省议会秘书长（议长为沈玄庐），并任《杭州报》编辑。

1918年，浙江省立第一师范学校校长经亨颐为提倡新文化，邀请刘大白为国文教员。第二年经亨颐当选为浙江省教育会会长，请刘大白兼任该会总干事。

五四运动爆发，浙江省立第一师范学校成为东南各省新文化运动的中心。大白与陈望道、夏丏尊、沈仲九等爱国进步教师，在经校长积极带领下与全校师生一起上街宣传，游行示威，振臂高呼“外抗强权，内除国贼”等口号，激励了全市各界民众，推动了全省的运动。当时杭州报刊上称他们（经、刘、陈、夏）为“五四浙江四杰”，同时又称刘、夏、沈、陈为浙江省立第一师范学校的“四大金刚”。

1920年2月，浙江省反动当局为阻挠新文化运动，反对教育革新，强行更换校长经亨颐，还要解除刘大白、陈望道、夏丏尊、沈仲九四位进步教师的职务，激起全校师生的强烈反对，爆发了全国闻名的“留经运动”。这次学潮持续了一个多月，经校长未能留下，大白等也相继辞去教职。

1921年4月至1924年初，大白往返于杭州、萧山、绍兴等地，先后在宗文、安定、春晖等中学任教。当时他还是上海《民国日报》社社员，在副刊《觉悟》上发表新诗，并经常撰文提倡新文化和倡言妇女解放，文笔辛辣。他提出“竖起脊骨做人”的口号，表示了强烈的战斗精神。

1922年筹办《责任》周刊，社址设在杭州皮市巷三号大白寓所。该刊是五四运动以来在杭州出现的比较进步的刊物，共出15期。大白几乎每期写评论、杂文和论旧诗的文章。

1923年10月14日新南社成立于上海，柳亚子为社长。次年，大白加入新南社，同年并加入“文学研究会”上海分会。

1924年3月，大白的第一部诗集《旧梦》由上海商务印书馆出版，列入《文学研究会丛书》之一。后来经过改编，分成（一）《丁宁》、（二）《再造》、（三）《秋之泪》、（四）《卖布谣》。这些都是大白在1919年至1922年新诗创作全盛时期的作品，具有反帝反封建的现实意义，而且是我国第一批反映农民疾苦的新诗。

同年由杭州到上海，任复旦大学中国文学系主任兼实验中学主任。为《复旦周刊》专辟的“谈话栏”撰写文章，提倡白话文，攻击文言文。他称白话文为“人话文”，文言文为“鬼话文”，在校内外有一定反响。这些文稿以后结集在《白屋文话》一书中。其间还担任了上海大学中国文学史教职、中国国民党上海政治分会教育委员会公职，并继续为《觉悟》撰写杂感和新诗。

1925年10月大白在复旦大学任教期间，与徐蔚南、陈望道等负责编辑《黎明》周刊。该刊自创办至结束共出52期，大白几乎每期都有文章发表。以后结集的《白屋说诗》、《旧诗新话》和《中国文字学》、《中国文学史》等著作，均先后完稿于这个时期。

1926年3月，上海大学改选行政委员时，大白、陈望道、侯绍裘、施存统、杨贤江等被选为委员。1927年7月，上海大学被国民党反动派查封后，大白就脱离了上海大学，专任复旦教职。

同年12月，《旧梦》以后的一部分诗作结集为《邮吻》，由上海开明书店出版。

1927年蒋梦麟自美归国，二人结为好友。1928年1月蒋梦麟任浙江省教育厅厅长，大白应蒋氏的邀请，辞去复旦职务，回浙江任教育厅秘书、浙江大学秘书长，从此弃教从政。第二年浙江省政府开“西湖博览会”，大白任教育馆筹备会主任兼馆长。

1929年10月去南京任教育部常任次长（后改为政务次长）。第二年曾代理教育部部务两个月。同年12月，因教育部长蒋梦麟辞职，大白也辞职回乡。

刘大白弃教从政期间，负责主编《世界初中活叶文选》，由朱剑芒、陈霭麓编辑，共出摹状文等8种50册，并着重于早期新诗、诗论集和文学著作的整理出版。1928年至1929年间先后由上海商务、开明、世界等书局出版了《旧诗新话》、《白屋文话》、《白屋说诗》等诗话集，以及《五十世纪中国历年表》等专著。

1931年间，他曾一度担任中央政治会议教育组特务秘书，并连续在《世界杂志》上发表了《故事的坛子》、《白屋联语》等篇章。因肺病复发，曾往返于杭沪两地求医治病。7月，自知病情严重，写下遗嘱诗5首，表示死后将遗体内的心肺取出供医学上研究之用，尸身投于钱塘江，以“乘长风破万里浪”作“一次最末的旅行”。

次年2月12日，大白自觉身体不适，即安排后事，嘱其妹治丧要简单，并将所藏图书送给国家图书馆。

1932年2月13日（农历正月初六）上午，刘大白病逝于杭州钱塘路九号寓所，享年53岁。

刘大白生平与文学活动年表
（1880—1932）

萧斌如

1880年 1岁

10月2日（农历八月二十八日）生于浙江省绍兴县平水镇一个读书人的家庭。原名金庆棪，字伯贞，号清斋。

1882年 3岁

由祖父教读。

1885年 6岁

受业于孙昕堂先生（字五麟，又称孙之生先生）。

1888年 9岁

受业于陈莲远先生（名畴，旧会稽县学廪贡生）。学习制艺试帖律赋，并试作旧诗。

1889年 10岁

课余常同表兄李廑父等做拆句对（神仙对），为大家所称赞。还私自阅读《聊斋志异》、《水浒传》等。

1895年　　16岁

赴杭州应考，得过优贡生，曾膺拔贡。于入京谒选时，因丧父，遂罢。"以举业素非所愿，自此即弃绝功名"。

1897年　　18岁

任绍兴师范学堂、山会小学教员。课余研究数学，著有《未见书室算稿》数种（未刊行）。

自丙申（1896年）至甲辰（1904年）作有旧诗词近二百首。后择其七十余首汇集在《白屋遗诗》之一《辨云剩稿》，记载其青少年时代的思想、生活和向往。

1900年　　21岁

曾在山阴县（今绍兴）界树村表兄李廑父家中暂住。作有《界树晚望》等诗。

1901年　　22岁

作有《辛丑立秋病中口占》等诗。

1902年　　23岁

秋天，同表兄廑父、显臣等畅游杭州西湖，并在藕香居畅饮，适逢藕花盛开，作有游湖划舟、观景等诗篇，以后收入《白屋遗诗·辨云剩稿》，扉页钤伯贞印章。

1905年　　26岁

在任教之余，作有《乙巳四月寄子炎》、《冬日湖上（宋句）》、《鸦片毒》、《八股祸》等诗三十余首。以后结集在《白屋遗诗·冰庑集》，扉页钤伯贞印章。

1908年　　29岁

结束在故乡的生活。那时适逢袁世凯要做皇帝，"袁氏对他亦有勾引之意，他特作一诗，以表白其志。诗云'摩登伽女工淫术，莫把阿难戒体玷，我本如来最小弟，曾化佛座听楞严。'诗中所说如来，指孙中山，当时是同盟会盟主。"

岁末，作有《爆竹》四绝句，（以爆竹拟人并加以抨击）连同次年所作《三十自勉》等诗20首，结集在《白屋遗诗·剑胆集》，扉页钤刘大白印章。

1910年 31岁

2月，离家乡去北京谋职。往"山会邑馆"，与任瘦红（名乃大，字右之，会稽人）朝夕相处，为二人订交之始。又与友人吴琛（字玉粹，浙江处州人，光复后在浙军任职，死于南京战役）同饮于北京酒楼。吴因细述将继汪、黄之后，暗杀某当朝贵族的计划，刘大白即乘着酒兴作有《我有匕首行》诗一首。并借笔题于壁上，署名刘大白。从此正式改姓刘，取名靖裔，号大白，一署汉胄（"因为姓'刘'所以是中山'靖'王的后'裔'，'汉'字天子华'胄'"）。别名白屋，曾用灵倩、锦心女士等笔名。另有"未见书室"、"畸寄楼"二个室名及一枚"寻常百姓"的印章。凡大白所藏书籍均钤有此印。

9月，因谋职未成，乘"新铭轮"出京，从海道南归。途中作有《海上口占寄瘦红》七律一首，还有思乡、游览、沿途感慨的诗词16篇，如《游陶然亭感赋》、《中秋忽动乡思》、《金缕曲》等，以后结集在《白屋遗诗·北征小草》，扉页钤"寻常百姓"印章。

1911年 32岁

回绍兴后，住月牙池头。屋前书写"白屋刘寓"。

在此期间与王世裕（子余，清末老同盟会会员、光复会会员）合编《绍兴公报》（系民办报刊）。该报"除了诗词之外，评论和新闻等尽量采用白话文"。并与任瘦红同在《绍兴公报》共事一年余。

9月23日写评论《论湖南焦陈二都督为民军所杀事》。

同年作有挽徐伯荪联（浙江绍兴人，在其家乡建有徐公祠）和代友人王子余作挽顾家相联等。

1912年　　33岁

主编《绍兴公报》时，于报上作征对活动，使该报办得较为活跃。并继续写评论，如《丁女士剪发感言》、《敬告各党党员》等多篇，批评时政，宣传妇女解放。

7月17日，作《为两江塘事敬告绍肖两邑富室》。

1913年　　34岁

赣宁讨袁（世凯）战役失败，因《绍兴公报》主张浙江独立讨袁，被查封（后改为《禹城新闻》，由任瘦红负责主编）。大白因发表过讨袁文章及《癸丑初闻南北战事感赋》等诗篇，为避免迫害，东渡日本。

1914年　　35岁

在日本东京期间，曾加入"同盟会"。与沈玄庐（名定一、宗传，字叔言、剑侯，别号玄庐，浙江萧山人）初次相识，作有四首七律相赠。在这段时间里，在东京买得绘叶书一张（就是图画明信片），上面印着修竹两竿，极有风致，即题南歌子一阕《题画竹叶书》，寄上海某女词人。

同时作有旧诗词《眼波》、《樱花》、《富士山》、《归途舟泊长崎醉后登高》等三十余首，后结集在《白屋遗诗·东瀛小草》，扉页钤"寻常百姓"印章。其中《眼波》等六篇，后收入《鲁迅郭沫若刘大白郁达夫四大家诗词钞》。

1915年　　36岁

2月，因在日本同几位志同道合的朋友一起，积极发表反对"二十一条"的言论，受日本警视厅监视，被迫离开东京，转赴南洋，后在新加坡、苏门答腊一带，受当地华侨学校之聘，教授国文。在留居期间作有旧诗词《乙卯长至书怀》、《送曾汉武归国》、《图南》、《自窜南荒倍怀中土偶闻国事不禁怆然》等诗二十余首，后结集在《白屋遗诗·南冥小草》，扉页由沈玄庐题签。

1916年　　37岁

6月，袁世凯称帝失败身亡，大白从南洋回国，定居杭州皮市巷三号，门上题写“白屋”。受聘于《杭州报》，并出任浙江省议会秘书长（沈玄庐任浙江省议会议长）。

同月，为王金发（浙江嵊县人，绍兴光复后，组织“绍兴军政分府”，自称都督，后被袁世凯属下“兴武将军”朱瑞所杀）作挽联：

“生未及见北极新朝，与洪宪皇帝势不两立耳。

死犹得葬西湖片土，问兴武将军有此一坯无。”

还为范仰乔等作过挽联（范任浙江省高等审判厅厅长，曾受袁世凯通缉）。

1917年　　38岁

6月6日，浙江铁路总办汤蛰仙（原名寿潜，又称山阴先生）病故。受人之请，书写挽联“呜呼江潮一路哭，蹉跎人寿十年多”。

夏，移寓孤山广化寺，做诗一首：“鉴湖不住住西湖，十五年来此愿孤。今日孤山容我住，挈妻携子傲林逋。”还作有《西湖水》、《恩仇》等诗，后结集在《白屋遗诗·西泠小草》，扉页钤刘大白印章。

是年蒋梦麟自美归国。刘大白开始和他相识，蒋终生成为大白的好友及得力助手。

1918年　　39岁

仍居杭州，恰逢冯国璋、段祺瑞当国，举行所谓新国会选举。当调查员送“参议院、众议院初选举调查单”入填时，刘大白拒之，而信笔题绝句8首于纸后，加以讽刺。

浙江省立第一师范学校校长经亨颐（字子渊，浙江上虞人）为提倡新文化，积极充实师资力量，邀请刘大白为国文教员。他与同事陈望道等协助经校长大力革新教学。

1919年　　40岁

五四运动前夕，经亨颐当选为浙江省教育会会长，请刘大白兼任该会总干事。

5月4日，北京爆发反帝反封建的爱国运动后，经校长召集一师全校师生开紧急大会，刘大白、陈望道、夏丏尊等爱国进步教师发表激昂慷慨的演说，动员学生立即响应，联合杭州各校同学，投入战斗。经、刘、陈、夏等同学生一道上街宣传，并肩参加示威游行，振臂高呼“外抗强权，内除国贼”等口号，激励了全市各界民众，推动了全省的运动。当时杭州报刊称他们（经、刘、陈、夏）为“五四浙江四杰”。同时又称刘、陈、夏、沈（仲九）等四位进步教员为一师的“四大金刚”。

是月，作有《哭陈烈士伯平》哀悼诗四首。（陈伯平名渊，别字墨峰，浙江会稽人，死于徐锡麟、秋瑾之难。）

6月29日，《星期评论》开始陆续发表大白的第一批新诗《风云》、《盼月》、《思想的监狱》、《应酬》、《救命》、《可怕的历史》、《红色的新年》等，以后结集在《旧梦》。并写有时评《女子解放从那里做起》一文。

6月、8月在《教育潮》发表论文《我的学潮观》、《怎么样叫做教育者的自觉》。

是年，在《浙江青年团月刊》上发表《青年团和世界》、《对于德国青年团的感想》、《青年本位的青年团》和《青年团和德莫克拉西》等评论。

1920年　　41岁

继续在杭州浙江省立第一师范学校任教。

1月1日，作新诗《不住》五首，刊登在《时事新报·学灯》。

是月，作随感录《误尽？苍生？》、《谁产生这些孝子来？》、《出乎意料之外》，载《教育潮》。

2月9日，浙江一师掀起学潮。浙江省反动当局强行更调一师校长经亨颐，并要解除刘大白、陈望道、夏丏尊、沈仲九的教职，激起全校师生的强烈反对，爆发了全国闻名的“留经运动”。

3月25日，学潮进一步激化，军警进驻学校。28日，杭州学生联合会去教育厅、省公署请愿，遭反动军警血腥镇压，发生流血惨剧。29日，蔡谷卿前来调停，答应学生部分要求：即刻撤退军警，定期开学。原有教职员复职，校长另行选聘。

4月，浙江一师风潮结束。经校长并不曾留住，刘大白等“四大金刚”也辞去了教职。

6月3日，由杭州回绍兴在曹娥道中作诗《舟行晚霁所见》。6日，反映农民、小手工业者在帝国主义经济侵略下趋于破产的《卖布谣》在《星期评论》登载，大白被誉为自“五四”以来我国用新诗形式写出农民疾苦的第一个诗人。

6月29日，在杭州为“留经运动”的纪念集《浙潮第一声》作序。

是月，在《民国日报·觉悟》发表新诗：《这沉吟！为甚？》、《双瞳》、《爱！怕！》、《寄大悲》、《月夜》、《真的我？》等。

7月，作新诗《对镜》、《一颗月》。

8月，写诗《立秋日病里口占》、《问西风的话》等。

9月，因病住浙江病院，作有《促织》、《燕子去了》等诗，发表于《民国日报·觉悟》。

10月，继续住浙江病院。

2日，对于陈望道的《文字漫谈》的“可”字条进行讨论，写有《“可”字底分析》。

是月，还作诗论《闽风篇》、《樵夫哭娘》、《当窗织》等旧诗新话。并作诗《爱》、《心印》、《丁宁》、《秋深了！》、《病院里雨后看吴山》等。

11月，作诗《一座大山》、《黄昏》、《二个老鼠抬了一个梦》等。

12月，代人作贺新婚诗《姻缘——爱》一首。

1921年　　　　42岁

1月初，由杭到沪，在沪期间作有抨击时事的杂文：《有钱总是不够的》、《自治底新解释》、《梁启超与毛奇龄、袁枚》、《官僚界底教育及普及》等随感录十七篇。同月还做诗《夜坐忆故乡老梅》、《寂寞》(1—4)、《春风吹鬓影》、《读胡适之先生底醉与爱》等12篇，都刊登在《民国日报·觉悟》上。

2月5日，由沪返杭，继续写随感录《中国底复辟者底眼光》、《学校里的奴隶和贵族》、《有尊卑之分的平等》、《要问问那些贺张勋的》等34篇，以及诗《车中人语》、《收成好》、《田主来》等14篇，都刊登在当月的《民国日报·觉悟》上。以后结集在《旧梦》、《卖布谣》等诗集里。

3月12日，为《戏剧》杂志创刊写诗《祝〈戏剧〉出世》。

17日，《“双声叠韵”和“句里用韵”问题底往事从提》发表于《民国日报·觉悟》。

25日，作《答胡怀琛先生关于“双声叠韵”和“句里用韵”问题》。

29日，写《浙江第一师范学校底去年今日》的评论。

是月，写了大量随感录，如《寻短见的学阀》、《坏人底唾骂和恭维》、《祀孔的学生丑》、《读“社会主义与进化论”的注意》等36篇，以及诗《生命底箭》、《春雪》、《春问》、《梦短疑夜长》等14篇，都发表在《民国日报·觉悟》，其中随感录署名汉胄，诗作署名大白。

4月27日，乘船去萧山。

是月，写作的诗有歌颂工人阶级节日和活动的《五一运动歌》、《八点钟歌》、《劳动节歌》和写景的《春意》、《雨里过钱塘江》等9篇。随感录有《现在德国底国家如何？》、《教育普及了怎样？》、《制度底余毒》、《怪不得军阀都想发财》等22篇。

5月3日，回杭州。

17日，写信致泳麟，讨论关于“诗韵问题”。

19日，写评论《读晓风君底“谈韵律”》。

25日，写评论《对于晓风君申说“形式律”的一点意见》。

是月，做诗《再造》、《西渡钱塘江遇雨》、《梦》等5首，随感录11篇，其中有《维持现状的妙论》、《堕落者唯一的路》等，都发表在《民国日报·觉悟》。

6月2日，去萧山。10日，返杭。

本月作有《挂挂红灯》、《渴杀苦》、《布谷》、《割麦插禾》、《脱却布裤》、《驾犁》、《各各作工》等《新禽言》一组。反映农民的悲苦生活。还有《露底一生》、《秘密之夜》、《吊易》等诗21首。以后结集在《旧梦》、《再造》、《卖布谣》等诗集中。

18日，作《一知半解》诗一首。

是月，写随感录《文章署名和文章公有》、《科学家底非科学的方法和态度》、《抑强和扶弱底难易》等24篇。

7月1日，去上海。在沪期间，写随感录《易白沙底三不要》、《婚制底罪恶底一斑》、《关于女性的祷祝》等7篇，载《民国日报·觉悟》，署名汉胄。

4日，写信致双明，即《答关于婚制罪恶感》。

6日，返杭。

是月，作有随感录21篇，如《何况做官》、《一个教育长官的笑话》、《父母底掠夺》、《蝇和政客》、《军阀底财阀化吗？——流氓化吧！》。做诗《月和思想》、《涌金门外》、《自然的微笑》等。另有《割麦过荒》、《泥滑滑》、《著新脱故》等《新禽言》一组。

8月，在杭州，作《聂宪藩居然过激党》、《岳坟底升》、《苏坟底降》、《主张国民大会者底禁阻市民大会》等随感录12篇。还做诗《石下的松实》、《秋意》、《秋扇》、《西湖的山水》等8篇。其中《石下的松实》和《秋扇》第一次署笔名锦心女士，发表在《民国日报·觉悟》妇女评论第1、4期上。以后结集在《旧梦》、《再造》时又改署大白。

下旬，去上海，住白尔路（今西门路）三益里。做诗《邻居的夫妇》、《哀乐》、《月儿又清减了》等。于月底返杭。

9月，作诗《秋夜湖心独出》等3篇，随感录有《学位底赠品化》。

10月10日，发表评论《十年前的今日》。

是月，写随感录《浙议员底"冰清玉洁"》、《研究室与监狱》等五篇，以及诗《国庆》、《将来的人生》等。

11月，写随感录《张东荪与吴佩孚》、《张东荪罪孽深重不自陨灭祸延教师》和诗《明知》、《湖滨之夜》等。

12月29日，为孝丰县高小校毕业生俞锦堂、周其庠代作《祝母校新校舍落成》一文。本月还作诗《地图》、《黄金》和随感录《乖呀——张东荪式缄默》、《这大概也算是恕（？）吧！》等。

是年，刘大白喊出"竖起脊骨做人"的口号。他说："人们自从从横着脊骨的东西进化以来，竖起脊骨做人，不知若干万年了，但精神上总被超人的非人的种种东西压迫着，没有竖起脊骨做过人，所以

我愿在世界上一切人们面前，大喊一声，从今以后，竖起脊骨做人。”（《鲁迅郭沫若刘大白郁达夫四大家诗词钞》序）

1922年　　43岁

10月1日，作评论《中国人为什么缺乏组织能力》。

13日，作诗《愚》（5—8首）。第1—4首由沈玄庐作。

16日，写随感录《乡村人底愚笨》。

下旬，去萧山。

本月，作诗《雪门槛》、《雪后隔江山》、《旦晚》、《压岁钱》、《春底消息》和《旧梦》（1—34首）等。

2月，在萧山继续写诗《旧梦》（35—101首）、《热》、《春雨》、《梦底交通》和《每饭不忘》等。

15日，《民国日报·觉悟》发表该社社友名单，其中有沈雁冰、沈泽民、邵力子、李汉俊、陈望道、夏丏尊、杨之华、沈玄庐、刘大白等。

20日，回杭州。

3月15日，去萧山，次日住白马湖。

是月作诗《一闪》、《小鸟》、《我悔了》、《桃花几瓣》等9首。

4月，作诗《花间》和《别后》。中旬由白马湖回杭。

5月，在杭州作诗《别》、《春尽》、《花间的露珠》、《伊不该给我呵！》、《泪痕（1—141首）》等。

下旬，又去萧山，住白马湖。作有《不要倒霉》、《流萤》、《谢梦中救我的女神》和《想，望》等。

6月1日，在白马湖作情诗《霞底讴歌》。诗中所赞颂的“霞”并非天上的晚霞，而是大白的爱人何芙霞女士，由于二人的志趣不同，后来终于分离了。

7月，继续住白马湖，作诗《冷风钞》（1—6首）和旧诗《夜坐》、《心花》等。

8月10日，在萧山为第一部诗集《旧梦》写卷头自题。

是月，作有《西湖秋泛》、《秋燕》、《斜阳》、《归梦》、《落叶》（1—33首）、《秋之泪》（1—45首）等诗。

9月，作诗《洪水》、《秋之别》、《黎明之歌》等。

28日，由萧山去绍兴。在绍兴期间作有《汽船中的亲疏》、《秋夜所给予我的》、《整片的寂寞》、《腰有一匕首》和《包车上的奇迹》等诗，都刊登在《民国日报·觉悟》，以后结集在《旧梦》和《秋之泪》等诗集。

10月中旬，返杭。作有时事小说《胎里僵着的自由》、诗《九年前的今夜》。

16日，为《旧梦》付印写自记。叙述了自己做诗的经过，及自己诗“少含蓄”的缺点，并且提出诗应做到议论和哲理抒情化的见解。

11月，住萧山。作有《红树》、《谢T·H的信》、《月下的相思》和《快乐之群（1—18首）》等诗。

20日，为查猛济编选的《抒情小诗集》作序。他在序中说：“几千年来被压在礼教的磐石下的男女之情，从来不敢堂堂皇皇地表现出来的。……到了最近，这一块腐朽的磐石，已经被新时代的潮流冲击得崩裂了。压不住的情苗森森怒长了，于是一般的新诗人，大胆地作起抒情诗来。又因为诗体解放，可以用新工具充分地自由表现，所得的成绩，往往远胜于旧体的抒情品，这是现代中国诗坛上最可喜的现象。”

22日，由萧山回杭，筹办《责任》周刊。社址在杭州皮市巷三号刘大白寓居。该刊是五四运动以后在杭州出现的比较进步的刊物，共出15期。大白以“任社同人”名义为《责任》第一期作发刊辞《责任底意见》。

26日，为《责任》周刊写杂文《责任》。

27日，论旧诗新话篇名题《管夫人〈我侬词〉》。

12月，继续为《责任》周刊第2—6期写杂文，有《我底日本未来运命观》、《责任和自由》、《唐山大学解散事件》、《读〈中国之社会本质及其作用〉》、《对于〈诗三百篇言字解〉的怀疑》、《对于女权运动的意见》、《国际帝国主义的协同侵略政策》、《实行新学制问题》等。

是月，还作诗《雪》、《时代的错误》、《不肖的一九二三年》及论旧诗词三篇，以后结集在《旧诗新话》，分别题名为《情诗》、

《画鸡横幅诗》、《郑风谣》。

1923年 44岁

1月，在《责任》周刊6—10期写的杂文有《哈定底召集经济大会运动》、《陈炯明底末路》、《巴黎总揆会议底破裂》、《死亡问题与生活问题底冲突》、《实行国历问题》、《陈炯明怎样死法？》、《理解和信奉》、《从省参议员选举贿卖案观察弹劾权独立底必要》以及评论《北京学潮和知识阶级底觉悟》。

1月24日，为萧山衙前农民协会委员李成虎被地主杀害一周年作悼念诗一首，题名《成虎不死》。

是月，在《民国日报·觉悟》上作文，对古今的诗词作评析，以后结集在《旧诗新话》时题名为《漱玉词》、《从古墓中掘出抒情诗来》、《李后主与宋徽宗》、《钱镠山歌》和《题"楚辞"中用双声叠韵字》等。

2月10日，由萧山去绍兴，在浙江第五中学任教。同期任教的有周刚直等。

是月，在《责任》周刊第10—12期发表的评论有《广州底变局》等4篇。诗作有《假装头的青山》、《耶和华底罪案》、《雪后晚望》、《醉后》。还有论古诗的文章，题《龚定盦〈红禅室词〉》、《木兰诗》。

3月，在绍兴。为《责任》周刊13—15期作杂文《中等学校底国文教授问题》、《对于浙江省立第一师范学校毒饭案底观察》、《大家庭制度底崩坏》，论古诗《李波小妹歌和陇西行》，新诗《春底复活之群》（1—14首）。

是月，在《民国日报·觉悟》上刊登的诗有《送斜阳》、《花前的一笑》、《春半》、《生命之泉》等8篇。

4月，在绍兴任教之余，继续为《民国日报·觉悟》写诗《梦之怀疑》、《春寒》、《春雨》、《故乡》、《龙哥哥，还还我！》、《怒和误的人生》等，以后结集在《旧梦》和《秋之泪》。

5月，作诗《邮吻》、《记得》、《我底故乡》、《勇敢的泪军》、《永生的心》和《白马湖之夜》等。

6月，写诗《泪珠》，以后收入《邮吻》诗集。

10月，由萧山回绍兴，作诗《别凤皇山》、《深秋晚眺》和《秋晚的江上》。

11月，作诗《西风》（1—5首），收入《邮吻》。

12月，在绍兴，为《新南社社刊》第一期（只出过1期），撰写《秋燕》、《黄叶》等诗4首。

1924年　　45岁

元旦，收到周刚直从江阴来信，赠有一双红豆，大白视若珍宝。

2月11日，做了三首《双红豆》的词。此词16日载《民国日报·觉悟》，以后收入《邮吻》、《旧诗新话》、《南国相思录》、《红豆集》和《鲁迅郭沫若刘大白郁达夫四大家诗词钞》等。

是月，在《民国日报·觉悟》上发表杂感《白话提倡者偶作文言的影响》、《四库全书底背景》、《封翁》、《中国女子底高跟皮鞋》等，署名汉胄。

是月底，由杭到沪，经邵力子推荐，受聘于上海复旦大学，任大学部文科教授，住江湾校舍。同时受聘于上海大学，教授中国文学。

3月，新诗集《旧梦》由上海商务印书馆出版，列入《文学研究会丛书》，陈望道、周作人作序。诗集共收诗597首。以后经过分解、增添再结集为《丁宁》、《再造》、《秋之泪》和《卖布谣》等4本。

29日，为复旦大学的年刊《甲子年鉴》作序，这是他在复旦大学写的第一篇文章。

是月，在《民国日报·觉悟》上发表了《彩票主义》、《维持风化》、《艺术是美术底一部分》、《倚老卖老》等杂感11篇。诗《东风》、《燕底言语》、《卖花女》、《静夜》、《恶梦》等。

4月，作《春寒》、《春风》、《网》等新诗，以及杂感《北京政府赤化（？）了》、《“国故毒”吗？——科举毒》、《气煞马建忠的遗少》、《“该死”的东南大学国文试题》等11篇，均刊载于《民国日报·觉悟》，署名汉胄。

5月，在江湾复旦校舍写诗《寄影》。

6月，作诗《别后之泪》（1—24首），以后收入《邮吻》。

七八两月间，回绍兴度假。作诗《双笑》（1—24首）、《私语》（1—10首）。论旧诗三篇：《管夫人〈我侬诗〉》（二）、《宋代白话文学底发展》、《李芳树〈刺血诗〉》。刊上海亚东图书馆出版的诗集《我们的七月》。

9月，写有《假“禹”为“矩”和假“负”为“乏”底二个考证》一文，刊《复旦季刊》革新号。

11月，作《真面目》和《枯叶的叹息》诗二首。

12月，为李鸿梁所著五幕剧《红玫瑰》一书作序。

是年，孙中山改组国民党后，大白为兴办教育事业，与朱少卿一起加入国民党。

1925年　　46岁

1月1日为《复旦季刊》写《〈数理精蕴〉纠缪》。该书由清康熙敕编。

3月12日，孙中山先生逝世。

4月，写散文《雷峰塔倒后》。（雷峰塔倒于1924年农历8月）

5月6日，为悼念孙中山逝世，刘大白在复旦大学民治研究社作演讲，题为《无母之儿》。

是月，《文学周报》刊载大白的诗论《毛诗底用纽》和《八病订误》，小说《心钟》。

30日，上海发生“五卅惨案”。

6月，在《文学周报》上撰写了诗《我底恸哭》和杂论《“谨防利用”——一个会场的速记》。还写了6篇论旧诗的文字，以后结集在《旧诗新话》时，题名为《缢鬼诗》、《用境界说词》、《圈儿信》、《双红豆》、《张打油〈咏雪诗〉》和《碎金词谱》（一）。

7月，写有《毛诗以后的停身韵》和《矛盾的古诗音节论》二篇诗论。

8月，写民间故事《我所见闻的徐文长故事》。

9月2日，在江湾复旦校舍为王世颖、徐蔚南合著的《龙山梦痕》作序。

是月，兼任复旦大学实验中学部国文教员、大学部文科教授，除国文外，又任文学史、诗歌二门教职。

10月，在复旦大学任教期间与徐蔚南、陈望道等负责编辑《黎明》周刊。大白发表了大量政论性文章，笔端异常辛辣，切中时弊，在校院内外有一定影响。周刊第一期上，大白以编者名义，发表了《告诉读者们——第一次》。

是月，在《黎明》周刊上刊登的杂文有《纸老虎与屁老虎》、《国家事用不着尔等当心》、《关于屁老虎之正误》、《侮辱女性的李乃培——雄蜘蛛、雄螳螂》等。在《文学周报》上还发表了一篇童话《太阳姑娘和月亮嫂子》。

26日，复张同光信，题为《绿衣人手中递来的"哕声"》。

11月，继续为《黎明》周刊撰文，写有杂文《我想提倡的几种主义（一）绪言（二）全文言文主义（三）全资本主义（四）全个人主义》、《人生底浪费（一）费寿（二）未来》等。

12日，写信致马彦祥，讨论《"哕"的尾声》。

12月20日，在《黎明》周刊上登载了一篇《大白启事》，表示谢绝聘请代人作题、跋、应酬文字、挽联、贺联和祭文等。

27日，为王世颖著的《倥偬》作序，发表在《黎明》周刊。

是年，为纪念孙中山先生逝世，先后曾作有挽联20余副。还作有《楚辞略说》的诗论，刊《立达季刊》。

1926年　　47岁

1月3日，写杂文《胡适之流毒无穷》，刊《文学周报》。

5日，写信致马彦祥，讨论《孔雀东南飞》的时代问题。

10日，为钟敬文所编的《旦歌》作序，该书1927年2月由上海开明书店出版。

12日，写信致曹聚仁，讨论《孔雀东南飞》的时代问题。

17日，友人周刚直"因为提倡农民合作的缘故，被赏以赤化的罪名，惨遭北洋军阀孙传芳杀害了！"大白深为震惊和悲愤，当即挥笔作词一首《泪如红豆红》，沉痛悼念友人。

24日，作有《万古愁底作者问题》的考证。

2月15日，为复旦大学写校歌，由肖友梅谱曲。

3月7日，写信致顾颉刚，关于《〈邶风·静女〉篇的讨论》。

15日，为《黎明》周刊撰写《告诉读者们——第二次》。

22日，出席上海大学教职员为改选行政委员会在四马路倚虹楼举行的聚餐会，出席六十余人，在举行新校舍筹建等项报告会后，刘大白和韩觉民、陈望道、周越然、侯绍裘、施存统、杨贤江等当选为行政委员会委员。

是月，升任复旦大学大学部中国文学科主任兼教授，仍兼复旦大学实验中学部国文教员。

4月4日，为《黎明》周刊撰写《告诉读者们——第三次》。

17日，写信致顾颉刚，《关于瞎子断扁的一例——〈静女〉的异议》。

24日，又写信致顾颉刚，《再谈〈静女〉》。

是月，写诗《湖滨晚眺》和杂文《介绍上海美术专门学校的头衔》、《放屁逻辑中的归纳法》。

5月7日，写信致赵景深，讨论《万古愁》的作者问题。

是月，在《黎明》周刊上写有评论《对于批评自杀者的批评》、《“上海美术专门学校”与日人往来绝少的“市实不符”》和纪念“五卅惨案”一周年写的战斗檄文《怎样洗去去年今日南京路上的血痕？》。

6月，评刘复标点重印的《何典》，作《读〈何典〉》一文，该书由清代张南庄著。还写有《中国戏剧起源之我观——中国文学史草创之一节》，刊《文学周报》。

7月7日，写信致顾颉刚，题名《三谈〈静女〉》。

8日，写信致浙江第七中学学生张威。

是月，写有《〈太平天国有趣文件十六种〉之小校勘》（此书由刘复编），民间故事《我所闻见的徐文长故事》，杂文《介绍“殊为难得”的“大批法学博士”》，评论《读〈评闻君一多的诗〉》、《再合“吾家”刘复博士开回顽笑》共二节。

8月，作《两个圈儿和一百一十个框儿》、《觉悟底向后转的进步》、《大人物所缺少的》等杂文6篇。还续写《再合“吾家”刘复博士开回顽笑》第三、四、五节。

8日，为张维祺所著《致死者》作序，该书1926年9月由上海亚东图书馆发行。

9月5日、12日，写有评论《介绍“吾家”刘复博士底几种巧妙法门》第一节苦肉计式的护短法，第二节二段论法的白赖法，第三节增字的古诗校读法，第四节偏帅乘隙的总攻击法，第五节避开实际的反攻法，第六节灭字的方言解释法，均刊载《黎明》周刊。

10月，作诗《孤树》（1—3首）。

11月1日，为《黎明》周刊写《告诉读者们——第四次》，8日又写《告诉读者们——第一年中最末的一次》和评论《广“横通”》。

12月22日，在复旦校舍写《邮吻》付印自记。

是月，《旧梦》以后第二部诗集《邮吻》由上海开明书店初版，列入《黎明社丛书》。这个月还写有一篇评论《平级错均底一斑》。

是年，作有旧诗词《余君不孤招饮即席赋此》、《代某君寿某公父母七十》、《风絮》和《楼外楼头狂醉》等，以后结集在《白屋遗诗·西泠小草》。

1927年　　　　48岁

1月，继续为《复旦周刊》撰文。

2月，作有《〈万古愁〉底作者问题（二）》的考证文章。

3月，为纪念孙中山先生逝世二周年，又作联语2副。

4月，“四一二”反革命政变后，国民党反动派封闭上海大学。大白就此脱离了上海大学，专任复旦大学文学科主任兼教授。

6月，写有文论《宋玉赋辨伪》和语言学《说中国诗篇中的次第律——外形律之一》、《中国旧诗篇中的声调问题》，刊《小说月报》。

12月，评潘光旦在《时事新报·学灯》发表《第三中大令小学校勿用古话文》一文，作《告怀疑于第三中大令小学校勿用古话文的潘光旦君》和杂文《文腔革命和国民革命底关系》。以后均收入《白屋文话》。

是年，作旧诗词《反游仙》，以后收入《白屋遗诗·西泠小草》。

1928年　　　　49岁

1月，应好友浙江省教育厅厅长蒋梦麟之邀请，辞去复旦大学教职赴杭任教育厅秘书之职，从此弃教从政。同时兼任国立浙江大学秘书长之职。

2月，作《堕泪》诗一首。（大白逝世二周年时，《文艺茶话》第2卷第9期刊载了原诗的墨迹。）

22日，写信致徐蔚南，信中说："重理旧业，是我底志愿，我志在学问，不过现在受了政治和友谊的牵绊，一时不易摆脱罢了"。还提及浙江大学文理学院将在下学期聘任中国文学系主任、兼国文课。

月末，又写信致徐蔚南，谈及陈望道与徐蔚南二人的暴烈性子和本人曾经研究过佛经。并准备将1926年秋冬间陆续为《复旦周刊》发表的反对鬼话文（文言文）的文章，汇集付印，请蔚南写序。

3月，写致蔚南书三封，写了自己从事政务的枯燥生活，以及在省立一中每周教课三小时的情况。谈到参考书都留在复旦校舍的遗憾事，表示为文理学院教课需要，非去复旦搬书不可的心情。信中还讨论了为人的志向，说自己深受八股、数学、佛经的影响："数学使我养成比较逻辑的头脑，佛经养成我底牺牲性、勇往性。至于八股本来应该给与我以坏的影响，但是说也奇怪，我却从它那里得到使头脑比较细密的锻练。"并表示想摆脱现在的职务，重过教书生活。

4月17日，致蔚南诗中提及昨日在西湖楼外楼饮酒大醉，说"十五年来无此狂矣"。

5月13日，经沪赴宁参加第一次全国教育会议。

18日，第一次全国教育会议举行第四次会议召开，大白以浙江省教育厅秘书、国立浙江大学秘书长身份作为浙江代表出席会议。由会议主席许崇靖、杨杏佛主持会议，决议组织"教育宗旨说明书起草委员会"，指定朱家骅、刘大白、杨廉等为起草委员。

26日，第一次全国教育会议举行第十一次会议，会议主席蔡元培。全体会议决定："推定庄泽宣、刘大白、黄琬三会员前往中央党部陈述本会对于学生运动之意见。"

29日，第一次全国教育会议第六次大会通过"小学不授文言文"、"初中入学考试不考文言文"等案，《代五千万以上的学龄儿童感谢"全国教育会议"》一文。

是月，《旧诗新话》由上海开明书店初版，该书由大白1922—1925年间在《民国日报·觉悟》等报刊发表的论旧诗词汇集成册，全书共60篇。大致可以分成三类：一类是他赞赏的古诗，先举出诗文，后把他的意见加以叙述。二类是对于声韵的研究。三类是他自己最好的旧诗词的来历和故事。

是月，为《白屋文话》写自序（一），该书系1926年秋冬间在复旦大学的《复旦周刊》分期发表的关于人话（白话文）和鬼话（文言文）之争的文章汇集印行，是为了壮一壮人话革命的声威。

6月18日，写信致徐蔚南，表示反对男女不同学的“全男女有别主义”。

7月1日，大白收到胡适的信，感谢大白所赠《旧诗新话》一书，并送来胡适著的《白话文学史》一册请求指正。随信还对“停身韵”“停尾韵”等问题进行讨论。

5日，写信致胡适，谢赠《白话文学史》，并继续对韵文的讨论。

是月写致蔚南信二封，畅谈了人生处世的哲学观点，以及对编辑中学国文教科书的主张。

9月7日，为《旦歌》序写附记。

27日，适逢宋朝诗人林和清（别号隐逸诗人）逝世九百周年，大白作《假隐士林逋》一文，刊《文学周报》纪念专号。同期载有孙席珍、钟敬文、许钦文等人的纪念文章。

是月，任浙江大学文理学院中国文学系主任、教授。

10月4日写信致任重（陈望道），讨论发表《白屋说诗》的编例、对《修辞学发凡》一稿的修改意见和留存在复旦大学的书籍装箱进度。

30日，收到徐蔚南寄来的《爱情文学珍籍》一书，该书系日本的一种丛书，其中有翻译中国的“爱情文学”，大白的诗也有收入其中，但有的部分却译得不对头，曲解了原意，故写信给蔚南。

11月，又写信三致蔚南，畅谈了复旦大学校舍中的欢乐生活，发了一通待人处世的艰难，对似官非官的生活表示厌烦，想早日退出政界。还对蔚南提出的“小说中一定要有一个故事”的观点引出反证，如鲁迅的《示众》、库普林的《晚间的来客》都没有一个故事。

是月，作考证文章《〈万古愁〉底作者问题（二）——熊开元乎？归庄乎？》，又作评论《发言变迁说》，发表于上海《大江月刊》。

12月7日，为钟敬文所编的《民间文艺丛话次集》作序。

是月，写信三致蔚南，说是病了几天，但仍忙于事务“听不要听的话，见不要见的人，看不要看的文字，说不要说的语言，整天戴着假面具过滑稽的戏场生活”，表示“极为寡独，快成独身主义者了”。随信作旧诗一首《十七年十二月十六日访曼殊塔》。

是年，为纪念“宁汉统一”代浙江大学作联语二副。

1929年　　50岁

1月1日，浙江大学庆祝元旦大会，大白作联语一副。

同日，作有中国文字之研究《六书次第说》一文。

是月，浙江省政府为“奖励实业，振兴国产，并唤起民众革命精神，增进民众知识”起见，定于杭州西湖开一个国货宣传大会，定名为“西湖博览会”。刘大白任西湖博览会筹备委员会委员、教育馆筹备主任。

8日，教育馆第一次参事会议，地点在浙江大学校长办公室，主席刘大白报告筹备经过情况及设计大纲。

10日，教育馆第二次参事会议，地点在西湖图书馆，刘大白作为主席报告上次参事会议记录及勘察馆址的情形。

11日，出席各馆所第四次联席会议。

15日，教育馆第三次参事会议，主席刘大白，由徐旭东、俞子夷报告图书馆陈列处设计大纲。

18日，出席西湖博览会第六次会议。

23日，教育馆第四次参事会议，刘大白报告开会宗旨以及各馆所主任联席会议决定，讨论各馆所费用预算。

25日、29日，出席第五、六次联席会议。

同月，写信二致蔚南，提及白天尽干无聊的事，每周至少要开七次会，每天会客十余人，还有每周一次的宴会，而且还要做证婚。“这宗生意，又费时间，又要赔钱送礼，又要强迫你说不愿说的话，真是苦恼！”

2月1日，教育馆第五次参事会议，大白报告上次参事会议所通过的核算及节约经费等事项。

18日，出席西湖博览会第八次大会。

15—26日，第九—十二次联席会议因故由徐旭东代理出席。

27日，教育馆第六次参事会议，任主席，由总干事报告一月来工作情况及工程进展状况。

同月，写通讯《人话文与鬼话文》。另致蔚南书一通，谈了自己对艺术、哲学、人类语言文学和所谓“客观科学”的见解。

3月1日、5日出席第十三、十四次联席会议。

上旬曾赴沪，在徐蔚南等处做客相聚，中旬返杭。

16日，教育馆第七次参事会议，大白在会上支持通过八项决议。

8—19日，第十五—十七次联席会议，大白因故未出席，由徐旭东代理。

31日，用《减字木兰花》词牌作《题旧日记》，表达对前妻何芙霞之恋情。

是月，《白屋文话》增补结束，对胡适、蔚南二人的序有不同见解，故又作了二篇自序。后来陈望道对这段论争曾写过“他既参加文学革命，即为革命努力作战，不再存丝毫的妥协心，如《白屋文话》后面附有胡适的信，便是真正文学革命者和那冒充革命的改良者对照的一幅绝好的画图”。

4月3日，作《减字木兰花》词一首，题十六年前（在东京时）小影。

29日，作《四谈〈静女〉——译毛诗〈邶风·静女〉》。

同月，写信二致蔚南，另作旧诗七绝《反游仙》。

5月9日，出席教育馆参事会布置委员联席会议和讨论教育馆陈列等问题。此后因病，天天发烧，故当月的各次联席会议均由徐旭东代理。

本月，病中写信四致蔚南，关心《白屋文话》的排印进度，计划将诗集《旧梦》拆开增删，分成《丁宁》、《再造》、《秋之泪》和《卖布谣》等，准备交开明书店付印。还打算找人代替大学的教课，而去莫干山休养。信中又提到上海书店王新甫来信要他在人文书店入股事，已回信说：“瘦影自临秋水照，可怜不见面团团；所以生平不作发财想也。”

6月6日，西湖博览会开幕，共分八个馆，其中教育馆由大白任馆长，经总干事徐旭东请求，在教育馆的出入口、各陈列室都写有联语，以资点缀。

23日，为《白屋说诗》写自序，称“《白屋说诗》的名称，是1926年秋冬间在复旦大学任教时，因知友徐蔚南由校长李登辉任命为《复旦周刊》主编，要我写一点关于文学研究的东西，以充篇幅；我就用了这个名称写了《说毛诗》10节（即六义、绿衣、葛生、鸡鸣、卷耳和陟岵、关雎、绸缪、有狐、遵大路、柏舟）。以后《复旦周刊》休刊，就没有再继续写下去”。

同月，写信四致蔚南，告知浙江将取消大学区制，不久可以卸去教育行政职务，恢复向往的教书生活，感到很欣慰。

7月10日，《白屋说诗》由上海开明书店出版，该集除收《说毛诗》等10篇外，还收杂文9篇和为《龙山梦痕》、《旦歌》等书作的序4篇。

中旬，因痔疮复发“如坐针毡，痛楚非凡”，为治病曾先后写信四致蔚南，商量赴沪医治办法。

25日，乘沪杭快车赴上海求医，住四马路振华旅馆七十三号，经手术后在沪逗留十余天，即返杭。

29日，任教育部常任次长。

8月，中旬病后即赴莫干山休养。

14日，西湖博览会执行部委员会第十二次会议，辞去教育馆馆长职，改委陈伯君接任。

15日，大白任教育部常任次长的消息发表后，一时间门庭若市，为此致书蔚南说：“自从发表了什么八品小京官的教次，三十年不曾通讯的亲戚也来了信；二十年前的不知谁何的学生，也来了信；道贺、谋事、请题字、请作发刊辞的信，纷纷而来；真是人生世上，势位富厚，盖可以忽乎哉！”以示感叹。还问及《白屋说诗》出版后的情况，并准备着手编写《白屋联语》。

23日，病愈，由莫干山回杭。

是月，在莫干山休养期间为纪念沈玄庐，写有《玄庐仍在人间》诗一首，另作《莫干山上的风雨》、《莫干山上的月夜》等诗。《白屋文话》由上海世界书店出版。该书由徐蔚南作序，胡适写跋。他在自序中曾说："当时写的动机，是志在长活人底志气，灭死人底威风，颇以《平鬼传》中的钟馗自命"，却掀起一场用白话文来代替文言文的文学革命。

9月，在杭州作旧诗《夜坐》、《火花》、《恩仇》、《春闺》、《八月二十二日月下》等，均刊载《诗与散文》第一本。

是月，《再造》由上海开明书店初版。还为读者敬远对《白屋文话》的评论问题，写了《告不辨人鬼强分雅俗的〈白屋文话〉评者敬远君》。

10月10日，西湖博览会闭幕。这次盛会历时四个月，影响极大。

同月，由杭赴京（南京），就任教育部常务次长。

25日，作《浣溪纱》词一首，寄蔚南，告知本星期要回杭上课，因部务繁忙没法脱身，又因痔疮发作，非去上海治疗不可。后于周末去沪，次日返京。

11月1日，在京写"撕碎了《旧梦》——《丁宁》、《再造》、《秋之泪》、《卖布谣》付印自记"。

同日，在《当代诗文》创刊号上发表《白屋联话》七篇（一、联语是什么，二、联语底起源和发展，三、西湖花神庙底叠字联，四、人名滑稽对，五、朱瑞挽联，六、挽王金发联，七、挽山阴先生联）。还有《从毛诗到楚辞》、《从旧诗到新话》等论旧诗文章。

是月，任教育部政务次长，（原政务次长马叙伦辞职）。又《丁宁》、《卖布谣》二部诗集由上海开明书店相继出版。

12月，《五十世纪中国历年表》由上海商务印书馆初版（有16开、32开本，分精装、平装两种），该书是一部很重要的工具书，"它分正表与附表二种，正表从神农元年起，至民国八十九年止，计五千二百十八年。附表分十四种，分周秦、楚汉、两汉、汉末三国、晋汉十六国南北朝（表二）、隋唐（表二）、五代十国（表二）、五代两宋辽夏金元、元明、明清、太平天国等十四表排列，将公元、民元、干支、国号、帝号、姓、年号、年数一一对照，非常醒目。对研究历史、文学史的学者是极其需要的，是大白的一大贡献。"

1930年　　51岁

1月，上旬在沪治疗痔疮，“割掉了一个较大的瘤，添了一个大窟窿；小的还有许多，他们不敢割。”同月16日出院，次日返宁。

24日，教育部任刘大白、黄建中为全国教育会议正副委员长。

是月，《秋之泪》由上海开明书店出版。

2月，作旧诗《早起微月在天》，收入《白屋遗诗·西泠小草》。

4月9日，致钟敬文书。提及因病和忙的关系，不能再续讲文字学。

5月27日，写信致蔚南，说及“我有一个新发见，英美人争政权用公出的选举活动，是工商业的广告式；咱们贵国人底争政权，是用阴谋的枪炮斗争的，是农村的抢沙涂争田水的械斗式的。这是我底唯物史观。”

6月，写信二致静闻（钟敬文）先生，继续讨论诗的用韵问题。

8月，因痔病又发，赴沪治疗。行前寄书蔚南，谈了“蒋部长也在注意那种连环图书，以为编民众读物时，是应该参考的”。

11月27日，早晚写信二致蔚南，提及“蒋梦麟因政治上推行的失败，决计要辞职”。由于大白在教育部任常务次长的职务是由蒋梦麟推荐聘请，故而他“当然随之而去，此后打算不再做官，也不再教书，过卖文的生活”。

12月4日，教育部部长蒋梦麟辞职后，留教育部代理部务两个月。

15日，刘大白请辞教育部政务次长职务。

是年，大白与朱剑芒、陈霭麓合编“世界初中活叶文选”共50册（后汇编为摹状文、记述文、发抒文、说解文、论难文、写景诗、叙事诗、抒情诗等8种，其中收入不少大白的新诗）。

1931年　　52岁

1月1日，写《故事的坛子》（世界的传说与故事），一、“王八蛋就是我”，二、额外秀才解元，三、“谁教你中了第三”，刊《世界杂志》。

2月7日，写信致钟敬文，讨论诗韵问题。

同月，结束代理部务之职回杭，又被聘为中央政治会议教育组特务秘书之职。

3月10日，为陈望道所编《因明学》作序，题名《因明学纲要》序。该书同年由上海世界书局出版。

4月，续写《白屋联话》（8—13），八、谭嗣同挽联，九、三“夫子”和三“相公”，十、纪晓岚善作对子，十一、“社会党”，十二、集句的联语，十三、挽中山先生联。还续写了《故事的坛子》（4—6），四、大恭秀才，五、状元旗杆竖在后门口，六、“皇恩浩荡”的秀才，均同期刊登于《世界杂志》。

22日，《中诗外形律详说》的前篇《中诗外形律详说》完稿，还写了自序与凡例。并准备续写后篇《中诗外形律演进史和中诗内容律臆测》，但由于大白第二年病故，后篇未及完成。直到1943年11月才由夏丏尊根据其遗稿，交中国联合出版公司出版，印刷成32开线装本，分6册，计1170余页，并写了跋。

5月1日，《世界杂志》刊登其续写的《白屋联话》（14—22），十四、切议员身分的联语，十五、难找对语的出语，十六、西湖博览会教育馆联，十七、纪念联语，十八、挽徐烈士伯荪联，十九、挽顾家相联，二十、挽范仰乔联，二十一、挽陶荫轩联，二十二、贺结婚的联语。又续写《故事的坛子》（7—12），七、会元就是我底儿子，八、“兄弟也是监生出身”，九、之字秀才，十、“古之人，古之人”，十一、“另头碎角之肉”，十二、“香油煎鲞鱼，豆油炒千张”。

9日，写信致蔚南，告知在“右边项下琵琶骨上，长了一个疮。这疮在二月间已经有了，不过不很厉害，这几天却厉害起来了，红、肿、痛。据医生说，是骨瘼烂了，是结核性的，开了刀不容易收口”，并为此深为忧虑。

下旬，在上海住院开刀，经局部麻醉，手术顺利，但不肯收口，肉不肯长起来。22日写信致蔚南告知：“西医没有长肉收口的药，要靠你自己底力量长起肉来”，而且还时常有热度。

6月，仍住上海治病，22日起又痰中带血，虽能止住，“但是总得早点回杭休养，所以在上海恐怕不能多耽搁了。”

是月，致信致蔚南，嘱其转告朱剑芒，对询问胡适著《庐山游记》中的石鼓书院，现查得在衡阳县，见《湖南通志》。其时疮口尚未收。

7月，回杭休养。

17日，自知病情严重，开始写遗嘱（1—3），表示愿将遗体作医学上解剖之用。

20日，续写遗嘱（4—5），表示如果不作解剖，愿意水葬于钱塘江，以“乘长风破万里浪”作“一次最末的旅行”。

8月1日，《世界杂志》刊登其《故事的坛子》（13—32），十三、李莼客不认老师，十四、北闱乡试预漏题目。十五、破题中倒嵌解元姓名，十六、“乌胧松”值银三百两，十七、“廿一日上天”，十八、羊血仓三打天下，十九、“妹妹我思之”，二十、伯夷叔齐做成大八块，二十一、“翻遍七虞诗韵，韵内无蝴”，二十二、“这是周白民先生底文章”，二十三、“该死十三元”，二十四、高心夔对矮脚虎，二十五、“请大宗师跪听圣谕”，二十六、“明天不考文”，二十七、俞曲园底怪题目，二十八、“中庸须从太极讲起”，二十九、“文笔太粗”，三十、“胡龁者，齐王之妻舅也”，三十一、误认宝藏在水边，三十二、弹词秀才。

3日，写信致蔚南，信中说：“我的疮和病，据内外科医生合断，恐怕是内外相关。疮之尽管流脓，因为疮根在胸骨以内，内部肺出血，所以不肯停止，也许是正当疮根处，肺部有腐蚀。因此杭州相熟的医生，大都觉得没有彻底的办法。内科以为可以用太阳灯照，外科以为可以用X光照。但杭城没有这种治疗的器械，请你向贵同学徐博士问一声，如此病状，到底有无简捷一点，便宜一点的治疗法。”

本月病情：“虽经七月二日的狂吐，还能自己起来，自己写信，看书做事，和平常相差无几，在八月五日以后，竟大不相同，不但自己不能起来，经人扶起之后，也非人扶著不能走路，而且走路时头要发晕，舌苔鲜红，嘴唇发燥，中医所谓阴亏之症，整天是昏睡，不能再看东西，报纸有半个月不寓目了。”

下旬，为治病曾先后写信四致徐蔚南，问及“贵同学张君友梅所在之杨树浦宁国路圣心医院的X光镜，是否能照诊而带疗治的？并有无病床和看护？可否住院？”并告知：“自大出血以后，血亏已极，全身没血色，不能起床，必需有人扶持才能开步。痰中的血，时停时有，在短时间内，决不能坐火车到上海来。”为此托买血精露和克拉乌亭锭等药品。

9月，为求医和购买药品事，又先后写信五致蔚南。告知月初“身体似乎略健一些，胃口也比较开一点，但血终不肯止”。“此间医生说如果身体强健一点，可以行大手术，把骨头剪掉一段”。“中旬咯血虽止，但仍体弱无力，卧床休养”。

本月，《世界杂志》续刊《白屋联话》（23—35），二十三、一字四读联语，二十四、“不祥之兆”，二十五、拆句对，二十六、无情对（一），二十七、从小童到举人，二十八、先生对马快？二十九、无情对（二），三十、郑成功庙联，三十一、摹声对，三十二、曾国藩挽联，三十三、一字二意对，三十四、人名滑稽对，三十五、科场对。

10月19日，乘沪杭快车，由其妹刘诒君陪同，进杨树浦圣心医院治病。

11月22日，徐蔚南清晨去圣心医院接出大白，并送上沪杭快车，回杭疗养。大白感到“出了狭的笼，回到了自己的园地，顿觉得天宽地阔，伸手蹚脚，舒服很多”，自信“或许改变了环境，能好一点起来，也说不定”。

12月，仍卧床休息，“时常要泻，有时伴有发热”。

1932年 53岁

1月1日，病中为陈望道所著《修辞学发凡》作序，该书由上海大江书铺出版。

18日，病中为朱起凤所撰《辞通》作序，因不能亲自写稿，乃口授由其子丙震执笔。该书直到1934年8月才由上海开明书店出版。

31日，传闻上海战争，写信给蔚南问及上海望道、哲明等诸友安否，说准备写《故事的坛子》和《白屋联话》续篇。此信因战事，上海收到时已2月10日，据徐蔚南说，这是大白所写的最后一封书信。

是月，病情转重，严重贫血，自己不能动手写信，由其妹诒君写信给徐蔚南，告知大白病危，问起“后事如何”。徐蔚南即约请邵力子、陈望道、夏丏尊、朱少卿、王新甫等商议后事。

2月上旬，病重，口授其子执笔《故事的坛子》第三十三、蒲鞋王的故事。

12日，下午三四点钟，大白病危。

13日，上午（农历正月初六）大白病故于杭州钱塘路（今改名庆春路）九号住所，享年53岁。

时值“一·二八”战事爆发，沪杭音息不通，在沪诸友无法赴杭料理，遂由在杭挚友钟敬文等料理丧事。经与亲属商议后，只依照丧事从简原则办事，既不解剖，又不投江水葬，而将他埋葬于西湖灵隐附近。

16日，《北平晨报》载有刘大白在杭病逝报道。

卒后附记：

一、关于刘大白遗族概况

大白逝世时，遗有一子四女。长子丙震原在杭州读高中，二年后转浙江大学代办的浙江省立工科高级中学选读英文及数理化科，后考入北平清华大学，因“境遇穷困，又失了恋，在市郊卧轨自杀”。长女端子，在南京女中毕业后，就进在中央大学做职员，赋性好学，却无求学机会，情绪趋于悲观。二女星子，有志于医学，曾在杭州济生助产学校读书，因与广东中山大学读书的张耀订了婚，遂转学广东，以后在广东成家。三女绿子，在杭州女中初中毕业后，去春晖中学读书，由大白知友春晖中学的黄树滋先生照料。四女满子，因年幼寄养在萧山沈玄庐家，由其夫人王华芬女士养护，就读于玄庐纪念学校。

二年后，其妹诒君与汤子枚结婚。靠经管后事的朋友们助赠和几家书店的版税以及遗留藏书转让等，作其未成年子女的生活所需。至此，大白家事才有所寄托。

大白与原妻何芙霞因情感不合仳离后，据曹聚仁回忆，未曾再结过婚，但“大白在南京任教育部次长时，曾爱过一个小姐，内情，我们无从知道。刘师病逝在西湖别院中，有一女郎泪容满面，哭着抚棺致吊，自称刘师的情侣，她拿出那二颗红豆为证，大家就明白其中的一切了”。

二、关于遗留藏书的处理

刘大白学问渊博，造诣很深，其藏书也极为丰富。病故后，经罗膺中、戴静山、金少英、钟敬文、陈伯君、储皖峰诸先生整理，共3953部，计16 630册，曾装箱保藏一年有余，后转让给浙江大学，书价3000元，分12期付款，每年2期，每期250元，以作其子女之生活所需。浙江大学因大白对中国文学有一定贡献，对学校的创办也有特殊功绩，曾计划特辟一专室陈列，以志纪念。

三、关于遗著的出版情况

刘大白病故后，其尚未正式出版的著作，分别由其挚友王子余、徐蔚南等多方收集，悉心整理，几经周折才陆续出版。（参见本资料第四辑《刘大白著作书目》）

四、关于刘大白逝世后的主要纪念活动

1933年2月13日，刘大白逝世一周年时，上海《时事新报》副刊《青光》、南京《中央日报》副刊《中央公园》当日都刊出了刘大白先生特刊，载有陈望道《大白先生的不死之处》、朱少卿《忆大白先生》、徐蔚南《大白之死》、夫凡《纪念诗人刘大白先生》等。

1934年刘大白逝世二周年时，由钟敬文先生创议、徐蔚南协助、徐仲年负责编辑，在《文艺茶话》第二卷第九期上，发表了《纪念刘大白先生特刊》，其中有陈伯君《刘大白先生小传》、徐蔚南《大白的生地》、夏丏尊《白屋杂忆》、赵景琛《刘大白的诗》等纪念文章。还有陈抱一所作的《刘大白先生像》，并选登了大白遗著和墨迹，内容十分丰富。同时，上海《大晚报》为纪念刘大白专辟“刘大白先生逝世二周年纪念”一栏，载乐嗣炳《纪念刘大白先生》及朱邦达《刘大白先生小传》等。

大白先生的不死之处

陈望道

大白先生是一个极其忠于学术，同时也于学术很有贡献的人。他的晚年暂时离开研究工作去执掌他所不大擅长的教育行政，已经是中国学术界的一个大损失，他的死更不能不说是中国学术界的大损失。

记得去年一二八的前几天，他还写信给我，说想把中国所有的文体做一个综合的研究，把它们归为基本的几种；再看这几种基本的文体如何表现为各种繁复的文体。问我这事值得不值得干？如以为值得干，就把所有关于文体的参考书借给他用三四个月，并将我对于文体的意见与定名立刻告诉他，做我们以后讨论的根据。我当时立即回信给他，说他读书很多，各种文体的文也几乎没有一样不会做，他做这种研究是最适宜的，请他立即动手。同时并写了一点意见，与几本书一齐寄给他。不久就是一二八日帝国主义的侵略战起来，我一家人都陷在重围中，与他信息断绝；但总以为他还在研究那可有伟大成就的文体，不料他竟就在这我们忙著反帝的当儿悄悄地去了，永久地去了！

现在离开大白先生提议已有一年，这事还不知有谁来做！大白先生如在，决不至于如此。即此一端，已足使人恋念，何况还有比这重要者在，总计大白先生一生最可使人纪念者约有下列几端：

一，公而忘私：例如大白先生的旧文学实际比他的新文学好得多，他于诗词歌赋八股策论乃至楹联尺牍，几乎没有一样不精。但他从参加文学革命以后，就不肯把这些东西拿出来发表。有些浅薄的人，看他只写些白话诗文，竟说他“一知半解”；他也宁愿受“一知半解”

的讥评，不肯乘机显出些古色古香来给他们看看。这比之现在本来一知半解的，却要勉强摹古，而且美其名曰解放，其贤不肖之相去岂可以道里计耶？

二，刚强勇猛：他既参加文学革命，即为革命努力作战，不再存丝毫的妥协心。如《白屋文话》，后面附有胡适的信，便是真正文学革命者和那冒充革命的改良者对照的一幅绝好的画图。

三，勤奋精进：他对于一切事都不肯苟且，对于一点毛细的问题都要和别人争论了几日几夜：在争论的时候，宁可闹伤了感情，不肯稍稍地迁就。在我的眼中，他便是这样一个大白，这样不断地和人争论，不断地看书观察来开拓自己路径的人，所以他于学术能够有独到的地方。这独到之处将来会有人研究。现在随便举一个例来说：如他在《中国文学史》中把文学的价值分为历史的和现代的两种。他这样分类时，并不是依据什么书的，但竟与日本左翼作家这几年来用唯物辩证法研究所得的不谋而合。

大白先生虽死，这几端是不会死的。

（原载1933年2月13日上海《时事新报》
“刘大白先生周年祭专号”）

大白之死

徐蔚南

一九三二年二月十二日的下午。

自从早上起，直到此刻下午三四点钟的光景，身体只是觉得不适，睡在床上还是背觉酸楚，四肢象要松懈开来似的。身体并非发热，而脸颊与耳际却发燥。手和脚又那么冷。呵呵！走到了生命的尽头了吗?大白这样想着时，睁开眼来向床前一望，看见妹子仍象清早一样，兀坐在他床前，呆视著他。这是他闭着眼睛里就意识到的，犹如知道台上的水仙花仍在台上一样。只是快将没落的斜日，从窗帘中透进光来，映出妹子眼角边一朵亮晶晶的痕迹，显然妹子又为他落过眼泪了。

“也怪不得她哀伤。我是已病入膏肓了，我早已觉悟……只是一群儿女还是那么幼小，但是有何办法呢？要末和朋友商量一下……”大白这样想着时，便安慰妹子似地说道：

“我想请几个朋友来……谈谈我的经济问题。”

“很好呵，那么请那里几位来呢？”

他想真是请那几位好呢，有钱的朋友是要人，此刻他们正忙着奔走国事，那里能为了我刘大白快要病死了，就会赶到杭州来呢？我又何忍要他们抛开国事而来为我呢？可来的朋友们呢，现在又逢到战事，他们自身的经济状况还成为问题，怎么能来解决我的经济问题呢？他想到这里，不禁叹了一口气：“哎！”

妹子仍温柔地问道：“那末请那里几位朋友来呢！”

“哎，我的朋友，可惜都是穷朋友！”

大白说过这句话后，不愿再多说了，就侧身向着里床。他闭着眼睛静静地想：假使我真地不起了，那末办理丧事，几十块钱也尽够了。我的遗嘱并非只是做诗，能送到医院里去解剖，固然最好，如其不能，那末钱塘水葬，也很雄伟的。只怕他们不肯照我的遗嘱做去。……小孩子们呢？啊啊，不能想了，无恒产的人在现今能有什么权力来保护他们生长无阻呢？但是一直到现在，我没有负他们，也没有负任何一个人。到明天却不能说了。

他想过了儿女，便想到自己了：诗的研究是我一生的事业，可惜现在只写出中国的篇诗律声，中国诗内容律都没有写成。恶病如果不来袭击我，我在世上的痕迹，或许还可以多留一点的。但我和恶病已奋斗了多年，我觉悟人世无常，我拼命地工作，象煞明日不会来了似的，拼命工作的结果，却只有这一点儿，……

突然一阵腹痛，一切思想被扰乱了。

二月十三日，寒，清晨有光辉的太阳，但是一刹那间，太阳就被灰色的云遮去了，从此终日没有太阳出来。

大白病室中，还是象昨天一样的闲靖。只是台上的水仙愈益憔悴，花朵仿佛要凋萎似的，颤巍巍地无力地挂在花梗上，这也许因为忘记在盆中换水，水仙太干枯了的缘故。

大白在上午照例吃一点粥，但是今天和平日不同了，吃了二三口后，就象咽不下去了。勉强咽下去时，立刻感觉到喉头下仿佛被阻塞了，而且呼吸急促了。大白是预待着这一苦痛的时光的。但这一刻的时光，果然来了时，他却不禁失声道："啊呀！我一部分机关坏了！"……

连忙仍去横在床上，但是身体一横倒，却是一阵腹痛，而且呼吸更为急促，仿佛冰一样冷的一幅被布，渐渐地从他的脚上盖上去，脚冷了，腿冷了，冷到快没有感觉了。同时，胸口又满溢起来，象有一根无形的棒从胸口耸起，快要塞住他的喉头了。大白仰起眼睛，对着床前的妹妹，轻轻说道："我又有一部分机关坏了！"

妹妹听着阿兄这样说时，不禁泪如泉涌。

台上的水仙，不声不响地落下了一朵，仰卧在盆中的小石卵上。

天空颇有雪意，窗外格外灰暗了。

大白仿佛不忍看见妹妹的哀伤，缓缓地将眼睛闭上了。

（原载1933年2月13日上海《时事新报》"刘大白先生周年祭专号"）

忆大白先生

朱少卿

我和大白先生相识，是在二十七年以前。那时候他正在杭州考拔贡，我在杭州考学校，因为同住在藩台衙门前的得升堂，而且他是我的母校山阴县学学堂里的教员，大家都知道名姓的，所以就一见如故，侃侃而谈某先生的学问如何渊博，某先生的道德如何高尚。在那时，我感觉到他是一位温恭谦让的白面书生，尤其是在他中了拔贡以后，此种感觉更强。那时候的大白先生的神气，和近来蔚南先生在《白屋文话》序文中所描写："高高的前额，额顶上稀少的头发，从眼睛边缘上望出来三角形眼睛的眼光，常常闭紧着嘴，似在凝集思想的习惯，一望而知是个富于理智与意志的人"的情态，是完全不同的。一则是在壮年时期，一则已入衰老状态了。

说来奇怪，我和他相识后，差不多有十年以上未会晤，适我在东京读书，他又入我的第二母校浙江第一师范学校里当教师了，同样的自然关系，又进了一层。后来为着浙江第一师范学校的风潮，和创办《浙人与世界》的关系，大家互有文字见面，于是从两重的自然关系上，更进而为神交了。所以我回国后，在白马湖春晖中学当代理校长的时候，他在绍兴帮助沈肃文先生办理浙江第五中学，颇有革新精神，硬要拉我回到绍兴来，加入他们的战团，我终于为情感所屈服，人格所感化——尤其绍兴王子余先生的人格——，遂辞去春晖的职务，来任绍兴女子师范的校长。女师的薪水很微薄的。幸而有五中五师的兼课，可以略资弥补。在这个同事时期，我们会晤的机会多了，交涉的事情亦繁了，互相了解，情感甚深，所以我对大白先生认识，自觉亦不算浅。我深深地感到他的面孔是冷的，他的心肠是热的。这一句话，我相信和他相交较深的人，亦能领悟到的吧。

这正是民国十三四年的时候，正值国民党改组之际，当时我们觉得先办教育，再图革新政治，是太迂缓了，起码应当双管齐下，所以大家都加入了国民党，从事于革命工作，不料党的内讧层见迭出，我们的意见，遂亦稍有参错，但我们私人的情感丝毫不变，依旧是深厚的，只要把民国十六年他给我的一封信看来，就可以知道的。信的内容如左：

少卿先生同志：

三日的信，今天才接到。

你把绍女师事合现在担任教育科相比，我感得略有不同。(一)绍女师是局部的，而今是比较地全部的。(二)绍女师时代，还不在革命状态中，而今是整个的革命了，在理革命时代，可以放手做去；但是现在正吃才财两缺的亏，而革命的集团中的分子，还不能整个地合作，所以浙江底——其实不但浙江——政局，似乎还不是彻底的革命。政局如此，教育大约也不能成为例外。我并非对于浙江的教育革命，有所不满；我只是对于你做事的困难，有同情的谅解。

××××之流，奸险以济其反动，实在罪不容恕；现在大约已经打倒了。但绍女师现由何人主持，还请告我！

春假中本想来杭。不料火车曾不通三天，而政治大学事又牵住我，使我不能离开。但我总想走一趟；不过迟一点罢了。

为努力革命者祝福！

大白　四月十一日

在这一封信中，可以看得出他希望革命的集团中的分子，整个地合作。当时有一位汪同志，亦和我相谈，如刘先生这一类人，应当合作的。我们居在中间地位。这一步结合工作，非尔我莫能担当，那时我亦认为我欲所言之言。可知精诚团结的运动，固在二十年之秋，始告成熟，然此心此志，我们已在六七年前萌芽了。

我们对自私自利的小人，始终加以反对的，这是我们共同的意志，亦可以在这信上看得出来的。

由上所述几种共鸣，我们的私人情感始终如一，所以他已经病入膏肓，住在上海医院里的时候，我去探望他的病，他还欣喜地和我谈了半日的天，其中还夹着许多的故事，这是他对要好的友人的常态，当时我深恐因谈天过劳，加重了他的病，深深地自悔，不应去探望他的，但我那里压得住情绪，不去探望他呢！

现在已是大白先生去世的周年了，回忆前事，颇多感慨！但是他给我最深刻的怀念，而且是永远不会忘记的，就是他的冷的面孔，热的心肠！

二十二年二月九日

（原载1933年2月13日南京《中央日报》“刘大白先生周年祭专号”）

纪念诗人刘大白先生

夫　凡

诗人刘大白逝世之一周年，他的朋友为纪念他起见，假《公园》一角地替他出一个周年祭专号。

大白是浙江绍兴人。生于公历一八八〇年十月二日，死于一九三二年二月十三日，享年五十三岁。早岁应过科举，壮年叠经忧患，且为革命奔走，不容于袁项城，曾流亡日本南洋等处。最后十几年中，做过大学教授，当过报馆主笔，也一度任教育部次长。遗著有《旧梦》（已绝版）、《邮吻》、《丁宁》、《再造》、《秋之泪》、《卖布谣》等诗集，《白屋文话》、《白屋说诗》、《旧诗新话》及《五十世纪中国历年表》等书。遗著待梓者，尚有《中诗律声》（律声为Rhythm 之译音，这是大白生前自认为最精心之作）、《中国文学史草创》、《南溟小草》等书。他死后遗子女五人，除藏书数万卷外，他无长物，其在杭友人为之经理丧事，卜葬于西子湖畔。

大白是理智与情感两都丰富的人。他有极冷静的头脑，有极强的记忆力，精佛学，擅数理，他平时常对我说，他自悔当初不去研究自然科学，否则他自信在自然科学上一定有很好的贡献。至于诗，则字里行间充满了热情，而又往往以哲理入诗，《旧梦》里周作人的序上曾说以哲理入诗，为大白的诗之特征。

大白最令人佩服的地方，还是在他的治学精神。朋友中常称之曰欧化老少年，他也以欧化老少年自居而不辞。他对于学术之追求不倦的情形，谁见了都会感动的。记得我们同在上海复旦大学的时候，他深憾自己只懂得一种外国文字（日文）决意再读英文。每每在更阑人静，我们初梦已回时，咿唔咕哗之声，还从他的房内透放出来。

大白的人生观是向上的，乐观的。在他的诗里，没有乞怜语，没有颓废语。他虽然中经忧患，虽然是肺病患者，而且已到了第三期，但他对于之追求还十分兴浓。即如他自知病已不起而抒写《遗嘱》一诗时，也绝无悱恻之情。这二种处世态度，也是值得我们景仰的。

大白是青年人的典型的楷模。他的以理智调剂情感的头脑，他的治学的精神，他的处世的态度，都足为世矜式。可惜中年才届，已作故人，在中国是失一人才，在青年是丧一楷范，这是多么不幸的事！

（原载1933年2月13日南京《中央日报》
“刘大白先生周年祭专号”）

白屋杂忆

夏丏尊

白屋公卿

民六、七年时大白居杭州皮市巷三号，榜其门曰“白屋”。余曾以“白屋出公卿”相戏。及大白任教次，余偶提前事谓大白曰：“白屋竟出公卿矣。”大白为之苦笑。

牡丹绝色三春暖

大白夫人何女士，与大白以恋爱相结合，年龄与大白相差殊远。大白贫而病肺，一年之中病苦之日居多。儿女嗷嗷待哺者又众。夫人愁眉殆无一日展者。某日席间，玄庐对大白诵龚定盦诗曰“牡丹绝色三春暖”（按下句为“岂是梅花处士妻”），大白立以定盦句作答曰“兜率甘迟十劫生。”大白本信佛法，故云。不料不久即有离婚之事。

老少年

大白在朋辈中，年齿最长，而兴趣却反最高。好说闲话，好动闲气，又好购置闲物。有专用以割裂毛边书之小刀，有装盛茶叶置于壶中之银质漏花球盒，见有零星小件，无不好奇罗致。案上及抽屉中随处可见零物。有人为定绰名曰“老少年”。又因其喜欢欧化，好新奇，故更有“欧化老少年”之名。

双红豆

大白蓄红豆数粒，谓得之于江阴某君者，色深红，作心脏形，甚珍视，曾以二粒贻余。自留二粒则制小囊佩之。余对此名物虽不敢漠视，因生活不安定，不久即不知去向，然不敢告大白也。大白死后，闻有某女士曾亲至杭州抚棺恸哭，大白家人戚友咸不知伊人为谁，女士自承与大白有恋爱关系，且出双红豆以为凭信云。“红豆生南国，春来发几枝，愿君多采撷，此物最相思。”此一双红豆，将永为相思之种子矣。

呜咽江潮一路哭

大白为道地绍兴人，绰有徐文长之流风。有时笔端非常辛辣。前浙江铁路总办汤蛰仙氏死，浙中大开追悼会，大白自书挽联赍送。联云“呜咽江潮一路哭，蹉跎人寿才年多。”上联讽刺汤氏之卖路，下联则诮其晚节有疵，语颇谑而虐。闻斯联在追悼会中未被悬挂，故知之者殊不多也。

四大与八卦

大白于书无所不读，恒具奇解。某日偶与谈及印度哲学之四大说，顺次论及其与中国五行说之异同，大白谓中国古代亦是四大说，五行说发达在后。问其征据，则曰见于八卦，八卦中明明有地火水风，地火水风四者为体，其余四卦则其相也。如山为地之相，雷为火之相，泽为水之相，天为风之相云。斯说甚新颖，从来治《易》者似尚未有人道过。

大著《中诗外形律详说》

大白著作刊行者已不少，其毕生大著当推《中诗外形律详说》。其书对于中国旧诗之格律，音节作系统的研究，不失为空前之创制。大白逝世之前半年，从南京来沪访余，挟斯书原稿千余页嘱为在开明书店出版。稿中多特别符号，排字人为之束手。大白在病榻中犹时时驰函以斯书为问。余劝重写付石印，大白坚不以为然。大白死后，开明出版部曾拟以原稿摄影付石，因原稿用紫色墨水书写，且涂抹之处不少，摄影成绩不良而罢。斯稿不知何日始能成书，每一念及怅惘之至。

“此树婆娑生意尽矣”

大白病肺十年以上，每年必剧病数次，住白屋时，在病床常念佛自镇。后来始倚赖药物，朋辈早知其不能久延，但渠却凡事有兴，从不作死想。将死之前一月，余往访之于杨树浦圣心医院，已骨瘦如柴，面白如纸矣，犹出医生所摄之肺部X光写真相示，谓肺部虽剥蚀至此，医云犹可挽救。言时神色自若。朋辈力劝其返杭，返杭复以书相告，谓经杭医治疗已转痊可。余不之信也。“一二八”前数日书来有“看去此树婆娑生意尽矣”语，不久而死耗即至。“卷施抽心心尽而死”，生之意志之强韧，实足惊叹。

（原载1934年4月《文艺茶话》第2卷第9期
“纪念刘大白先生特刊”）

刘大白先生小传

陈伯君

先生名靖裔，以字行。浙江绍兴县人。生于清光绪六年十月二日，卒于民国二十一年二月十三日，享年五十二岁。

先生幼承庭训，习举子业，举拔贡，历任绍兴师范学堂及山会小学堂教员。课余研习算学，著有《未见书室算稿》数种。间或考释算学名词，颇多精核，因致力于小学。

先生早怀革命思想，光绪三十一年，作词赠其友陈伯平赴日本，宣统二年至北平，作《我有匕首行》，内蕴外发，情感激越。辛亥光复，主《绍兴公报》。民国二年，国民党二次革命失败，先生偕友去居日本。四年，日本对我要求二十一条，袁世凯将书诺矣，举国骇愤，先生与旅居国人亦奋起抗争，卒被逐，赴南洋考察，受华侨学校之聘，授国文。五年，自南洋归国，充浙江省议会秘书长。旋至《杭州报》。宗文安定中学及第一师范学校皆延致讲席。

文学革命之说甫兴，先生喜惬于怀，相与倡导甚力。创作新诗，先后出版者，有《旧梦》、《邮吻》、《卖布谣》、《丁宁》、《秋之泪》、《再造》六种。别有《白屋说诗》，为其论诗之作，《旧诗新话》则选辑前人诗之近于白话者也。十三年，受聘复旦大学中国文学科主任教授，所著《中国文学史》已梓行，《中国文字学》亦完稿，皆有独见。复辑杂论文学诸篇为《白屋文话》，谓文言文为“古话文”“鬼话文”，谓白话文为“今话文”“人话文”，笔锋犀利。十六年，任浙江大学区秘书长，翌年，兼任文理学院中国文学系主任教授。浙江大学区成立之始，即通令禁小学校授古话文，禁初中入学试题用古话文，为全国倡，十七年全国教育会议，此议卒得通过。

十八年，先生受命为教育部常务次长，迁政务次长。十九年冬，教育部长蒋梦麟辞职，先生凡代理部务二月，二十年，任中央政治会议教育组特务秘书。

先生夙有肺疾，十六年以后，治事繁剧，仍讲学著书不辍，病乃加甚，久不得愈。尝赴上海就医，闻尚可活十年，即喜，购书归，从事著作如故，盖先生离死前数日，犹未尝一日释卷也。

（原载1934年4月《文艺茶话》第2卷第9期
“纪念刘大白先生特刊”）

大白的生地

徐蔚南

又向山阴道上行，
千岩万壑正相迎；
故乡多少佳山水，
不似西湖浪得名。

若耶溪水迎归客，
秦望山云认旧邻；
云水光中重洗眼，
似曾相识倍相亲。

话说上边这两首诗，便是现在我们要纪念的刘大白先生所写的。一天，回乡的途中，在船上瞭望着故乡的山水，刘先生便随口吟咏出这两首诗来。不道一般爱护西湖的骚人墨客，读到了这两首诗，对于大白诗的艺术，当然不敢有所批评，却代西湖抱不平，说：西湖山水终究是江南第一，那里是浪得名呢，刘大白对于故乡未免太夸口了。其实这班只游过西湖的骚人墨客，只是少见多怪罢了。那里晓得就在浙江一省里，山水比西湖好的，不知已有多少了。譬如大白的故乡绍兴，如果你曾经游历过的，你便要首肯刘先生这二首诗，写得一点也没有夸张。绍兴的山确是不象西湖那样的平凡；绍兴的水，确是不象西湖那样一个大水潭，尤以平水村一带的山水更为美妙，为绍兴秀丽的中心。

平水是绍兴城南的一个村庄，去城约有四十里之遥。要说这平水地方的美妙，简单说来，“千山竞秀，万水争妍”，只用这八个字已尽够了；要说得更动人一点，那是身逢国难的君王，在出亡的途中，看见了那边山水，仍旧还要恋恋不舍，屡屡回头观看的哪！

东、南，和东北这三面，都是高山，只有西北一隅，是平畴沃野，却是水道纵横了，在这样半山半水之间，便坐落着平水村。村南三十里，有驻日岭；东十五里有桃园岭；东北十里有日驻岭。著名的群山，象会稽，秦望，刻石，望秦，云门，若耶，射的，不旗等等，离村都不过十里左右。说到溪水，那简直记不胜记了，自村向北十里的上灶溪十八支流，自村向西的若耶溪七十二支流，都过龙天，会于禹陵，而直达三江。

在这样山水秀丽的一个地方，名胜古迹自然也是指不胜屈了，现在且随便举出几个来说说：

一、王顾——在平水东南三十里。相传宋高宗避金兵时过此，见山水之佳，恋恋不舍，屡屡回头，故名。

二、剑灶山——离平水十里左右。即春秋时欧冶子铸剑之处，分上灶，中灶，下灶三灶。

三、广孝寺——在云门山。晋羲熙三年建寺。寺内有弥陀道场。杭僧元照书额。门外有桥亭，名丽句亭，刻唐以来名士诗至多，唐时止此一寺，后分为六：广孝，圣显，平阳，雍熙，普照，明觉。清乾隆南巡，曾经驻跸于平阳寺。

四、郑公泉——在若耶溪。去葛仙翁钓矶不远。

五、苦竹波——在秦望山。泓洁，宜茶。

说到平水，大家便会连想到茶叶，那“平水茶”一个名称，真是天下闻名，无论日本西洋都知道。到现在，农民大都兼是茶户。除了茶叶之外，平水又产竹，三分之一的农民便是依竹为生。

平水村里住户约有七百余家。中产阶级约占十分之一，其余都是农人和茶工。富户不过一二。读书的极少，风俗却很朴厚。商家有七十余，其中规模最大的，要算茶号，有十余家之多，每家资本少则也有二三万元。其余除典业一家外，便是米量南货等杂业了。

村中有完全小学一个，阅报所一个。

村人要到城里去时，因为陆路水路都有，便得雇山轿和小船。

在这样一个山川秀丽，太平得象世外桃源的去处，距今五十四年前的秋天，平水本街上一家读书人家里，阖家男女老小正在欢天喜地祝贺一个新生的男孩子。这个男孩，长成以后，以清洁，刚毅，诗才闻名于世，就是我们现在纪念着的刘大白先生哪。

一九三四，三，六。

附告：我处存有刘大白拔贡考卷若干本，如大白知友中，需用该项考卷作为研究资料时，可和我浃洽。

（原载1934年4月《文艺茶话》第2卷第9期“纪念刘大白先生特刊”）

刘大白先生遗族近况

汪志青

大白先生离开了现世界，已经是足足两年了，他遗留在人间的，除了反抗精神和许多文艺和学术的著作以外，还有五位没有父母的孤哀子女。我想纪念着他老二周纪念的朋友们，总也想知道他遗孤的近况，因此，趁这个当儿，让我来报告个梗概：

他底大女儿端子，年事最长，在南京女中毕业以后，现在中央大学担任职员，她既具文艺天才，而赋性好学，可是为事实所困，她仍得不到求学的机会，况且工作又是很机械，使她在思想上常常为环境所袭击，有时不免陷于悲观。二女儿是星子，原来在杭州济生助产学校读书，因为她有志于医学，所以中途脱离了女中，转学到济生去。可是只是一个学期，——她又要转学到广东去了。因为她和张耀订了婚，张君是在广东中山大学读书的，他们就打算在一块儿，虽然星子是个未成年的女孩，可是事实上也只能要他们自己去负责任了。不过在到广东去的时候，预算她助产学校毕业的经费是给她带去的。第三个女儿绿子，杭州女中初中部毕业后，在春晖中学读书，因为春晖中学的黄树滋先生也是大白先生的老友，在各方的照顾可以周到点。第四个女儿满子，现在衙前沈玄庐先生家里，就在玄庐的纪念学校里读书。她年纪虽然最小，也很知道父亲是没有遗产的，所以在华芬先生的养护之下，也很满意。

大白先生唯一的儿子丙震，原来在杭州高中读书的，可是他底个性实在不合于学校教育，他把不情愿学的功课都不去上，而且最反对军训和生物功课，因此第一个学期是留级了，他就要求不再到高中去。可是我们觉到离了学校便无办法，因此再勉强了他半年，到寒假为止，他的态度依然如故，整天地研究英文国文和算学，而把旁的功课多丢了，所以我们没有法子，只能答应他不受整个的学校教育。现在是在浙江大学代办浙江省立工科高级中学选读英文算学及物理化学三科。他算学的程度尤高，差不多已经不该在高中了，不过他身体并不健康，而每天每晚多在图书馆里，大有大白先生的遗风。

大白先生的遗书，经罗膺中、戴静山、金少英、钟敬文、陈伯君、储皖峰诸先生的整理，装箱保藏了一年多，现在让给浙江大学了。书价是三千元，分六年交付，每年二期，想把这笔款作为丙震大学读书的费用。可是照丙震现在的情况说，进大学又成了问题，极盼关心于这事的朋友们，供献些意见。

临了，还要报告一个好消息，就是大白先生底九妹诒君，和他底老友汤子枚先生结了婚，丙震就住在他们家里。朋友们助赠的经济，几家书店的版税和遗书的书价都由汤子枚先生经管，前次已经有个帐目报告过。

二，二六。

（原载1934年4月《文艺茶话》第2卷第9期
“纪念刘大白先生特刊”）

刘大白

受 仲

“刘大白先生原姓金”，有一位和他幼年同过学的父执曾经这样告诉我。他之所以改姓，据说是有考据的。不过，究竟是为怎么一回事我可不大清楚。在他所著的《旧诗新话》中，曾经提起他在民国前二年在北京的一家酒楼上题了一首诗，那首诗的末尾已经是署“现在的姓名”。由此可以推知他的实行改姓还在光复以前。

他的名字是靖裔，不过知道的人很少，他自己总是常用“大白”这个别号，后来竟变成他的名字了。

在前清时候，他是一名优贡生。后来在复旦教书，职员录上，明明标着“前清举人”；大概他并没有理会。

他也曾做过八股试帖之学；对于旧学，也曾有过研究，尤长于韵文和小品；至于新文艺，是他晚年所极力追求的，虽然做了官，不时还有作品呈献于我们的眼底下。

《旧诗新话》中，常常说起他过去的踪迹，内中有几段的纪年月下写着“于江湾”者，正是他在复旦大学主持中国文学系的时候。他初到复旦任教，大概是在民国十二或十三年；离开复旦，是在十六年国民军到沪以后；不久他就开始他的政治生活；不久他便离弃人间。

我初次看见他，是在十五年的秋季；那时我正升学到江湾去。就在那一年的冬季，他已继叶楚伧之后当了中国文学系的主任，担任的功课更多了，学生们对中国文学系方面的种种，渐渐的集中注意点到他身上去了。一个长长的脸孔，鼻梁上总是架着一副远近两用的克鲁克眼镜，嘴上虽然没有留胡子，那胡子的印记却是青黝黝的长着，尤其显得下颏的尖削。上国文课的时候，照例还有人偷看小说，笔谈，或呆想心思的。但在他的讲堂上面，只要发见这种情形，他就一面打着顿，一面用尖溜溜的眼光顺着鼻子底下往你身上射，有时引得他仿佛故意增加干咳的次数。这种不动声色的约制，有时往往使得那被约制者自己觉得不好意思，暗自一笑。这种约制的一刹那，全课室的空气不由得的为之一变。所以，我们那时要是在天热人倦的当儿，倒很欢迎那位同学“旧病复发”，同时又欢迎这位教授“如法泡制”。在“国文选读”的一课，他照例的一上堂就把那篇文章的大意和段落在黑板上一写，然后再打着他的绍兴官话讲解。他所教授的课程，多半自编讲义；“咱们”，“儿”，“别”，……等等北京人说话常带的字眼是他的讲义里边所常用得着的，只是读起来就不大够“北京味”。后来看他所著的书，总欢喜来这一套。又欢喜把如男性之第三人称的代名词写作“𫖯”，在这位老先生是优为之，在今天看去，好象不成为简体字了。

在那个时期，复旦还没有一个正式和完备的图书馆。心理学院的图书室，比较象样，中国文学系在那里得到一间屋子，大白先生就把他所藏的旧书放进去，算是该系专用的参考书。我因为和管书的那位同学熟识，所以得在开放时间走进书库去“观光”。他对于同学基本的书，大都加过圈点过的；当时我所注意的书，是段氏《说文解字注》，通体都有墨笔小圆圈。所有的书面上，差不多都盖有“寻常百姓”篆字白文小方印。有时因为功课上的关系到宿舍里去会他，虽然是在寒夜，在没有烧着火一间楼上，依然看见他在那里写东西，桌上很零乱的放着这些工具书如《辞源》之类，用的是紫罗兰墨水和毛笔。同去看他的同学有赞他“用功哪！”的，他笑而不答。据说，他所出版的几部新诗集，就是在这个时期脱稿的。总之，这种苦学的态度，是值得佩服的。

那时学校里只要有刊物出版，当中必有大白的文章。记得那有一种周刊，很得他卖气力：我们现在所购得到的《白屋文话》的头上一部分，就曾发表在该刊上，内中有些地方竭力攻击章太炎之好用奇字僻句，至称之为“章大虫”；还有《旧诗新话》似乎有些条数和周刊的读者也见过面，记得那些推翻朱注的毛诗的解说，在当时还被视为一种新的议论。

有人说：大白先生的太太，已经死了多年，他很希望寻觅得一位新的伴侣，但是没有达到愿望。这也许一种推测，确不确不得而知。不过，所知道的，是他一向是“独处”在枯寂的宿舍中的，不听说有家眷。每星期的末尾，他总是夹着皮包由江湾到“上海滩上去”。他那时的生活所代表的，正是穷教授的一例。

他平时的衣服，一点不特别；不过遇着学校一有庆祝典礼，他的燕尾礼服就穿上身，大摇大摆的走向人面前了。在通学校中连老校长也没有这种妆束，惟有他“孤芳自赏”，活泼点的同学们不免拿着当玩笑看了。再加上他的好新立异，所以有的人以为怪，有的人以为新。只是“摩登”一辞，那时还没有人用，不然，“老摩登”恐怕难免不是他的混名了。

有一次，学校中发生了一点小小的风潮，因此开除了几个学生，同时学校中还发了一篇宣言，登在当时的报上。这篇宣言，洋洋洒洒；尤以“本大学”之称，触目皆是，可说是“官腔十足”。这种堂堂的高文，看去总要令人疑是“老公事”的手笔，谁知道是这位好为花呀月呀体的富于情绪的诗人所捉刀的呢？

在二十年的春天，他在杭州病故；离开他荣任教育次长代理部务以后，不到一年吧！

二十四年七月三日记于南京

（原载1935年4月《人世间》半月刊第26期）

新录鬼簿（摘录）

——现代文坛逸话之一

陈时和

从鲁迅，使我们联想到了刘大白先生。第一是他们俩的生卒极相近；刘先生生于一八八〇年，早鲁迅一年；卒于一九三二年，早四年。第二是他们同是浙江省绍兴县人。第三是都在教育部做过官——虽则时代前后有差，职位大小不同。第四是两人都有一副倔强的性格。

鲁迅的倔强的性格，差不多人人都知道的，刘先生却知道他的人较少。如果你当民国十一二年间已经在阅读报章杂志的话，当可记得那时上海《民国日报》副刊《觉悟》上有一位署名"靖裔"或"汉胄"所作的辛辣的文字罢。这一位作家，就是我们的刘大白先生。这些有刺的文章，给予读者的印象当也相当的深刻，作者的倔强的性格在这里露骨地表现着。——尤其是几篇和人家笔战的文章。他又创造一个男性第三身称代词"䞣"，把"他"字作为男女两性通用。晚年更固执地称文言文为"鬼话文"，白话文为"人话文"。这种种，都足以显示他的性格。

刘先生初姓金，名庆棪，字伯贞。大约是辛亥革命以后罢，更姓刘，名靖裔，字大白，一署汉胄。（因为姓"刘"，所以是中山"靖"王的后"裔""汉"家天子的华"胄"，想不到一位极富革命性的人物，却取用这么有封建色彩的字号。）至于为了什么缘故改姓换名，那可恕我谫陋，说不出他的所以然来，只好让将来的胡适之之流去考证了。

他在前清曾考过科举，得过功名，有人说是举人，有人说是拔贡，也有人说是优贡。究竟是什么，干他妈，反正是这么一个劳什子得了。他又曾到过日本，究竟是否在那边读书，又不知道。我们只从他的《旧诗新话》上，知道他当"民国二年，赣宁讨袁战役失败，《绍兴公报》因为主张浙江独立讨袁，被封绝命；我便去国，往日本东京。……××××，××××××××××××××××，×××××××××，××××，××××。"××××，他不是在那边念书的。

正当"五四"的时候，他在有名的浙江省立第一师范当教员，和陈望道，夏丏尊，沈仲九（？）等被称为四大金刚，施存统，杨贤江等新文化运动健将，都是他们的学生。后来他又在上海复旦大学当教授，我就在那个时候，往复旦访友，见过他一面。他是一个瘦长个子，瘦长脸儿，鼻上架一副散光老花眼镜。平常老是长衫马褂，道貌俨然，一望就知道他是前清科第中人物。但是奇怪的是，他脚上却穿一双皮鞋，并且还罩一副毡毛的鞋罩——那时候，这东西是只有穿西装的漂亮朋友才用它。

大约在民国十六年国民军到沪以后，他弃"教"就"政"，从浙江省教育厅秘书，而国立浙江大学秘书长，而教育部常任次长，而政务次长，而代理部务。他不复是"寻常百姓"了——据说，他有这么一个图章，凡是他的藏书上，都钤有此印。（又他的《白屋旧诗》中《北征小草》的扉页上亦有此印。）

他的著作很多，可没有人替他编全集出版，我们来试编一个目录罢：

旧梦（新诗集，商务版）
邮吻（新诗集，开明版）
丁宁
再造（新诗集，就《旧梦》改编，开明版）
秋之泪
卖布谣
白屋旧诗（开明版）
中诗外形律详说（中联版）
旧诗新话（开明版）
白屋说诗（大江版，又开明版）

白屋文话（世界版）
白屋联话（未见刊行）
白屋书信（大众版）
中国文学史（未完成，大江版，又开明版）
中国文字学（大江版，又开明版）
五十世纪中国历年表（商务版）
未见书室算草（未见刊行）
故事的坛子（民间故事集，黎明版）

就我一时想到而查得的，是上面几种。“未见刊行”的两种，是曾经在他自己的和别人的文章里提起，而我没有见到这两部书。此外也许还有，但我已无法再查了，就这样算了罢。但方面已相当广了。我曾经在某杂志上见到过他的著作的一个广告，那广告辞说：“是革命者，是音韵学者，是文艺批评家，是诗人，是不愧为多方面的人。”起初以为这几句话未免太夸张，现在却知并未过誉，也许可说还嫌不够咧。

这广告辞里还有他的诗的批评，说：“氏的诗作，也是多角的。有冷淡的理知，同时有奔腾的热情；如锋利的巨剑，同时也如婉转的柔丝；有洒落的豪语，同时也有缠绵的腻情。”这几句话，似乎也并不十分“溢美”，只是仅就好的一方面说而已。缺点，当然很多，而且他自己也很明白。他在《〈旧梦〉付印自记》里说他的诗传统气味太重，而且这气味循环的复现着，不容易消灭。说得对，“传统气味太重”确是他的作品的致命伤。我们读他的新诗，仿佛是在读一首旧诗，尤其是仿佛读一首“自度曲”的词。无论是声调方面或风格方面，都有这感觉。胡适说他自己的诗是缠过小脚的放大，我觉得这譬喻移之刘先生，那更确切呢。他又说，“用笔太重，爱说尽，少含蓄”。这也是他的诗作的又一缺点。“含蓄”是作诗的很重要条件之一，但刘先生却未能做到，怪不得人家读起他的诗来，都说没有味儿。

在年龄上，鲁迅和刘大白是“老辈”了，但有比他们更老的“老辈”，那就是曾孟朴先生了。

（原载1944年8月《万象》）

忆刘大白

——诗人、和尚、优贡生、寻常百姓、教部次长

天　行

浙江的绍兴县，从前出产“师爷”出名，说到近代，产生了不少的文人，除鲁迅的周氏兄弟外，还有蔡元培，邵力子，孙伏园，孙福熙，许钦文，刘大白，王世颖等多位，在这许多文人中，刘大白先生给我印象最深，他逝世虽已多年了，而我脑海中仍没有忘记，今天写这短文，聊以纪念他在天之灵吧！

刘先生原姓金，名靖裔，前清时候，他是一名优贡生，后因情场失意，曾一度出家为僧，大约不久还俗，就改姓换名了。

他做过八股试贴文学，对于旧学原有着深切的研究，尤长于韵文，所以他是诗人出名的。说到新文艺，在他晚年更是极力追求，虽然当时做了教育部次长的官，不时还有作品呈献于我们的眼底下。

在民国初年，他是住在现今称北平的燕京，那时适逢袁世凯要做皇帝，袁氏对他亦有勾引之意，他特作一诗，以表白其志。诗云：“摩登伽女工淫术，莫把阿难戒体玷，我本如来最小弟，曾化佛座听楞严。”诗中所说如来，闻而指孙中山先生，因为孙先生，原是当日的同盟会盟主啊！

我初次见到他，地点是在杭州广化寺，时间大概在民国十四五年之间，我已不能确定那一年了，在一位亲戚王君处和他碰见，他一见如故地那天说了很多的话，言语诙谐而颇有风趣，引起我不少的注意。

刘先生是一个长长脸孔，鼻梁上架着一副远近两用的克鲁克眼

镜，嘴上虽没有留胡子，那胡子的印记却是青黝黝的长着，下颏尖削，足则似乎不良于引，打着一口绍兴官腔，但听来并不觉得使人讨厌。

那时我还紧紧记得，我的一位亲戚王君的弟弟就在西子湖畔结婚，刘先生送了一幅短屏，写着“无独有偶”四字，因着新妇亦姓王，这四字正是用得最合宜了。

刘先生从民国十二年至十六年，一直在复旦大学教书，课余之暇，听说就在宿舍里写文章。他所出版的几部新诗集，就在这个时候脱稿的。其中一部新诗集叫《旧梦》，他用的功夫最多，每首诗做后改了又改，有的一字推敲达六、七天之久，这种苦学不随便的态度，是值得人们佩服的。他的著作除几部新诗集外，有：《白屋说诗》、《旧诗新话》，《故事的坛子》，《中国文学史》等。对于国内文坛上，都有着很大的贡献。在我个人偏好，感到他做的旧诗很不坏，但在刘先生本人，却不愿向人提及，我还记得他有一首湖上吊韩世忠的诗，这里索性把它录了出来：“君相筹边只议和，北来鼙鼓震关河。小朝已定红羊劫，大将空悲白雁歌。三字狱成同僩少，两宫仇在痛心多。江山满眼都残雪，忍向西湖策蹇过。”是诗委婉道来，确是一首佳作。

刘先生用情很专，自夫人逝世后即不再娶，二十余年中，长时期过着孤单独宿的生活。一生最反对章太炎，竭力攻击其好用奇字僻句，甚而骂其文为“鬼话文”，称其人为“章太虫”，他的为人欢喜脚踏实地去做，不高兴标新立奇，所以他常用的有一颗印，刻着“寻常百姓”四字。

民国十六年国民革命军到沪后，他就开始他的生活，在二十年的春天，他在杭州病故，这是他荣任教育部次长后，还没有到了一年。

一九四八年五月二十六日于沪东贤邻别墅

（原载1948年6月6日上海《新民报》晚刊）

古文叛徒刘大白

兆　良

浙东文坛三叛徒——就是陈望道、夏丏尊和刘大白。陈望道毕生尽力修辞学的研究，曾著《修辞学发凡》一书，可称为中国第一部最完美的修辞学。夏丏尊也以《文章作法》一书驰名，虽稍浅显，不逮陈之修辞学那么深沉精微，但以通俗的缘故而销行更为广大。又夏似乎不擅剧作，其几部译书如《爱的教育》、《棉被》、《女性》，允称佳构。刘大白乃独以诗鸣，其新旧文学的造诣，似乎远在二人之上。

刘大白虽以“鬼话”“人话”来区别文言与白话，自誓决抛弃旧诗词，而戛戛独造新诗，以期自成一格，有所贡献。但就浅见所及，刘的新诗却远不逮其旧诗之佳；其诗似乎还不逮其散文，而散文乃尤以幽默风趣之作，为更饶有韵趣。

刘大白为绍兴前清拔贡，少年曾负诗名。后来曾更名“大白”以攻击旧思想，提提新文学自命。其初尝在邵力子所编之《民国日报·觉悟》栏中发表新诗，集成《旧梦》新诗集，以空灵之笔追忆西湖幻影之种种。

刘大白晚年曾执教于复旦大学，承叶楚伧邵力子之缺。在其执教期间，在复大创办国学系，颇思造就后学。然学生寥若晨星，成绩并不佳。刘大白以“人如黄花瘦”的一种诗人姿态，出现于讲坛，他是一副瘦长的脸孔，似乎有一双阴鸷而不留笑影的眼睛，从深度的近视眼镜中漏了出来，老不能承受学生们的欢迎。

刘大白虽以叛徒著名，其语音仍不改其乡音——满口还是“哼个老馆”的声调，使聚首一堂的四方髦士听了莫名其妙。

然而先生固属一个风趣人也。其为人十分恳挚，能周人之急，济人之困。尤多故事，课余之下，可以滔滔长谈不绝。其所谈资料，大都为文坛掌故，如关于诗词，对联，入阙应试等故事。其对于对联一项尤有特长。孙总理逝世之日，复旦各团体所挽哀词，大都出于先生手笔，其佳者不但为复大教授莫敢望其背项，即在人才济济的大上海中，也不失为佳制。惜乎其为人太诚笃，不知利用滑头腔以上教堂，如果他能用讲故事的口才，态度，以对付上课学子，我想他定会成为全校中最受欢迎的一人。

刘大白于笔墨之外，似乎还长于幕府之才，当郭任远代理复大校长期间，刘任秘书长，一切行政方针都取决于他。而他也以槃槃大才，应付各方，有指挥若定之概。

他所写的散文，精思远识，足资钦佩，而对于考证也多真确之见解——往往有所纠正于国内考证大家如顾颉刚、胡适之流。这因为他读书甚多，不如他人之但凭聪明才力为力也。其最有名之作，如考证《孔雀东南飞》一诗的时代，曾引起文坛之极大注意。

晚岁任教育次长，佐蒋梦麟以司中国教育大政。蒋尤倚之如左右手。惜乎不数月即以病辞职，不久逝世矣。

（原载1949年5月5日上海《新民报》晚刊）

白屋诗人刘大白

曹聚仁

一九二七年秋天，政治前线，日趋于混乱，我已经说过了。不过北洋军阀的奉直皖旧集团，随着孙传芳、张宗昌、张作霖、吴佩孚的崩溃，终于一蹶不复振了。在东南一带的教育文化界人士，对社会革命，政治斗争，多少有点惶惑。但在反复古、反读经、反封建的文化战线上，几乎趋于一致。即如梁启超、蒋百里、胡适之、吴稚晖，单在新文化、新文艺的保卫战上，步调是一致的。我在这儿，要说说刘大白师，他是旧诗词的大作手；但，他在白话诗的创作上，又是急先锋。

刘师，教过我们的国文；我们却不知道他是第一流的刀笔吏（绍兴师爷），沈玄庐先生和沈仲九先生，都是刘师的好友，直到“留经”运动时期，我们渐渐注意他的言论。我当时自叹有眼无珠，不知道刘师学识渊博，观察之透辟，笔力之劲健，实为时人所不及。他深沉守默，不很爱说空议论。年青人总以为刘师城府很深，不可测度。我只记得他时常患牙痛，教我们国文课，却时时请假。牙痛，我自幼体会得；因此对刘师的牙痛，非常同情。当时，我们的思想解放运动，实在浅薄得很；可是非常起劲，也时常去麻烦那些教师。我在杭州皮市巷刘师寓中，吃过多少次午饭。往来既久，彼此熟了，刘师的话也多了；他的话如老吏断狱，极有力量；我才知道我们真是天真无知的小孩子。刘师家中，有一副日本围棋子，还有一方日本围棋板；我和他下棋，一心想多吃他的几个子，在紧要关头，他偏不让我吃；有时，我的棋子快死了，他又放开我一路，让我去救活来，他不让我赢，也不让我输得太多；他是应付得有分有寸，显得他的世故很深，决不是我们所能测其高深的。

如刘师这样冷静理智的人，可是，他那火辣辣的热情，却比苏曼殊还要浓厚些。当年，他听了革命志士在北京暗杀满清朝贵，他十分兴奋，也赋了匕首行，诗云：

腰有一匕首，手有一樽酒；
酒甜匕首出，仇人头在手。
匕首复我仇，樽酒浇我愁；
一饮愁无种，一挥仇无头。
匕首白如雪，樽酒红如血；
把酒奠匕首，长啸暮云裂！

此诗激昂慷慨，出之以雄健的格调，最为友生所传诵。有一回，周刚直先生送他一双红豆，这有名的“相思子”，更激发他的快愉之情，他就写了三首双红豆，词云：

岁朝初，一封书，珍重缄将两粒珠，嘉名红豆呼。树全枯，却重苏，生怕相思种子无，天教留半株。

望江南，树凋残，莫作寻常老树看，相思凭此传。体微圆，色微殷，星影灵光耀晚天，离离红可怜。

豆一双，人一双，红豆双双贮锦囊，故人天一方。似心房，当心房，偎着心房密密藏，莫教离恨长。

他的诗词，有着宋诗的情趣；但他和黄公度一样，不仅是继往，而是在开来；因为他在新诗园中别开新面目，还在胡适之之上呢！

在白话诗运动中，朱自清、刘延陵诸师，都是白话诗的前驱；我说过杭州的“湖畔诗社”，便是朱师所领导的。但，从旧诗词阵线转向白话诗的俞平伯、郁达夫诸先生，又重新写起旧诗词来；只有刘大白师一直写新体诗。他的新诗，大半在《觉悟》上刊载；最初编刊了

《旧梦》，续刊的有《邮吻》，论诗之作，则有《白屋诗话》、《旧诗新话》二书。周作人先生在《旧梦》序中说："……过了几年，大白先生改做新诗，这部《旧梦》便是结果。虽然，他自己说诗里仍多传统的气味，我却觉得并不这样：据我看来，至少在《旧梦》这一部分内，他竭力的摆脱旧诗词的情趣；倘若容我的异说，还似乎摆脱的太多，使诗味未免清淡一点——虽然这或者由于哲理入诗的原故。现在的新诗，往往喜学做旧体，表示多能，可谓好奇之过；大白先生有旧诗词的蕴蓄，却不尽量的利用，也是可惜。"朱自清师说："刘大白先生能融旧诗的音节入白话，又能利用旧诗里的情意表现新意，如《春半》一诗，读来似一首白话旧诗，又像一首词。诗云：

> 春来花满，花飞春半，花满花飞，忙得春风倦。 开也非恩，谢也何曾怨，冷落温存，花不春风管。

刘先生的白话情诗，在中国诗坛上，可说是独树一帜；中国素来缺少情诗，有的亦只是曲喻隐拍之作，坦率的告白的诗，可说绝少。刘先生的情诗，却是一点不胆寒，不怕冒犯人们的指摘而赤裸裸地写出来的，而且他是为爱情而歌颂爱情的。在《我愿》一诗中，他歌唱：

> 当你一心念我的时候，念一声我爱，掐一粒念珠；缠绵不绝地念着；循环不断地掐着，我知道你将往生于我心里的净土。

刘师的诗集中，我最爱读他的《邮吻》，此中更富有诗味、诗趣。有一首题名《秋晚的江上》的，诗云：

> 归巢的鸟儿，尽管是倦了，还驮着斜阳回去；
> 双翅一翻，把斜阳掉在江上；
> 头白的芦苇，也妆成一瞬的红颜了。

有此情，有此境，言有尽而意有余，才是第一等好诗，此诗得之。其运用旧诗词风格而情韵真切的，如《送斜阳》：

> 又把斜阳送一回，花前双泪为谁垂！——旧时心事来成灰。

几点早星明利眼，一痕新月细于眉，黄昏值得且徘徊！

又如《明知》：

明知今夜月如钩，怕倚楼头，却立湖头。
湖心明影正沉浮，算不抬头，总要低头。
不如归去独登楼，梦做因头，恨数从头。
胸中容得几多愁，填满心头，挤上眉头！

用旧诗词风格，容易落入旧诗窠臼；刘师能独造新意境，溶化在旧诗词中，可说是十分成功的。

刘师在《抒情小诗》序中说："几千年来被压在礼教的磐石下的男女之情，从来不敢堂堂皇皇地表现出来的。……到了最近，这一块腐朽的磐石，已经被新时代的潮流冲击得崩裂了。压不住的情苗森森怒长了；一般新诗人，大胆地作起抒情诗来。又因为诗体解放，可以用新工具充分地自由表现，所得的成绩，往往远胜于旧体的抒情品，这是现代中国诗坛上最可喜的现象。"这便是刘师所走的路子。

当白话诗运动走向退潮那一段时期，新诗自有它的进境；但，如我这样从传统圈子打出筋头来的，总觉得刘大白师的新诗格外有些诗味。但刘师的旧诗，究竟怎么一种作品？我们所知很少。唯一读过的，只有一首师友们所最爱好的感怀诗（见前）；还有一首，写在我的《红楼梦》扉页上的《读石头记》五律诗：

花谢春成劫，风流梦忽醒；
有情方许读，无字不通灵。
悟境参虚白，奇书亦汗青。
美人香草意，俚语续骚经。

直到一九三五年春间（刘师已于一九三一年逝世）[1]，他的朋友王世

[1] 应为一九三二年。——编者

裕，辑其旧诗，序中说："五四以还，大白敝屣其旧诗，然温丽俊爽，予夙爱之。尝戏谓：'他日署予名刻之何如？'君殁后，诗稿存储君皖峰处，予乞以归，题曰：《白屋遗诗》，付上海开明书店，经年而书成。昔日戏言，宛然如昨，而君墓有宿草，予亦垂垂老矣！风雨之思，良不可任。"（夏丏尊师署签）刘师毕竟是上一代的文士，因此他生前的交游，我们已经很少知道了。这儿，我该节取刘师好友蒋梦麟先生的一段话：

刘大白先生是一位诗学、文学、佛学、史学、行政、政治都有兴趣的人。这种多方面兴趣的人，在当时是不多见的。一九二八年，我回浙任教育当局，当我把他从复旦拉了出来，任我的秘书。我对他的讲求是很直率的："大白，有人不敢请教你，有人不配请教你，我也敢，也配，你来不来？"他的答复是一样直率的，只说了一个字："来！"后来我到教育部承乏部长，稍迟，他也被任为次长；在浙在京，他对我总是知无不言，言无不尽。

刘师，和沈仲九先生一样可说是第一流幕僚人才。

翻看刘师的《白屋遗诗》，可以了解他的交游和感时情怀。《东瀛小草》，很多是写给剑侯的诗，剑侯即沈玄庐（定一），民初，任浙江省议会议长，刘师任秘书长，可见彼此交谊的深切。袁世凯专政时，刘师和沈氏避祸新加坡，有"自窜南荒，倍怀中土；偶闻国事，不禁怆然。"三律句，中有"长向南云挥涕泪，况闻北极改朝廷；嘉禾毕竟徒供雀，腐草居然尽化萤。"语，感慨殊深。刘师的旧体诗词，也正是启蒙时期的新体诗。梁启超说："吾党近好言诗界革命，虽然，若以堆积新名词为革命，是满清政府变法维新之类也。能以旧风格含新意境，斯可以举革命之实矣。"刘师的旧诗，可以和黄遵宪（公度）相比并，做到了"我手写我口，古岂能拘牵"的"达意"之境了。

刘师的《白屋说诗》，我手边有了三种版本，一九五八年，北京作家出版社本，便是当年开明书店的旧版。刘师也是一位文艺批评家，他的《中国文学史》（只刊上卷），也是有所见的著作，和坊间的教本式文学史，绝不相同。《白屋说诗》，虽是随笔式文字，却解答了：①双声叠韵和句中用韵问题，②《孔雀东南飞》底时代问题，③《毛诗·邶风静女》底讨论，④《万古愁》的作者问题等等；可以看到他的卓见；而“说毛诗”部分，更是十分精审。我翻看一过，才知道我当年也在《觉悟》上提出我对《孔雀东南飞》时代问题的看法，我是否该保留我的看法，姑且留着再说。

刘师的散文，体制谨严，近于汪中，值得时人吟味。他曾在雷峰塔崩坍后写了怀念文字，第二段历叙涌金门外往事，可入《西湖游览志余》，加得上“文情并茂”的考语呢！

（原载1981年《新文学史料》季刊
第1期《我与我的世界》（一））

刘大白事迹述要

陈于德

刘大白（一八八〇——九三二）原名金庆棪，字伯贞，改姓为刘后，名靖裔，号大白，浙江绍兴平水人。平水是世界闻名的绿茶产地，金氏为当地大族。他家境较富，年少时就喜读书而不愿经商，与家长志趣各异，后来又为了反对封建婚姻，脱离家庭，改姓为刘，以示决绝。二十年代上半期，笔者曾在浙沪两地受过他的教诲。后又与他的侄子金小白在文教界做过三年同事，因此略知刘大白的一些事迹。

辛亥革命时期，刘大白与王世裕（子余）合编《绍兴公报》（系民办报刊，不是政府的公报）。王世裕是清末进步人士，曾办《绍兴白话报》。后与刘大白合作，先后创办《绍兴公报》和《禹城新闻》。他们办的报刊，除了诗词之外，评论和新闻等尽量采用白话文。这在清代光绪末年中小城市的书报上，是很难得的。

刘大白年青时就参加了孙中山先生领导的同盟会，进行反清革命活动。因此，平水金氏的族人深恐被牵累，认为幸而他已与家庭决裂，而且已不姓金了。

癸丑二次革命时，刘大白在报上发表诗文，反对袁世凯，讽刺袁世凯。有人向袁报告后，刘大白被迫离浙，于一九一四年间出国，先到日本参观考察，后到苏门答腊游历，这时他仍在华文报刊上撰文抨击袁世凯，宣传再革命。直到袁病死之后，他才回国。

一九一八年浙江省立第一师范学校校长经亨颐（字子渊，浙江上虞人），提倡新文化，在充实师资时，邀请刘大白为国文教员。刘反对崇古，任教后，废除读经，常以白话文和古人近于白话的旧体诗及当代的新诗为教材，并教学生多看新书报，多写语体文。他与同事陈望道协助经校长大力革新教学，这是当时浙江教育事业的一大改革。

一九一九年“五四”运动前夕，经亨颐当选为浙江省教育会会长，就请刘大白兼任该会总干事。五月四日北京爆发了“五四”反帝反封建的爱国运动后，经校长就召集全校师生开紧急大会。刘大白、陈望道、夏丏尊等爱国进步教师发表激昂慷慨的演说，动员学生立即响应北京，联合杭州各校同学，投入战斗。经、刘、陈、夏与学生一道上街宣传，并肩示威游行，振臂高呼“外抗强权，内除国贼”等口号，激励了全市各界民众，推动了全省的运动。当时杭州报刊称他们（经、刘、陈、夏）为“五四浙江四杰”。

北大校长蔡元培为反对段祺瑞卖国政府镇压学生爱国运动，愤而辞职南下，寄寓杭州。浙江省教育会会长经亨颐与总干事刘大白热诚接待，亲切慰问。北京“学联会”为挽留蔡校长，推派段锡朋等为代表南下，邀同上海学联的代表朱承洵等到杭州请求蔡元培回京时，以经亨颐、刘大白不但与蔡熟识，且系绍兴旧府属同乡，要求他们两位浙江教育界巨子支援挽留蔡氏的使命。他们就予以帮助，力劝蔡校长回京复职，领导爱国新文化运动。京沪两地“学联”的代表，对经和刘深为感谢。

“五四”期间，刘大白兼《杭州报》编辑年余，后为上海《民国日报》撰文，更积极地提倡新诗。上海《民国日报》增辟副刊《觉悟》，由该报创办人邵力子——刘的同乡友人——兼任主编。他要刘大白供稿，刘大白就经常以提倡新文化和解放妇女为内容写文章和新体诗寄给《觉悟》。直到一九二五年初邵力子离沪到广东参加孙中山先生领导的民主革命工作为止。这期间他的新诗发表得很多。

刘大白于一九二二年曾把他以前在杭沪报刊上发表过的许多新诗经过整理修饰，汇编成册，题书名为《旧梦》，交给上海商务印书馆出版。当时新诗集还很少，他这本《旧梦》，只印了二千册，不久就售完了。由于他不曾把“版权”卖绝，商务印书馆征询他是否再版时，他谢绝了。过了数年，他把《旧梦》集分散，加上二十年代中期的许多新作，卖给上海开明书店，出版了四本新诗集，书名分别为《卖布谣》、《丁宁》、《邮吻》、《秋之泪》。一九二六年前，他把写过的诗话，汇编为《旧诗新话》，也由开明书店出版，这本书销路更好。

刘大白的旧诗，从民国初年起到二十年代末，也陆续在绍兴、杭州、上海等地的报刊上发表过几百首，其中也有不少动人的佳句，但他却只出版过上文所述的几本新诗集，不愿让编旧诗集。上海开明书店创办人章锡琛和总编辑夏丏尊曾经问他："既然出版了新诗集和《旧诗新话》等，为什么不愿出旧诗集？"他说："我们提倡白话文、白话诗，何必再出旧诗集！"直到一九三二年他病故后，才由老友王世裕搜集他的旧诗遗稿，编为《白屋遗诗》，由上海开明书店出版。这是一册旧式的线装本诗集。

刘大白本来很喜欢词。他在沪杭旧书店或书摊上看到古代小名家或无名词人的诗词集、诗话词话等，总喜购阅。他所写的新诗，也富有词的情调和意味，例如他在杭州时所作的《卖花女》：

春风料峭，女郎窈窕，
一声叫破春城晓。
花儿真好，价儿真巧！
春光贱卖凭人要！
东家嫌少，西家嫌小，
楼头娇骂嫌迟了！
买花人笑，卖花人恼，
红颜一例和春老。

诸如此类的新诗他写得较多。至于他的旧体诗，常喜白描。他反对雕琢，反对用典，常说："写诗作文为表情达意，否则，等于'卖关子'、'卖秘诀'了，那何必多费笔墨呢！'夜梦不祥'明白易懂，假使写作'宵寐匪桢'，显示古雅，那实在有如金漆马桶，并不高明！"他的旧体诗也似白话的一样。如他二十年代初自杭州回乡时，在钱塘江上所写的"口占两绝"，就是一例。

又向山阴道上行，千岩万壑竞相迎，

故乡多少佳山水，不似西湖浪得名。

若耶溪水迎归客，秦皇山云认旧邻，
云水山光重洗眼，似曾相识倍相亲。

一九二四年下半年，邵力子准备离沪南下时，向复旦大学李校长推荐刘大白继任他的教职。当时陈望道已在复旦执教，于是，“五四”时期浙江省第一师范的两位老同事又在一起了。

一九二五年秋季，复旦中文系主任叶楚伧，因邵力子南下，既忙于上海《民国日报》的社务和笔政，又急于准备赴广东参加国共合作的北伐革命事业。就把系主任行政事务委托刘大白代理。次年，叶楚伧离沪南下，就由刘大白接任系主任。以后刘与陈望道又介绍浙江省老同事夏丏尊（当时为上海开明书店总编辑）继任叶楚伧的教职。这样，当年“五四浙江四杰”就有三位都在复旦中文系执教了。

刘大白为主任教席，教的课是中国文学史、历代诗选等。他编撰的讲义稿，凡是指男性的“他”字，都写“駞”字，指女性的就写“她”字，而指其它事物的都写“牠”字。当时笔者兼“复旦通讯社”编辑，复旦中文系文书孟慎欲对笔者说：“我在浙江和上海的大中学里，当过许多年文书，从来没有抄写过这个‘駞’字，刘先生大概早在清末民初就主张男女平等了吧！”后来，上海世界书局出版刘大白的一本《白屋文话》中，也有许多“駞”字。他常在教课中或报刊上，说古文是“鬼话文”，是古人的话语，说今人的白话文是现代人的语言，是“人话文”。又说，我们为了研究祖国的学术和文艺，要认真阅读古人“鬼话文”；但不必也写“鬼话文”，应该写今人的语言，写“人话文”。他讲课时一再说过：“北伐革命后，两个姓章的，还常写深奥的鬼话文，卖秘诀似的令人讨厌。”当时他指谁？听的人都心中有数。

刘大白在复旦任教时，主编《黎明》半月刊。由开明在书局经售。撰稿的有陈望道、徐蔚南、谢六逸、王世颖等教师和职员，以及学生马彦祥等。王世颖原系早年复旦经济系毕业生，常在报刊上提倡“合作主义”。刘为系主任时，王为助教兼《时事新报》副刊《春光》编辑，笔名夫凡，著有《合作概论》等书（后为国民党社会部合作司司长）。他这位合作学者在复旦任职时与一个同姓的女子王绮馨结婚。

旧社会同姓不结婚的习俗由来已久。刘大白对他们“两王”结合特题白话联一副祝贺：

打倒同姓不婚　拥护本家合作

平日不少慕名而来请刘大白代撰“贺联”、“挽联”、“寿屏”、“墓志”的，多愿致重酬。他统统谢绝，不肯应付。他说：“别人家喜乐或悲哀，与我毫无关系，怎么可以代为歌颂或代为哀悼呢？尤其是写什么‘挽联’，怎可‘无病呻吟’呢？至于做什么‘寿屏’、‘寿序’，无中生有，好话连篇，实在可笑！有些人对大官僚大财主歌功颂德，那是‘庙堂文学’，不屑一顾！”他一贯不愿意代人动无聊的笔墨。

北伐战争攻克南京后，叶楚伧和邵力子推荐刘大白为中央政治会议上海临时分会教育委员会委员，他仍任复旦中文系主任。不久，蒋梦麟（浙江余姚人）出任浙江省教育厅厅长，邀刘去任秘书长（当时尚未设副厅长）也就是幕僚长。蒋梦麟经常采纳他的意见，甚至有时刘自作主张，处理事件，事后蒋也同意，因而有职有权。

刘本有一枚石刻的图章，镌着“寻常百姓”四个字。他所有的藏书上面，大都盖上这枚印章。他一年四季，向不穿绸，就连长衫马褂，也是布质的。原来他讲平民化，作风如是。他当了官（浙江省教育厅秘书长）以后，那枚图章仍不放弃，照常盖用。但在代表厅长蒋梦麟出席浙江省的政府会议时，见民政厅、财政厅、建设厅等幕僚长没有穿黑布马褂和灰布长衫的，虽然他自己仍不穿绸，但终于改著玄色哔叽马褂和灰哔叽长衫了。因此亲友们说他已不是“寻常百姓”、“学而优则仕”，出入坐轿车了。

不到半年，有一天教育厅门房进告刘大白说：“有一位带着绍兴口音的中年妇女，自称姓何，来过两次，一定要请见秘书长……”刘说：“叫她在会客室里稍等……”接见时，她愁眉苦脸地对刘说：“你做官了！我生活困难……”要求帮助。刘说：“十多年前，我再三劝导你不要离异，你始终不听，还说我这样那样……，你咎由自取！”她哀求似地说：“过去的，象你的诗集《旧梦》一般的随它过去算了！我，我后悔也迟了。现在，你如能经常接济我一些，就感激不尽了！”

刘说："如果你以后不来啰嗦，我每月汇给你二、三十块钱，视情况而定；可是，你倘再来，那就停寄！我忙，你去吧！"那人就含泪留下地址而去了。

她是谁？她就是北洋军阀时期绍兴有名的越东才女何爱贞。当年她与年龄比自己大得多的刘大白自由结合。诗人才女，红袖添香夜读书，曾为当地文艺界谈助。他俩当时同居在浙江萧山诗人沈玄庐住宅附近的自称"白屋"之中。但是过了几年，刘大白因工作关系，经常外出。她竟被当地一个"巡官"引诱，受骗上当……再三要求刘同她离婚；刘大白多次劝导，叫她慎重考虑……，她对他说："你在报刊上倡导妇女解放，婚姻自由，难道能说不能行吗？"……后来他还给她写了一封长信，表示不咎既往，苦劝她不要离异！他在这信内又加了一个信封，上面题着两句词："此信不寻常，中有泪千行。"她拆读之后，无动于衷，竟自单方面离开了。从此，刘大白不再娶妇。

一九二八年南京政府召开"全国教育会议"时，蒋梦麟指派刘大白与杨廉（时为浙江省立杭州高级中学校长）两人代表浙江去出席会议。刘在会议上提议全国大中小各校都必须男女兼收，说虽然小学已不成问题，有几所大学也已开放女禁，但中学还男女分校，也须兼收。当时代表广西出席的黄华表（二十年代初"复旦"毕业生、广西省教育厅长）却当场反对中学校男女兼收，力图否决刘的提案。刘和杨廉一再强调中学也必须开放女禁，与黄等争论不已，闹得议而不决。刘、杨两人曾一度退席，搞得全国教育会议几乎散场。

刘大白早在当上浙江省教育厅秘书长后不久，就曾命令他故乡（绍兴）的"县立女子师范"并入浙江省立第五中学。施行后，并没有什么问题出现。一九二八年刘大白陪同何应钦等到绍兴视察并游览名胜古迹时，何看到"浙五中"有许多女生，就对刘说："怎么绍兴的中学，倒先实行男女同学了？"刘说："有许多教育工作者还怕男女同校要发生恋爱事故，但绍兴这里实行以来，没发生什么问题。假使要谈恋爱，那即使男女分校，或把女校迁到乡区去，也难免要发生男女事件。主要的问题，在于对青年的教育……。"何应钦也就不再说什么了。一九二六年刘大白还在复旦任教时，就竭力附和陈望道反对校长李登辉不开放女禁。他曾对李说，索性把校牌改名为"复旦男子大学”就算了。几经坚决要求后，李校长才不得不允许兼收女生。

一九二九年夏，蒋梦麟由蔡元培先生等推举，升充为南京政府教育部长，刘大白随同为常务次长。马叙伦为政务次长。不久，马因事辞职，就由刘升任政务次长。刘在教育部的时间不长，因为陈立夫和朱家骅都争夺“教育部长”这一席，蒋梦麟虽然内行，但在国民党里的势力远远不及他们，未及一年半载，就被挤出“府院”。刘大白也只得悄然离宁。他抵杭后，因情绪不佳，所患的肺病，日渐严重了。

一九三一年夏，他在杭州西湖附近的钱塘路九号小洋房寓所养病，忧愤失意，病情日重。笔者去探望时，他说沪杭医药界友人，多诊治过，但无特效药，他说他恐在世不久了。笔者安慰了几句，知道他胸膜疼痛，未敢多谈，就请他保重而告辞了。到了冬天，笔者自沪回绍时，路过杭州，再次到钱塘路去看望他，他的家人说：“他已卧床难起了。”只好留下名片而去。

一九三二年，“一·二八”日寇侵沪，蔡廷锴将军率领十九路军英勇抗战。这期间，笔者在宁波闻知他在杭州逝世，即向他的侄子金小白致书慰问。……事后据小白面告刘的遗嘱，内容大致如下：（一）叫家属治丧要简单；（二）请医院解剖，把他的心肺取出，以供今后医疗上研究；（三）要水葬。说最好在下午两三点钟左右钱塘江涨潮时，把他的遗体投入江中……（四）藏书代他送给国家图书馆。以上这四点，亲戚等会商之后，只依照了第一点，既不为之解剖，又不投江水葬，而将他埋葬在西湖灵隐附近了。关于他的藏书和遗稿，因南京政府没有给什么抚恤金，还是卖给上海各书局，得了两三笔钱留给家属应用。诗人、文学史家刘大白的一生，就此终了。

早在胡适提倡白话文以前十年，刘大白就在绍兴《禹城新闻》上发表白话文。他的著作除了上文记述的几本新诗集及《旧诗新话》和《白屋文话》外，尚有《白屋说诗》、《文字学概论》、《中国文学史》等由上海各书局出版之外，他的老友王世裕还收集了他的旧体诗遗稿，交由上海开明书局出版了《白屋遗诗》，还有徐蔚南搜集的他的部分遗书，由上海青光书店出版了《白屋书信》。

（原载1983年1月《文化史料丛刊》第4辑）

前四金刚（摘录）

曹聚仁

蒋梦麟先生说："大白先生深于日文，他对西洋文化的认识是从日文来的，所以虽不习西洋文，我们两人谈到西洋文化，彼此颇能自由交换意见；在旧科举时代，他是拔贡，这个功名是颇为士子所欣慕的，在他求学的时期，他的父亲督促甚严。有一日，他愤而自缢，因索断复苏，他的学问是从刻苦用功中得来的。他深于佛学，观察事物，能超脱而不着相。故目光透彻，能见人之所未见。他患肺病二十余年，到了无可救药时，他对我说：'别人害了肺病早死了，因为他们怕死；我一直不死，因为不怕死。'大白有一首诗，季陶先生很欣赏，诗云：'云心每妒天无垢，风力常教水不平；寄身是非功罪外，英雄毕竟误苍生。'季陶跟大白很友好，可是二人的思想见解，常常是相反的。"

（见曹聚仁《我与我的世界》，1983年3月人民文学出版社第1版）

著作自述

女子解放从那里做起?

大　白

我想来在理想上，以为人类根本的解放，非“无家庭”不可。因为家庭的确是人类自由绝大的障碍物。家庭存在一天，无论男女，决不能得真正的自由。那么，解放也不是根本的解放。但是这个理想的实现，和现在世界的情形，还距离得太远。中国在大家庭主义、男统主义、节烈主义之下，更不消说了。所以现在对于这个问题，只好暂时丢开“乌托邦”的理想，讲那脚踏实地行得通的话。

要讲解放，一定要先知道他束缚的所在。记得民国二年“某报的附张”上，曾经下过一个妻的定义，他说：“妻也者，所以为其夫生子及供其他种种之需要者也。”当时我曾经批评他混帐荒唐。现在想起来，他实在能够把旧家庭里妻和夫的关系，和盘托出，所以我认定这就是现在女子束缚的所在。

现在假定的前提，是家庭存在的女子解放。那么，不能禁止女子做妻，做了妻，不能打破男统，不过这是将来的话，至于其他种种需要，我看是“料理饮食”、“抚育子女”这两桩事情最繁杂最重大！凡是做妻的女子，毕生的精力，实在都消磨在这上头。所以自谋生活的能力，和经济的独立，诚然是女子解放主要的条件。但是这“家庭需要性质”的两大障碍，没有去掉，主要条件就很难做到的，要解放女子，应该先从这上头着想。

要去掉这障碍：（一）组织“公共的厨房”；（二）开办“公共的育儿院”，把“料理饮食”和“抚育子女”两件事情，作为一部分人的专业。既减轻了家庭的累赘，又可以作为从“家庭组织”进步到“社会组织”的阶梯。——“育儿院”办不到，退一步也应该开办“公共的托儿所”，专为没有力量没有时间的女工作个救济机关，——不然，做女子的就是有充分的生活能力，完全的经济独立，一经嫁了丈夫，依然做他的良妻，生了子女，依然做他的贤母，要讲解放，是无从说起的！

至于改革大家庭的制度、破除“男统”和“守节”的迷信，那是要逐渐做的事情，而且也不是这短短的篇幅说得完的。我的话，虽然觉得琐碎，似乎不著要，其实大家只要一考察现在的家庭情形，就觉得一定要从这上头做起了！

（原载1919年7月27日《星期评论》第8号）

《浙潮第一声》序

大　白

在无穷的不绝的瀑流似的时间当中，过去已经去，未来还没来；所以人类对于过去，只有记忆；对于未来，只有想象。过去的陈迹，往往可作未来底教训和鞭策；所以记忆过去，不能说和想象未来没有关系。不然，象这占过去的时间很短的《浙潮第一声》，怎值得编印呢！

《浙潮第一声》，是一九二〇年二月九日以后，浙江省立第一师范学校学生和黑暗势力抵抗的一段短短的经过；由校中同学，把关于这一段经过的种种文件，纪载，评论，编辑起来，印成小册子，就定了这个名子。所以编印这小册子和定这名子的缘故，就是记忆过去，想象未来。

但同是记忆过去，想象未来，又因为各人底心理不同，所记忆，所想象的也就不同。现在且把我所记忆，所想象的，写在下面：

我底朋友玄庐曾经说："凡是背理的行为，结果往往反成为合理的行为底助力。"我以为他这句话，也未始不是观察历史的一种公式。譬如军国主义是背理的行为，结果却成为平民革命底助力；资本主义是背理的行为，结果却成为劳工革命底助力；都是和这种公式相合的。这一次浙省底议会，官僚，警察，对于一师学生，用种种黑暗势力，阻碍他们底文化运动，也是背理的行为；结果却引起多数青年底觉悟，并且能够引起未来的多数青年底觉悟，成为文化运动底助力；也是和这种公式相合的。这是我记忆过去的一种感想。

我以为为了一种主义，和黑暗势力奋斗；如果当黑暗势力很强的时候，免不了要受挫折；这所受的挫折，叫做牺牲，不叫做失败。只要前仆后继地坚持下去，主义不变，一定有胜利的日子。唯有畏惧黑暗势力，讲什么调和。调停，结果一定把主义完全变更。抛撇了，那才叫做失败。这一次一师底事情，虽然不能说已经达到胜利底目的，却不能说是失败；那就是不变更主义，不抛撇主义底好处。看啊！主义反靠着那黑暗势力底推波助澜，愈推愈广，完全胜利的日子不远哩！这是我记忆过去的又一种感想。

凡是一个先驱者，总免不了有所牺牲；所以人往往有怕做先驱者的惰性。但是只要抱定牺牲底决心，情愿做一个先驱者，就是有所牺牲，而且牺牲的很大，一定能够引起旁观者底同情心，唤起无数的后继者。这一次一师学生，抱定了牺牲底决心，做了一个浙江文化运动底先驱者；虽然所牺牲的不能说不大，但是在当时已经引起旁观者底同情心，在未来也一定能够唤起无数的后继者。这是我想象未来的一种希望。

不绝的进化，是人类无限的前途。所以过去的事情，总是不满足的。人类正因为对于过去有不满足的缺憾，所以才有向那未来求满足的努力。这一次一师底事件，结果虽然不能说是失败，但是也决不能认为满足。所以无论是一师同学，或非一师同学，都应该对于这件过去的事情，有不满足的缺憾，那才有大家向那未来求满足的努力。浙江文化运动底前途，人类底前途，才有不绝的进化底趋向哪！这是我想象未来的又一种希望。

看啊！《浙潮第一声》，不但是记忆过去，而且想象未来。未来的浙潮，第一声以后的第二声，第三声，……第……声，怎样？

大　白

一九二〇，六，二九，在杭州

（见《浙潮第一声》，1920年浙江省立第一师范学校学生自治会编印）

答恶石先生底读《秋之泪》

刘大白

让秋之泪独流吧!
泪不许,
秋也不许。——
我也知秋之泪是不独流的。

我也知秋之泪是不独流的。
说是偶然,
偶然的泪多著哩,
何必读《秋之泪》?

不忍秋之泪独流的,
最是镜中人。
你是镜中人吗,
读《秋之泪》而流泪的?

我不是鲛人,
我只是泪人——秋之泪人。
泪人流泪
是我底分内。
人都是有泪种的,

不过不都是情种罢了。
不是情种，
怎能下同情之泪呢？

与其说血泪是夕阳似的，
不如说血泪是洪水似的。
洪水似的血泪，
才染得红大地呀！

泪如果忍得回去，
《秋之泪》也可以不作了。
泪即使忍得回去，
爱也不能借秋之泪而表现了。

长虹是脆弱不过的，
一转瞬就灭了。
不如泪受秋阳热力而狂沸时，
也许能使魑魅罔两就烹呢！

如果海非泪所成，
怎地和秋之泪同味呢？
有海可归，
秋之泪所以不能不流了。

我也知秋之泪是不独流的。
没有同情之泪。
只是独流，
到底不能成海呵！

假如秋之泪果然独流了，
倒是一个奇迹！

然而秋之泪总多少带几分磁性的，
哪许独流呢？

泪下，
只是肉底本能；
能使秋之泪下，
却是灵底本能。

不是心灵相见，
不能使秋之泪不许独流的。
心灵怎能相见？
就从秋之泪中相见呵！

1922. 9. 1　在萧山

（原载1922年9月5日《民国日报·觉悟》）

责　任

大　白

"哇啊！"一声堕地，一副做人的担子，搁上肩头；自然不仁，无端生下人来，教佢来负责任！

然而自然喊道："冤啊！生下人来的是我，生下来而要生活着的，却是人们自己呀！如果堕地以后，没有一声'哇啊'；或者只有一声，没有第二声以后的继续，这责任的担子，如何能搁向佢底肩头上去呢？"

不错，谁叫人们要做人？谁叫人们要生活着？算了吧！这副责任的担子，算是自己搁上肩头的吧！

责任是负定了。然而我们要问问：

"什么是责任？

为什么要负责任？

怎么样尽责任？"

不吃饭，不穿衣，不住房子，能生活吗？——饿，得死；冻，得死；暴露，也得死：当然不能。这吃穿住三项，是谁供给的？——天上没有掉下来，地下没有涌起来，当然是我们底同类——人——底工作。我们可以安坐着享受人们底工作吗？——不是超人，不是非人，是一样的人当然不可以。那么，有所享受，必要有所供给。这供给底必要，就是责任。所以——

什么是责任？

就是生活底代价。

吃着人们工作出来的饭，穿着人们工作出来的衣，住着人们工作出来的房子，却安坐着一点也没有工作去供给人们，这种人在现社会制度下面多得紧啊！然而这是人类当中除外的东西，不能算是人哪！因为佢忘却了做人底“做”了。自然，佢们会说：“我底享受，是用金钱换来的。”不错啊，“金钱买过，并无罪过”，这句语不但深深地印在一般坐享人家工作者底脑子里，而且也深深地印在一般奴隶、牛马也似地将工作供给坐享的人们者底脑子里！然而金钱是哪里来的啊？——如果是由工作换得的代价，这金钱就是佢工作底代表，当然并无罪过；如果是安坐着掠夺而来的利润、地租……等等，岂非依然是别人工作底代表，用别人底工作换取别人底工作吗？且别说罪过不罪过吧！要是只消有金钱就可以换取别人底工作，倘然世界上有无量的金钱，人人都腰缠十万，大家都坐享起来，更问谁们去换取别人底工作吧？可见既做了人，既要享受别人底工作，非人人负工作底责任不可！

所以——

为什么要负责任？

就是为生活故，要各取所需。

我们知道，安坐着享受人家底工作的，是叫金钱去代尽责任。从工作得来的金钱，这金钱是代表工作的，那仍旧要用自己底工作去尽责任；如果不是从工作得来的金钱，那是用别人底工作去尽责任，绝不能算是自己尽责任。那么，要做到自己做人的责任，非用自己底工作不可了。然而所谓自己底工作，一定要是直接或间接地生利的工作。下棋、打牌……这一类的事情，也何尝不是工作。然而这不但是不生利的工作，而且是消耗的妨碍生利的工作，就不能算是尽做人的责任的工作。然而还有一个问题，就是自己所享受，和自己所供给，一定要铢两悉称不要？——但这只是尽自己做人的责任，并非买卖行为，只消自审能力如何，有一分能力，尽一分责任就得了。总之，工作必要是自己的，是生利的；至于是知识底供给，是体力底供给，那却不消问了。所以——

怎么样尽责任？

就是为生活故，要各尽所能。

我们是被自然生下来而因为自己要生活着，把责任的担子搁上肩头的人。所以我们要生活一天，必得出一天生活底代价，负一天做人的责任，而且用自己所能的工作去尽一天自己底责任。我们知道现社会不平的苦痛，都因为有许多人陷在现社会制度里面安坐着享受别人底工作而不尽做人的责任的缘故。我们要改造现社会，拯拔这些不负责任的人们，不得不尽我们应尽的责任。我们各凭自己能力，各尽自己底责任；我们更希望一切人们，都能各凭自己底能力各尽自己底责任！别使人类当中只有一部分人在那里精疲力尽地独负责任啊！大家起来，大家各负这付责任的担子吧！

一付担子，
搁上肩头；
若要卸下，
除死方休！
无端卸下，
太难为情！
大家搁上，
才是人生！

一九二二，十一，二十六。

（原载1922年11月27日《责任》周刊第1期）

对于女权运动的意见

大　白

在女子和男子一样是人的意义下面，本来只有所谓人权，而无所谓女权和男权。但是自从女子因为种种关系，被男子征服以后，女子所应该享有的人权，差不多都被男子剥夺罄尽了。所以即使主张人权的，也仿佛只认识男子是一个人，男子就是一切人底代表，而除掉了女子不算。其实，男性和女性，本来都是畸形的不完全的生物个体；一定要两性对等地并列起来，才可以算是完全的人类。如今男子压迫着女子，把女子打在男子以下的一层阶级，自己以为站在人的地位上了；其实不过把女子看作一个劣等的非人，而自己做了一个超等的非人罢了。所以现社会男子压迫女子的现状，不但女子做了非人，而且男子也做了非人。即使退一步讲，承认现在男子所站的地位，确是人的地位；而压迫着占世界人类半数的女子，使伊们不能出头来和男子通力合作地做人，使世界上少了一半人类，成为畸形的半身不遂的世界，在女子方面固然大大地吃亏，男子方面的亏，也一样吃得不小。所以现在不但女子应该给自身争女子应该享有的人权，就是男子，也应该站出来给女子争女子应该享有的人权。

男子压迫女子的事实，差不多已经几千年了；说得远一点，也许已经万年以上了。这是过去的男子共同的罪恶，也是现在男子的共同的耻辱。而且人类是男女两方共同创造出来的生物；女性方面，因为负担着胎孕、乳哺的特殊任务，伊们从遗传上所给与全人类进化程途上的影响，还比较格外大一点。如今男子压迫着女子，把女子当作奴隶、玩具看，而一方面欲和给自身作奴隶、玩具的女子共同创造自己底子孙，把较大的奴隶、玩具的遗传影响，给与自己底子孙，这实在是极谬误的一件事。现在人类底所以进化迟滞，这也是一个绝大原因。如果将来仍旧把这个状况继续下去，使男子的子孙，永远含着奴隶、玩具的血，这决不是未来的男子共同的利益。所以现在的男子，为忏悔罪恶、洗涤耻辱、创造幸福、增进利益起见，非站出来和女子通力合作地力争恢复女子应该享有的人权，使一切女子都能脱离现在所处的奴隶、玩具的地位不可！

以上是我站在男子方面劝告一切男子应该参加女权运动的意见。以下再说关于女权运动实际上的话。

所谓女权运动，就是要使一切女子享有一切和男子同等的人权。现在男子根据现行法律、习惯所享有的政治上、家族上、道德上、经济上、职业上、教育上的特权，女子都应该和男子同等地享有。

所谓政治上的权，就是女子参政权。凡是立法、司法、行政三部分的事业，现在男子都在那里做着的，女子都应该和男子同样地去做。就是现在一般男子所还不曾得到的，象普通选举权、创制权、复决权、罢官权……等等，女子也应该和男子一同力争，务达全体人民参政的目的。这可以说是现在争女权的必要的手段。我本来是一个因为反对政治的缘故而不赞成女子争参政权的人。我以为政治是龌龊的东西，政界是龌龊的场所，一般男子，已经被政治弄得满身都龌龊了；心地比较纯洁的女子，何苦再钻进这种龌龊的场所去呢？但是现在的意见，却不然了。一、在现在还不能没有政治的时候，男子既然在政治上站着地位，女子也不应该放弃。二、女子为谋自身底利益起见，要变更现行的法律、习惯，解除自身的种种束缚，非在政治上站了地位、占着势力不可。至于生理上的阻碍，无论如何，总有方法可以免除，是不成问题的。

所谓家族上的权，就是家族上的身分权。例如继承的系统，应该男女并重，不应该专重男统。夫妇底身分平等，不应该有什么高下。婚姻上不承认所谓“适”、“妇”、“嫁”，而只是两性结合，共同组织家庭。离婚底提出权，应该男女同等。在废姓以前，父母底姓氏，传给子女，应该同等，不应该专从父姓。这些都可以从法律上去矫正的。

所谓道德上的权，最大的就是贞操问题。现在因为女子是男子的所有物，所以所谓贞操，只是女子方面片面的伪贞操，而男子方面可以绝对不守贞操，并且任意蹂躏女子的贞操。至于夫死或离婚以后的再嫁，虽然为现行法律所不禁，但是一般社会的习惯，都以为是一件不道德的事；而男子方面的再娶，甚至重婚、纳妾、外遇、狎妓，却不成为道德问题。以后应该从法律上规定一夫一妇制，在男女结合期内，双方同守贞操，不贞就是离婚的证据。离婚或一方死亡以后，再嫁和再娶一律，变更社会的习惯。

所谓经济上的权：一、就是对于祖先的遗产，男女都有同等的承受权；二、就是夫妇间的经济独立。本来倚赖遗产，不是一件幸福的事。而且有人说只消废除遗产的承袭，就可以减少男统的血统观念，而废止纳妾。可是现在私产制度既没有废除，现行的法律上、习惯上，男子独在那里享有承受遗产的权，女子不应没有；而且此事和男女得受同等的教育与否有关系，所以不能不争。讲到打破血统观念，另是一件事；如果只是遗产底承受废除，而男统底名分上的继承权不废除，血统观念是打不破的。纳妾问题，更关系于性欲问题、经济制度问题、婚姻法上离婚底难易问题，何尝是这么简单的事呢？至于夫妇间的经济独立，就是双方各自支配自己底财产，不得相互干涉。但是有一层要注意，除各自从承袭得来的遗产和自己工作所得以外，谁也不仰给于谁，这才是真正的经济独立；并非每年或每月向男子分得若干的收入，不准男子来干预伊底用途，就算是独立。至于在胎孕及乳哺期内，就是为母的特别时期内，女子不能用自己底工作从职业上去取得收入，国家或社会补助以外还应该受男子底补助。这并非破坏经济独立的界限，实在是男子对于抚育子女者工作底酬劳。

所谓职业上的权，就是现在一切男子所做的直接或间接生利的职业，女子也应该同样地去做，而且和男子做同时间的工作，得同样的报酬。有了职业，才可以实行经济独立。但是这事有一个绝大的障碍，就是现在所谓的家政。家政里最重大的事件，就是抚育儿童和烹饪膳食。现在的女子，差不多都埋没在这两件事里面，即使有了能力，也羁绊着不能出就职业。如果要解除这种障碍，澈底的办法，非儿童公育、膳食公供，简直打破家庭不可。现在虽然一时做不到，也得设法要求有类似的公共托儿所和公厨。这并非做不到的事，不过一般都不注意，都不以此为重要罢了。

所谓教育上的权，就是要求和男子同受同等的教育。在家庭里，是要求父母使子女受同等的教育。在国家和社会间，是要求凡是现在男子所享受的教育权利，女子也得同样地享受。可是这非要求男女同校不可。因为现在的教育经费有限，如果男女分校，凡是现在使男子受教育的学校，女子方面也照样地办起来，哪里来这许多经费，事实上哪里做得到呢？有了教育，才有从事职业而取得经济独立的能力。所以教育是职业问题、经济问题底基本。

本来女子底失却应该享有的人权，是从原始的经济制度变更到现在的经济制度而起。女子失却人权的事实，也跟着现在的经济制度存在而存在。所以女权运动不过是经济革命里边的一部分；要达到完全的目的，非实行经济革命不可。但是我们一方面主张经济革命，而且努力以求经济革命底实现；而一方面对于劳动者底生活改善运动，也一定给予同情的援助。现在的所谓女权运动，无非女子底生活改善运动一样，当然也应该给予以同情的援助。所以上面所说的话，只以生活改善底要求为限，不会唱什么革命的高调。

然而我总希望现代的女子，能了解女权问题，和经济问题有不可分离的关系，从幼稚的女子生活改善运动，急进地走到总解决的革命路上去！

（原载1922年12月18日《责任》周刊第4期）

《抒情小诗集》序

刘大白

几千年来被压迫在磐石的礼教下面的中国人底男女之情，差不多都不敢堂堂皇皇地表现。然而情苗是压不住的，礼教的磐石，无论怎样大而且重，他总要横抽侧迸地从磐石底裂缝、罅隙里钻出来。所以从国风、离骚以后，古今诗坛中，也不少抒情的作品。不过这些作品，一经到了卫道的礼教之奴的冬烘先生们眼睛里，即使幸而不被指为淫奔之诗，也一定要被硬派作君臣、朋友间的寄托。

所以抒情诗底名目，一向不曾在中国文学史上出现。

到了最近，这一块腐朽的磐石，已经被新时代的潮流冲击崩裂了，他底运命已经垂尽，不能压住情苗底森森怒长了。于是一般的新诗人，都很大胆地作起抒情诗来。又因为诗体解放，可以用新工具充分地自由表现，所得的成绩，往往远胜于旧体的抒情作品。这是中国现代诗坛上最可喜的现象。

然而因为这种革新运动，所经的时期，毕竟还是很短，所以作品不见很多，而长篇的作品，尤其不多。因此，我底朋友猛济选的新体抒情诗集，只限于小诗。虽然他底专选小诗，还有他种理由；我却以为这也是现在只能专选小诗的缘故。

可是我对于这本《抒情小诗》，觉得还有一种缺陷，就是女性底作品太少。中国底女性，所受的礼教压迫底荼毒，比较男性所受的，本来更深更重，所以比较地不容易解放；比较地不敢肆无忌惮地有抒情的表现，这原不是选者之过。然而我总希望男女之情，两性间双方平均地发抒出来！中国现代的女性新诗人呵，你们不要再甘心屈服在运命垂尽的腐朽的磐石下面，一齐起来抽迸那久郁深藏的情苗啊！

一九二二年十一月二十日在萧山衙前

（见查猛济编《抒情小诗集》，1923年上海古今图书店发行）

《旧梦》卷头自题

大　白

小儿对镜团雪，
雪融了，
镜中的影子也没了。——
镜底偶然留了些残片，
不拘好丑，
一齐流露给人看。

一九二二，八，一〇，大白，在萧山

（见《旧梦》，1924年3月上海商务印书馆初版）

《旧梦》付印自记

大　白

《旧梦》和《旧梦》以外——《风云》，《红色》，一齐付印了。照例，似乎应该有一篇叫做自序的文章；但是这不健全的我，在愁病侵寻中一时不能把思想统整起来，只好说些零零碎碎的话。

劈头一个问题，就是我这些诗有没有印行的价值？但是我以为这却未见得成为问题。因为写出来和印出来，本来没有甚么两样。当初既从表现的冲动里写出来给人家看了，现在印出来给人家看看，又何妨呢？何况我这些诗，差不多都是曾经在报章、杂志上印出来给人家看过的；现在不过把零零碎碎、东鳞西爪的，顺序地编成集子，印出来给人家历史地看罢了。至于价值底有无，那是要由读者估定的；印出来给人家看，正是要求读者底估定。如果读者估定起来，不但说是没价值，甚且不承认这些是诗，都可以。因为我本来只是这样表现我自己，我自己原也不敢断定这些一定是诗。

我学做新诗，是从1919年夏间开始的，到如今只有三年的历史。可是从现在回头看那时候的作品，已经无异青年人重看幼稚时代的涂鸦，虽然现在也并非成熟。这部集子里虽然把那些幼稚作品删掉了一小部分，但是大部分依然存著。我并非说存著不删的都是好的，不过藉此让读者观察我艺术上变化的痕迹罢了。

我自己知道，我因为沉溺于旧诗词中差不多有三十年的历史，所以我底诗传统的气味太重。由旧入新的过渡时代的诗人，本来都免不了这一点；只有周作人先生，可以算是一个例外。可是别人诗里传统的气味，都是渐减渐淡，以至于无的；我却做不到这样，差不多循环地复现著，至今不曾消灭，这也许可算得我底诗中最可指摘的一端了。

我又自己知道，我底诗用笔太重，爱说尽，少含蓄。可是我虽然自己知道，我又不能自己改掉，这确是使我底艺术不能进步的一个大障碍。

朋辈中批评我底诗的颇多；最中肯的，有两句话：一、以议论入诗；二、以哲理入诗。不过我以为议论文体并非绝对不宜于作诗，如果能使议论抒情化，至于诗中禁谈哲理，也未必然。因为一个诗人底诗，当然有他底哲学作背景，所必要的，也是哲理底抒情化。所以我只承认我不能使议论和哲理，归于抒情化，是我艺术拙劣底一端，不承认议论和哲理不可以入诗。

人生是一个谜；诗里表现的人生，尤其是谜中之谜。我自己还猜不透人生之谜，却把谜中之谜给大家猜，这或许是我底罪过吧！

一九二二，一〇，一六，大白，在杭州

（见《旧梦》，1924年3月上海商务印书馆初版）

《复旦大学甲子年鉴》序

刘大白

到复旦的日子很短，知道复旦底内容很少的我，勉强来作《复旦大学甲子年鉴》底序言，本来是不适当的；但是我却有两种对于复旦的感想，可以说的。

复旦底创立，起于学术跟宗教分离的要求。这在欧洲古代，学术跟宗教，本不分离。一切学术都被宗教所垄断；换一句话，也可以说一切学术都从宗教而出。然而中世以后，学术界忍不住宗教底束缚，于是渐渐作解放底要求，得由黑暗而渐趋于光明。让宗教来束缚学术，固然是一件不合理的事；然而从别一方面看，借着宗教底力量，树立学术底始基，开辟学术底泉源，也未始不有利于学术。三四十年以前，中国向来所倚仗为立国基础的旧学术，已经崩坏而不适用了，而欧美底新学术，还没有吸收的机会，这正是一个青黄不接，最危险的当儿。当这新旧绝续之交，恰好有许多欧美的宗教家，凭着以传道为殖民底奇兵的野心，用那以兴学为传道底本营的奇计，乘着中国海禁大开，来敲破中国旧学术上久闭的关，点起中国新教育上未燃的火，灌输一点在欧美为旧，在中国为新的学术，在中国教育史上，未尝没有一些“有开必先”的功绩。这就是所谓不合理的行为，只要是积极的，结果没有不为合理的行为底助力了。然而从这一个时期以后，中国旧学术上久闭的关，已经从敲破而进于新潮流底接受了，中国新教育上未燃的火，已经从点起而进于新光焰底发扬了；可是那些教会学校，还依然墨守着原始的旧法，不能与时俱进。那种在欧美固然为旧，在中国也未始不旧的教育方法，实在是进步的中国人所不能忍受；尤其不能忍受的，就是学术跟宗教底不分离；于是学术宗教分离的运动，便因此而起了。复旦底创立，就是这种运动的先锋，也就是这种运动成功的模范。二十年来，从最初的公学而进于大学，从大学而又渐渐扩充，到了现在，迥非昔比，循此以往，方兴未艾，即使将来进厕于世界大学之林，也是不难；而其间创始及改进诸公，惨淡经营，辛勤擘划。都是后来者所可感念的。其实，不但创始及改进诸公，可以感念，就是给复旦作“有开必先”的先河的，也未始不可以感念。不过复旦作了学术宗教分离运动底成功者，已经二十年；而其余学术跟宗教不分离的，还是依然如故，后起者底寥寥，不能不使我们大有遗憾了！这是我对于过去的复旦底感想。

中国人的组织能力，可算是薄弱极了。近来专制政体崩坏以后，国家组织底不能统一，社会组织底不能坚强，都是由于组织能力底薄弱，虽然另还有他种缘故。我们推求它底原因，不外乎专制时代无外敌的大一统，和家族制度底发达。中国自从秦汉以后，混一了号称宇内的各民族，跟世界各民族，因为有高山大海底隔绝，不容易接触，于是认亚洲东部这片土就是天下，而有“环中国皆小蛮夷”的这句自大的豪语。这句话虽然不免自大，而在当时却也是实情。在这大一统的天下当中，所谓封建的国家制度，早经灭亡，所以二千多年来，有天下而无国家，有朝廷而无政府。国家和政府，都是因对外而设，所以必须组织；而中国人处在这种环境里面，既然没有什么跟强邻接触的机会，往往很长期地无外可对，所以只有天下和朝廷，而不消组织。况且大一统的专制君主，惟恐人民群起而干涉政治，反抗朝廷，为防御起见，又竭力地禁止人民底有所组织，不比欧洲中世的专制国家，因为列强并立的缘故，虽然不许人民有对内的干涉政治，反抗朝廷的组织，而还容许有对外的组织。于是中国人底组织能力，经这几千年的遏抑，难免无形的消失了。六朝，五代和宋、明清三代，所以一经碰到比较强有力的外族，就摧枯拉朽似地覆没的覆没，屈伏的屈伏了，就是为此。但是这还是政治上的原因；除了这政治上的原因以外，还有伦理上的原因，就是家族制度底发达。中国底家族制度，经孔子底提倡，以阶级的伦理为基础，非常地完备而巩固了。于是几千年来，中国人民，没有不生活于家族制度底下面，大家庭以外，还有大家族底荫庇，可以依倚，而无庸仗着家族以外的社会。社会是人为的，必须组织的；家族底系统，是天成的，无须组织的；所以中国人的组织能力，又因此积久不用而难免消失了。基此两因，中国人组织能力底薄弱，在世界各独立国中，自然难免首屈一指了。当海禁未开的闭关时代，做惯了大一统的专制君主底小百姓，大家族的族长，家长下面的寄生虫；那也不觉得怎样；到了跟组织能力丰富的外族相接触，这组织能力薄弱的现象，不得不从相形见绌中暴露于世界了。其实，组织底本能，就是人类所以能从天演界中进化而占现在的优越地位的根本原因，本为人类所共有；中国人底组织本能，不过潜伏着而不能发展罢了，所以只是薄弱而不是没有。现在的中国人，既然因为跟组织力丰富的外族相遇，有相形见绌的自觉，就应该把潜伏的组织本能，设法培养，使它发展起来。最适宜于发展组织本能的场所，自然无过于学校。因为学校是敬业乐群的地方，能用教育底能力，去发展组织本能，作种种社会组织底试验和练习；所以学校本身固然是一个社会组织，而学校里面的教职员相与间，学生相与间，教职员跟学生相与间，都可以有种种相当的社会组织，以为出校以后种种社会组织底预备。现在复旦大学既是一个强有力的社会组织，而其中又包容着若干的教职员学生间的社会组织，这真是能够发展组织本能，而有合于敬业乐群底古义的。《复旦大学甲子年鉴》底编印发行，正是复旦大学中社会组织真相底记录，也就是复旦大学教职员学生组织能力底表现，复旦大学中所培养的组织能力，一定是能够与年俱进的，将来影响于中国底国家和社会，一洗组织能力薄弱底缺点，效果是不可限量的；这《复旦大学甲子年鉴》不过短时期中痕迹底记录罢了。这是我对于未来的复旦底感想。

这对于复旦底过去和未来的感想，由现在的我来说明，正和复旦过去的成绩和未来的希望由现在的《复旦大学甲子年鉴》来表现一样，所以我觉得我这一番话，也勉强可以当得《复旦大学甲子年鉴》底序言了。

（一九二四年三月二十九日）

（见《复旦大学甲子年鉴》1924年年刊）

《龙山梦痕》序

刘大白

一

又向山阴道上行，
千岩万壑正相迎；
故乡多少佳山水，
不似西湖浪得名。

若耶溪水迎归客，
秦望山云认旧邻；
云水光中重洗眼，
似曾相识倍相亲。

遮莫四年以前，从杭州回到离开已久的故乡去，在船上偶然胡诌了这两首七绝。在这两首七绝里，似乎我是一个恋念故乡，讴歌故乡者；跟平时厌恶故乡，咒诅故乡的我，不免有些矛盾。然而我所厌恶，所咒诅的，是故乡底社会，故乡底城市；至于故乡底山水，我是始终恋念着，讴歌着，以为远胜于西湖的。“不似西湖浪得名”，我自信是一个确论：——虽然也许是一个偏见。但是逛过西湖而“又向山阴道上行”的，不乏其人；大约其中也未始没有赞同这个偏见的吧。

我对于故乡底社会，故乡底城市，以为正跟故乡底名产臭腐乳一样，是霉烂了的；——不但霉烂了，而且被满身粪秽的逐臭的苍蝇，遗下了无数蝇卵，孵化成无数毒蛆，把它窟穴而糟蹋得龌龊不堪了的；所以不但厌恶，咒诅，甚而至于骇怕了。因为厌恶，咒诅而且骇怕，甚而至于十多年来，离开了她，敢偶起那重向山阴道上行的一念；虽然有那我所恋念，讴歌，而以为远胜西湖的山水，招魂也似地招邀着我。不得已，不得已，万不得已而必须向霉烂了的，龌龊不堪了的故乡社会，故乡城市中一走，真无异受了森罗殿上阎罗天子底判决，被牛头马面推入臭秽不堪的沸屎地狱中去。那一次的"又向山阴道上行"，正是佛陀也似地下了"我不入地狱，谁入地狱"的决心而有这一行。

我底老家，是在作鉴湖三十六源之一的若耶溪底上游，作龙山正南面屏障的秦望山底南麓，我在这溪流山脉之间，曾经度过二十多年的看云听水的生活。因此，故乡底社会，故乡底城市，无论怎样使我厌恶，使我咒诅，甚至使我骇怕；而若耶溪上的水声，秦望山头的云影，总不免常常在十多年来漂泊他乡的我底梦痕中潺潺地溅着，冉冉地浮着。远客言归，佳邻访旧，自然跟这梦痕中萦绕着的水侣云朋，"似曾相识倍相亲"；而且也只有这梦痕中萦绕着而超然于故乡社会，故乡城市之外的水侣云朋，能跟我"似曾相识倍相亲"了。

二

龙山也是我故乡名山之一；而且跟秦望山底北面，恰恰是一个正对：从若耶溪下游泛舟而往，不过三十里而遥；故乡生活的二十多年中，我也曾登临过多少次；似乎也应该萦绕于我底梦痕中了。然而她是很不幸的。她不幸而长在我所厌恶，咒诅，而且骇怕的故乡底城市当中，不幸而沉浸在我所厌恶，咒诅，而且骇怕的故乡底社会底霉烂而且龌龊不堪的空气当中，她也不免臭腐乳化了。况且，她是一座濯濯然无木——而且几乎无草——的童山；她底身上，又满缀着无数土馒头。这些土馒头底馒头馅[1]，又正是臭腐乳也似的社会底一部分分

[1] 古诗："城外多少土馒头，城中都是馒头馅。"

子底朽腐的骸骨。她身上藏垢纳污地包含着这许多朽腐骸骨，正仿佛一方臭腐乳上窟穴着无数毒蛆；所以她虽然是一座名山，而差不多已经成了我那腐败的故乡社会，故乡城市底代表物了。这样的一个腐败社会，腐败城市底代表物，也只能给与我以厌恶，咒诅以及骇怕，哪里有恋念，讴歌底可能？哪里有若耶溪水，秦望山云也似地“似曾相识倍相亲”底可能？——即使不幸而有时现出于我底梦痕中。

夸大狂的唐代诗人元稹，曾经说什么——

我是玉皇香案吏，
谪居犹得住蓬莱❶；
仙都难画亦难书，
暂合登临不合居❷。

把龙山称为仙都，比作蓬莱。虽然那时候的越州社会，越州城市，也许未必如现在那么霉烂，那么龌龊不堪，值得这样一夸；但是仙都咧，蓬莱咧，已经不过是一种幻觉，把龙山称为仙都，比作蓬莱，尤其不过是一种错觉罢了。也许，因为我不是什么玉皇香案吏，没有那样的福分，所以可以称为仙都，比作蓬莱的龙山，到了我底眼底，也不幸而臭腐乳化了。

三

在我的梦痕中，臭腐乳化了的龙山，居然迁地为良，在我底朋友徐蔚南王新甫两先生底梦境中，留下了许多美妙的痕迹；并且他俩更用美妙之笔，把这些美妙的梦痕描绘下来，成为这二十篇《龙山梦痕》的美妙的小品。虽然他俩所描绘的，不单是龙山，而兼及于那些稽山镜水；但是龙山毕竟是一个主题。龙山何幸，竟有这样美妙化的福分呢！

自然，凡人对于客观的景物的印象，往往因为主观底不同而不同；

❶ 唐元稹以州宅夸白乐天诗。
❷ 唐元稹重夸州宅酬乐天诗。

而且异乡景物，又很能引起游客们探奇揽胜的雅兴，不比“司空见惯”者有因熟而生厌的心情。他俩梦痕中的龙山，美妙如此，不外乎这两种因缘。所以我对于他俩梦痕中的把龙山美妙化，决不能因为主观底不同和我那因熟生厌的偏见而否认它；何况更有他俩美妙之笔，给他增加美妙化呢？

情绪是一种富于感染性的东西，用美妙的文字写下来的美妙的情绪，尤其富于感染性。十多年来厌恶，咒诅而且骇怕龙山的我，读了他俩美妙的《龙山梦痕》，也不免受了他俩美妙的情绪底感染，而引起我在儿童时代所感到的一丝美妙的龙山梦痕来了。这一丝梦痕，是关于龙山顶上的望海亭的。望海亭在龙山顶上，而跟它遥遥相对的，在城外北面二十里左右，还有一座梅山顶上的适南亭。这座适南亭，不知什么时候早经失掉了它上方的栋宇，只剩下了几条石柱子矗立着。幼年的时候，从我底老家，往嫁在梅山左近的五姑母家去，一路靠着船窗。左右眺望；望见龙山顶上的望海亭以后，不久就会望见这座净剩了石柱子的适南亭。那时候我的五姑母，曾经告诉我关于这两座亭子的一段故事。据说：

> 这两座亭子，本来都在王母娘娘底蟠桃园里的。它们都是明珠为顶，琉璃为瓦，珊瑚为椽，翡翠为梁，白玉为柱的宝亭。后来齐天大圣孙悟空管了蟠桃园，他因为偷吃蟠桃，被玉皇大帝降旨查办；他想，索性一不做，二不休，把这两座亭子也偷走吧。于是从耳孔里取出金箍棒来，喝一声变，变成一条长扁担，把这两座亭子挑起，溜出南天门，向下界走来。走到此地，回头一看，后面许多天兵天将，已经奉了玉皇大帝底旨意，一窝蜂地赶来了。他因为要抽出金箍棒来，去抵敌那些天兵天将，所以只好把挑着的两座宝亭慌忙一放，恰恰放在龙山和梅山底顶上。那些天兵天将一时捉贼要紧，慌着追赶大圣，也不及来捡取这两件贼赃；所以这两座亭子至今留在这两座山上。不过这两座宝亭，禁不起尘世浊气底薰蒸，经过了不多的时候，那些明珠，琉璃，珊瑚，翡翠，白玉，就渐渐变成凡间的砖瓦木石了。只有梅山顶上，因为从前有一位仙人梅福，曾经住过，还一着留点仙气，把浊气剋化了一点；所以下截的柱子，虽然

已经变了凡间的顽石，而上截的明珠，琉璃，珊瑚，翡翠，还不曾变动。然而正因为不曾变动，却惹起南海龙王底垂涎，不久就派了他部下的龙将，驾起一阵龙风，把那些明珠，琉璃，珊瑚，翡翠，统统都抢了去，做他那修理水晶宫的材料去了。这就是龙山顶上的望海亭至今完好，而梅山顶上的适南亭却只剩下几条石柱子的缘故。

我那时候已经从父亲底书橱里偷看过《西游记》，很羡慕齐天大圣孙悟空底为人。听了这一段《西游记》所不载的轶话，一面觉很有趣，一面还埋冤那《西游记》底作者，为什么不把它一并记在书里，所以至今还牢记着，成了我儿童时代的一丝美妙的梦痕。不过这一丝美妙的梦痕，虽然常常在我底脑海中浮现着，却一向只是孙悟空中心，而不是龙山中心的。如今被他俩美妙的《龙山梦痕》所感染，引起了我儿时旧梦中的一丝美妙的梦痕，不觉把它底孙悟空中心移动而龙山中心化了。

向来的龙山，在我的梦痕中，不幸而臭腐乳化，这实在由于我那厌恶故乡，咒诅故乡，而且骇怕故乡的主观的心理所作成。其实，山灵何辜，竟不幸而蒙此不洁呢？如今他俩所写的美妙的《龙山梦痕》，使我读了，竟能把它移入于我底梦痕中，为龙山解秽；不但我感谢他俩，我那梦痕中的龙山，也是感谢他俩的。

然而对于《龙山梦痕》底作者，固然应该感谢；而我却应该怎样为龙山解秽呢？因此，我只有把儿童时代所感到的一丝美妙的龙山梦痕写了下来，作为我对于龙山忏悔的馨香。同时，也作为我对于《龙山梦痕》底作者酬献的南金。

一九二五年九月二日　刘大白　在江湾

（原载1925年9月13日上海《时事新报，文学旬刊》第190期）

告诉读者们——第一次

人们为什么要说话，这是一个很有趣的问题。可惜，我们不是什么言语学家，不是什么心理学家，不能给读者们以用科学方法研究出来的答案。我们底答案是：人们为有所不满足而要说话。换句话说，就是：人们为要说话而要说话。这个答案，也许是很滑稽的。然而不，读者们想想看，总不会有为了不要说话而说话的吧。

我们这一群人，每逢三三两两聚集起来的时刻，常常说话，常常为了要说话而要说话。所说的话，自然是古今中外，海阔天空，无所不有。我们觉得这些古今中外，海阔天空的里面，常常有许多很有趣的话，能够表现出我们这一群人底思想情感，——对于现社会的不满足的思想情感，颇可以引起我们这一群以外的人们底共鸣的。

这样一室聚谈，徒然振动了几方丈的空气，让它在几秒钟间消失了，也未免是一件可惜的事。我们没有大本钱，可以制什么留声片子，而且也不值得这么小题大做；所以我们商量着，把我们这些要说的写下来，而且排印出来，给我们这一群以外的人看看，或许可以引起读者们底共鸣。因此，我们发行这个刊物的原因，不外乎为了要说话而要说话，并没有含着什么旁的作用。

至于《黎明》这个名字，也不过是对于黑暗的现社会，表示不满足，而希望黎明时期底到来，并不含有什么深意：这也是应该告诉读者们的。

告诉读者们：我们觉得——

我虽然留恋那残阳既堕以后的余光，
我尤其欢迎这曙色将动以前的黑暗。
这黑暗原不是曙色底先驱，
却正是曙色最后的劲敌。

《旧梦》页四十七

（原载1925年10月4日《黎明》周刊第1期）

告诉读者们——第二次

本社同人本了“为了要说话而说话”而发刊《黎明》，转眼已接连说了十九个星期的话了；我们现在还觉得有继续说话的必要；在我们自身固觉还有继续说话的兴趣，在读者也觉得还有继续听我们说话的劲儿。

那知在本刊第二十期稿件发了出去以后，竟不能如期出版；换句话说，我们要说的话，竟不能如期地播送给读者们，引起他们心弦上即时的共鸣；在读者，在我们，这都是失望的事！

原来我们因为便宜起见，暂时附在上海《民国日报》中印行，另外再添印若干，自己发卖；一来可以不需印费，二来省去亲自校对的麻烦。这是我们应该感谢《民国日报》的。不幸《民国日报》近因缩小篇幅，附张变更格式，致使本刊从二十期起，不能按期出版；而此事发生，事前我们并未知悉，又适值年假，社员旋里的旋里，游历的游历，所以继续出版的问题，一直搁到今天才解决。

如今我们本了“为要说话而说话”而继续发刊《黎明》了。截止二十期止，我们将以前各期，订为《黎明汇册第一卷》。自二十一期起，自己筹款发行，此后纸张也预备用得好些，印刷校对也力求清晰无讹，总望更能引起读者底兴趣来。

最后，我们还得向读者说几句抱歉的话；便是以前本刊对于校对方面实在是太失于检点，致常常有讹字，甚至错得连原意都失去了；同时纸张印刷也甚不美观，这很足以疲劳观众底诵读的勇气。不过，同时可以告慰读者的，便是：我们说话都还由衷，都还是真为了要说话而说话的；我们并不希罕所谓大人物也者的恭维，同时也不慑于权威而去恭维人家；既不愿孤高独傲、睥睨一切；亦不愿随风转舵、模棱两可！我们只是要说便说，爱说便说：说我们自己的话，说我们觉得甚有意思的人家底话，并且更愿意容纳兄弟们（这兄弟是指“四海之内皆兄弟也”的“兄弟”）底共鸣的话。这一种坦然的态度与行为，——自然以后也是这样，不但已往——至少我们自己觉得对得起读者，而足以引起若干兄弟们底共鸣吧！

（原载1926年3月15日《黎明》周刊第20期）

告诉读者们——第三次

我们要刊印《黎明》的缘故，早已说过，是为了要把我们的说话表白于世。《民国日报》恰巧又有篇幅给我们刊印的机会，这是我们很感谢他们的，《黎明》的第一期于是就产生了。不料《黎明》出至第十九期，《民国日报》的篇幅缩小了，不能再容《黎明》。《黎明》于是突然一变而为黄昏，岂止黄昏，简直变成黑夜了。可怜我们这种无力的希冀创造黎明者，想在黑夜里装置几盏临时电灯放放光都不能够！这个固然因为我们力量实在太小，但是那时我们这班人的散在四方也是一个原因。

后来，我们又聚在一起了，大家以为如果还能不贪懒，如果还有一点能力把我们的说话表白于世的话，我们应当使《黎明》的短短一段生命延长下去，不使它真的一变而为黑夜，从此不见天日，我们决议续刊了，感谢《民国日报》又给我们出第二十期的《黎明》，得以向诸君报告：到了四月初，《黎明》又要出来了。如今四月初到了，所以《黎明》也出来了。

（原载1926年4月4日《黎明》周刊第21期）

读《评闻君一多的诗》

刘大白

从《小说月报》第十七卷第五号，读了朱湘君底《评闻君一多的诗》，忍不住要写出这一点。

我要先声明：我不认识闻一多君，正和我不认识朱湘君一样；我不很了解闻一多君底诗，也正和不很了解朱湘君底诗一样。所以我写这一点，并不是阿私所好地给闻一多君当义务辩护。

朱君指谪闻君底诗短处，计分二部分（一）用韵；（二）修辞。

关于用韵问题，我以为诗篇中本来并非一定要用韵。有韵为诗，无韵非诗，除了章太炎氏一流的过去人物，大概总不肯有这种开倒车的观念吧。然而或许有人说，“诗篇中诚然并非一定要用韵，但是也并非绝对不可以用韵”。——我打句岔说，“这话诚然”。——“所以不用韵便罢，既然用韵，便得按照用韵的条件”。不错。用韵诚然要有点条件。但是条件太严了，不是仍合专制时代强迫实行官韵的功令一样吗？咱们现在既不在科举时代的什么试院，贡院里以及殿廷上应什么乡试，会试，殿试，哼那些五言八韵诗以及声调铿锵的限韵的律赋，当然没有遵守那已经死去了的《礼部韵略》的义务了。咱们要知道，咱们要反对在纸面上已经死去了的死诗韵，咱们要用那活在口头上的活诗韵。在这个条件之下，自然最好是用国音的韵。但是各处方音的韵，只消现在活在口头上的，也不能一律禁止。咱们如果搜集起民歌来，他们所用的韵，差不多大大多数是方音的。咱们不承认民歌是现代的活诗篇便罢；要是承认的话，那么，用韵的条件便不能太严。所以咱们用韵的条件，只是要用现代的活诗韵，便是最好国音韵，其次方音韵。但是国音中，也有可以通融的。例如ㄨ和ㄩ的两个韵母，在旧诗韵中固然是合为一韵；就是在罗马字母中，也同属U母，不过有洪纤之不同。虽然在语音学家严格地说起来，是应该分开的，但是咱们不妨通融一点，认ㄩ作《一ㄨ》的复合韵母。所以咱们的新诗韵中，ㄨ和ㄩ两韵，尽可不必分开。何况国音中ㄨ母的字，方音中读作ㄩ母的本来很多；退一步讲，不认为国音韵，也可以认为方音韵呢？

现在且看朱君所指摘的闻君诗中的第一种短处如何？他说：

> 作者的第一种短处，是用韵不讲究。这又分为三层：（一）不对，（二）不妥，（三）不顺。不对便是说韵用错了，不妥便是说韵用得寒伧，不顺便是说韵用得牵强。
>
> 用错了韵的第一种是用按照土音而错了的：例如《李白之死》的。
>
> 这时候他通身的知觉都已死去，
> 被酒力催迫著的呼吸几乎也要停驻。

两行中的“去”“驻”二字，按照官话说来是不能协韵的。朱君所谓官话，大约就是国音了。去和住（案驻应作住，这大约是闻君底错误）在国音中，一是ㄩ母，一是ㄨ母，诚然不同；但是“ㄩ”“ㄨ”两韵，不妨通用，我前面已经说过。即使不能通用，住字方音读作ㄩ母，也不失为方音韵。一定说是用错，实在太苛！他又说：

> 用错了韵的第二种是因盲从古韵而错了的：例如《伯夷》的。
> 象极了妈妈临终的那一夜。
> 父亲说我们弟兄里你最象妈妈。

两行中的“夜”“妈”两字，按照近日的官话说来，也是不能协韵的。不错，夜是ㄝ母，妈是ㄚ母，在国音中诚然不同韵；但是方音中象江浙两省底大部分，夜字还是读作ㄚ母。那么，这也可以算是方音韵。他又说：

用错了韵的第三种，是因不避应避的阖口音而错了的：

例如《大鼓师》的。

让我搁起了三弦抛下了鼓。……

我们既不是英雄又不是儿女。

两行中的“鼓”“女”二字。这话是很费解的。什么叫做“应避的阖口音”？难道诗篇中之不准用阖口音的韵吗？朱君底意思，大约因为闻君诗中所用的韵，其余都是合女字一样的ㄩ韵，而鼓字独是ㄨ韵吧。那么，这合第一条以去合住相协一样；不过住字底方音有读作ㄩ母的，鼓字底方音没有（？）读作ㄩ母的罢了。如果以ㄨ和ㄩ两韵通用，这也不是应避的。他又说：

第四种用错了的韵，完全是作者自己的过失，完全没有辩解可言的：例如《晴朝》的。

但是在我的心内……

那是一种和平的悲哀。

两行中的“内”和“哀”二字。内和哀，虽然在国音中一读“ㄟ”母，一读“ㄧㄉ”母，但是在方音中同读“ㄝ”母的地方很多，怎么说是“完全是作者自己底过失，完全没有辩解可言”呢？

哼！朱君大约是“知人则明？知己则暗”吧。现在不客气，就要用朱君底矛，来刺朱君底盾了。同卷同号中载有朱君底大作《还乡》一篇：我捧读一过，发见了朱君于二十二节八十八行六十六韵的诗中，用错了韵的，居然有五处之多，这真是免不了引起惊讶的。例如：

金星与白烟向灶突上腾，

屋中响著一片菜的声音，

馆的浓香喷出大门之外；

留在家的妇女正等归人。

以“ㄥ”母的腾字“ㄣ”母的音和人相协。又如

他想母亲正在对着孤灯，
看著灯花思念远行的人，
父亲正在瞧著茶叶的梗，
说是今天会有贵客临门。

以“ㄥ”母的灯字合“ㄣ”母的人和门相协。又如

娘呀，是我，并非投宿的人；
我们这样贫穷那有高邻？
（娘年老了，让我高声的说）：
我呀，我呀，我是娘的亲生！

以“ㄥ”母的生字合“ㄣ”母的人和邻相协。又如

娘呀，我并不是已亡的人：
你该听到刚才狗的呼声，
我越敲门它也叫得越响；
慢悠悠的才是叫著儿魂。

以“ㄥ”母的声字合“ㄣ”母的人和魂相协。又如

柴门上的天气已经阴昏，
天空里面不见月亮与星，
只是在朦胧的光亮之内，
瞧见草儿掩著二个荒坟。

以“ㄥ”母的星字合“ㄣ”母的昏和坟相协。这些都是朱君所谓“按照官话说来是不能协韵的”（案我这里引用朱君底所谓“官话”是指国音而言；也许朱君在国音以外，还有一种所谓真正“官话”，那是我不曾知道。——即使有，也不过就是方音底一种）。并且即使说是“因盲从古韵而错了的”旧诗韵中也是绝不相通。那么，把认gn的

鼻音合收N的鼻音胡乱协韵，恐怕按照朱君所谓土音，也未必收此杂乱。如果朱君要使自己没有过失，有辩解可言，只有自己承认是官话的土音吧。那么，为什么只准自己用土音，不准闻君用土音呢？“自污勿觉臭，野污臭杀人”；“只许州官放火，不准小百姓点灯”；哼！朱君，我要“请君入瓮了”！

（原载1926年7月25日《黎明》周刊第37期）

告诉读者们！第四次

这是最使我们心里歉仄，觉得是万分对不起读者的，本刊竟延期出版了二三个星期之久，致劳读者盼望或竟远道来信询问。现在借这个机会来说一下。在这几个星期以来，我们正在替本刊筹划将来。因为本刊办了有一年了，五十二期发行了以后，究竟是应该休息呢，还是继续照老样子办下去，还是改变形式扩充内容多干一下。这是使我们彷徨的。这一彷徨，三四个星期便过去了。

好了，彷徨已经过去，我们已经决定，在本刊第二年开始时，不但不想不说话或少说话，而且要多多地大大地说我们要说的话了。说话的方法，说话的姿态，以及内容，外表，编译等等，都打算二样一点。一来为读者们换个花样，新新耳目，二来我们也想换些花样说说话了。

花样人人会做，各有巧妙不同。我们的花样怎样呢！请读者恕我，要等下期——五十二期——第一年最末的一期——告诉你们，因为现在还没有筹备好。

（原载1926年11月1日《黎明》周刊第51期）

告诉读者们——第一年中最末的一次

本刊办了一年了，中间虽因脱离《民国日报》独力发行而停刊了二个月，毕竟到现在是出满五十二期了。在读者，原没有什么希罕；在我们，却觉得有点欢喜。所谓欢喜，并不是说我们在这里自骄，我们只是欢喜我们竟有这个兴致。本刊发行之初，原本是想说几句自己的话，并没有十分想在学术界，思想界上多多地贡献——虽然有贡献也是我们欢喜的事情。一年以来，中国之事变也真多，以致我们随处都有说话材料；我们的兴致也真高，以致我们随时都愿意来讲我们的话。笔耕了一年，非唯没有写秃了我们的笔，同时也没有滤清了我们的心；而且事件之频频到来，使我们更有说话的兴致了。

所以，我们觉得扩充的必要了。为了发行和经济的关系，以后本刊不再由自己发行；为了多多地说话，以后篇幅想扩充到现有量一倍以上；为了说话更有兴致一点，我们想多邀几位朋友来凑凑热闹。这是三个变动，值得告诉读者们的。

我们已经与上海泰东图书局接洽，本刊从第二年起，归他们发行；这样，我们可以更多的时间精力，来向读者们说话了。本刊此后的式样，也要变更一下，铅字横排，订成二十页的二十三开中册，比现在的本刊大小，要小去四分之一，以便携阅。稿件字数，增至二万多。内容较前扩充，谈话的方面也略略增添；取材自然也希望能比较精湛一点，虽然水平线上下之分，我们是不十分知道的。撰述人员除现有的，另外加入几位明友，编辑方面，则由陈望道刘大白二位先生负责办理。出版日期，定为十六年一月一日；在此后数星期内，我们想从事结束和预备，所以暂时休刊了。

这一点新的变动，现在谨向读者们报告。

此外，大概没有什么可以再向读者报告的了。我们自己，愿意大家互道一声“辛苦”。对于读者们给予我们的精神上物资上的帮助，我们是万分的感激；那些以友谊的热情来帮助我们金钱的朋友，和供给稿件的许多社外的朋友，我们也愿表相当的谢意。

“一年容易”呵！一年容易吗？

（编者）

（原载1926年11月8日《黎明》周刊第52期）

《倥偬》序

刘大白

人生，本来是一条旅路。一切的人们，都是在这条旅路上倥偬着，所以人生就是整个的倥偬。从整个的倥偬中，选出几节特别的倥偬来描写一番，正如从山水全景中，用取景框子，选取较深的风景，作成几幅风景画。我们看了几幅风景画，知道了山水底一斑，就可以摹拟到山水底全景；所以我们看了几节特别的倥偬，知道了人生底一斑，也就可以揣测到人生底全体。

说到人生底全体，我却要谈起我近来的人生观来了。我从前的人生观，是同时而有二个的，一个是人的人生观，一个是超人的人生观。明白地说，人的人生观，是灵肉一致的人生观；而超人的人生观，却是也非灵，也非肉，也非灵非肉，也非亦灵亦肉，就是佛家所谓“离四句，绝百非”的超人生观。当时我颇能自圆其说地答复朋友们底疑问，不觉得有什么矛盾。然而现在已经暂时把这种似乎矛盾的人生观搁起了，自然不愿意再作详细的说明，至于近来的人生观，简括地说，是受用主义的人生观。受是享受，用是使用。所享受的是生命底福，所使用的是生命底力。

人生是无意义而有意义的。怎地说是无意义呢？我以为宇宙是跟着知识而扩张的，人生是跟着宇宙扩张而敛缩的。一个知识比较浅狭的乡下人，他所认识的空间，大不过一省一国，小不过一县一乡；他所认识的时间，前不过自身以上的二三代之间，后不过自身以下的二三代之间；所以他底宇宙是比较地小，比较地短的。在这小空间短时间之中，他那几立方尺的身躯，几十年的寿命，是比较地大，比较地长的；所以他底人生，比较地有意义。至于咱们呢，却不能如此了。知识告诉咱们：空间是无穷大的。时间是无穷长的。咱们底宇宙，跟著知识底扩张而扩张到无穷了；那么，咱们这几立方尺的身躯，几十年的寿命，放在这大宇长宙之中，成个什么东西？有点什么意义呢？怎地说是无意义而有意义呢？回转头来看，我毕竟有这几立方尺的身躯，有这几十年的寿命，可以供我享受，可以供我使用，有一天身躯未灭，有一天寿命未终，就有一天供我享受，供我使用，这并不是无意义的事。咱们要趁此一息尚存，一点也不浪费地享受它，一点也不浪费地使用它，这就是从无意义中找出人生底意义来。晋代陶潜《自祭文》中说：

勤靡余劳，心有常闲；乐天委分，以致百年。

勤靡余劳，就是使用；心有常闲，就是享受。所以他的几句话，恰可以移来作我近来人生观底说明。

要实行一点不浪费的享受，一点不浪费的使用，这就在人生底旅路上不能不堆积著倥偬了，这就不能认人生底旅路上堆积倥偬为苦恼了。并且果然能够一点也不浪费地享受人生，一点也不浪费地使用人生，这满堆著倥偬的人生，也就是艺术的。所以有意义的人生，就是作艺术的倥偬；而有价值的艺术，就是写倥偬的人生。

我底朋友王新甫先生，是能够作艺术的倥偬，能够写倥偬的人生的。这十篇《倥偬》，是他从整个的倥偬的人生中，选出几节特别的而描写下来的。咱们读了这几节特别的《倥偬》，可以揣测到他那人生底全体，都是这么艺术的；可以知道他是一个能够一点也不浪费地享受人生，一点也不浪费地使用人生的人。

有要体会有意义的人生的，请读这《倥偬》！

有要赏鉴有价值的艺术的，请读这《倥偬》！

（见王世颖《倥偬》，1926年11月开明书店出版）

《邮吻》付印自记

《邮吻》是《旧梦》以后一部分诗稿底结集；因著朋友们底怂恿，又把它付印了。其余的一部分，合两年以来的境遇有关的，至少，在现在不愿意发表——也许将来成为遗稿，等人家来搜采整理；也许有一天把它们“拉杂摧烧之，摧烧之，当风扬其灰”都未可知。现在付印的一部分，我自己觉得，合《旧梦》时代也没有什么分别，是进步，是退步，我可以引了最普遍的题壁诗底后半来解嘲，就是：

有人来问我，
连我不得知。

我于《邮吻》付印以后，有一个祷祝，就是希望它不要蹈《旧梦》底复辙！（1）《旧梦》从付印到出版，经过了二十个月之久；比人类住在胎中的月数，加了一倍。这在忙著“教育商务”的书馆中一定要等到赶印教科书之暇，才给你这些合“教育商务”无关的东西付印，差不多是天经地义，咱们当然不敢有异议；然而这样地千呼万唤始出来，到底觉得有点不爽利。（2）好容易出版了；而排印和装钉之坏，差不多在我所见的该书馆出版物之中，可以算是第一。字句底排错，且不必说，最奇怪的是给你添上了许多字。这不知是手民底博雅呢？还是校对先生底聪明？至于装钉，他们惜纸如金，一定要切得那么狭，钉得那么厚；以致排在偶数页每一横行最右边的字，往往使读者看不出来。咳！这可以说是真真遭劫！（3）还有一件趣事，也值得一说。该书馆每逢有一书出版，照例在总发行所入口处挂一牌子；等到再有一部新书出版，才把先出的一块书名牌挨上一肩。如此递挨上去，直到最末一个位置上，才再由最新的书名牌一挤，把它挤出去。《旧梦》出版以后，他们自然照例挂牌。但是因为横行的缘故，书面上《旧梦》两字，也是从左向右的横排；不料写牌子的先生，竟反其方向而读之，把它写作“梦旧”。出版不久，被我底朋友瞧见了，告诉他们说：“这是《旧梦》，你们写颠倒了，应该拿下来改正！”他们果然从谏如流，立刻把它拿下来了。不过只从了一半的谏，拿是拿下来了，改却没有改；从此这块牌子就提前被淘汰了，不曾再挂上去。因此，此书出版数月，还有许多朋友们以为不曾出版。并且有人知道出版了，到总发行所去买，他们还说只有“梦旧”，没有《旧梦》，以致失望而回。这些都是《旧梦》出版以后所遭的不幸，我很希望《邮吻》不至于她姊姊似地也交这种魔苦运！不过我也可以预信《邮吻》不再象她姐姐底关煞重重；最重要的原因，是现在开明书店底老板，还不曾热心于“教育商务”。

最后，我对于给我画封面的怡怡先生和写封面的玄庐先生，在此表示很诚挚的谢意！

一九二六年，十二月廿二日，大白在江湾复旦大学。

（见《邮吻》，1926年12月上海开明书店）

任瘦红

刘大白

友人任瘦红，就是我曾为他而仿顾梁汾体作《金缕曲》四阕的；不幸近来已经因为肺病，呕血死了！他是一个很聪俊的人。所作旧诗词和骈体文，都有可观。虽然略嫌脆薄，但是笔致灵妙过人。我和他相识十七年，中间曾经同游共事，相与投赠唱和的作品，也颇不少；可惜他存在我这里的诗，现在竟无从检得了！为纪念死友的缘故，把我寄赠他以及酬和他的诗，从旧稿中摘录几首于此。

民国纪元前二年，我和他同游北京，同住山会邑馆；朝夕相见，常常相与谈笑，这是我两人订交之始。九月间，我出京，从海道南归，在新铭轮船上晚上望着明月，记起他来，有《海上口占寄瘦红》七律一首：

异乡已作销魂别，
残夜哪堪得月迟？
如此清光成独对，
几番归梦阻相思；
关心最是论文约，
回首难忘翦烛时；
一事告君应代慰，
海涛虽恶勉支持。

这一年冬天，他也回里了；但是次年春间，他又北上。我于春末时作《寄瘦红都门》一首寄给他，其中含着招隐的意思：

春风忽然去，
无乃负芳草？
芳草不怨春，
可以贻远道，
远道欲贻谁？
故人系我思；
故乡已苦隔，
况在天一涯。
天涯远无极。
别后长相忆；
忆君别我时，
寥寥数行墨。
数行复数行，
纸短情自长；
置之怀袖间，
时时闻馨香。
馨香常不灭，
似我思情结；
此物讵有知，
乃感经时别。
别梦相牵萦，
夙昔来上京；
上京有故人，
握手欢相迎。
相迎讶难料，
把酒纵谈笑；
颇言不得意，
薄宦虚年少。

年少不可常，
索米难充肠；
奥为东方饥，
不如还故乡！
故乡有佳处，
何必长安去？
谈笑忽已终，
魂归天欲曙。
曙色惊懵腾，
梦想犹深凝；
披衣起握管，
书此寄良朋。

光复以后，我和他同在绍兴绍兴公报社共事一年有余，民国二年，赣宁讨袁战役失败，《绍兴公报》因为主张浙江独立讨袁，被封绝命；我便去国，往日本东京，而他仍留绍。三年春间，他在杭州，我曾有七绝两首寄给他。

鸿爪经书认雪泥，
相思月落海天低；
漫愁弱水三千远，
梦跨长虹独向西。
梦回又隔海迢遥，
天末怀人倍寂寥；
欲问蓬莱清浅未，
钱塘江上有春潮。

他复书次韵相和，并另附《寄怀》两绝句。其时绍兴公报社改组禹域新闻社，而由他主持编辑事务；但社中经费短绌，时时有不能维持的恐慌，他复信中曾道及此事。我叠前韵答他：

旧巢闻道欲无泥，
风送空梁燕语低；
隔海传来消息恶，
梦魂飞绕浙东西。
天涯各剩一身遥，
千里传书话寂寥；
我是曾经沧海客，
不堪重忆曲江潮。

同时对于他底《寄怀诗》，有两度次韵的和作：

醉来拂剑独狂歌，
四顾河山剩几何！
多少石田耕不得，
好栽荆棘葬铜驼。

再倒金樽洗百哀，
更横孤剑睨奸回；
神州一片光明土，
准备龙蛇起陆来。

种豆成萁敢作歌，
酒酣耳热但何何；
也知肿背原非马，
漫向人前说橐驼！

触网罹罗事可哀，
鸿飞一去肯轻回？
药师不用中原武，
且逐虬髯海外来。

过了几时，我又把小影一幅寄去，上题五言绝句一首：

一掬蓬莱水，
盈盈中有谁？
故人孤影在，
寄与浣相思。

四年二月，我同几个朋友，因为反对二十一条件，受日本警视厅压迫，离去东京，转赴南洋，流浪于新加坡、苏门答腊间一年有余。五年春间，有两首七律，于复他的信中附给他，是从苏门答腊付邮的：

隔年才报故人书，
似此疏狂问孰如？
独恨知交多聚散，
同经世变几乘除；
相思东浙潮飞疾，
入梦南天月落徐；
追忆旧游携手处，
一回回首一欷歔！
逐翠炎洲感离群，
客中况味更相闻；
波澜未老诗仍拙，
磊涂方多酒易醺；
待续齐谐思志怪，
偏羞蛮语学参军；
亲朋强半无消息，
万里贻书独有君。

这一年夏间，浙江独立讨袁，袁氏死了，我也从南洋回国，流寓杭州。他以一个书记官的职务，浮沉于苏、浙三省的高等审检两厅中。同在杭州的时候，我们常常把酒谈诗。记得他由杭赴湘，我还有一首长歌送他，惜乎此稿已经无存了！

民国八年以后，他任事于杭州中国银行文书股。当时我的文学观念已经变迁；而他却依然反对我作新诗。我既不作旧诗，而他又反对新诗，所以从此两人间便没有往来的诗了；但我们的友谊，不因文学观念不同而改变。听说今年春间，他还手录我的旧诗若干首，以备讽玩；但他不久就因为案牍劳形，家境艰窘，憔悴忧伤而死了！我近来虽然颇有唾弃旧作的意思；但觉得死友拳拳之意，是深可感念的。他给我的诗，虽然已经无从找得；而我给他的诗，幸而还有一部分存在；所以特地从旧稿中录出，以作纪念。

瘦红名乃大，字右之；旧会稽县人。因为喜欢喝酒，常常改署侑卮；可是他终于以酒伤肺，以致呕血而死。而后老母孀妹，寡妻弱女，以及随母寄养的孤甥，一家九口，本来都是仗着他的微薄的收入而生活的，此后难免饥寒的啼号了！我以为象他那样聪俊的人，如果能够处境较好，了解时代潮流的趋向，也许于文学上不难有所成就。不幸既被旧时结习所囿，不能自谋解放；而又因为生计艰窘的缘故，消磨他的聪俊于簿书鞅掌、笺札酬应之中，不能以文学自见，而终于因此夭了天年，实在是很可惜的！然而埋没他的聪俊的，是什么呢？咱们不能不叹恨社会经济制度的不良了！

（见《旧诗新话》，1928年5月上海开明书店初版）

《民间文艺丛话次集》序

刘大白

从地层中发掘得若干古器物和生物底化石，一面给进化论增加了强有力的证据，一面把历史伸长到既有文字以前的若干万年，这是一件大事；从民间搜采得若干神话、故事、童话、歌谣和谜谚，一面给人类学、民俗学、社会学、心理学等增加了许多资料，一面把文艺的范围扩张到贵族阶级，知识阶级以外的无数民众儿童间，这也是一件大事。这两种工作底重要性，固然无分轩轾；而古器物和化石，幸而存在于地层中，神话、故事、童话、歌谣和谜谚，幸而流传于民间，都要碰到相当的机运，也是相同。所不同的，古器物和化石是死的，而神话，故事、童话、歌谣和谜谚等，却是活着而还在那儿变迁成长的。

农人在那儿垦荒锄地，石匠在那儿开山采石，也会发掘得若干古器物和化石；如果被骨董家拿去了，他们也知道珍贵赏鉴；然而到了地质学家的手里，便不同了，便成为科学研究的对象了，豆棚瓜架下面的耕夫蚕妇村姑顽童，席地谈天，消闲助兴，也常常在那儿说神话，讲故事，听童话，唱歌谣，猜谜述谚；至于采风访俗的使者，网罗遗闻轶事的文人，听到了这些口耳相传的东西，也许会编入他们底《乐府诗集》，《虞初新志》，《古谣谚》等之类的大著中，不是借作教训，便是领略趣味；而到了民俗学家底手里，便不同了，便成为科学研究的对象了。因了采集者态度底不同，而材料的价值也就不同，这是很明显的事。

从神话、故事、童话、歌谣和谜谚中取得教训，这是宗教家，哲学家和伦理学家底事；其中不可为训的材料，当然要被排斥的。从神话、故事、童话、歌谣和谜谚中取得趣味，这是文学家和赏鉴家底事，其中索然无味的材料，当然要被遗弃的。至于民俗学家对于神话、故事、童话、歌谣和谜谚，是从其中取得知识的；可为训和不可为训，有趣味和没有趣味，都是不计及的；所以材料的搜罗，越普遍越便于综合和分析，越丰富越便于归纳和比较，没有某种材料认为应当排斥或是认为可以遗弃的事情。咱们当然不反对他们从这些材料中取得教训或是取得趣味，但是希望宗教家、哲学家、伦理学家、文学家和赏鉴家等各守他们底职分，不干涉以科学研究为目的的民俗学家底知识材料底普遍的丰富的搜罗。咱们觉得教训的趣味的底损失，是一时的；而知识的底损失，却是永久的。这些材料底流传于民间，已经是要碰到相当的机运而幸而持续著，搜罗起来，已经合那从地层中发掘古器物和生物底化石的困难，相差无几；如果再加以无心的遗弃或是有意的排斥，这便是暴殄天物，无异于狼籍五谷和不敬惜字纸的不道德了。

钟敬文先生是一位研究民俗学的学者；但是他为了忠实于民俗学研究的缘故，为了普遍地丰富地搜罗民俗学底研究材料的缘故，竟受了事业上不应受的挫折。他所受的挫折，并不原因于教训和知识底冲突，而原因于教训主义者底不守自己底职分，这是使人可以长太息的一件事。然而钟先生并不因为外来的挫折而中止他自己的工作底努力，这部《民间文艺丛话次集》就在挫折中出版了。这不但有益于民俗学研究底前途，而也是一般的认识科学尊重科学的人们，所应当对钟先生表示敬意的。

我对于民俗学，虽然感到很浓郁的兴味；而对于民俗学底研究，却是完全外行。钟先生编就了这部丛话，要我说几句话在上头；我只好勉强说几句自己以为不外行的话，拿来塞责，还请钟先生和读者原谅！

一九二八年十二月七日大雪节之夜

（原载1928年12月上海《大江月刊》）

《西湖博览会教育馆特刊》发刊词

有人说："凡是博览会底作用，大约都是提倡或发展农工商等实业的。然而一般的博览会会场中，往往总有一个陈列教育成绩的教育馆夹在其间，还是借此来点缀一下的呢？还是别有用意？"我说："这决不是点缀，确是有绝大的用意的。它的用意咱们已经在西湖博览会教育馆底大门前标明了。请看咱们教育馆底入口大门联语是——

定建设底规模，要仗先知；做建设底工作，要仗后知；以先知觉后知，便非发展大中小学不可。

办教育的经费，没有来路；受教育的人才，没有出路；从来路到出路，都得振兴农工商业才行。

咱们从这联语上可以知道农工商等实业合教育的关系了，从教育方面讲，办教育的经费底来路。在农工商等实业方面，受教育的人才底出路，也在农工商等实业方面。所以实业不发达，经费无从筹措，教育是不会发达的。实业不发达，即使勉强把教育发达一点，人才无从容纳，教育底发达也是无结果的。从实业方面讲，一方面供给教育的经费，一方面容纳受教育的人才，实业才能仗著教育底效果，而格外发达起来。农工商等实业合教育的连锁关系如此密切。所以以提倡或发展农工商等实业为目的的博览会，常常把教育成绩一同陈列，以表出它们底关系来。这就是一般的博览会，往往总有一个陈列教育成绩的教育馆的用意。而咱们西湖博览会，当然不是例外。

从前中国科举时代的教育，是专门养成所谓“士的阶级”的教育。换句话说，就是专门养成做官坯子的教育，简称是官坯教育。士农工商，向来称为四民，看去好象是横的部类，其实含有纵的阶级性。士在古代，本是初级的官，后来推广而为预备做官的官坯们通称。士的地位，居四民之首，独占受教育的权利，就是因为他们是做官的预备的缘故。所以那时候除士以外，其余的三民，都是国家所认为没有使他们受教育的必要的。于是凡是曾受教育的，都自命为士，自认为官坯，而不屑再去为农为工为商。这种官坯教育的结果，教育被“士的阶级”所垄断，固然不能发达而普及，而农工商都没有受教育的权利，农工商等实业也绝没有发达的希望。并且受教育和做官的两个观念，差不多连成一起，不能分开，在那时候的初等教育教科书神童诗中，就说：

天子重英豪，文章教尔曹，万般皆下品，惟有读书高。

遗子满籯金，何如教一经，满朝朱子贵，尽是读书人。

要做官必须读书，读书只为了做官。还有什么《劝学篇》上说：“书中自有千钟粟”，“书中自有黄金屋”，“书中自有颜如玉”。所以他们在读书的时候，所读的并不是书，而是什么千钟粟、黄金屋、颜如玉。预备拿“三更灯火五更鸡”的苦功，换取“二月杏花八月桂”的科名，而达到升官发财，势位富厚的目的的。

到了科举废止，官坯教育似乎应该跟着寿终正寝了。但是因为历史的关系，它底流毒，直到现在还存在著。学校里的学生，学业浅深，可以不计，但是分数在所必争，文凭必须拿到，普通学校的毕业生不消说，农科工科商科等学校的毕业生，也是除了做官以外，不去走旁的路。因此，仕途拥挤，政客繁多，污吏比肩，贪官接踵，政治没有清明的希望。即使有时谋不到官做，暂时在所谓教育界里回旋一下，有的仍然借此作做官的阶梯，有的竟把校长教员底位置，当作官场底缺分看，较肥量瘠，舞弊营私，抢夺钻谋，无所不至。于是教育界也没有清明的希望。这固然因为历史上传统的关系，而最大的原因，还是因为实业不曾发达，受教育的人才没有出路。然而有一点却合科举时代不同了，科举时代的教育机关，只有私塾。而且受教育的人，限于预备做官的少数，国家和社会，都不必筹集什么办教育的经费。现在的公立学校，固然要政府拿出经费来。即使私立学校，也要团体或个人筹集经费。而且虽然不能立即普及，学校教育终以渐渐普及为目的。所以需要的经费更多，不但团体或个人筹集的教育经费，出之于民间，即使是政府拿出来的教育经费，又何尝不是取之于民间呢？既然出之于民间，取之于民间，一定要使人民“能出”要使人民“有可取”。“能出”和“有可取”，都要从开发农工商等实业做起。当这实业不曾开发，民穷财尽的时候，办教育的经费，是没有来路的。

现在咱们开这西湖博览会的作用，是在提倡实业，发展实业。在这西湖博览会中，照例有一个教育馆，这教育馆中所陈列的，是很可怜的是绝不能使人们满意的成绩。咱们不是把这些成绩，夸耀于观众底面前，咱们只是告诉观众，因为实业不发达的缘故，办教育的经费，没有来路。因为实业不发达的缘故，受教育的人才，没有出路。所以西湖博览会教育馆的用意，比一般的博览会中教育馆底用意，更觉得重大，而超出乎照例的以上。所以，咱们出口大门底联语是——

看完这教育成绩，感想如何！不满意么？要同担些匡扶责任。
放下那湖山美观，勾留在此，能著眼的，别错认是点缀工夫。

（见《西湖博览会总务报告书》，1929年6月）

《白屋说诗》自序

大　白

这《白屋说诗》的名称，是一九二六年秋冬间在上海复旦大学的时候，给《复旦周刊》写本书第一部分《说毛诗》十节的时候所用。那时候我底朋友徐蔚南先生担任著《复旦周刊》底编辑，他要我写一点关于文学研究的东西，以充篇幅；我就用了这个名称，随手把对于《毛诗》的见解，瞎说一番，陆续写出了十节。后来学校放寒假了，《复旦周刊》休刊了，就没有再继续地写下去。去年复看了一下，有意思把它付印；但是只有这十节，太少了，又没有工夫续写；所以把十年来各种说诗的旧稿，整理出来，作为第二部分。至于最后的附录四篇，前二篇也带著说诗的性质，后二篇颇含有诗趣；所以让它们附在后面了。

杂说中（一）《双声叠韵和句中用韵问题》，（二）《孔雀东南飞底时代问题》，（五）《毛诗邶风静女底讨论》，都是合人家辩论的；所以把别人关于这几个问题的文字，也搜辑在里面。

《双声叠韵和句中用韵问题》中的前四篇，胡怀琛先生曾经把它印在他底《尝试集批评与讨论》中。他在那时候，大约以为这个问题已经解决了，他已经得到胜利了；曾经读过他这本小册子的人们，大约也以为这个问题已经解决了，认为他已经得到胜利了；所以现在把它们合后五篇一齐印出，使读者们知道关于这个问题的辩论终结时候的真相。不过，那时候——辩论句中用韵问题的时候，我没有把《经义述闻》中高邮王念孙氏底“古诗随处有韵”一条的话，和《毛诗正韵》中日照丁以此氏底《毛诗韵例》一篇的举例引进去，只在《旧诗新话》第四十三节《毛诗以后的停身韵》一节中，引了王氏关于《楚辞》停身韵的举例，而又不曾说明是根据《经义述闻》的；所以那位胡怀琛先生，也许至今还不曾看见过《经义述闻》和《毛诗正韵》。要是他看了这二部书——尤其是《毛诗正韵》，一定会觉得他那“这种押韵法，……读起来也不好听”的话，未免真是胡说了。

一九二九年六月二十三日

大白在杭州国立浙江大学

（见《白屋说诗》，1929年7月上海开明书店初版）

代五千万以上的学龄儿童感谢全国教育会议

刘大白

《新闻报》底驻京记者俞树立君，再三要我给《新闻报》《全国教育会议特刊》写一篇文字；我就写了这一篇，并且告诉他，如果贵报不敢登，赶紧把稿子还我。结果，稿子交去了一个星期，他们不但果然不敢登，而且把稿子揞住了，至今不曾还我。他们鬼鬼相护，活死人怕得罪活死人，不敢登也是难怪，而且也是我所预料；不过揞住了稿子不还，却不知打的是什么鬼主意。幸而我还有一个底稿，而且还有一个不怕得罪活死人的报纸可以发表；所以现在在《觉悟》上发表了。（一九二八年五月二十九日）

《小学不授文言文》，《初中入学考试不考文言文案》，和《请积极提倡语体文》，《以利小学教育案》，都在五月二十二日全国教育会议第六次大会中修正通过了。这是此次全国教育会议中比较地有意义的一件事，也是革命的国民政府下面能在教育上表现一点革命精神的一件事，我觉得应该代全中国五千万以上（注）的学龄儿童们说几句感谢的话；——但这只是代小孩子们说几句话，并非冒充小孩子们底代表。

什么是文言？不过两千几百年前的死鬼们所打的鬼腔罢了；什么是文言文？不过两千几百年前的死鬼们打起鬼腔说鬼话的鬼话文罢了。至于秦汉以后的鬼话文，尤其是各个时代的活死人们（在口头上说人话，在纸面上说鬼话，就是活死人）学著以前的死鬼们底鬼腔说蓝青鬼话的蓝青鬼话文（鬼腔学得不道地，以致文运一代不如一代，就是蓝青鬼话文）罢了。咱们既然是现代的活人，当然应该讲现代的人话，读现代的人话书，写现代的人话文。所以还要懂得一点鬼话文，只因为两千几百年来的死鬼们和活死人们，有许多都用了鬼话文来发表他们底思想，表显他们底心理，咱们有时候还有懂得这些鬼思想和活死人心理的必要；这正合介葛芦先生懂得牛鸣，公冶长先生懂得鸟语一样；不过想知道一点牛思想，研究一点鸟心理罢了。但是知道鬼思想和研究活死人心理，不是活泼泼的小孩子们所必要；打起鬼腔说鬼话，也决不是小学时期六年里面所能做到。在小学中教授鬼话文，无非做惯了活死人，打惯了鬼腔，说惯了鬼话的，想把活泼泼的小孩子训练成功活死人罢了。这种训练活死人的教育，决不是二十世纪所应有，尤其不是革命的国民政府统治下面所应有。

有些活死人们说："不是鬼话文，不能说明高深的学术，不能发表高深的思想。"高深的学术和思想，究竟是不是非鬼话文不能说明不能发表，这只消看现在有没有人用人话文在那里说明高深的学术，发表高深的思想，就可明白。也许因为活死人们所认为高深的，只是些鬼学术鬼思想；在咱们活泼泼的小孩子们，当然莫测高深。但是此次全国教育会议，把全国怀抱高深学术的学术专家和富有高深思想的教育名流，聚集一堂，讨论关于全国教育的重要问题，咱们不敢说他们所说明的，完全合高深的学术无关，所发表的，完全不是高深的思想；何以在会场里面，竟没有一个学术专家或教育名流，打起鬼腔说鬼话，在口头上用鬼话来说明他们高深的学术，发表他们高深的思想呢？可见凡是活人，都不能在口头上打起鬼腔说鬼话；即使有高深的学术和高深的思想，在口头上也不能不用人话来说明和发表。不过他们在口头上虽然不能不做活人，在纸面上却偏喜欢过一过做活死人的瘾罢了。

然而那些半活死人（在口头上做活人，在纸面上做活死人，这就是半活死人），自己要过活死人的瘾，是他们底自由，咱们也不能强迫他们做整个的活人。可是要强迫咱们活泼泼的小孩子，跟著他们做半活死人，仿佛自己上了鸦片瘾，硬要小孩子跟著鸦片鬼吃鸦片烟一样，是不是一件说不过去的事？现在总算幸而会场里面，生机未绝，还有过半数以上的活人，居然把这两案修正通过了，使咱们免得受那种训练活死人的教育；这总是咱们五千万以上的活泼泼的小孩子们所应该感谢的！

咱们诚意的说，对于会场中过半数以上的活人，固然感谢；即使对于会场中不及半数的半活死人，也同样地感谢！因为议决案是整个的全国教育会议的，所以咱们小孩子们对于全国教育会议的感谢，也是整个的感谢！

（注）中国人口，号称四万万；如果全人口中有百分之一二·五的学龄儿童，那就有五千万以上的学龄儿童数了。

（见《白屋文话》，1929年8月上海世界书局初版）

《白屋文话》自序一

这是我于一九二六年秋冬间陆续写出的几段打倒鬼话文的宣传品，曾经在复旦大学所出的《复旦周刊》上分期发表过的。当时写出的动机，是志在长活人底志气，灭活死人底威风，颇以《平鬼传》中的钟馗自命。在写出的时候，有一位朋友看了几段说："人话和鬼话底争斗，现在已经不成问题了；这种文章，大可不必再做。"我说："你别乐观吧！章屁精底《大虫报》，不是还在'风行海内'吗？那些'外簧'式的通讯家，不是还在一唱百和地大拍其鬼马屁吗？"至于那些在青天白日之下大说其鬼话的活死人们，更是满坑满谷，到处都是；甚至著洋装、住洋房、进洋学堂的学生们，也有许多正迷恋著鬼话，甘心做鬼国里的遗少，正在那里说什么"白话文最无聊，用新式标点尤其无聊"的话，咱们怎得不说"吾为此惧"呢？再抄两句鬼话吧，"予岂好辩哉？予不得已也"。其实，自从文腔革命（这就是近十年来被称为文学革命的底一部分，就是用活人底人腔——白话——来写文章，而不用死鬼的鬼腔——文言——来写文章的革命。因为文学历史中新主义起来推翻旧主义，新艺术手段起来夺取旧艺术手段底位置，这才是文学革命；而用人腔来代鬼腔，只可以叫作文腔革命。近十年来的所谓文学革命，诚然不单是文腔革命；但是这一部分——鬼腔改人腔的一部分，却只好算是文腔革命）以来，正合辛亥的政治革命一样，不曾把鬼话文底余孽，铲除净尽；"野火烧不尽，春风吹又生"，它依然在那里滋蔓著，而且声势浩大，猖獗非常。并且从前在革命旗帜下面呐喊著的人们，也有许多已经向后转而重新打起鬼腔来；正好象同盟会国民党的分子，去投降在袁世凯或张勋们之下了。可见“革命尚未成功，同志仍须努力”，这两句话，在咱们人话革命党中，也同样地用得著。我这几段打倒鬼话文的宣传品，在现在却是不可省的。《复旦周刊》，虽然散播得也不算少；但是能看到的，毕竟只限于合复旦有关系的人。所以现在把已经发表过的几段和续写的几段，汇集起来，并加上一些附录，印刷发行，藉此壮一壮人话革命军底声威。

一九二八年五月二十日　大白在杭州国立浙江大学。

（见《白屋文话》，1929年8月上海世界书局初版）

《白屋文话》自序二

我所以写这几节文话以及汇集付印的原因，已经在第一篇自序上说明了；现在所以再写这篇自序，是对于胡适之先生底跋语和他底来信有所讨论，以及再有一点补充的意见。

我把这几节文话给胡先生看了；他就写了一篇跋语寄给我，而且同时附来一封信，对于“蓝青鬼话文一代不如一代”的问题，提出一点意见。他底跋语中说：

> ……根本的救济方法……在竭力鼓励文学底创作，鬼话文同鬼话诗不是单靠孔二先生正名的方法就能完全扫除的。……我总觉得鬼底猖獗是由于人底不努力，鬼话文学底继续存在是因为人话文学底实力还不够打倒那残余的鬼话文学。只有真有价值、真有生命的人话文学才可以服人之口，服人之心；如赤日当空，一切鬼影自然消灭了。

这话很对，我完全承认。但是，先定了国民革命军的名称，然后加以政治训练，成为有主义的军队，才能打倒军阀。现在咱们先厘正了人话鬼话的名称，然后竭力鼓励人话文学底创作，养成人话文学底实力，才能打倒残余的鬼话文学。所以我认为这个正名的工作，是初步最重要的工作。胡先生说：

> 我是个实验主义者，向来反对“名教”；因为我深信“名”是最可以给人们用做欺骗的工具的。

“名”是最可以给人们用做欺骗的工具的，这话的确不错。但是我却以为人类是没法自外于“名教”，逃不出“名教”老先生底手掌心的。胡先生如果不信，实验主义就是一个“名”。拿实验主义来打倒“名教”，无非以“名”易“名”，另创一种“名教”，还是在“名教”老先生底手掌心里。文言和白话这两个“名”，是给活死人们用做欺骗的工具的不正的“名”；咱们拿鬼话和人话这两个“名”去厘正它，正合拿实验主义去打倒“名教”一样，依然逃不出“名教”老先生底手掌心。所以不论主张正名或不主张正名的，反对“名教”或不反对“名教”的，一样是“名教”中人，咱们都是“一丘之貉”。反正“名教”是打不倒的，不如先正了“名”，再做循“名”责实的工夫。所以我认为这厘正鬼话和人话底名称的工作，是初步最重要的工作。

胡先生底来信说：

> 《白屋文话》已读过，我已遵命写了几句跋语。我近来很忙，有许多话不能都写出，故我自己也不能满意。……有一个问题，我很想讨论；可惜时间不许我详细说明，只好抽出不说了。这个问题，就是“蓝青鬼话文一代不如一代”的问题。我的感想是散体古文自唐以后颇有进步。欧阳修、苏轼比韩、柳好；朱熹、欧阳玄、王守仁又比欧阳修、苏轼好；清代学者底文章，如顾炎武、钱大昕、崔述、高邮王氏父子，都远过前代有意作文的文人。这里面有几层原因：（1）刻书发达了，读书人容易得书；（2）古文底风气已成，专攻的人多了，容易有好文章出来。这并不是说，晚出的“古文”都胜过前人。但不通如孙樵、皇甫湜，在唐可以称作者，在宋必不能受人重视的。

胡先生这一番话，在他是很有见地的。但是这合我底“蓝青鬼话文一代不如一代”的立论，并没有什么冲突。因为他所谓“颇有进步”，是文底进步；我所谓“一代不如一代”，是鬼话底时代越向后越蓝青。

并且文底进步底原因之一，正在乎鬼话底时代越向后越蓝青，就是时代越向后越受人话底影响而越近于人话。就鬼话方面看，无论如何是“一代不如一代”的。谭鑫培底徒弟，也许做工比老谭更出色，但是所唱的毕竟是蓝青谭调。至于他的徒孙徒曾孙们，自然越向后越蓝青，“一代不如一代”了。我说“蓝青鬼话文一代不如一代”，是指这一点而言的。

对于胡先生底跋语和来信，讨论终结了；我还要对于鬼话文在历史上的价值，把它重新估定一下。

鬼话文底过去的罪恶，和它底丑态，已经在文话中宣布了。但是它在历史上究竟是否有功足录呢？咱们如果平心而论，却也并非没有。它底足录的功何在呢？我以为是在中国历史上文化底统一。这在文话第十四节中，已经说过一点；但是不曾详细说明。大家知道，中国是一个幅员辽阔，人口繁多的国家。在地势上，又有山脉河流底阻隔；过去时代的交通，非常不便。汉末以后，经过好几次的分裂；其中象六朝、五代，以及南宋时代的分裂，都是长期的。从五胡乱华起，到满清入据中原止，外来异族底侵入，又几乎是不断的。但是中国底文化，二千多年以来，一向是统一的。并且，民族的同化力极强；二千多年当中，有若干的外来异族，都同化在汉族里面。即使他们当时武力强盛，征服了汉族，在政治上做了统治者；结果，都反被汉族底文化征服了。这自然因为这些征服咱们的外来异族，都是武力虽然强于咱们，而文化却是低于咱们的；现在合文化高于咱们的外来异族相接触，是决不能再得到这样的结果的。然而过去的事实，却确是如此。那末，中国文化底能够统一，和对于外来异族的同化力之强，主要的原因何在呢？我以为就在于同文政策底实行。这所谓同文政策，不但是所写的文字相同，而且所用的文腔文法也是相同。地域很广，交通很不便，方言方音很复杂，外来的或固有的异族又很多；如果大家各用拼音文字，分别拼出方言方音的人话，便可以有许多种的文字，许多种的文腔，而文化便不能这样统一了。所以中国历史上统一文化，同化异族的力量，就仗著：（1）不用拼音文字而用衍形文字；（2）不用各地分歧的人话的文腔，而用标准统一的鬼话的文腔。统一文化和同化异族，并不是一定要仗著衍形文字和鬼话的文腔的；试看美国现在用著拼音文字，用著标准统一的人话的文腔，一样能够统一他们底文化，而且同化著许多的外来异族。所以前边的话，并不是讴歌衍形文字，讴歌鬼话的文腔，只是说明过去历史上的事实。鬼话文在中国历史上，的确做过统一文化，同化异族的工具，有过这样的成绩，这是不能把它抹煞的。咱们所用的衍形文字，因为咱们所用的语言是孤立语，而孤立语在现在语言学者估定的价值上，又被称为比较进步的；所以能不能改用拼音文字和要不要改用拼音文字，都是一个问题，而且这是另一个问题。至于现在用标准统一的人话的文腔，来做统一文化和同化异族的工具，一定合用，而且比标准统一的鬼话的文腔更合用，是可以断言的。在努力打倒鬼话文的当儿，说明鬼话文在历史上有功足录，当然不是预备给它树立纪功碑，让它将功折罪，留一个存在的余地；而只是在它底墓志铭上作一个功罪底比较，证明它是罪浮于功罢了。

最后，我还得谢谢胡先生底跋语，谢谢徐先生底序文，并谢谢徐先生底促成我写这文话！但是徐先生底序文中，对于作者，揄扬得太过分了；仿佛“台屋里喝彩”似的，难免失掉真相；这是于领谢之余，应谢作局部的璧谢的。

一九二九年三月廿八日　大白　在杭州国立浙江大学

（见《白屋文话》，1929年8月上海世界书局初版）

文腔革命和国民革命底关系

大　白

（一）什么叫文腔革命

十年以来，我们国内有一种革命的运动；它底意义底重大，合国民革命不相上下，而且合国民革命很有关系的，这就是文腔革命。这所谓文腔革命，就是用活人底人腔——白话——来写文章，而不用死鬼底鬼腔——文言——来写文章的革命。普通称这种革命为文学革命；其实它不过是文学革命底一部分罢了，不是文学革命底全体。因为文学历史中新主义起来推翻旧主义，新的艺术手段起来夺取旧的艺术手段底位置，才是文学革命；而用人腔来代鬼腔，却只可以叫作文腔革命。近十年来的所谓文学革命，诚然不单是文腔革命；但是这一部分——鬼腔改作人腔的一部分，只好算是文腔革命。

文腔革命，就是今话革命，也就是人话革命。所谓今话或人话，就是普通称为白话的；而普通称为文言的，实在就是古话或鬼话。因为文言就是二千几百年前的古代——周秦时代——的人们口头上所说的话；而这些人们已经死了二千几百年，已经做了二千几百年的鬼，所以现在我们只好叫它作古代的古语，只好叫它作死鬼们的鬼话。至于白话，是现在的活人们在口头上所说的话，明明是现代的活人们底人话，也可以合古话相对而称为今代的今话。一般人底传统的观念，说起文言，往往就联想到它是文雅的，是文明的，是文人所用的；而白话不过是土白，是粗鄙的，是俚俗的。于是白话起来革文言底命，要推翻文言底宝座，就好象平民起来革贵族的命，要推翻贵族的宝座，是倒行逆施的，是大逆不道的。所以要做文腔革命底工作，非先把文言文“文言”两字底头衔革掉，显出它底真面目，叫它作古话或鬼话不可。我们人是现代的，应该用今话做工具来写文章；我们是现代的人，应该用人话做工具来写文章。于是今话起来打倒古话，人话起来打倒鬼话，便是名正言顺的今话革命人话革命。如果反对今话革命人话革命，便是愿意做古人，愿意做鬼——至少也是愿意做与鬼为邻的活死人，是著了鬼迷的反革命者。我们现代人话党，要完成人话革命，必须努力——

打倒古话！
打倒鬼话！
打倒鬼阀！
打倒活死人主义！
打倒反革命的鬼话党！

（二）鬼话文底由来和存在

周秦两代，都有所谓“书同文”的政策。这所谓“书同文”，不但是字体底统一，而且是文腔的统一。如果只是字体统一而文腔不统一，那末，因为文腔底不同，势必发生障碍，而需要因为特殊的文法而生的特殊形体底补助。例如日本采用汉字，在字体上也可说是合中国同文；但是因为他们底文腔合中国不同，所以除摹仿中国鬼话文的汉文以外，所谓和文，便需要特殊形体的假名底补助。但是周代各国底文章，所用的文腔都是统一的；即使象南方荆楚吴越等蛮族的国家，也合北方汉族的各国无异，不但都用同样的字体，而且也用同样的文腔，并无日本假名一般的补助形体杂于其间。所以我们可以推想，周秦时代的同文政策，也可以说是国字国语统一政策。那时候的国语，就是周腔秦腔，就是那时候的陕西腔，也就是所谓雅言（雅就是乌，雅雅就是乌乌；汉人杨恽所谓“仰天而歌乌乌”，正是秦声。所以合乐的周诗有《小雅》《大雅》；雅乐就是陕西音乐，和周室东迁以后的河南音乐——郑声——相对；雅言就是陕西京话，《论语》说，“子所雅言，诗书执礼，皆雅言也”（是说孔子在平常时候说山东话，而诵诗读书和赞礼的时候，却都用陕西京话）。周秦两代把这种国语去统一各国各郡的文腔，各国各郡都遵用了，合现在用北京的京话来统一各省的文腔相类；所以当时各国各郡所拿来写文章的，虽然不是各国各郡的方言，却毕竟是当时的人话——陕西地方的人话。不过有一点要注意的，那时候的人话，虽然比现代的人话来得简单含混；但是也未必象那时候的文章那么简单含混。那时候的文章为什么比那时候的人话格外简单含混？这是因为那时候新式纸笔墨还不曾发明，写字很不方便，所以写文章的时候，只好象现在起电报稿子一样，把字数减少，文句缩短，竭力作节省的计划，而竹头木片上的文章，便合口头上的语言有点不同了。然而不同虽不同，文腔却毕竟相同，毕竟是那时候的人腔。到了汉代，因为地域增广了，新民族加入了，交通复杂了，时代变迁了；而且又是爱好楚声的南方楚人——刘邦——做了政治首领，所以陕西京话已经改变了；而纸面上却依然沿用周秦时代的文腔，于是那时候的文章，便成了鬼话文，而鬼话文时代开始了。文章既然成为鬼话文，于是渐渐地合自然的语言相离，而且渐渐地合周秦时代的真正鬼话相离，而渐渐地成为蓝青鬼话。因为有这两种相离，于是又从散体鬼话文里面，渐渐地加多排句对句底数量，成为合自然的语言索性完全相离的倾向，而有六朝时代的律体鬼话文——骈体文——底产生。这种律体鬼话文，不但不是当时的人话，而且周秦时代也绝没有这种鬼话。所以北周的宇文泰（武帝）苏绰，隋代的杨坚（文帝）李谔，唐代的韩愈柳宗元等，都有复古的运动，想用散体鬼话文来推翻律体鬼话文。但是他们只知道文体革命，而不能做文腔革命，所以还是以五十步笑百步，不能跳出鬼门关。并且因为中间经过几百年变态文体——律体鬼话文——称霸的时代，离开真正鬼话文时代——周秦时代——越远，好象翻板的留声机片，越翻越失真；所以即使竭力复古，而散体鬼话文也越学越蓝青。从此鬼话文一代不如一代，一代蓝青似一代，而不得不趋于末运。

鬼话文称霸的时代，经过了二千多年，虽然渐渐地趋于末运，而毕竟支撑了二千多年。这二千多年中，虽然各时代有各时代的人话诗文，在鬼话文称霸的势力下面，常常昂起头来，占领着若干小地盘；然而终于不能摇动霸主底宝座，只是败则为寇，而不能成则为王，这是什么原因呢？这分明是帝王贵族们用政治上的势力拥护鬼话文，勉强维持它底江河日下的颓运。他们的原因是：（1）要维持他们底鬼尊严，实施他们愚民政策的鬼把戏，使教育不容易普及于平民；（2）懒得做那用人话来统一文腔的工作，而只用鬼话来统一文腔，来做各地通用的交换意思的工具。他们底方法是：（1）凡是帝王贵族官僚胥吏在纸面上说话，如一切制诰诏敕教令檄移禀状批示布告之类，一律打起鬼腔说鬼话，而且有时还要打起绝不自然的鬼腔，说律体的鬼话（虽然元代以后，因为外来的野蛮民族说不惯中国的鬼话，已经有用人话写的诏旨之类，但是凡是由中国人当代笔的，大多数仍旧用鬼话），使一般人要懂得它，非读鬼话书学做鬼话文不可；（2）设起国立的学校来，招生入学，把鬼话文教给他们，训练成一班班的活死人，毕业之后，给他们一个官做，竭力奖励；（3）用科举制度提倡鬼话文，作一般人民中有图得出身而升官发财的欲望的，都自己去请了鬼话教师，教子弟读鬼话书，学做鬼话文；（4）即使不设学校，不行科举制度，也规定了必须能读鬼话书能做鬼话文才有官做，而且越读得多越做得好，官便越升得高。他们用这种种方法来维持鬼话文底运命，于是即使有几个爱做人话文能做人话文的，都得不到官做，甚至找不到饭吃；这就是鬼话文在中国文坛上称霸了二千多年，虽然渐渐衰颓，而毕竟跟著专制政体下面的帝王贵族官僚胥吏们底势力一同存在的缘故。

（三）人语革命跟著国民革命而起

然而帝王贵族官僚胥吏们自己的运命，到了最近的三十年来，也因为国民革命底起来，而衰颓莫挽了，维持鬼话文底颓运的科举制度因而废止了。帝王贵族们的势力是推倒了，共和的招牌是挂上了，官僚胥吏们底势力，也根本动摇了，国民革命虽然没有成功，而主义渐渐地普遍，势力渐渐地不可侮了；于是人话革命底潮流，就于十年以前，跟著国民革命底潮流而起来了。这个潮流底起来，不是突然的。

当科举制度没有废止的时候，并不是没有人写人话文（人话文的作品，从汉代起，一直到清末，代代都有，不曾断绝；而且一代盛似一代，正合鬼话文底一代衰似一代成反比例）；不过他们不能藉此图得出身而满足升官发财的欲望，不能拿人话文去换到饭吃，所以只是被爱好自然的艺术冲动所驱使，借此作消遣的游戏罢了。到了科举废止，恰好又碰著西洋的文艺思潮输入到中国；于是一般文人，有些觉得鬼话文反正也换不到官做，而且也未必一定换得到饭吃，而报馆书局却颇需要人话文的文艺作品，投稿的颇可以得到一点稿费，所以前清末年，人话文已经不是一钱不值，而作者也渐渐地多起来了。不过那时候的人话文作品，还止限于小说之类，而且还不曾有意识地竖起人话革命底旗帜来。后来满清被推翻了，想称帝的袁世凯也被打倒了；于是有人觉得帝王贵族军阀们都可以推翻打倒，联想到文坛上的霸主——鬼话文——当然也可以推翻打倒，而文腔国里的陈涉吴广——胡适之陈独秀们——就有意识地竖起打倒鬼话文的旗帜来，努力于人话革命了。因此，我们可以看到，假使国民革命不起来，人话革命也不能起来；因为国民革命起来了，而且有了一部分的成绩了，所以文腔方面受了影响，而人话革命也跟著起来了。这是文腔革命和国民革命底关系底第一点。

（四）国民革命要仗著人话革命而成功

谁也可以明白，人话文在国民革命的过程上，给与了很大的助力。现在的进步的国民革命，起于五四运动以后；而五四运动，起于人话革命的旗帜竖起以后。五四运动，不但是政治革命社会革命底起点，而且是中国思想革命底大关键；它底意义，在中国革命史上，比辛亥的单纯的民族革命底意义重大得多多。但是它底来源，合人话革命底发难者们，显然有很大的关系。人话革命底发难者，同时是思想革命底发难者（其实人话革命也就是思想革命底一部分）。他们用人话做工具，写出革命的思想，五四运动底青年群众们，固然受到他们底影响；他们敢于大胆地对于在文坛上称霸了二千多年的鬼话文，竖起叛旗，摇动它底宝座，比对于外族的一姓的占据中国不过二百六十多年的满清君主，竖起叛旗，摇动它底宝座，意义重大到十倍以上；这一点勇于发难的暗示，尤其使五四运动的青年群众们受到绝大的影响。所以五四运动以后，一面人话革命被青年群众们所欢迎所接受，而得到比较普遍的成功；一面国民革命也因为得到人话文做宣传的利器，而得到比较进步的发展。我们不能不承认国民革命所以有今日的局面，人话革命实在“与有力焉”。然而现在国民革命所以还不能彻底成功，正因为人话文还不能充分地利用，充分地普及。我们要在训政时期中，使教育普及于全体民众，使全体民众知识提高，了解国民革命底意义，能使用四种政权，并且能一贯地努力三民主义底破坏和建设，非利用人话文作利器不可。要知道中国教育底不能普及，虽然因为向来的专制君主，实行愚民政策，不愿意人民受教育，不曾做普及教育的工作；然而鬼话文底难学，实在是一个绝大的原因。从前科举时代，一般想图得一个出身而满足升官欲望的人，在家庭里开了私塾，整天地教子弟专门研究鬼话文。在那时候，不比现在的学校里，除了国文以外，还有种种课程；从早到晚，差不多十多小时，所读所做的，无非鬼话文；年头到年尾，学生上学的时间，至少也有二百四五十天，又没有什么星期例假的休息。这样，从七八岁上学，到二三十岁，甚至到了四五十岁，还有不能把鬼话文弄得很通顺的。虽然那时候的教授法不行，但是所费的时间毕竟很多很多；这也很足证明鬼话文底难学了。现在的学校里，除了国文以外，还有各种课程；小学校中每年上课不过四十周；每周国文时数，假定八小时，每年不过三百二十小时，四年不过一千二百八十小时；还不及从前私塾里六个月的功课（假定私塾里每天上课八小时；每年上课二百四十天计算，就有一千九百二十小时）。以学校里四年的国文课，时数抵不上私塾里六个月的国文课时数，怎么能使小学生把私塾学生十年二十年还许学不好的鬼话文学好呢？所以要用鬼话文来做普及教育的工具，是决不可能的。只有用人人口头上能说的人话，来教小学生，使他们于读的写的时候，可以合说的时候相参证；口头上怎么说，书本上怎么读，纸面上就怎么写；四年、一千二百八十个小时中，一定可以把人话文练习得能很通顺地表达情意叙说事理。正式的学校教育以外，种种补习教育，更要需用人话文和注音字母来做推行的利器。这样，训政时期训练民众的工作，才可以实施，才有可以完成国民革命的希望。所以文腔革命，能给与国民革命很大的助力，是谁也不能否认的。这是文腔革命和国民革命底关系的第二点。

一九二七年十二月三十日

（见《白屋文话》，1929年8月上海世界书局初版）

告怀疑于第三中大令小学校勿用古话文的潘光旦君

大　白

十二月十六日的《时事新报·学灯》上，有一篇以《第三中大令小学校勿用古话文》为题的文字，对于本大学禁止本大学区内各级小学再用古话文的教科书或教材，并禁止本大学区内各中学和各中等学校于招生的时候，再出古话文的题目，表示怀疑。他说：

> 一种文化的行为而值得用法令来推行，一定是有重要的理由的。但是在不知道发通令以前的原委的人，不能没有怀疑。

从这一段话里，可以知道写这篇文字的潘光旦君，不曾看见过本大学通函各市通令各县转饬所属各小学一体遵照的公文，所以他不知道本大学所以发此项通令的重要的理由，不明白发通令以前的原委。因此，为使这位潘君明了本大学发此项通令的重要的理由和原委起见，以及使一般合潘君有同样的误会的人们明了起见，不能不把前项公文再为录出，请他一看，然后再来解释他的怀疑。

> 查国文是一般国民拿来表情达意叙事说理的工具，这是谁也应该承认的。那末，国民是现代的国民，所表达的情意是现代的情意，所叙说的事理是现代的事理，拿来表达情意叙说事理的工具，当然

也应该是现代的。所谓现代的工具，就是活在一般国民口头上的语言。拿这种语言来写在纸面上，表达现代的情意，叙说现代的事理，这就是向来称为白话文的国语文，也可以称它为今话文。合今话文相对的，就是向来称为文言文的古话文。因为它是用二千几百年前——周秦时代——的古代国民所说的语言写下来的，所以也可以称为时间上的外国文，比时代相同而只是空间不同的外国文还要难学。咱们要学同时代的外国文，可以请外国人来当教员，可以到外国去留学。但是咱们不能教死了二千几百年的古人复活起来，教咱们说古话，写古话文，也不能在时间轨道上开著倒车，上二千几百年前的古国里去留学，作说古话写古话文的实地练习；只凭几篇二千几百年前留下来的古话文，辗转地互相模仿，好比天津人从北京人说北京话的留声机片上学北京话，山东人又从天津人在留声机片上学来的京话留声机片上学北京话，河南江苏人又从山东人在留声机片上学来的京话留声机片上学北京话，一定越学越蓝青，而且也一定越学越艰难。所以古话文决不是短时间内所能学会，而且也决不是短时间内所能懂得；即使勉强学会了，也不过是蓝青的古话文。如果教二千几百年前的古人看起来，正好象北京人听河南江苏人辗转地从留声机片上学来的蓝青京话一样，也许未必能够懂得。何况咱们试想，咱们既然是现代的国民，要表情表得真挚，达意达得畅快，叙事叙得亲切，说理说得明确，还是用古话适当呢？还是用今话适当？这不消说得，只消问现代的国民，在口头上还有拿古话来表达情意叙说事理的没有，就可知道了。

所以现代的国民，应该拿今话文来做表达情意叙说事理的工具，是毫不容疑的事。不过因为二千几百年来，有许多不觉悟的人们，用错了工具，都很勉强地拿蓝青的古话文来表达情意，叙说事理；咱们对于他们所表达的情意，所叙说的事理，为了历史的关系，不能不懂得它一点，所以咱们现在有时候还有懂得——只是懂得，不是做得——古话文的必要。然而咱们要知道，只有高中以上学校毕业的学生，才有懂得古话文的必要；而且也只有高中以上学校毕业的学生，才有懂得古话文的可能。至于使小学生懂得古话文，不但没有这种需要，而且在六年的初等教育期内，也是不可能的。我们相信，拿今话文来教小学生，使他们很通顺很明白地用今话文来表达情意，叙说事理，在六年——即使是四年——里面，如果教授得法，一定可以做到；而用古话文便做不到。所以咱们要使受过初等教育的小学生，有一种可以很通顺很明白地表达情意叙说事理的工具，不能不丢开古话文而专教今话文。如果说，小学生也应该使他们懂得一点古话文，于是在小学校里，于今话文之外，兼教古话文。这就是于今话文的科目以外，又加了一种古话文的科目；结果，古话文依然不能懂得，而教授今话文的时间，反因此减少，不能使小学生有充分地了解今话文练习今话文的机会了。还有一种说法，以为现在不觉悟的人们，还有许多是用蓝青的古话文来表达情意叙说事理的；这种用古话写成的，如信件报章杂志之类，小学生也应该懂得，所以还有拿古话文来教他们的必要。但是这不过是将就那富于惰性的社会的办法罢了。无论在初等教育的六年当中，不但不能把古话文教小学生懂得，而且还要妨碍今话文底了解和练习；即使能懂得，没妨碍，也已经浪费了儿童宝贵的脑力，而使古话文在社会上残留著的封建势力，永不能摧陷廓清。其实，只消咱们教出来的小学生，都是只懂得今话文而丝毫不懂古话文的，不怕那些写信办报出杂志的人们，不掉过头来改用今话文。所以咱们决定，小学校里绝对不必教古话文，绝对不得用古话文的教科书或教材！

但是据上年度浙江省政府教育厅省视学们底报告，各县小学校里，竟还有反对今话文的教员，仍旧在那里拿古话文教小学生；这种不顾小学生底能力能否接收，不顾教学上的效率和结果如何，盲目地逆流地虚耗小学生底脑力阻碍小学生底进步的教法，本大学认为不合教育原理，可以妨碍教育底普及，而且违背本党教育以儿童为本位的党纲，应该严行禁止。自十六年度第二学期（即十七年二月）起，本省各小学，不论初级高级，一律不得再用古话文的教科书或教材！倘有仍用古话文的教科书或教材的，各该县县长，应该勒令该校校长将该教员立即辞退改聘！如果校长违抗命令，应该立刻撤换！除布告并分函分令外，著该县长通饬所属县立区立私立各小学一体遵照办理，不准违抗玩忽，此令！

看了此项通令，潘君大约可以明了本大学此次所发通令底重要的理由和原委了。至于他所怀疑的两点：

> 第一，古话文和今话文或白话文究竟能不能划清界限，是一个疑问。即如这次“不准再用古话文”的通令里，我们就可以找出几个不今不古的亦文亦白的字眼或名词来。“通函”、“违抗玩忽”、“饬”、“遵照”，当然是文言，不是白话。若说衙门文字，向有格式，不便一律换过，那就有些失提倡白话文的至意了。何以教科书和教材一律须用白话文，而通令中却穿插著不少不白话的字？这一段话的目的决不在吹毛求疵，不过要指出古话和今话是不能绝对划分的。要提倡不能划分清楚的事物，而出之以通令的方法，似乎有些不大妥当，也怕不能有多大的效果。

潘君这个疑问，是不明白革命者对于被革命者，是应该接收它底一部分遗产，而且相当地利用它的。

咱们可以说，无论那一种革命，都要接收一部分被革命者底遗产，而拿它来作相当的利用的。苏俄是号称最革命的，是最看重摧毁破坏的；然而他们对于帝政时代资产阶级时代留下的遗产，也并不完全摧毁，完全破坏，依然接收下来，在那里利用，这是一种证据。著名的研究系底机关报《时事新报》，革命以后，也不曾完全摧毁，完全破坏，依然可以用它来宣传本党党义党纲，这也是一种证据。但是咱们不能说苏俄和帝俄或中国国民党和研究系究竟能不能划清界限，是一个疑问。今话文对于古话文的革命，是一种文腔革命（就是不用古人说话的腔调而用今人说话的腔调的革命），当然也要接收被革命者底遗产而拿来作相当的利用的。因为革命者总是比较穷乏的，被革命者总是比较富有的。革命者对于被革命者底主义政策制度法律和势力行为，都主张革命；但是对于他底比较富有的遗产，却不能不接收了来，作相当的利用。所以今话文对于古话文底腔调，是必须革命的；而对于它底比较富有的遗产——词类，是不但不应该把它完全摧毁，完全破坏，而且应该接收下来，相当地利用它。咱们不能说现在中国底男子，多数戴著瓜皮小帽，穿着长衫马褂，女子也有许多穿著旗袍，就是和满清时代究竟能不能划清界限，是一个疑问。本大学此次“不准再用古话文”的通令里，利用“通函”、“违抗玩忽”、“饬”、“遵照”等等字样，就是这个道理。虽然这样的利用，利用得是否相当，也许可以研究；然而古话文底遗产——词类，在今话文里应该接收了来作相当的利用，是无庸疑议的。如果因为今话文里利用了古话文里遗下来的词类，就指为古话和今话不能绝对划分的证据；这无异说青天白日满地红旗上所用的青白红三色，就是五色旗上所用的红蓝白三色，是不能绝对划分的，也许不见得是一句理路明白的话吧。

古话和今话，腔调不同，当然可以划分清楚；不能因为今话文里利用了古话文里遗下来的词类，就指为不能绝对划分，上文已经说明了。至于提倡今话文，是不是可以出之以通令的方法，这也应该附带说明。凡是一种革命，一定要先经过有理论作根据的鼓吹和宣传，然后再用武力或政权去促进它底改革底成功。如果没有理论作根据的鼓吹和宣传在前，贸然地用武力或政权来强制实行，诚然有些不大妥当，诚然未必有多大的效果。从另一方面看，如果只有有理论作根据的鼓吹和宣传，而不用武力或政权去促进它，也不能有捷速的普遍的统一的成功。现在文腔革命底有理论作根据的鼓吹和宣传，远在十年以前。经过了一个时期，北京政府已经出之以通令的方法，使初级小学一律改用今话文，这就是用政权去促进文腔革命捷速的普遍的统一的成功底初步。现在本大学出之以通令的方法，不过继续地肃清小学中古话文底余孽，使各级小学一律改用今话文罢了。这可以说是用政权去促进文腔革命捷速的普遍的统一的成功底第二步，并没有什么不大妥当；而且只消大家都明了了重要的理由和发这通令的原委，自然一定会有效果的。

> 第二，通令里指明“初级高级各小学”，可见中学和中学以上的学校是可以用古话文的，这里我们又不能不生疑问了。小学和中学原是一个历程的两个段落，名称虽分中小，程度却是渐进的。这次的通令，似乎根本违反了此种渐进的原则。将来实施之后，大多数的小学升学生不免要感觉到文字上的困难，这是显而易见的。从这里我们可以发见一个小小的矛盾，如承认古话文和白话文有根本

> 不同之处，值得通令禁止，那末，发通令的教育长官应当顾虑到：一个升学的小学生岂不是要感受差不多象再学一种语言似的困苦？反之，如承认古话文和白话文没有多大分别，一个升学的小学生决不会感困难，那末，我们就不能不根本怀疑这一道通令的用处和必要了。

潘君这个疑问，完全由于不曾看见过本大学前一次的通令而起。我们的确承认古话文和今话文有根本不相同之处，前一次的通令中，已经说得很明白。如果再说得彻底一点，古话就是二千几百年前的死鬼时代的鬼话，今话却是现在活人时代的人话。假如咱们学起同时代的另一种活人话来，例如广东人学江苏话，浙江人学福建话，乃至中国人学英国话法国话德国话俄国话日本话等等，这叫做除自己固有的语言以外，再学一种语言。这一类再学一种语言的时候，诚然难免困苦；但是决不能合学二千几百年前的鬼话的时候的困苦相比。这比较困苦的道理，前一次的通令中已经说明了。现在如果使一个初入学的小学生，就学起二千几百年前死鬼时代的鬼话来，使他们幼稚的宝贵的脑子，受到一种困苦，比学同时代的另一种活人底语言的时候所受的困苦更利害，这是应该的吗？这不是教育长官应当顾虑到的吗？我们以为不但初入学的小学生，不应该使他们受到这种无益而有害的困苦，即使在初等教育的六年里面，也不应该使他们受到这种无益而有害的困苦，所以有禁止各级小学再用古话文的教科书或教材的通令。难道潘君会顾虑到小学生升学的时候，不免要感觉到文字上的困难，要感受到差不多象再学一种语言似的困难，却不曾顾虑到小学开始的时候或中间正在渐进的时候，忽然教起鬼话来，小学生更要感觉到文字上的困难，更要感受到差不多象再学一种语言似的困苦吗？如果潘君以为古话文和今话文真地没有多大分别，这是著了鬼迷中了鬼话毒的另外一种人鬼不辨的见解，不是我们所能懂得。假如依了这种见解，演绎起来：文腔革命，实在是多事；《学灯》上登载人话文，也是多事；潘光旦君写人话文，尤其是多事。反过来说，林纾、章行严等竭力反对人话文，竟不免也是多事；林、章诸君不听见潘光旦君说的，古话文和今话文没有多大分别吗？然而如果真地没有多大分别，为什么现代的活人，竟没有一个能在口头上讲这种鬼话的呢？即使在纸面上学会了讲鬼话，也决不能在口头讲鬼话；这口头上的能和不能之间，不是人话和鬼话底大分别所在吗？

至于“小学和中学，原是一个历程的两个段落；名称虽分中小，程度却是渐进的”；这话当然很对。但是潘君似乎误会了，以为初级高级各小学，禁用古话文的教科书或教材，而初级高级各中学，便禁用今话文的教科书或教材；所以不是渐进而是突变。其实，我们底主张，是高级小学底毕业生，今话文能写得通顺；初级中学底毕业生，今话文能写得充畅；高级中学底毕业生，今话文能写得比较优美；所以在中等教育的六年里面，依然要继续地教授今话文，而且要把教授今话文，作为国文一科底主体。其间教授古话文，应该从初级中学底第四学期或第五学期起，数量上逐渐增加；而且用文法底对照，读本底翻译等种种方法，使学生容易懂得，而不一定要求他们能够做得。所以初中毕业生，可以使他们大略懂得一点普通的古话文；高中毕业生，可以使他们完全懂得普通的古话文。到了高等教育的四年或六年中，是分科的教育了。除了文科中专门研究古话文的几系，有能做古话文的必要以外；其余各科系的学生，一方面有了充畅优美的今话文，做他们表达情意叙说事理的工具，一方面又能懂得普通的古话文，不至对于不觉悟的人们所表达的情意，所叙说的事理，完全不懂，也就够了，实在没有再学古话文的必要。我们相信，在中等教育的六年当中，提出三分之一的国文课底时间来，作今话文合古话文相对照的教授，如果教授得法，一定能使学生懂得普通的古话文。所以并不是在各级小学禁用古话文的教科书或教材，而各级中学便禁用今话文的教科书或教材；潘君所顾虑的升学生要感受到的困苦，实在是一个多虑。

一九二七年十二月二十一日

（见《白屋文话》，1929年8月上海世界书局初版）

撕碎了《旧梦》

——《丁宁》《再造》《秋之泪》《卖布谣》付印自记

大　白

五年前的《旧梦》，如今把它撕碎了。

《旧梦》中所写出的旧梦之影，是五年以前的五年中的。如果追溯那反射成这些旧梦之影的影外的梦影，更在五年以前底五年以前。那些旧梦之影底影外的梦影，在五年以前的五年中，已经成为旧梦之影；当旧梦印成以后，旧梦之影也成为泡影了。在旧梦之影底影外的梦影中，曾经有这么两句梦话：

泡疑有影难重睹，
梦到无魂可再销。

如今的《旧梦》，正是如此；这写出旧梦之影的《旧梦》，还不是撕碎了好吗！？

并且，印成的《旧梦》，有些是模糊的，有些是零乱的，有些是颠倒的，有些是舛错的，有些是骈衍的，有些是漏略的；它底排列，它底剪裁，它底妆束，没有一点不给人们以不愉快的印象。印成的《旧梦》，这样地使人不愉快；《旧梦》中所写出的旧梦之影，也未必能给人以愉快的印象了。在旧梦之影底影外的梦影中，曾经有这么两句梦话：

贞璞何期呼作石，
焦桐宁复望为琴！

如今的《旧梦》，正是如此；这写出旧梦之影的《旧梦》，还不是撕碎了好吗！？

撕碎了《旧梦》！决心地撕碎了《旧梦》！

虽然撕碎了，然而——

旧梦，
似乎常在心头；

这些撕碎了的旧梦之影，不论是甜的苦的辛的酸的，毕竟是旧时生活底断片，常常在心海中浮沉著，不能把它们完全泯灭了；而且，这些撕碎了的写出旧梦之影的《旧梦》之纸，不论是完整的残破的无讹的有错的，毕竟是旧时生活纪录底断片，常常在眼帘中隐现著，不忍把它们完全摧烧了。于是，斟酌著，剔除了些，添补了些，移动了些，订正了些，重新排列，重新剪裁，重新妆束，把撕碎了的《旧梦》，作成现在的——

《丁宁》
《再造》
《秋之泪》

至于《卖布谣》，本来是旧梦的余影，在《旧梦》中已经是另成一群的；撕碎了《旧梦》以后，也依旧使它另成一群了。

旧梦，
似乎常在心头；
但好的不多，
有几个值得重温一下？

不敢说撕碎了《旧梦》以后，这些留著在《丁宁》《再造》《秋之泪》中的，都是好的旧梦，都是值得重温一下的旧梦；但是虽然不都是好的，却都是旧的；虽然不都是值得重温一下的，却都是常在心头的。

五年前的《旧梦》，如今把它撕碎了；五年前的五年中的写出旧梦之影的《旧梦》，如今把它撕碎而作成现在的《丁宁》《再造》《秋之泪》了。此后要重认五年前的五年中的旧梦之影，在《丁宁》《再造》《秋之泪》中了；要重认五年前底五年中的旧梦之影底影外的梦影底反射，也在《丁宁》《再造》《秋之泪》中了。

一九二九年十一月一日，大白在首都。

（见《丁宁》，1929年11月上海开明书店初版）

从旧诗到新诗

刘大白

中国诗坛上近来受了外来的文艺思潮底影响，发生了一种大变动，产生了所谓新诗。从旧诗到新诗，题材和内容，固然都有了变动；但是型式上的和工具上的变动，因为是最表面的，所以最容易使人们觉到，而所受到的反抗也最强烈。从旧诗到新诗的型式上的和工具上的变动，是解放的，是从束缚的解放到自由的，从僵死的解放到生活的；总之，是从古典的解放到罗曼的。工具上的解放，是不用鬼话而用人话。其实，周秦以前的诗篇，本来是用人话写出的；汉代以后，用人话写出的诗篇，二千多年来不曾断绝：这些固然是不能否认的事实。即使那些死活要反对用人话写出诗篇的活死人们所做的鬼话诗篇中，也无不有人话夹在其间，甚至有时候全篇都是人话。这因为从六朝唐宋以来，人话早经侵袭到文人们底诗篇领域中，合鬼话混合著；他们不知不觉地因袭著习惯，于写出诗篇的时候，把人话合鬼话兼用，仿佛承认著这些人话也是鬼话，而不再意识到这些就是人话似的。可是人话革命的旗帜竖起以后，彰明较著地主张用人话作工具来写出诗篇，他们却哗然地反对起来了；这本来是一件很可笑的事。不过工具上的解放底反对，一经历史的证明，他们或许也觉得无谓了；而最反对的，似乎还是在型式上的解放。其实，型式上的解放，在历史上也并非没有实例可指。象前篇《从毛诗到楚辞》中所说，从《毛诗》到《楚辞》，减少了许多律声，是中国文学第一次受外族文学影响的解放；翻译佛教经论中偈颂的时候，把有韵诗改为无韵诗（梵文偈颂本来是有韵诗；因为译诗用韵，最容易失掉真相，所以佛教经论底翻译者们，废止了用韵，以免掉失真），是中国文学第二次受外族文学影响的解放。虽然第二次的解放，因为没人仿，中途夭折了，不曾成为诗坛上有力的普遍的变动；但是第一次的解放，却是影响效极大，不能否认的。可见现在的从旧诗到新诗的型式上的变动，正合从前的从《毛诗》到《楚辞》的型式上的变动相仿佛；如果现在的变动要反对，从前的变动也应该反对了。

他们或许说，“从前的变动，不过减少几种律声罢了，不象现在的新诗，完全废除了律声，所以应该反对”。然而诗篇的所以能成为诗篇，本来不专仗著外形的律声的；而且如果专仗着外形的律声，而不注重内容的律声，依然不成为诗。现在所废除的，只是外型律而不是内容律；何况有时候外型律也并不完全废除呢！所以反对新诗的，只是迷恋著旧诗的外型律，而不曾注意到诗篇底内容律的缘故。

现在拿美人来譬喻诗篇吧。凡是一个美人，第一，要有美的生命；第二，要有美的骨架；第三，要有美的肌肉：这三者是美人底要素，缺一不可的。至于第四，才轮到美的修饰。如果是一个真正的美人，有了美的生命，美的骨架，美的肌肉，赤裸裸地显出她本身真正的美来给人家看，本来用不著什么修饰。本身真正的美不足了，才需要抹面涂唇烫发画眉穿耳镶牙束腰缠足等等的修饰，去帮助她眩惑人家的眼官。所谓美的生命，就是美人底内容；美的骨架和美的肌肉，就是美人的外形；美的生命底活跃的波动，表现在美的骨架和美的肌肉上，就是美人底内容律。至于美的修饰，是依著外形上的面唇发眉耳牙腰足等等而加以妆点的；这就是所谓外形律了。美人并非一定要屏弃修饰；在相当的时候，颦一下子眉，捧一下子心，掠一下子云鬓，转一下子秋波，也未始不能助长她底天然美。但是如果全仗著美的修饰来掩盖他底美底缺陷，那末，浓妆艳抹的嫫母无盐——或者竟是没有生命的土偶木偶，能承认她是真正的美人吗？同样，诗篇是以情绪为生命，以句调为骨架，以辞采为肌肉的。美的情绪底波动，从美的句调美的辞采上表现出来，这就是诗篇底内容律；而一切的外形律，无非就句调辞采等等的外形上，加以种种的修饰罢了。要是只承认有外形律的就是诗，而以为没有外形律的就不是诗；那末，许多备具外形律的《三字经》《百家姓》……以及《汤头歌诀》之类，难道也承认它们是诗吗？至于许多内容够不上充作诗篇底内容，而仗著外形律底掩蔽，冒充著诗篇，而在那里眩惑人们底眼官的，一经把它们底外形律完全解除了，不是也不成其为诗篇吗？所以以废除了外形律为应该反对，是根本不曾知道诗篇底要素何在的。

不过或许更有人说，“现在的所谓新诗，有些简直内容也并不是诗；不过是分行写出的散文，或者竟是零碎的记帐罢了”。不错。现在号称新诗的群中，确是有这些不成为诗的东西混杂著。但是这正是前边所说的内容够不上充作诗篇的内容的。从前把这些非诗篇的内容，硬装在外形律的模型中，冒充著诗篇，而眩惑人们的眼官，人们被它眩惑著，也就麻麻胡胡地承认它是诗篇了；现在把外形律完全解除了，自然把非诗篇的内容完全呈露，而不能再给予人们以眩惑了。所以这可以说是本非美人而只学了裸体，并非裸体就不是美人，而美人不应该裸体。

还有些反唇相稽的说，“有许多新诗并不曾完全废除外形律，依然脱不了词调或曲调底传统气息；所以只好算是新诗其表而旧诗其里的。”更有些做新诗的人们，也自画供招也似地说，“我们所做的这些新诗，毕竟是放脚式的蓝青新诗，而不是天足式的道地新诗；天足式的道地新诗，还要产生于后一辈脱尽了传统气息的新诗人之手。”这些话自然都是事实。但是（一）这也可以说是从旧诗到新诗的过渡时代的必然的现象；不必以为这是新诗进步的前途底障碍，或者甚至怀疑到新诗底毕竟不能成立。（二）新诗对于旧诗，只是要求解放。局部的解放或是全部的解放，都是一种解放；脱不了词调或曲调底传统气息的新诗，对于旧诗也毕竟是局部地解放了。（三）主张废除外形律，也并不是绝对的。新诗可以完全不用外形律，但是也并不绝对地禁止采用外形律；正如美人在相当的时候，颦一下子眉，捧一下子心，掠一下子云鬓，转一下子秋波，只消不是过分地做作，反而斲丧她底天然美的，何尝不可呢？所以新诗人所应该反对而主张废除的，是旧诗中很繁重很谨严很板滞的足以斲丧诗篇底天然美的外形律；而在相当的场合，偶然采用一点旧诗底外形律，只消用得恰好，也依然不失其为新诗。

至于此后新诗底作法，究竟应该如何呢？第一，当然要注重内容，使美妙的情绪波动著，引起读者底美妙的情绪底同样的波动。但是这种内容律底波动，何所附丽，何从表现呢？所以第二，要从外形上选取美妙的句调和美妙的辞采，作为表现内容律底波动的适当的凭藉。这所谓美妙的句调和美妙的辞采，可以包含著美妙的音节。音和节可以分开来讲：音是声音，节是节奏。美妙的声音，融合在美妙的辞采当中；而美妙的节奏，显出在美妙的句调里面。因为诗篇是给人家读的，是要使读者用听觉感受的；所以一面虽然不用或少用外形律，一面还得有自然的音节。有美妙的句调，有美妙的辞采，而且于句调辞采中包含著美妙的音节，才可以把美妙的情绪底波动表现出来。不过最要注意的，是选取句调选取辞采选取音节的时候，都要以内容为中心，合所要表现的情绪相应。句调有刚劲的，有柔和的，辞采有壮丽的，有清瘦的；节奏有急促的，有舒徐的；声音有高吭的，有婉曼的；都要依著题材底性质，作为选取的标准，使它们恰好合内容相称，那才可以算是真正美妙的。否则外形合内容两不相应，即使有很好的内容，也受累于外形而表现得不能充分了。打著铁绰板，弹著铜琵琶，是只配唱苏玉局的“大江东去”的；如果唱起柳屯田的“杨柳岸晓风残月”来，那是多么不相称呢？

外形底句调辞采和音节，合内容底情绪不相称，已经不能成为好诗；至于有些诗差不多没有什么内容，而只是把句调琢磨著，辞采堆砌著，音节搬弄著的，那便仿佛是大出丧的时候，只看见一队队的仪仗，一班班的和尚尼姑道士军乐队底铺排，而不见了尸棺，这便叫做“出丧忘记了棺材”。从前旧诗中没有诗的内容而仗著外形律掩护著，以眩惑人家底眼官的，也便是“出丧忘记了棺材”的；那末，新诗旧诗，又有什么两样呢？所不同的，或许是旧的又加上了一班细吹细打的十番吧。

但是，看大出丧的人们，本来看的不过是那些一队队的仪仗，一班班的和尚尼姑道士军乐队以及细吹细打的十番；至于棺材的有无，本来满不在乎。所以无内容的旧诗新诗，都能受人家欢迎。

（原载1929年11月《当代诗文》创刊号）

从《毛诗》到《楚辞》

刘大白

《毛诗》和《楚辞》，都是周代的文学作品；然而两者有很显著的不同。（一）《毛诗》是北方的文学作品，《楚辞》是南方的文学作品，这是地域底不同。（二）《毛诗》是周初到春秋时代的文学作品，《楚辞》是战国时代的文学作品，这是时代底不同。（三）《毛诗》是汉族底文学作品，《楚辞》是蛮族底文学作品，这是民族底不同。（四）《毛诗》是比较地整齐的，《楚辞》是比较地参差的，这是型式底不同。这些不同点，现在研究这两部文学作品的，大概都能认识了。但是，（五）还有一点型式上的不同，就是《毛诗》是比较地短的，而《楚辞》是比较地长的；从短到长，是一种很显著的进化。这种进化的原因何在呢？其一，可以说是型式本身底关系，是从整齐到参差，比较地解放，比较地自由的关系。因为整齐律是中国诗篇外形律底一种，而凡是诗篇受了规律底束缚，总是比较地不自由。《毛诗》所备具的外形律，有整齐律（注一）参差律（注二），次第律（注三），重叠律（注四），以及反复律中的纽反复律（注五），韵反复律（注六），和语反复律（注七）；而这些外形律，都是以整齐为中心。换句话说，有一定的整齐，有一定的参差，有一定的重叠，有一定的纽反复，韵反复和语反复，都可以认为整齐律。这因为凡是一种规律，都是以整齐为唯一的要素的，可以说规律就是整齐。至于《楚辞》的外形律，却只有韵反复律，语反复律以及少数的重叠律和纽反复律了。所以它合《毛诗》比较起来，是从整齐解放到参差，从束缚解放到自由了。参差和自由，是合乎语言底自然的。《楚辞》既然比较地合乎语言底自然，减少了许多限制，自然很容易从长的方面发展了。试看汉代以后，从《毛诗》一系发展的五七言诗以至于词曲，又增加了整齐律，重叠律，当对律（注八），抑扬律（注九）以及腔反复律（注十）和参差律，就不能产生什么长诗；而凡是较长的叙事诗，总是受外形律底拘束较少的五七言古体诗，或是虽然受外形律底拘束而可以随意加上衬字的曲子。可见外形律底繁简和宽严，合诗篇型式底长短，成反比例；而《楚辞》型式底较长，正是从诗体解放上得来。

然而除了这第一种原因以外，我以为还有第二种重要的原因，就是写出文字的工具底不同。写字的工具进化与否，合一国的文化学术底进化与否，很有关系；而合诗文型式上的长短，尤其有直接的关系。古代希腊人底文化学术，所以早发达了，是因为他们早发明了比较进步的写字工具，能用鹅毛管作笔，写出文字于羊皮上；古代印度人底文化学术，所以也早发达了，也是因为他们早发明了比较进步的写字工具，能于贝叶上写出文字。同时，象荷马底叙事诗，象《四吠陀圣典》，在文学作品方面，也都有很长的成就了。至于中国古代，在春秋以前，所用的写字工具，是比较地不进步的。清代阮元曾说：

> 古人无笔砚纸墨之便，往往铸金刻石，以期传之久远；其著之简策，亦有漆书刀刻之劳；非如今人下笔千言，言事甚易也。许氏《说文》：“直言曰言，论难曰语”；《左传》曰：“言之无文，行之不远”；此何也？古人以简策传事者少，以口舌传事者多；以目治事者少，以口耳治事者多。故同为一言也，转相告语，必有愆误（《说文》：言，从口从辛，辛，愆也）；是必寡其词，协其音，使人易于记诵，无能增改，且无方言俗语杂于其间，始能达意而行远。……为文章者，不务协音以成韵，修词以达远，使人易诵易记；而惟以单行之语，纵横恣肆，动辄千言万字，不以为烦；不知此乃古人所谓直言之言，论难之语，非言之有文者也……

这一段话里，除掉他以为文章一定要“无方言俗语杂于其间”的话，是拘泥著“言之有文”的“文”字以外，其余大体是不错的。咱们试想，用刀子或锥子蘸著漆汁，刻画在一块一块的竹片上，是何等的拙笨，何等的不爽利！所以在用这种工具写出文字的时代，是不会有长篇的诗文的，象《周易》，《毛诗》，《春秋》，《尚书》，《论语》和《老子》……等篇章简短的东西，都是这个时代的作品；而较长的象《庄子》，《墨子》，《孟子》，《荀子》，《韩非子》，《管子》，《国语》，《战国策》，……《楚辞》之类，却都是出于战国时代的。《说文解字叙》说："著于竹帛谓之书"；用帛作书，是比较进步的，一定在用竹作书以后。咱们虽然一时不能考定什么时代才开始用帛作书，但是从比较长型的诗文出现的这一点逆推起来，可以约略知道它是起于春秋末年以后，而盛行于战国时代。所以《楚辞》中象《离骚》一篇，固然是很长的长诗；而《九章》，《九辨》，《招魂》和《天问》之类，也是比较长型的。这种长型的诗篇底形成，一面固然从诗体解放上得来（这所谓解放，是拿它合《毛诗》相提并论而言；其实，《楚辞》本是别一系统的文学作品，合《毛诗》没有什么关系，它底诗体本来如此，无所谓解放）；一面更合写字工具底进化有绝大的关系。如果那时候还依然用那刀子锥子蘸著漆汁，在竹片上努力刻画，一定写不出这样长型的诗篇来的。

其实，《楚辞》在当时，本来是一种新兴的外族文学；不过用来写出这种诗篇的文字，因为周代同文政策底结果，也同用汉族底文字罢了。到了汉代，受了这种外族文学底影响，产生了辞赋文学；而乐府里面，也注入了它的血系，合《毛诗》底血系交流著，作成汉代文学底盛况。所以它实在给中国文学开出了一个比较自由的境界，是中国文学受了外来的影响而成为有进步的变动底第一次。

我敢说，一国的文学，如果不合外国文学相接触，一点不受外来的影响；年代久了，一定会入于老衰的状态，而陈陈相因地变不出新花样来，终于得到腐朽的结果的。中国文学，受外来的影响的机会不多，所以进步颇缓。虽然第一次受《楚辞》影响以后，象佛教文学底输入，西域戏剧底输入，以及最近西洋文学的输入，也有好几次；然而能使中国文学得到解放底影响的，却除了最近西洋文学底输入以外，便要算到南方蛮族文学《楚辞》底北渐了。其间最可惜的，能使中国文学得到解放底影响而终于不曾受到影响的，就是翻译佛教经论中偈颂的时候，改有韵诗为无韵诗，而诗坛上毕竟没有人仿效。不然，从这一种解放惹起的诗坛上变动之大，一定不在前此的从《毛诗》到《楚辞》以及现在的从旧诗到新诗之下。

（注一）整齐律是使各停（句）音数相同或各节（章）停数相同的规律。

（注二）参差律是一节中各停音数虽不相同，而使各节中相当的各停音数各各相同的规律。

（注三）次第律是使某种音某种步或某种停一定在各节各停或各步底某个位置上的规律。

（注四）重叠律是在各节中使用排句的规律。

（注五）纽反复律是在各停或各节中相连或相隔地使用同纽的字的规律。

（注六）韵反复律是在各停或各节中相连或相隔地使用同韵的字的规律。

（注七）语反复律是在各停或各节中使用叠字叠句或同型式的句子的规律。

（注八）当对律是在各节中使用对句的规律。

（注九）抑扬律是使各音各步各停各节都有一定的抑扬的规律。

（注十）腔反复律是使抑扬相同的音或步或停或节在一步或一停或一节或一篇中重复出现的规律。

（原载1929年11月《当代诗文》创刊号）

告不辨人鬼强分雅俗的《白屋文话》评者敬远君

大　白

读了敬远君对于《白屋文话》的批评（见一九二九年九月初版，而卷头附有“本刊同人鞠躬”“恭贺新禧”的《新月月刊》第二卷第六、七期合刊《书报春秋》），我不能不深深地惋惜著；所惋惜的，是敬远君底母亲，把他底脑筋，错误地制造成这样不辨人鬼，强分雅俗的一副。

敬远君底逻辑，似乎合章大虫底放屁逻辑，是有一点渊源的；试看他说：

> ……评者有一点点感想。现在的人说的是人话，但是他死了之后，他底话也就是鬼话了。甲乙两人同时均讲人话，甲若是先死，那么，以后乙所说的人话，同时又是甲底鬼话了。所以评者以为人话与鬼话的界限很难分，很难分得十分准确。语言文字底变迁，是渐进的；是无时不在变动中的；所以人话与鬼话也不过是程度底差异，我们决不能断定离现在一百年前或五十年前的话便是鬼话。既然不能准确地判定人话与鬼话底界限，那么我们用这两个名词的时候，自然应该很小心的，不应该决绝地把人话与鬼话认为两个绝对不同的东西。此其一。

巧妙得很！他底方法，是仿佛合那证明兔子永远追不上乌龟的方法相类似的。在《白屋文话》中，鬼话和人话底定义，是说得很清楚的。现在把它总结起来，就是——

> 在现代活人底口头上讲说著的语言，就是人话。在离开现在二千几百年前周秦时代的活人底口头上曾经讲说著的语言，现代活人底口头上已经绝不讲说——绝不拿它来做口头上会话的工具——的，就是鬼话。

换句话说、鬼话就是死话；它早经完全死去了，绝不活在现代人们底口头上了。所以不但是讲说这种语言的人们，早经变了鬼了，连这种语言底本身也早经变了鬼了。人话和鬼话底定义，如此清楚；两者的区别，如此分明；如果敬远君还以为界限很难分，很难分得十分准确，真不能不使人家慨叹著敬远君底母亲制造脑筋的成绩太劣了！要是照敬远君底说法，咱们不是也可以说——

> 中国人说的是中国话，但是他改入英国籍之后，他的话也就是英国话了。甲乙两人同时均讲中国话，甲若是改入了英国籍，那么，以后乙所说的中国话，同时又是甲底英国话了。所以中国话和英国话底界限很难分，很难分得十分准确——

吗？咱们不是又可以说——

> 苏州人说的是苏州话，但是他到了广州之后，他底话，也就是广州话了。甲乙两人同时均讲苏州话，甲若是到了广州，那么，以后乙所说的苏州话，同时又是甲底广州话了。所以苏州话和广州话底界限很难分，很难分得十分准确——

吗？这不是一种放屁逻辑吗？这不是合那证明兔子永远追不上乌龟的方法相类的吗？

“语言文字底变迁，是渐进的，是无时不在变动中的”，这话自然不错；然而人话和鬼话底区别，既然依现代活人口头上讲说不讲说来判定，当然已经成为两个不同的东西，并不只是很微细的程度上的差异。生物的演变，也是渐进的，是无时不在变动中的；但是单细胞植物和参天古柏，或是单细胞动物和高头大马，当然是两个不同的东西，不能说不过是程度上的差异。即使是类人猿和原人，野蛮人和文明人，也当然有界限可分，不能拿相距较近的没有什么大差异，来抹煞相距较远的分明的界限。所以敬远君拿人鬼难分的话来混淆人话和鬼话底界限，不过自陷于放屁逻辑罢了。他又说：

> 刘先生书中第一百三十九页说，“今话文对于古话文底腔调，是必须革命的；而对于它底比较富有的遗产——词类，是不但不应该把它完全摧毁，完全破坏，而且应该接收了来；相当地利用它。”这一段话真是有理极了。岂但“词类”“应该接收了来”？刘先生在原书一〇六页上早就说了，“鬼话文中的作文法、修辞法、文法等等，就是它底被革命以后的遗产，咱们当然也要接收了来，而相当地利用它”。我们于此要认清楚，刘先生所“宣传”的“人话革命”，只是要改换古文底腔调；至于古文底作文法、修辞法、文法，还是要接收的。换言之，刘先生是只要打倒鬼话文底腔调，而不要毁坏鬼话中的作文法、修辞法、文法等等。因为刘先生以为作文法、修辞法、文法等等是遗产，所以必须接收；但我要问，鬼话文底腔调，为什么不能算是遗产而一并接收呢？我不是要拥护鬼话文，我是觉得刘先生底主张还嫌不彻底。既要革掉鬼话文底腔调，为什么不革掉鬼文法、鬼修辞等等呢？既然以为鬼话文中鬼文法、鬼修辞还有保存的价值，还有可爱的地方，为什么又拢统地标出一个“人话革命”“打倒鬼话文”的招牌呢？此其二。

人话革命就是文腔革命，我在《白屋文话》附录二和自序一，说得很清楚。既然是文腔革命，当然要打倒鬼话文底腔调；怎么能把鬼话文的腔调，算是革命底遗产而一并接收了来？把鬼话文底腔调接收了来，还算什么文腔革命？还算什么人话革命？至于作文法、修辞法、文法等等，稍有常识的，都能知道作文法是不分人话鬼话，可以说是完全相同的；修辞法也是大体相同；只有文法，双方有一部分的不同罢了。所以人话文底作文法，本来就是鬼话文底作文法；人话文的修辞法，也大体可以说就是鬼话文底修辞法；而人话文底文法，虽然有一部分合鬼话文底文法不同，却是两者脱不了历史沿革的关系，而大部分是共通的。不过因为鬼话文在文坛上称霸了二千多年，人话文是向来在文坛上没有位置的，一般谈文的人，都不去道及它；所以讲作文法、讲修辞法、讲文法的人，所讨论研究的对象，差不多都是鬼话文，而作文法、修辞法、文法，好象都是鬼话文所独有。所谓“鬼话文中的作文法、修辞法、文法等等，就是它底被革命以后的遗产，咱们当然要接收了来而相当地利用它”；换句话说，就是人话革命以后，把向来被鬼话文所久占为独有的作文法、修辞法、文法等等，夺取过来，相当地利用它作成人话文底作文法、修辞法、文法。这实在是人话革命以后，人话取得它本来应有的权利，谈不到什么“有保存的价值”，什么“有可爱的地方”。如果照敬远君底彻底主张，既然把鬼话文底腔调革掉了，便应该同时把鬼话文底作文法、修辞法、文法等等，一齐革掉了，不必去接收了来而相当地利用它；那末，人话文是应该没有作文法、修辞法、文法等等的吗？是应该把本来应有的作文法、修辞法、文法等等都抛弃了不用，而另外创造出绝对不同的作文法、修辞法、文法等等来的吗？敬远君这一段《书报春秋》，便是拿人话做的。便是革掉了鬼话文底腔调的，难道是另外创造了绝对不同的作文法、修辞法、文法等等，而不曾把鬼话文底作文法、修辞法、文法等等接收了来而相当地利用著的吗？要是说接收了鬼话文底作文法、修辞法、文法等等而相当地利用著，便不能标出一个“人话革命”，“打倒鬼话文”的招牌；这无异说是戴著瓜皮小帽，穿着衣衫马褂，或是穿着旗袍，便不能标出一个“民族革命”，“推翻满清政府”的招牌，又无异说是建设著政府，任命著官吏，便不能标出一个“国民革命”，“打倒君主制度”，“打倒军阀政府”的招牌了。这不又是一种放屁逻辑吗？

抱歉得很，“放屁”又发见了几次了，这是敬远君所认为“流于粗俗”的。他说：

刘先生底文笔是很滑稽的；不过有的地方为了滑稽而流于粗俗。例如原书第十六节，只有六页，“放屁”发见几乎十次。也许刘先生以为这样说话，比较地更象人话吧？

惭愧！因为我底“流于粗俗”，带累得敬远君底细雅的《书报春秋》中，也发见了一次的“放屁”，使它留著一点美中不足，这是很足遗恨的。然而我又要问，为什么文字中发见“放屁”的字样，就是“流于粗俗”呢？细雅和粗俗底界限何在呢？难道只消文字中尽管采用了放屁逻辑，不把“放屁”的字样发见出来，就算是细雅吗？记得战国时代的鬼话文中，有“设令发于余窍，子亦将承之”的这么一句话；这是那个时代说人家“放屁”而且说人家“吃屁”的鬼话。试问这是细雅的呢？还是“流于粗俗”的呢？“发于余窍”和“放屁”，是同样的事实，同样的意义；如果敬远君以为“发于余窍”是细雅的，为什么说“放屁”是“流于粗俗”的呢？“放屁”两字是现代人口中所有的，当然是“人话”，有什么“这样说话，比较地更象‘人话叫’”？在鬼话时代说“发于余窍”，在人话时代，当然要说合“发于余窍”相当的“放屁”两字，有什么细雅和粗俗可分？敬远君这样地强分雅俗，大约又是渊源于章大虫认鬼话为雅洁的放屁逻辑的。

（见《白屋文话》，1931年9月上海世界书局第7版）

《修辞学发凡》序

刘大白

一九三二年（民国二十一年），将要合一八九八年（民国元年前十四年，清光绪二十四年）同成为中国文学史上最可纪念的一年了。因为一八九八年是中国第一部文法书出版的一年，而一九三二年是中国第一部修辞学书出版的一年。

中国人说了几百万年的话，并且作了几千年的文，可是一竟并不曾知道有所谓有系统的文法。直到一八九八年，马建忠先生底《马氏文通》出来，才得有中国第一部有系统的古话文的文法书。这件事，是孙中山先生曾经拿它来证明他底行易知难的学说的。

中国人在说话的时候，修了几百万年的辞，并且在作文的时候，也已经修了几千年的辞，可是一竟并不曾知道有所谓有系统的修辞学。直到一九三二年，陈望道先生底《修辞学发凡》出来，才得有中国第一部有系统的兼顾古话文今话文的修辞学书。这件事，同样地可以拿它来证明孙中山先生行易知难的学说。

在《马氏文通》出来以前，诚然已经有了许多合文法有关的书。例如明代卢以纬氏底《助语辞》，清代王济师氏底《虚字启蒙》，袁仁林氏底《虚字说》，刘淇氏底《助字辨略》，王引之氏底《经传释词》，张文炳氏底《虚字注释》之类；而且一八六九年（民国元年前四十三年，清同治八年）更有了美国人高弟丕氏和中国人张儒珍氏共著的《文学书官话》，是一部正式的今话文文法书。但是以前的那些，固然是不成系统，不能称为文法，而且都是仅仅说明古话文底虚字助字之类的；而《文学书官话》，又仅仅短期地流行于外国人社会和基督教社会间，现在差不多已经不存在了。所以《马氏文通》，实在是中国有系统的古话文文法书——虽然只是古话文的——底第一部。

在《修辞学发凡》出来以前，诚然已经有了许多合修辞有关的书。例如六朝梁代刘勰氏底《文心雕龙》，宋代陈骙氏底《文则》，元代王构氏底《修辞鉴衡》，陈绎曾氏底《文说》等，以及宋以后的各种诗话，文话，词话，曲话，论文专著和各家集中与人论文书之类；而且近来更有如唐钺氏底《修辞格》，王易氏底《修辞学》，董鲁安氏底《修辞学讲义》，张弓氏底《中国修辞学》，薛祥绥氏底《修辞学》等，都是比较正式的修辞学书。但是以前的那些，固然是不成系统，不能称为修辞学；而《修辞格》……一类的书，又不是挂漏不全，或是专举古话文的例证，便是专门贩运外国文上所有的辞格，而不曾把中国各种修辞现象做过归纳工夫的。所以《修辞学发凡》，实在是中国有系统的兼顾古话文今话文的修辞学书底第一部。

以上拿《修辞学发凡》合《马氏文通》相比，是只就有系统的一点上说：其实，《修辞学发凡》底价值，可以说是超过于《马氏文通》的，孙中山先生对于《马氏文通》的批评说：

> 中国向无文法之学，……自《马氏文通》出后，中国学者乃始知有是学。马氏自称积十余年勤求探讨之功，而后成此书。然审其为用，不过证明中国古人之文章，无不暗合于文法；而文法之学，为中国学者求速成图进步不可少者而已。虽足为通文者之参考印证，而不能为初学者之津梁也。继马氏之后所出之文法书，虽为初学而作，惜作者于此多犹未窥三昧，讹误不免；且全引古人文章为证，而不及今时通用语言，仍非通晓作文者不能领略也。——《孙文学说》第三章。

可见马氏只是证明古话文无不暗合于文法，而不引今话文为证，是他底大缺点。现在陈先生底《修辞学发凡》，积十余年勤求探讨之功而后成此书，是合马氏相同的；而书中既引古人文章为证，并及今时通用语言，不但可以为通文者之参考印证，而且可以为初学者之津梁。换句话说，他不但用今话文写述，而且关于各种辞格所引的例证，也是古话文今话文兼收并蓄——这在董鲁安氏底《修辞学讲义》上，虽然也有今话文的引例，但是他对于辞格，是很简略的。——在这一点上，却是有超过于《马氏文通》底价值的。

至于陈先生底著成此书，积十余年勤求探讨之功，这是我在这十余年中所目睹的。这十余年来，他底生活，是终年忙碌于教室讲台黑板粉笔间的生活。但是他一面忙碌著，一面就利用早上晚间以及星期的余暇，做这对于修辞学勤求探讨的工夫。往往为了处理一种辞格，搜求一个例证，整夜地不睡觉；有时候，从一种笔记书上发现了引用的可以做例证的一句或一段文字，因为要明白它底上下文，或者要证明著者所引的有没有错误，于是去根寻它所从出的原书。如果手头没有这种原书，他就向书肆或各处图书馆中去搜求；有可借处便借，没有可借处便只能买。要是此书是一部大部头的书，或者是在某种丛书中而不能抽买的，他也不惜重价，仅仅为了一个例证，而把全部书买了来。到了借无可借，买无可买的时候，他还要向相识的友人，多方面的探询，一定要达到搜求到此书的目的为止。这样的勤求探讨的工夫，真是可以使人家钦佩的。此书在这十余年来，因为见解的进步，已经把稿子换了好几遍。最近一年来，更因为要努力完成此书的缘故，把一切教室讲台黑板粉笔间的忙碌生活，都摆脱了；专心致志地从头整理写述此书的稿子；结果是不但辞格底纲领组织合旧稿不同，就是关于修辞学的根本观念，也合旧稿不同，完全换了以语言为本位。只消看了他上册底五篇文字——尤其是第二篇，便可知道。我想有些不明白的人，看了这第二篇，或许以为这和修辞学有什么关系。因为象前面所举的各种关于修辞学的书，从来没有这样说法的，所以一般人难免少见多怪。不知道这正是此书底特点。

我是一个学殖荒落，而且对于修辞学只能一知半解的人，实在不配作此书的序；并且近来又因为害了很沉重的病，已经在床席间辗转困卧了半年有余，到现在还不曾恢复健康，不能作比较深沉的构思，比较久长的执笔。但是因为合陈先生笃厚的友谊，和十几年来眼见他对于此书勤求探讨的苦功，以及此书在中国文学史上价值底崇高，位置的重要，当它将要出版的时候，不能不说几句话。因此，在病枕上陆陆续续地口授儿子炳震胡乱地写成了这一点。

知道这中国第一部有系统的兼顾古话文今话文的修辞学书将要出版，固然使我病中欢喜；使我得于病中在这中国第一部有系统的兼顾古话文今话文的修辞学书上说几句话，尤其是我底荣幸了。

最后，还有可以附带提及的，陈先生在十年前曾经著有《作文法讲义》一书，在上海民智书局出版，这也是中国有系统的作文法书底第一部。

一九三二年元旦

（见陈望道《修辞学发凡》，1932年4月5日上海大江书铺初版）

致蔚南书

刘大白

蔚南：

《白屋联话》已经写了四段，现在寄上。其中第一二两条，差不多是联学讲义，似乎嫌干燥一点；但是开宗明义，也是少不得的。第三四两条，却较有趣味了。

我想写一篇人生底两分，把人生分为生存的和生活的。求生存是无产阶级的，求生活是资产阶级的。求生存是平民的，求生活是贵族的。求生存是人生底基本工作，求生活是人生的升华作用。逻辑求真，伦理求善，艺术求美，是为生活的；经济求利，是为生存的。结婚是生存的，恋爱是生活的。吃饭是生存的，吸烟喝酒是生活的。所谓无产阶级的艺术，只从经济上看到求生存的一点，跳不出利字的范围以外，所以不行。再举一个例，例如×××是只能求生存的，徐蔚南是懂得一点求生活的；所以×××只是一个学侩，而徐蔚南不失为趣味朋友。要趣味朋友赞成无产阶级的艺术，似乎是不可能的。

我不久就要下山了，此后来信，请寄杭州浙大。

敷药今天寄到，立刻装瓶；旧药因为不曾装瓶，已经出了气，所以不灵了。今天改敷新药，比旧药灵得多。

十八年八月二十日

（见《白屋书信》，1932年5月上海大夏书局）

遗　嘱

刘大白

（一）

对于人生，
开始有点厌倦了，
想请个无期的长假；
不知生活之神，
能给我批准不能？

（二）

如果批准了，
我这陈旧而且破损了的躯体。
最好送到修理躯干的机关中，
分别装进了玻璃瓶，
让它在酒精中陶醉着。

（三）

我平生不大能喝酒？
但是却羡慕人家的沉醉；
现在在无期的休假中，

得到了酒精的陶醉，
也足以弥补生平的缺憾。

一九三一年七月十七日，杭州。

（四）

假使没有陶醉酒精的福分。
那末，钱塘江上，
鳖子亹前，
趁着回潮入海的余势，
步伍员，文种的后尘。

（五）

乘长风破万里浪，
生平也曾有过几次，
到这一次最末的旅行，
还能得到这个机会，
不是很痛快很欣幸的事吗？

一九三一年七月二十日，杭州。

（见《白屋书信》，1932年5月上海大夏书局）

致蔚南书

刘大白

蔚南：

十五十六两信都收到；我在杭州买的皮拉的补品，它并不自称为牛肉汁，它的法文名字，好象完全和徐博士所开的相同，它的中名叫做牛牌精血药露，现在将中西仿单寄上，请你看明。徐博士所谓可叫杭州药房配，这“杭州药房”是否专名？因为杭州有一家杭州药房，而另外在杭州市又有许许多多的药房。

我所谓发抒文，不但指普通的所谓抒情文而言，其中兼指劝诱文，就是望道作文法中所谓诱导文。这一类诱道文，普通都主张归在议论文里面的，我因为把议论文改作论难文，论是自家立论，难是同人家辩难，这两者都是严格地要应用逻辑，而劝诱文大都不要应用逻辑，并且总带点感情，所以把它从议论文中提出来，放入发抒文里面；所以发抒文的范围，古代的象苏秦张仪的游说文字，司马相如的《难蜀父老》，陈琳骂曹操的檄文，六朝时候的那种加九锡，封某公，封某王的文，以及禅位的诏书，和尚们募修佛寺的疏，水灾劝捐的缘起，以及一切宣言、露布、广告、标语之类，都包含其中；近来的所谓抒情文，以及幽默射他耳等等的讽刺谴责文字，也都在其内，这是我个人所定的发抒文的范围。

二十年九月十八日

（见《白屋书信》，1932年5月上海大夏书局）

与邵力子先生书

力子先生同志：

一月以前，得到一信，承以我底病体和经济状况为念，并于中政会中代为维持现有职务，非常感谢。但那时候日常生活还可勉强维持，所差者医药之费，病体则还能暂时坐起，自行握笔写信。不料一月初旬，因为各种维太命缺少，而维太命B尤其缺少，以至陡发脚气病，全身不能动弹，肠胃消化，又完全不良。现在还是持续着这个现状，一点没有变化。经济方面，又因沪上事变，各书坊停止营业，损失甚巨，以至来源断绝。中政会方面，生活费发到二十年年底止，大约自念一年一月起，此职已经取消。现在日常费用，窘迫非常，一切紧缩支出，本月或尚可维持，一班小孩子，在中等学校的，本学期无论如何只得停学。此经济状况及病体二方面可以大略报告者。

昨天得上海开明来信，上道由先生叫他们转汇给我钞洋一百元，已经于今天收到。但此费究系先生个人的帮助，或系公家生活费的暂时代垫，颇不明了，敢请明白示知。

沪上诸至反，大都消失沉沉，大局如何，也因一月以来，不曾看报，不很明白。先生行踪，究在何处，也深盼示知。

敬颂党祺，并候复书。

大　白

（原载1934年4月《文艺茶话》第2卷第9期）

坛子的泥头

——自序

刘大白

听故事，要算是小孩子最快活的事情了；而在我尤其。当牙齿还没出全的时候，就被关在一间小小的监狱式的书室里，从太阳初出地平，直到更锣当当地打过二下以前，全在森严冷酷的父亲监视之下，把眼睛钉在“曰若稽古帝尧……”，“曲礼曰，毋不敬，俨若思……”的书本上，所听的只是自己单调而无味的读书声和父亲的督促声，呵叱声，界方拍桌声的我，年头到年尾，除了“桃符万户更新”的元旦和“爆竹一声除旧”的除夕，因为要跟随着举行祭祖，祀神，辞岁，贺年的大典的缘故，才能得到天赦也似的两天例假以外，不准有一天离开那小小的监狱式的书室的我，连寻常的小孩子应有的快活，都被剥夺了个罄尽，不要说是最快活的听故事了。然而话虽如此，偶然碰到幸运或不幸中的幸运的时候，一年中也有于固定的两天例假以外，得到几天意外的特假的机会。所谓幸运，就是父亲有事上城的时候；或是亲朋家族中有婚丧大事，父亲必须亲往庆吊或帮忙的时候；所谓不幸中的幸运，就是可恨而又可感的病神降临于这孱弱而可怜的小囚犯的身上，使我不得不离开书室的监狱，停止读书的苦工的时候。这在前者，由期望太切而严厉过甚的父亲，自然依旧不肯放松，当临走的时候，一定先将一天或两三天中应做的功课排定，分付不准荒嬉，而回来以后，也一定要从严地检查；然而老鼠当猫儿不在的时候，毕竟难免放纵而无忌惮的。何况这种幸运的机会，一年中碰不到几回，真是黄金也似地难得呢？而在后者，病神的降临，使我发热、头痛、肚痛，泄泻、遍身骨痛……等等，诚然是可怕的不幸；然而除了因此得脱离监狱的书室的拘禁，避免读书的苦工的劳作不算外，将病神所给与我的苦痛，跟父亲所给与我的不是界尺门闩当头乱敲，藤条竹片浑身乱抽，弄得额流鲜血，体无完肤，就是罚饿两三天，罚跪一昼夜，黑夜深更，拉出门外，丢在风雨冰雪中的严刑苛罚，比较起来，似乎还是病神的手段温和一点。何况大病初愈，禁不起拘禁，劳作的时候，即使期望太切而严厉过甚的父亲，也不得不容许我有几天的休养呢。因此，这两种机会的到来，在望赦的囚犯也似的我，不能不认为意外的幸运。在这意外的幸运中，这才是我能够听到故事而偶然当快活的滋味的时候；所以说到听故事，在旁的小孩子，固然是最快活的事情，而在我尤其。

展开了这一叶最快活的梦影，一个故事的坛子，宛然浮在我的面前了。看官们知道，凡是装我们绍兴出产的绍兴酒的坛子，都有一个用山上干净的硬黄泥炼成的泥头；要喝绍兴好老酒的，一定的先把这个泥头打开才行。现在这个坛子里装的虽然不是绍兴老酒，能够使人们喝了醺醉；却也装得些绍兴老故事，能够使人们听了得到一点快活；所以闲话少说，且等我来打开了这个泥头。

不瞒看官们说，这故事的坛子，实在是我家三十年前的一个老妈子的雅号。赠给伊这个雅号的，是我的三个姐姐。伊们联合起来，共同赠给伊的呢，还是一个人提议，而得到其余两人的同意的，现在我也不清楚了。自从伊得了这雅号以后，伊的照绍兴惯例应用伊的夫姓称为的某妈的某妈，也被湮没而不彰了；大家都称伊为“故事的坛子”。或者简称为“坛子”。甚而至于我那稳重的母亲，严肃的父亲，也称伊为老坛而不称姓了。怪得很，伊的形状，真也活象一个绍兴酒坛子。伊的年纪那时候已经六十多了，所以伊的头发，已经由灰白而转黄了，正跟酒坛子上的泥头的颜色差不多；而伊那横阔的头部粗糙而硬黄的脸色，也许有点类似泥头。伊常常穿一件本来深青而被浆洗得成为灰白色，又带着油腻泥污的微黑色的布衫，系一条淡玄色的裤子；当伊换着一个微凸的肚子，并着一双半小的脚而立着的时候，肩膀以下，由窄而宽，又由宽而窄，直到脚跟，恰恰成为两条弧线，远远看去，竟宛然是一个绍兴酒坛子，而外涂的石灰，已经剥落了的。伊的到我们家里，不知何年何月，我只知道伊的被雇而来，在我出生以前，当我开始我的书室的监狱生活的时候，大家已经称伊为十年陈的老妈子了。伊是距离我们村子约十多里远的一个小村子里的人。据伊说，年轻的时候，曾经被长毛掳去，在太平军中过了两年多，而伊的丈夫和两岁的儿子，就在那时候死长毛手里。伊因为能做鞋子和缝补衣服的缘故，所以幸而被留下性命；然而这两年中所目睹的悲惨而离奇的故事多极了。因此，连我那严肃的父亲，有时也跟伊谈及那些关于长毛的故事。听了伊的经历，再讲自己的遭逢，以互相印证。除了这些悲惨而离奇的长毛故事以外，伊更有幼年时候在豆棚瓜架下面，从伊的母亲、婶娘、嫂子们口中听得的许多乡村间传说的故事，堆积在伊的胸中，这就是伊所以成为故事的坛子的由来。伊那坛子里的故事，实在多得很。据听得伊所讲的故事最多而比我幸福的我那三个姐姐们说，伊肚子里简直装满了故事，能层出不穷的讲出来。所以这忙里偷闲，苦中作乐的我，所听到的几个伊口中的故事，不过是伊那坛子角里的一点垃圾罢了；而现在的梦影的回忆中所记得的故事，尤其是垃圾中的几粒微尘罢了。咳，可惜得很！

梦影中浮着的故事的坛子的泥头已经打开，且等我把从这坛子中采得的一些故事屑，零零碎碎地把往事今朝重提起。

（见《故事的坛子》，1934年5月上海黎明书局初版）

《中诗外形律详说》自序

最近十多年来，中国诗坛上发生了什么新旧之争，于是常常有新旧交哄的声浪。先是新的骂旧的，其次是旧的骂新的，再其次是自以为更新的骂次新的。

——“他们底诗，因为有了什么什么，所以不行。并且因为有了什么什么，有些简直不成为诗。”新诗人们骂旧诗人们说。

——“你们底诗，因为没有了什么什么，简直并不是诗。”旧诗人们骂新诗人们说。

——“他们底诗，有了旧的什么什么，固然不行；你们底诗，没有了什么什么，也是不行：象我们底诗，有了新的舶来的什么什么，那才是真正的新诗。”自以为更新的诗人们骂次新的诗人们说。

这所谓“什么什么”，究竟是什么什么呢？旧诗人们说不出什么名称来，只是说，“我们底诗，是押韵的，是讲究平仄的，是讲究对仗的，是有四言、五言、六言和七言之分的”。新诗人们和更新的，却知道名称了；说“这些都是律声呀，诗人们都是外形律呀”。不错，然而中国旧诗篇中的外形律，究竟有若干项目呢？旧诗人们所列举的，是不是外形律底全部呢？如其不是，那末，还有些什么什么呢？旧的外形律中，哪几种是要得的？哪几种是要不得？还是全部都要不得的呢？国货的外形律，到底哪几种是合舶来品相同？哪几种是合舶来品不同？哪几种是胜过舶来品？哪几种是不及舶来品的呢？这些问题，旧诗人们固然没有答案，新诗人们也不曾去查过这一盘帐。

不论是想把自己所有的古董向人家夸耀的，不论是想指摘人家底古董尽是些碎铜烂铁，一钱不值的，不论是想采运了洋古董来抵制国货的，似乎都得先把这些古董查明一下，给它们开出一篇清单来。如果不做查帐结帐的工夫，而只是胡乱地夸耀一下，指摘一下，抵制一下，这种新旧交哄，未免有点近于瞎闹。

其实，如果把国货外形律的这盘古董帐查明了，开出清单来一看；那末，旧诗人们所争持的，实在都是些比较微细的问题。在全部外形律中，什么讲究平仄，只是五分之一的问题；什么讲究对仗，只是十分之一的问题；什么有四言、五言、六言和七言之分，只是百分之一的问题；而他们所看得重要无比，不肯放松的什么押韵，尤其不过是一百五十分之一的问题。至于这篇清单上所开列的，是否全是要不得的东西，是否还有价值高于洋古董的，也都可以用客观的眼光来重新估定一下。所以查帐结帐，于新旧两方，都是有利的工作。

一九一九年十月间，我开始注意这个问题。隔了五年，才把陆续搜集的材料整理了一番，写成《中国旧诗篇中的声调问题》和《说中国诗篇中的次第律》两篇，在《小说月报》十七卷号外《中国文学研究》中发表。但是那时候的观察还欠精密，文中颇多疏漏，可以说是不成熟的作品。此后三年中，曾经加以几次的修改补充；可是因为课务忙迫，终于没有把它全部写成。一九二七年以后，更脱离了授课生涯，干了三年半的案牍劳形的工作，尤其无暇及此了。幸而近来摆脱了职务，得到很从容地把旧稿重新整理一番的机会。于是先充分地搜集了若干例证；其次，把其中有几部分，改定了组织，增加了项目。在最近三个月以来的闲暇生活中，总算把这对于国货外形律查帐结帐的工作完竣了。

原来的企图，是想写成：（1）《外形律详说》；（2）《外形律演进史》；（3）《内容律臆测》：而总名为《中诗律声》。现在因为这《外形律详说》一部分写成之后，字数已经较多，不妨先行单独印行；所以把这一部分称为《中诗外形律详说》，作为《中诗律声前编》而出版了。

至于这一篇国货外形律总帐里面，究竟有否舛误遗漏，这是要等慢慢复查的。如果有高明的会计师，能指出舛误遗漏来，那当然是更好的事！

一九三一年四月二十二日　大白在杭州

（见《中诗外形律详说》，1943年11月上海中国联合出版公司初版）

著作研究、评论文章选辑

“愚”

玄　庐

萧山绍兴各县八十多个农民协会被官厅解散了，农民协会底委员，被捕的都钉镣收禁，逃走的住屋发封，官厅委员呈复文中有“曾查得农民协会章程，确与现行法令抵触，其主旨专在‘打破阶级资本主义’，言‘土地是农民传播气力，养活人类的工具，土地应该归劳农所组织的团体保管分配’，又言‘该会会员，与田主地主立于对抗地位，每年完纳租额数，由会员自由议决’，实行真正平等，实行片面自由……均系向少读书识字无高等知识之真正农愚”。《杭州报》无我君曾经做了一个时评，题目是《农民的罪恶原来如此》，内容就是拿委员呈复文中“此次主动者，大抵读书不多，而被动者都属乡愚”的话，来批评他们愚民的。我也觉得这一个“愚”字，不知含有多少冤枉的血汗在酸辛苦辣中滴出这个愚字来！便借重这个“愚”字来做诗题，并联想到华盛顿太平洋会议。

（一）

受人鱼肉自然愚……
鱼肉他人便不愚？
举国一愚愚到此，
乡愚对哭哭农愚！

（二）

谁说今愚胜古愚?
愚人自分必非愚。
古时方药多灵验,
哪有灵丹可治愚!

（三）

百身莫赎乡愚罪,
众口齐呼黔首愚;
为有愚农无数万,
养成全国尽愚夫!

（四）

到处闻人说智珠,
生来骨相已全愚;
官家用惯愚民策,
哪个乡农敢不愚!

（五）

养成多少聪明种,
赢得愚农好品题;
何事农愚愚第一?
种将灵药疗人饥!

第五唱是大白的作品，我誊上后，又记起龚定盦“国赋三升民一斗，屠牛那不胜栽禾”两句诗来，可怜乡下农民，真个愚到屠牛和栽禾的算盘都打算不来——如果农民一旦豁然贯通，老实打起这种算盘，不但官仓一齐倒毙，定盦那时，去今百多年，所谓三升一斗，尚且引为农民底大戚，况如今国赋三升民一石了！

大白又写了三首：

（六）

如今只望减收租，
便被州官唤作愚；
千万再愚愚不得，
种田不会并租无！

（七）

移山闻说有愚公，
许是愚农老祖宗；
但愿愚公愚有种，
化身亿万作愚农！

（八）

石半收成石四租，
何曾认得米如珠？
智人吃尽愚人饭，
莫怪农愚到底愚！

（原载1922年1月13日《民国日报·觉悟》）

泪 河 之 波

——读了大白先生《秋之泪》以后

猛 济

（一）

即使把泪化成的诗句，躲在春天的太阳光底下偷看，
也许要将烂漫的春光，刹那间变成惨淡的秋色了，
何况正当着秋之夜，而且是寂寥之夜呢？

（二）

诗人底血不是真正的血呵，
你瞧，转眼已变成泪也似的诗了！

（三）

倘使泪河底泉源真是无限量的，
为什么流到这纸上也只得停住着呢？

（四）

将诗榨出来的泪便是诗了，

将泪堆成功的诗便是泪了。

（五）

如只说这是诗，
诗中却还藏着泪哩。
但要从诗寻泪，
那纸上何曾有泪呢？

（六）

倘没有秋风的余威，
秋之泪总不至于象这般的狂放吧！

（七）

能堕泪的人尽多哩，
能读诗的人也尽多哩，
要能读诗而且堕泪的人，
才能算得是同情的朋友呵。

（八）

塞住自己底泪闸，
使彼在别人底眼里奔放，
这便是人们止泪的妙法呵。

（九）

和泪写书时，
管不得看书人预备了多少眼泪没有；
泻泪看书时，

更不较量那写书人知道我泻泪与否。

（十）

我底心难道天天要等着泪河之波来殷勤地浇洒着吗？

（十一）

泪神，他从不肯饶恕我，
想也不肯象这样的慷慨吧！

（十二）

诗人倘没有泪神的陪伴，
不知要寂寞到怎么似的了！

（十三）

爽性把泪珠遮住我底两眼，
到也能使一切怪象不再来和我为难了！

（十四）

泪神呵，
当我和我底爱人欢会的时候，
请你别将我底泪浸湿伊底双颊呵！

（十五）

谁使我底泪囊里，不留得一些儿储蓄呢？

（十六）

不住地流泪，
任凭是在醒时梦里。
倘使我底梦门能和伊底沟通，
那么，伊也要为我而不住地流泪了。

（十七）

我纵能开辟心田万顷，
一时也找不到这么多的泪水来灌溉着哟！

（十八）

“江南没熟人哩，
与其去饮别人底嘉酒，不如先来喝了我眼里充满着的泪罢！”
一句寻常离别话，
也值得时时惹起在心头。

（十九）

若使泪是我所独有的，
为什么伊底泪却和我的没有分别呢？

（二十）

倒也能使一切怪象不再来和我为难了！
恨没有万倍的显微镜，来从伊底泪痕里探寻我底名字呵！

（二十一）

月光跟着灯光熄灭了，

连萤光也跟着月光躲避我而去了，
如今除了泪更没有可以安慰我的东西了。

（二十二）

只要真有上帝的天国，
我定要去祈祷——
把我全身都化作泪罢！

（二十三）

到底谁是有情人，
不易从泪里去寻访呵；
因为泪神有时也要作伪的。

（二十四）

若使泪是全身都藏贮着的，
那么我底两眼便是多费的了。

（二十五）

当泪河之水不够运相思之船时，
难道你也不肯帮助他渡过彼岸吗？

（二十六）

如果我和伊底泪河中间有可以沟通的道路，
为甚么我们俩却常常逢着单独泛溢的时候呢？

（二十七）

只要苌弘底血真能够化为碧玉，
我底泪也定能化为宝石去取悦于我底恋人了！

（二十八）

秋之泪，常嵌在秋海棠底心底，
但是我破碎了秋海棠底心，也寻不着秋之泪呀！

（二十九）

假使泪能成潮，
早应该把我心头底烦闷冲散了！

（三十）

可怜我小弟弟底小手儿竟掩不住我涓涓的泪呵！

（三十一）

从泪河中映出来的笑容是愁烦的；
从泪潮中发出来的笑声是呜咽的。

（三十二）

将泪眼来读伊底泪书，
便辨不出是谁底泪痕了。

（三十三）

当着静寂之夜我独自睡眠而流泪的时候，

有谁来轻轻地稳稳地用羊毛毡覆盖我，而且拿着伊自己底手帕替我揩干净眼前底泪渍呢？

（三十四）

只有眼，是不能流泪的，
只有泪，哪里就能够保护那自由之花呢？

（三十五）

与其忍着眼泪看伊手写底书，
不如倒出我所有底泪，去浇灭伊纸上底墨痕吧！

（三十六）

秋之泪底秘密，常躲在一切秘密底后面，
他底秘密的途径是难于寻找的。

（三十七）

春之泪，
虽说是比较地温存些；
但安知不就是秋之泪底背景呢？

（三十八）

泪波所到的地方，
还不仅是太阳光所能照耀到的地方哩；
幽寂之夜和心花之底，就不是太阳光所能到的了。

（三十九）

拿暂时的微笑来安慰我心里的隐痛吗？
要知微笑是禁不起“泪河之波”底抵抗的！

（四十）

且将我最后的泪波，去激荡那银灰色的坟墓中间的泪罢！

一九二二、八、二三，夜写于上海

（原载1922年9月7日、8日、10日《民国日报·觉悟》）

《旧梦》诗序

周作人

大白先生的《旧梦》将出版了，轮到我做一篇小序。我恐怕不能做一篇合式的序文，现在只以同里的资格来讲几句要说的话。

大白先生我不曾会见过，虽然有三四年同住在一个小城里。但我知道他的家世，知道他的姓名——今昔的姓名，知道他的学业。这些事我固然知之不深，与这诗集又没有什么大关系，所以不必絮说，但其中有应当略略注意者，便是他的旧诗文的功夫。民国初年，他在编辑《绍兴公报》，发表许多著作，本地的人大抵都还记得：当时我的投稿里一篇最得意的古文希腊女诗人（讲Sapho的文章），也就登在这个报纸的后身《禹域新闻》上，过了几年，大白先生改作新诗，这部《旧梦》便是结果，虽然他自己说诗里仍多传统的气味，我却觉得并不这样：据我看来，至少在《旧梦》这一部分内，他竭力的摆脱旧诗词的情趣，倘若容我的异说，还似乎摆脱太多，使诗味未免清淡一点，——虽然这或者由于哲理入诗的缘故，现在的新诗人往往喜学做旧体，表示多能，可谓好奇之过，大白先生富有旧诗词的蕴蓄，却不尽量的利用，也是可惜。我不很喜欢乐府调词曲调的新诗，但是那些圆熟的字句在新诗正是必要，只须适当的运用就好，因为诗并不专重意义，而白话也终是汉语。

我于别的事情都不喜讲地方主义，唯独在艺术上常感到这种区别。大白先生是会稽的平水人，这一件事于我很有一种兴味。当初《禹域新闻》附刊《章实斋文集》《李越缦日记抄》之类，随后订为《禹域丛书》，我是爱读者之一，而且自己也竭力收罗清朝越中文人的著作，这种癖性直到现在还存留着。现在固未必执守乡曲之见去做批评，但觉得风土的力在文艺上是极重大的，所以终于时常想到，幼时到过平水，详细的情形已经记不起了，只是那大溪的印象还隐约的留在脑里。我想起兰亭、鉴湖射的平水木栅那些地方的景色，仿佛觉得朦胧地聚合起来，变成一幅“混合照相”似的，各个人都从那里可以看出一点形似。我们不必一定在材料上有明显的乡土的色彩，只要不钻入那一派的篱笆里去，任其自然长发，便会到恰好的地步，成为有个性的著作，不过我们这时代的人，因为对于褊隘的国家主义的反动，大抵养成一种“世界民”（Kosmoholites）的态度，容易减少乡土的气味，这虽是不得已却也是觉得可惜的。我仍然不愿取消世界民的态度，但觉得因此更须感到地方民的资格，因为这二者本是相关的，正如我们因是个人，所以是“人类一分子”（Homarars）一般。我轻蔑那些传统的爱国的假文学，然而对于乡土艺术很是爱重：我相信强烈的地方趣味也正是“世界的”文学的一个重大成分。具有多方面的趣味，而不相冲突，合能和谐的全体，这是“世界的”文学的价值，否则是“拔起了的树木”，不但不能排到大林中去，不久还将枯槁了。我常怀着这种私见去看诗文，知道的因风土以考察著作，不知道的就著作以推想风土，虽然倘若固执成见，过事穿凿，当然也有弊病，但我觉得有相当的意义。大白先生的乡土是我所知道的，这是使我对于他的诗集特别感到兴趣的一种原因。

我不能说大白先生的诗里有多大的乡土趣味，这是我要请他(原)谅的。我希望他能在《旧梦》更多的写出他真的今昔的梦影，更明白的写出平水的山光，白马湖的水色，以及大路的市声，这固然只是我个人的要求，不能算作什么的，——而且我们谁又能够做到这个地步呢，我们生在这个好而又坏的时代，得以自由的创作，却反因为传统的压力太重，以致有非连著小孩一起便不能把盆水倒掉的情形，所以我们向来的诗只在表示反抗而非建立，因反抗国家主义遂并减少乡土色彩，因反抗古文遂并少用文言的字句，这都如昨日的梦一般，还明明白白留在我的脑里，——留在自己的文字上。

以上所说并不是对于大白先生的诗的批评，只是我看了《旧梦》

这一部分而引起的感想罢了。读者如想看批评，我想最好去看那卷首的一篇《自记》，——虽然不免有好些自谦的话：因为我想，著者自己的话总要比别人的更为可信。

一九二三，四月八日，周作人在北京。

（原载1923年4月12日《晨报·附刊》）

《旧梦》诗序

陈望道

大白这部诗集，本来早就可以出版了；去年三月间，他容纳了朋友们底催促把各诗稿汇集了之后，便由杭州封寄给我。来信说因为相知较深的缘故，要我代他，将有十分不满意之处的几首删了，又转托友人恰恰先生画了封面在上海付印。我于转托一层便应允了，而且恰恰先生也应允了；对于删诗的一层，我却不敢从命。后来经他恳切要求，总算勉强应允了他，但反覆看了许久，也只替他删去了一首。他觉得不满意，这又从新取去，自己大加删削，又添了些新作的，结果便成了这一部《旧梦》。

在这《旧梦》（包含附录）里被写出的，仿佛也有我底梦，也有别的朋友底梦，或者也有大白和我以及其余朋友彼此织就的梦。而且说不定，一部分还是你我人们共通的梦。一团梦影，今已历历聚在眼前；与大白曾会识或不曾会识的朋友，都可亲自移情鉴赏，这已不消我多所称述了。

我今所要，为不曾会识的朋友们称述的，是大白底性情。我尝说：大白底人是外冷内热的人，诗也是外冷内热的诗。我虽然曾被大白说是多情多感的人，而其实他自己，恰正是多情多感的人。外冷内热，多情多感，这就是我心中眼中的大白。我心眼中的大白，能够在有憎恶时，便不掩饰地表出憎恶，在有愤怒时便不掩饰地表出愤怒；在有悲哀，有喜悦，有希望等等时，这也并不夸张地表出这等。我知道他，在心中也曾深想绝灭了憎恶愤怒等情感，在笔上却不曾丝毫掩饰过这一等。而他底不事掩饰写出来的诗文之间，据我所感得，正如毫不掩饰地做出来的行为之间，始终有所谓爱的精神贯穿着。他底憎恶，只是对于爱不得处的憎恶，愤怒之类也只是对于爱不得处的愤怒。他从不曾对于他以外的任何整个而憎恶而愤怒。而与这同时，他也似乎并不曾对于任何的整个而喜悦而爱重。因为他于可喜悦可爱重的是，常希冀更可喜悦的更可爱重的。为了他，是这样，所以表面上，便不免对于朋友乃至对于他自己，时常有所谓谴责和检束，而成了我所谓外冷；然而他底内心，却对于即使曾经陷害他的，也常有爱惜的心情，流露在不知不觉之间，这里便又成了我这所谓内热。我底心眼中，于今依然觉得，大白底人，是这样外冷内热的人，诗也这样外冷内热的诗。

我今更要，为不曾会识大白的朋友们称述的，是大白这几年摆脱因袭的努力。他于艺术生活现实生活，都觉得常有因袭的重担压着他；他觉得尽力地挣扎，有时还不免被压住了，动弹不得。所以他最憎恨自己因袭的经历，尝把彼比之猛兽，尝对我叹息于摆脱不能尽净。说，“你要向前，因袭却要你朝后。”即于这诗集，他自己最感着不满足的，也在这一点。而他底诅咒一切旧有的不良，据我所知道也便是从这一点出发。他在这一点上，有惊人的胆量，兼有惊人的毅力和能力。他曾因不肯炫示旧藏的缘故，至于被人说为“一知半解”了，他也安然受辱。又曾被人在故乡排挤得一时穷无去路，而又委婉诱向迷阵，他仍坦然耐苦，赶走他底前途。他这种努力，在我们故乡间，已经收获了不少的好结果了。而在这诗集里，便是他从“旧梦以外”产出了《旧梦》的原动力。

以上两点是我深信大白是如此，而且以为或者可以帮助不曾会识他的朋友们，更容易理解他诗文底一贯精神的，所以我就乘这出版的机会在此说出。至于他艺术手腕的如何，朋友们已可移情鉴赏，更不消我多所称述了。

一九二三年，四月十三日，陈望道在上海。

（原载1923年4月15日《民国日报·觉悟》）

《旧 梦》

徐蔚南

（一）

纵约六英寸，横约三英寸左右的一本厚厚的册子，揭开封面，便是一幅图画，——烟雾沉濛濛，恍惚迷离的中间立着一个女子底半身雕像，——图下分明地印着二个宋体字“旧梦”。我们看了这幅图，看了这两个字，我们已经不自觉地要仰起头来，向窗外眼睁睁地呆视一会儿，或者索性闭上了眼睛静默了大半天，回想着过去的事情是怎样的美丽，是怎样的甜蜜，是怎样的凄楚，但是“事过境迁”，啊呀！到现在看来，一切不过都是梦罢了！我们再把这本书上印着的，一字字，一行行读下去，更令人凄然于过去的陈迹了。呀，“旧梦”——“旧梦”！朋友这种梦到底是你的，还是我的？怎么我做过的梦，也都被你做去了，我要做而不敢做的梦也被你做去了，甚而至于我不想做的梦也被你做去了呢？我每次读了刘大白著的《旧梦》之后，常常情不自禁地起了上面我说的那种思想。今番我第三次细读这本《旧梦》之后，我更多一种感想了，就是旧的梦我们尽不妨欣赏，可是我们不要就因此妄自尊大夸赞过去的一切，原来过去的一切毕竟不过是旧的梦罢了！我们要颂赞，也应颂赞新的梦，未来的梦，假使过去现在未来的一切都是梦的说法。《旧梦》底著者就是显示这种精神的一个人。他做这部《旧梦》，一方是欣赏旧的梦，一方是颂赞新的梦，未来的梦，却绝没有夸赞旧的梦。不信，我们看周作人、陈望道的《旧梦》

序文，就可知道大白是如何一个富有旧诗文的工夫的人，他如何要摆脱旧诗词的情趣，这不是一个明证吗？大白在《将来的人生》里说道：

不是从前，
不是现在，
人生只是将来。

这不是《旧梦》底著者自己说明我们只可欣赏旧的梦，而颂赞的只可颂赞新的梦，未来的梦吗？

现在我想索性把《旧梦》底内容来比较详细地说一说，介绍给爱好文艺的人。但是读者不要把我这篇东西当作批评去看，因为我实际连批评两个字还没有懂清楚，照我们贵国现在这时候看来，非在书中寻出个漏洞来把著书人"挖苦"一顿的文字，不能算批评的。假使我这样噜苏的介绍，有人说是错的，我决计承认错了就是。

我们要讲《旧梦》这部诗集底内容，我想将《旧梦》所用的诗底体裁先说一说。

《旧梦》所用的诗底体裁，约略可分为四种：

一、独创的——就是新的，自由的，不拘体裁的；

二、词的（受着词的影响的）；

三、五绝的或七绝的；

四、古歌谣的。

独创的体裁，不仅须新颖，而且须美好的，方始可贵。《旧梦》里独创的新颖的美好的体裁虽不多，然亦已不少，例如《旧梦》第二十九首：

泥中呢？
水面呢？
谁作主呵？——
风是落花底司令。

《秋之泪》第一：

秋之泪，
冷落的，
到底还是春之泪温存啊！

《秋之泪》第六：

这是泪洗过的面呵，
情人！
和你底吻相接时，
辛呢？酸呢？甜呢？苦呢？

《秋之泪》第三十八：

写泪入诗，
诗还是诗；
化诗成泪，
诗便是泪了。——
是泪？
是诗？
——一片！

上面所引的诗，句虽极短，但是新颖而美好的。又如《为什么？》第一二两首中的句子甚而至于只有一个字的：

有我，
为什么？
真？
假？

我思，
我在？
怎不容疑？
我且例外？

又如《泪痕》第二十一：

有许多泪是向外流的——
是快泪；
有许多泪是向里流的——
是痛泪。
快泪，
人生能得几回流？
痛泪，
人生禁得几回流？

（二）

上面这首诗，前两句是壮直，后两句是婉转的。壮直与婉转的放在一起似乎不配，然而我们念起这首诗来，却觉得非常调和。为什么呢？因为这首诗底句子实际只有两句。他换了一两个字眼，反复的运用，便觉得很调和了。又如《梦短疑夜长》的开始六行，也是新颖得可爱：

刚睡了——就梦，
刚梦了——就醒，
刚醒了——又梦。
如此梦梦醒醒，醒醒梦梦，
不过一个黄昏，
早被梦儿堆得叠叠重重。

独创的体裁，上面已引了好几个例了，未被引的，读者自己去寻罢。

《旧梦》中的诗，受着词的影响的很多；简直用词调也不少，不过作者没有写出什么调。这是没有妨碍的。我原来是喜读词的一个，所以，《旧梦》里的词以及受着词的影响的新诗颇合我底口味。不过我要声明一句：凡是词调儿的新诗并不都合我底口味，有许多读不满十首诗的青年“诗翁”，只学得一点词的腔调儿，实际并没有应用词调的能力，也不会应用词中的圆熟的字句，硬要做成词样子的新诗，肉麻到要死。那是不特不合我底口味，并且是恶作剧令人呕吐了。大白是“富有旧诗词的蕴蓄”（周作人序文），并且是精通音韵的，所以他的受着词的影响的新诗，颇堪吟味，尤其是短的仿佛词中的“小令”轻灵柔婉得有反复诵读的价值，例如《旧梦》第四十一：

酒醒梦回时，
是甚么滋味？
何况晓风残月，
撩人心绪？

又如《新秋杂感》第一二两首：

一片片，
一重重，
蓬蓬松松，
湿云满空。

几潮雨，
几潮风，
把薄薄的新凉做就，
更一分一分地加重。

又如《秋意》：

虫声满耳，
午眠刚起；
开襟当风，
认取一丝秋意。

秋意秋意，
来从风里；
是秋底意，风底意？——

毕竟起从心地。

看了上面引的几首诗，谁都可以知道大白是怎样富于旧词底蕴藏以及怎样巧于运用圆熟的字眼了。他简直用词调的，如《送斜阳》：

又把斜阳送一回，花前双泪为谁垂？——旧时心事未成灰。

几点早星明到眼；一痕新月细于眉：黄昏值得且徘徊！

这是《浣溪纱》的调子，又如《别》一《别》二！

月团圆，人邂逅：月似当年，人似当年否？

往事心头常八九，怕到三更，早到三更后。

梦刚成，醒却陡：昨夜惺忪；今夜惺忪又。

病里春归人别久，不为相思，也为相思瘦。

寄相思，凭一纸：只要平安，——只要平安字。隔日约伊通一次，信到何曾，——信到何曾是！

订归期，还在耳：也许初三，——也许初三四。未必魂归无个事，是梦何妨，——是梦何妨试！

还是《踏莎行》的调子，又如《西湖秋泛》第一首是用《一剪梅》的调子，《醉后》是《浪淘沙》的调子，略略诵读过词的人都很容易知道的。

《旧梦》中五绝七绝的诗也有几首，虽不比词那样的好，然而是成功的作品；如《促织》：

一番雨过一番凉，四面虫声比雨狂。促织何须狂促织，有人袖手着缝裳！

又如《春意》，此地只录第一第四两首：

春意浓如此，谁还禁得来？东风偏懵懂，不肯放花开。

昨夜无声雨，瞒人下一潮；晓来藏不过，滴滴在花稍。

其余若《雨里过钱塘江》，《湖滨之夜》等都是七绝，《西渡钱塘江遇雨》一诗是词与五绝相合用的，体裁颇新颖。

歌谣体裁的《旧梦》中有十多首，如《卖布谣》一：

嫂嫂织布，哥哥卖布。卖布买米，有饭落肚。

嫂嫂织布，哥哥卖布。弟弟裤破，没布补裤。

嫂嫂织布，哥哥卖布。是谁买布，前村财主。

土布粗，洋布细，洋布便宜，财主欢喜，土布没人要，饿到哥哥嫂嫂！

还有十多首的新禽言都是歌谣体裁。禽言这种体裁在诗歌中自成一体；以前用这种体裁做的诗很多，如苏东坡的“姑恶，姑恶”，大家都知道的，大白底新禽言仍用旧禽言一派的体裁，若就体裁说，不能算新，形式和内容都能认为新禽言的，我倒以为是《旧梦》中《秋燕》那一首。

（三）

《旧梦》中所用的诗底体裁，上面已经说过。现在再来说《旧梦》里的诗底节奏。五绝七绝和词，不用我再来说明那音韵了，我们已有一大堆的好书籍，如什么“诗式”，什么“词谱”，“词律”等等。已尽够我们读得头目昏花，四肢无力的了，我们要说《旧梦》里的节奏，只是说《旧梦》里新诗底节奏。我们读《旧梦》里的新诗，觉得有两种显明的特点：

（一）“表现自然的声音的词”底运用；

（二）统一中有变化，变化中有统一。

《旧梦》里的新诗有这两点特点。所以诗底节奏特别和谐。台尼生的名句：

Break Break Break
On thy Cold gray stones
Sa!

这句诗底得名，就得名在能够表现波浪的状态和波浪的声音上面。又如我国女诗人李清照的《声声慢》成为千古绝唱，也就在能够表现自然的状态色彩与声音的一点。又如陆培德苏山（Robert Southey）的“The cataract of Lodore”，他将瀑泻下来的急水的情形，如何曲曲折折经过多少地方，如何将近流入大海时，河幅如何扩大了，水声如何地奔腾澎湃，一概都写出来了。他用什么方法来写的呢？

他是接连的用了一大排字尾拖着“ing”的词来表现的。由此我们可以明白表现自然的声音的词，在诗中运用是十分重要的，不过要用得适当。大白确有能力运用这一类的词，现在把他底第二篇的《丁宁》举出来：

听！听！！
丁宁！郑重丁宁！！
这是你心里的音乐，
琤琤琮琮的无弦的琴声。

听！听！！
丁宁！郑重的丁宁！！
这是你心里的飞瀑，
琤琤琮琮的不滴的泉声。

听！听！
丁宁！郑重丁宁！！
谁拈著花，谁指著月，
作你那郑重丁宁底凭证？

听！听！！

丁宁！郑重丁宁！！
就拈著花，就指著月，
也作不了你那郑重丁宁底凭证。

一丁宁就无从证明，
越丁宁越无从证明，
分明，各有各的密证，
你也无庸郑重丁宁，我也无庸听！

什么是“丁宁”？是我们离开家中时，母亲底密语；是我们向爱人告别时，爱人默然的锁着的眉头；是我们远行时，知己朋友在轻风中挥动的手巾；是我们吃烟饮酒时，老师们亲戚的悄悄的一视……呀！丁宁！丁宁！是这样悄悄的、默默的、郑重的、爱情丁宁！我们来听呀，听呀，听大白写在纸上的“丁宁”！朋友！假使你听不出大白在纸上的丁宁，你底耳朵一定是重听！

又如《西渡钱塘江遇雨》的第一首：

风紧片帆飞舞，
人在江天阔处；
昂头四顾，
雨——雨——雨。

最后的三个雨字，真把四面八方的雨声都写出来了，这是多么神妙的节奏！

艺术的节奏，即艺术的美是在调和；而所谓调和也者，就是统一中有变化，变化中有统一的一点。我国词中的《一剪梅》这个调子，我们读起来觉得格外和谐，格外柔婉，格外情重，就是这个道理。大白对于这一点是很熟练的，如《捉迷藏》第一首诗：

捉迷藏，捉迷藏，
大家蒙著眼睛往前闯。

一对对，一双双，
穿梭也似地来来往往。
不管渠——
哥哥瘦，妹妹胖，
姊姊短，弟弟长；
不管渠——
哥哥黑，姊姊黄，
妹妹白，弟弟苍。

我们看了这个例，已可明白《旧梦》是怎样富有统一中有变化，变化中有统一之美妙了。

（续）

略略研究过法国象征派诗人的诗，我们大都可以知道象征派的诗是如何地注重于音乐，甚至词句底晦涩也不顾，只图能刺到读者灵魂深处为最高贵。诚然，我们不能十分明嘹象征派的诗底意义，可是我们一读过那种诗，便觉得那篇诗仿佛一头无形的小鸟，在空中振翔，盘旋飞舞，同时唱着最凄凉，最幽怨，最轻灵的歌来刺劫我们底灵魂，这时候，我们仿佛也懂得那篇诗底意义了，测测地感到了一种天鹅绒的悲哀。大白虽则不是象征派诗人，他的诗全不晦涩，可是他注重音乐的效果。就我看来，却与象征派诗人相仿佛。《旧梦》中有几首诗简直与法国象征派巨子底诗有同样的微妙的音律，而且有同样的阴郁的惨痛的色彩。例如《无端的悲愤》第二首：

为甚?
悲也无因，
愤也无因；
赤裸裸的生平，
不曾孤甚么私恩，
衔甚么隐恨。

我们把这首来与范莱纳底《都中雨》第二三两首比较一下看：

伤心人怀，
没由来纷纷珠泪，
有甚些儿感愧？
这伤心也太无赖。
无憎亦无爱，
何故愁如许？
为个没人知，
愁绪更难抒。

我们仔细将这两位诗人的诗比较一看。我们就可知道两方诗中所有的音节是如何地相象，而且两方的诗意是如何地相象。读者最好把范莱纳底原诗来和大白的比较一下，方知我说的更不错。上面我译的两首，是去年随笔译下的，还没有仔细推敲过，为一般读者起见，所以就把我译的抄上了。《旧梦》里的音节，我说到此就止，仔细的研究，我现在还没有能力。

（四）

大白底诗，人家说他是以哲理入诗，我觉得与大白底意见相同（见他底序文），无论那个诗人底诗，都有哲学的思想的，都以哲学做背景的，不过把哲学抒情化了，具体化了而已。大白底诗有几首说得似乎太显露了，太率直了，于是人家以为他特别倾于“哲理入诗”了。现在既讲到他以“哲理入诗”，我们就跟着问一句：“他的基本哲学是什么？”这是陈望道底序文已很明白的回答了：“他不事掩饰写出来的诗文之间，据我所感的，正如毫不掩饰地做出来的行为之间，始终有所谓爱的精神贯穿着。”所谓爱的精神就是爱，那么爱，就是大白的基本哲学思想。惟其因为爱，为要将爱扶持着。为要将爱扩大起来，所以他不得不有所谓憎恶，有所谓愤怒。陈望道在序文里又说：“他底憎恶，只是对于爱不得处的憎恶，愤怒之类也只是对于爱不得处的愤怒。他从不曾对于他以外的任何整个而憎恶，而愤怒。即与这同时，他也似乎并不曾对于任何的而喜悦，而爱重。因为他于可喜悦可爱重的是，常希冀更可喜悦的更可爱重的。”这几句话把为爱而憎恶而愤怒的缘故说得十分透澈了。实际我们可以说，他底憎恶，他底愤怒仍旧是爱。因为他底憎恶愤怒实际不过是革一切反乎爱的命罢了！为爱而起的革命精神罢了。我们明白这一点，便可懂得他底哲学，他底憎恶愤怒，他底为爱而起的革命精神的诗歌。——最富革命精神的诗歌是在《旧梦》中《红色》之群。

（五）

关于《旧梦》里的诗的体裁，音节和思想，大体都说过了。现在我有几点对于《旧梦》的零星感想，拉杂地要写在下面。

《旧梦》中有极新奇的描写，如《旧梦》之二十五：

贪洗海水澡的群星，
被颠狂的海水晃荡得醉了；
拥着赤裸裸的明月，
突然跳舞起来。

《旧梦》中又有极惊人的想象力，如《门前的大路》第一首：

门前的大路，
你仅躺在地下，
让千千万万人践踏着，
不太辛苦吗？
站起来歇息一下吧！

“门前的大路，站起来歇息一下吧！”我们来想想这种词句的作者多么富有惊人的想象力呀！《旧梦》中还有富于幽默的歌谣，例如《泥滑滑》第一首：

泥滑滑，泥滑滑！
田塍路，滑踢闼！
你草鞋，我赤脚，
放心走，随意踏。
缎鞋、皮鞋来，滑煞！

《旧梦》中的诗不是篇篇都是完美的，有几首我不赞成例如《旧梦》第三十首，我把它分行的句子写在一起读读看：

傲倖之果，汁最甘，气最芳，性却最毒，戕贼底力量，包藏于诱惑底香味中，能教人死而不悟！

这不是成了格言、语录了吗？又如《一颗月》第一二两首，我也把它抄在一起来看看：

天上一颗月，水底一颗月；同是一颗月，真假有分别。天上一颗月，水底一颗月；本来一颗月，怎说有分别？

这不是成了佛家的偈语吗？假使我要学时髦的有本领的，ecnivses-eur（原文不清——编者）专寻作品的漏洞，以显他自己的本领高超，那末在《旧梦》中或许也给我找出多少漏洞来，可是我时髦得不够，本领也够不上别人，所以只指出两首诗来就算了。至于装订印刷方面，那是很不行。目录中有脱落，而且没有写出某诗在某页的数字，读者查时极感不便。诗中又有误刊的字或多刊几个字。又纸面太小，有许多字几乎被钉去了。《旧梦》再版时，印刷装订方面应得改正一下。

十四年九月十二日稿

复旦大学校歌

复旦创立至今，竟没有人编成功一首好的校歌，凡与复旦发生关系的人，无不渴望着有人出来创作，尤其是新旧同学更热烈地切盼得到一首歌曲来颂赞这所敬爱的复旦。现在好了，刘大白先生新近已创作成功了下面这首校歌，曲谱亦已去请萧友梅先生填制，不久就可到了。

刘先生这首校歌，每叠开始几句非常雄壮威严，结尾的四行，又尽宛转曲折之妙，正将复旦的庄严，健全，清新，活泼，热烈猛进的气象完全表现出来了。我不是捧刘先生，这首校歌，确是他的杰作之一。刘先生原来是个猛向光明跃进的诗人。凡读过他所著的诗集——《旧梦》——的人，就知道他的诗中充满着青春的生命的力，就是他写哀愁的作品，也绝不带一点疲颓灰暗的色彩。读他的诗歌，常常觉得找到了一种新的生命，一种新的节奏一种新的力量，使你呼号，使你惨痛，使你悲愤，然而绝不使你颓丧，烦闷，失望。这是刘先生的诗歌的特点。这首校歌更显示他的诗歌的特质了。

刘先生的诗歌，本不必我来解释，但是因为我们《黎明》的封面，中间印了目录，就我个人意见，在这封面上印刷刘先生的这校歌，似乎有损它的尊严，所以在此就说了这些废话，请读者原谅，至于刘先生，只好套日人作汉文的调子：“妄言多罪”！

徐蔚南

一

复旦复旦旦复旦，巍巍学府文章焕；
学术独立，思想自由，政教罗网无羁绊。
无羁绊，前程远；向前！向前！向前进展！
复旦复旦旦复旦，日月光华同粲烂！

二

复旦复旦旦复旦，师生一德精神贯：
巩固学校，维护国家，先忧后乐交相勉。
交相勉，前程远；向前！向前！向前进展！
复旦复旦旦复旦，日月光华同粲烂！

三

复旦复旦旦复旦，沪滨屹立东南冠；
作育国士，恢廓学风，震欧铄美声名满。
声名满，前程远；向前！向前！向前进展！
复旦复旦旦复旦，日月光华同粲烂！

刘大白

一九二六年二月十五日

（原载1926年4月18日《黎明》周刊第23期）

《白屋文话》跋

胡　适

刘大白先生的《白屋文话》虽有十几条，他的大旨只是要正名责实，要革掉“文言”的头衔，叫它做“古白话文”（简称“古话文”），或叫它做“鬼话文”；要改正“白话文”的名称，叫它做“今白话文”（简称“今话文”），或叫它做“人话文”。

我是个实验主义者，向来反对“名教”；因为我深信“名”是最可以给人们用做欺骗的工具的。“偶然题作‘木居士’，便有无穷求福人”，这是古往今来的通例。所以我们在这十几年来也曾想矫正向来许多不正当的名词。例如古来的白话小说，向来都叫做“俗话”或“俚语”的作品，我们便叫它做“白话文学”，“活文学”。古文的作品，无论是骈偶的，或散文的，我们都叫它做“死文学”。

但我们仍旧沿用了“古文”“白话”二个名词。我们的理由是：（1）“古”字在我们心目中就是“已死”的意思；（2）“白话”是个“中立”的名词，既不含褒贬，又可包括国语的同方言的作品。

我们在这里却不免小看了这几个名词在人们心理上的作用。我们尽管把“古”字当作“死”字看，一般人却把“古”字当作“美”字看。我们尽管说“白话”不含褒贬，一般人却总想，“既是白话，便不成文”。

刘大白先生是痛恨死文学而提倡活文学的一个急先锋，所以他要更进一步，做点正名责实的工夫，把古文叫做“鬼话文”，把白话文叫做“人话文”。人们不嫌“作古”，但总不愿被人喊做“鬼”。古人的病魅咒里往往说：

> 吾知汝姓字，得汝姓名。不得久停，急去他方！——（《佛说咒魅经》）

刘先生做的正名工夫只是要严分人鬼的界限；对那说鬼话的人们说："你们是活死人，你们是活鬼；你们的原形已现，不得久停，速回坟墓里去！"刘先生在这十几篇短文里竭力形容那班努力说鬼话的人的种种丑态，他的苦心只是要读者厌恶鬼话，努力做人。他的话都有历史的根据，说的又很痛快，我读了自然十分高兴，十分赞成。

但我也有点小意见，随笔写在这里，请刘先生指教。

刘先生说，今日鬼话文的余孽并不曾扫除净尽，依然在那里滋蔓著，而且声势浩大，猖獗非常。刘先生这句话并不是过虑。我们试看近时中央与各省政府发出来的许多"不成话"的骈俪电报，再看各地报纸上的鬼话社论，和"社会新闻"栏里许多肉麻的鬼话，便可以知道鬼话文的残余势力还不可轻视。我们对于这种事实，应该采取什么救济的方法呢？刘先生在这十几篇里提出了一个方法，便是学孔二先生的正名方法，来做一个打鬼的钟馗。这是方法一。

刘先生们在浙江大学大学区里颁行了许多提倡人话文的政策，如小学禁止用古话文，如初中入学试验不得用古话文。这种政策的影响已不限于浙江一省了。今年全国教育会议通过了一些同样的议案，浙江的几位代表（刘先生在内）也出了不少的力。这样用政府的工具来实行铲除鬼话文在教育上的势力，这是方法二。

但刘先生说过："文学历史中新主义起来推翻旧主义，新艺术手段起来夺取旧艺术手段底位置，这才是文学革命。而用人腔来代鬼腔，只可以叫作文腔革命。"文腔革命是要把文学的中心从鬼话移到人话，正如歌白尼把地中心的宇宙观变作太阳中心的宇宙观一样。文腔革命自然是文学革命的最重要一步。但十年来的新文学的成绩并不能算是满意，新文学的前途也未可十分乐观。这也是很自然的。一来，时间太短，我们不可太没有耐心。二来，时间纷乱，生活困难，作者没有闲暇做文学的创作。虽然古人有"文穷而益工"的话，其实这话是不可靠的；经济的压迫也许压不死一两个特殊的天才，但大多数的作家在“等米下锅”的环境内是不会有耐久的作品出来的。

刘先生提倡正名的方法，只是加力拥护那人话中心的文学革命；他们在他们的势力所能及的区域里提倡今话文的教学，只是给文学革命培养将来的人才，希望从今日的中小学生里有一些能做道地人话文的作家出来代替我们这一代做蓝青人话文的文人。但根本的救济方法还在竭力鼓励文学的创作。鬼话文同鬼话诗不是单靠孔二先生的正名方法就能完全扫除的。等到中国人话文学里有了伏尔太、福禄贝、莫泊桑、易卜生、契珂夫、萧伯纳、贝里……一流的作家，鬼话文学自然回到坟墓里去了。人话文学也不是单靠中小学的教学就能发达的。试翻开今日的中学教本，那一册里不是充满著我们一班熟人在这十年中等米下锅时的译作与创作？没有无数伟大的、耐久的创作造成一种活文学的空气，这几本选本是不会养成将来的文学家的。

故我对于刘先生的打鬼精神虽然很佩服，但我总觉得鬼的猖獗是由于人的不努力，鬼话文学的继续存在是因为人话文学的实力还不够打倒那残余的鬼话文学。只有真有价值、真有生命的人话文学才可以服人之口，服人之心；如赤日当空，一切鬼影都自然消灭了。

十七，九，廿二。

（见《白屋文话》，1929年8月上海世界书局初版）

《白屋文话》序

徐蔚南

一

刘大白先生的《白屋文话》现在要付印了，我觉得非常欢喜。原来刘先生这部著作和我颇有点关系的。这是一九二六年的秋天，刘先生还和我同事于复旦大学的时候，有一次学校的行政会议，议决要由学校当局来办一种周刊。不知怎么，校长李登辉先生看中了我，给我一封委任状式的信，叫我做那周刊的义务主笔，同时兼任义务编辑，义务校对员，义务取报人。校内并不是没有人能干这件事，实在因为没有人高兴干这件事，于是使我象煞义不容辞地担当了下来。为了要使同学们兴味地阅读这个周刊，同时又要使这个周刊能给同学们一点知识，便在那周刊上特辟谈话一栏，专载那种用富有兴趣的笔墨来写述各科要义以及学校故事的文字。当时刘先生看了那种谈话觉得很有意思。我便请托他每期也写一点谈话。他应许了，并且说校内尚有不少“遗少”莫明其所以然地在那里拥护著鬼话文，借这谈话来教训他们一下也好。接著他就用了《白屋文话》这个题目来挥他如椽的大笔了。他的文章一写出来，却并不含什么教训，完全是真切的研究；只是他的犀利的批评眼，明畅的文句，充满著咄咄逼人的气势。我预料他的文章一定会引起一种Sensation来的。果然，他的文章发表后，立刻震动了全个学校，不论是教授、职员、同学，大家都把他的文章当作唯一的谈话资料了。后来接连发表了三四篇，更激动一般的议论，甚至有几个同学因此替刘先生题起绰号来，叫他是“欧化老少年”，并且大书特书地写在黑板上。那时刘先生是很繁忙的，实际没有写闲文的时间。我却逢到将要发出周刊稿子的时候，不管他忙不忙，定要他的续稿的；有时竟就在他的案头立等他挥写完成。这样，半年间，他竟被我逼迫著写成这许多篇的痛快的文章了。现在这许多篇痛快文章汇成一卷而付印了；跟见从前震动复旦这个千余人所组成的小集团的著作，要风行于全国了；这在我真觉得是一件喜悦的事。岂仅我一个人欢喜呢？凡是主张文学革命的人都应得欣喜吧。

我们知道用白话文来代替文言文的文学革命，表面上象煞已经成功，骨子里，实在“革命尚未成功，同志仍须努力”哪！

提倡文学革命的老同志们，看见几本用白话文来辑成的杂志，便沾沾自喜，以为文学革命完全成功了。实际距完全成功，还相差得远！老同志们，请莫就欢喜，且放眼看看现在的知识阶级吧！不是还有不少的著作者们，至今轻蔑著白话文而一径用那文言文来发表他们的著作吗？不是还有糊涂虫，先是口是心非地附和著提倡白话文；到了现在，竟会说白话文足以亡国，要借权力来禁止学校教授白话文了吗？不是还有多少青年，现在虽则也运用著白话文来写作，心上却坚信文言文远胜于白话文的吗？不是国民政府建都于南京的第一年，中央大学的入学试验，还禁止投考学生作白话文的吗？老同志们，你们看，知识阶级对于白话文是这样子；至于商人对于白话文更是漠不相关了。你们还能沾沾自喜，以为文学革命完全成功了的！没有，“革命尚未成功，同志仍须努力”哪！

文学革命的不能完成，原因还是太看得起那所谓文言文，把文体分成文言文和白话文两大类，仿佛立在对等的地位般的；同时，又因为文学革命家们没有揭发尽那所谓文言文的一切黑幕与机诈，以致使人陷于迷途而不悟。现在刘先生的《白屋文话》却澈底。他不承认什么叫文言文白话文；他爽爽快快从人话文和鬼话文的判别上来立论，这是给那所谓文言文打了最后一声的丧钟了。同时，他又尽量揭发那所谓文言文的一切黑幕与机诈，澈底驱除了迷惑人心的鬼祟。所以我想，文学革命的完成，或将有赖于刘先生这部痛快的著作。

二

读了这部《白屋文话》的人，一定会想象刘大白先生是怎样一位骠悍勇猛的散文家。确然是的，刘先生是一位散文家。他的散文不仅写得周到精详，不仅写得痛快淋漓，而且写到极端地明白晓畅，简直明白到太明白了，不准旁人有著嘴余地的样子。他的散文能写到这个地步，原因很简单。如果看见过他的人，一定就可猜想得到的。高高的前额，额顶上稀少的头发，从眼镜边缘上望出来三角形眼睛的眼光，常常闭紧著嘴似在凝集思想的习惯，一望而知是个富于理智与意志的人。他最初又是研究算学的，早养成了一副善于分析与综合的头脑。他的散文所以能写成这样的完整，当然就靠他的理智与意志的作用咯。如此说来，刘先生照理只配写坚硬的文章，不会写柔软的文艺的了。却又不然！他会写诗词，而且所写的诗词写得异常清丽，迥然与俗流的无聊的新旧诗人不同。我们随便举出一首他的诗来看看，就可知道。譬如他的《桃花几瓣》吧：

亏煞东风作主，
春泥也分得桃花几瓣，
春水也分得桃花几瓣。

怎禁得流落江湖，
浪翻潮卷？
春水无情，
忒送得桃花远！

看春泥手段，
把桃花烂了，
护住桃根，
等明年重烂漫！

替桃花埋怨东风，

何苦让春水平分一半，
就一齐花作春泥，
薄命也还情愿！

这还是刘先生新诗初期的作品呢。到近来，他的诗词更加有他独特的风格，神韵缥渺的修辞了。刘先生一人兼为散文家与诗人，实在是不足为奇的，假使你和他相处较久的话。

刘先生和我在复旦同事的时候，我的房间正在他的房间的后面。我自己的房间，除了写作外，不大住的，老是在刘先生的房间里厮混。人家初次和刘先生见面时，总是被他的眼光所镇压，觉得他威严得有点可畏；象我和他常在一起的人，不特不觉他可畏，却反望他的威严的眼光常常超越眼镜透射出来。因为这时候，一定可以听到他的警辟的议论了。在他的房间里，实在很有味的。第一，他的房间便象一间小小的图书馆，琳琅满目；我可随便拿一本新著或旧书来看看，看过后，把书放还原处。这是因为他的书籍分门别类，整理得有条不紊的，不能随便把他书籍弄乱。第二，刘先生特别会讲故事，什么南洋群岛的风俗人情，什么绍兴的掌故，他肚皮里多得很；简直象个倾不尽的故事的坛子，滔滔不绝地讲来，非常动人。第三是喝酒，吃水果，扯铃。夜深人静，月明星稀的时候，他和我常常喝一杯白兰地，或者吃点水果。两个人老是喝得脸红红，吃得津津然。有时他竟会到上海城隍庙里去买个扯铃来玩玩。第四是辩论。我和他的辩论竟是家常便饭，每天少则也要一两回。为了诗里一句句子，辩了一小时；为了一个名词，又辩了许多时候；此外，为了批评政治、教育、哲学以及其他，我们总是相持不下地辩论辩论。结果，我辩论输了（总是我输的时候多），我偏再要强词夺理地和他讲几句。这时候就是他的威严的眼光要透射出来的时候了，就是他说他的警辟的议论的时候了。我听了他的警辟的辩论，当然受益不少，心上非常欢喜的。

只就上面所说的我和刘先生在一起的几点情形看来，我们已经可以知道刘先生决不是一个冷冰冰专讲理智的与世隔绝的奇矫的超人，却是个富于感情的活泼的人物了。他的感情不仅丰富，我敢说，而且是丰富到有点伤感了。五卅惨案发生以后，他看见群众的露天集会或游行，他常常对我说："我看见这种大众的集会与游行，我会情不自禁地流出眼泪来的"。这是实际的话。试问刘先生假使不是个极富于感情的人，那里会有这样的伤感的呢？然而，刘先生虽是个感情极强的人，他却又富于理知强于意志的。所以他能把他明澈的理知坚强的意志来驾驭他丰富的感情的。有时，他把他的感情纳入于一座精巧美丽的花园里，将他的感情幻成为奇花异葩，这就是他的绝妙的诗歌。有时，他把他感情关在庄严雄伟的图书馆中，将他的感情变成为高文宏论，这就是他的明畅的散文。

就在这本《白屋文话》里，实际我们已经很能看出刘先生这个人来的了。试想，假使他没有极丰富的感情，他的文章怎么会写得这样的痛快淋漓？假使他没有明澈的理知，他的文章怎么会写得这样深刻精详？至于他的意志的坚强，更加容易窥知了。他本来是鬼话文队里的一员健将；一旦，他判别了人话文和鬼话文的是非时，他立刻起来要打倒鬼话文，而且要把鬼话文打倒死亡而后已。这本《白屋文话》，从一方面说起来，说是从他的意志产生的，也无不可。

三

《白屋文话》这部稿子，除了在《复旦周刊》发表过外，曾经在《黎明》周刊上重刊过一小部份，也引起了不少的影响。象是去年春天，刘先生来信说，想把这部稿子来刊印单行本。我很赞成。后来，他又来信说，《白屋文话》付印时，要我写一篇序文；因为这本书的产生和我颇有点关系。我也答应了下来。可是他的整理过的《白屋文话》的稿子永不见寄来；我的序文于是一字也没有著笔。去年冬天，他又给我信说，《白屋文话》的迟迟不付印刷，因为本想再添加最后一节，论述现在中等学校应该如何教授国文。大意是先述前清科举时代，人们如何不顾一切学问专习国文，次论当今的学校尚保留着前清研究国文的积习，没有规定国文的材料以及其支配。只是因为繁忙的生活，仅少的时间，不容许他有写述这最后一节的机会；所以他就想把原有的几节去付印了。最近，三月上旬，他来上海，又说起《白屋文话》付印的事。我对他说："关于中等学校国文一科的材料及其支配，你从前为回答我一次的询问，曾有过一封长信的，现在就可把这封长信作为附录，代替你所想写而未写出的文章，好不好”？他说：“可惜那封信还没有说完全”。后来，他又问起我的序文写了没有。我真难于回答，直到那时序文还一句也没有写。

现在好了，我的序文总算写好了，《白屋文话》也要付印了。我盼望不论男的和女的，老的和小的，凡是和中国文章发生关系的，都来读一读刘先生这本佳著吧。

一九二九年三月十五日。

文话作者附注：现在最后一节，已经于百忙中勉强写就了。写这一节的时间，断断续续地竟经过了三个年头，自己也觉得好笑；而且因为断断续续地写成，没有从前所写的贯串爽利，实在觉得不很满意。因此，这最后一节虽然已经写成，却仍旧把给徐先生的信，作为附录四。

（见《白屋文话》，1929年8月上海世界书局初版）

论刘大白的诗

——纪念大白先生的死

张露薇

（一）

诗人刘大白先生的突然的死，使人感到无限的怅惘。一九三一年恐怕是现代中国文人遭逢恶运的时期，逝世的逝世，失踪的失踪，宛若红叶飘零，这污浊的世界再难留住他们的踪迹。大白先生死了，在西子湖边，在钱塘江畔，陪伴着意外之恶耗者只是一颗碎了的心。是的一位诗人死了，在风雨飘摇的时代里，可怜得很，他只曾受到人们的蔑视和轻忽。他有伟大的诗句，可惜未曾为人所歌颂；他有沉挚的诗情，可惜未曾为人所珍重。一切的人为爱欲所蔽，为金珠所迷，任凭撒旦的狂舞，而共歌着淫秽的小调。打着堂皇的招牌，贩一点毒质的麻醉剂给与爱好文艺的青年。尤其是中国现今的诗坛上散漫着这样的毒氛。在这种潮流里，一位可怜的诗人虽然忠心于艺术，都被许多读者所遗弃了。

然而诗人大白的价值无论如何是不能一笔勾消的。他在现代中国诗坛上的地位，比一般漫无思想，雕琢字句的文字匠高得多。虽然他并非伟大不可攀及的诗哲诗圣，但是他的努力，他的诗行，较比同时代的中国诗人，是更尽了时代的任务。他的诗没有胡适式的浅薄，没有新月派的空虚，没有模仿法国象征派者的怪狂，没有普罗作家的空喊口号，他有他自己的风格，他有他自己的情调，一般人不注意及之，也是很使人纳罕的事。

大白先生遗给我们的诗共有五集，即（一）丁宁，（二）再造，（三）秋之泪，（四）卖布谣，及（五）邮吻。前四集即从前之《旧梦》后来分成为四本。五集中共有诗六百余首，内有译泰戈尔《园丁集》及其他数篇。自己创作者约六百首，在现在中国诗人中，论其收获，是最高的记录了。如按《邮吻》之《付印自记》说，则尚有因与大白自己之境遇有关而似不便发表者，想来为数亦不见少，最近如有人把他的遗稿搜集整理而公布于世，那末，我们研究他当更有所依据了。

自五四文学革命运动发生之后，所谓“新诗”者一天比一天加多，在《新青年》杂志领导下，一般诗人便嗡嗡地呻吟着他们的歌曲。因了潮流的冲荡，这固是必然；但这般诗人们，歌颂几声便以为时代的任务已尽，潮流一过，就都销声匿迹，不再露头露面，他们只想学学时髦，并无心于艺术，结果是造成了今天诗坛的沉寂。

然而在这以作“新诗”为时髦的时代，还有忠心于“新诗”的人，他抛弃了旧的工具而努力于新的创造，这便是可敬的大白先生。无论他在诗坛上奋斗的成绩如何，这一点孜孜不倦的精神，先就令我们不能不佩服。他认为“永久的完全，是不能有的；继续的创作；是不可无的”（《再造》），他半生忠于中国现代诗的创作，其功绩实非只问诗之形式不问诗的内容之狂徒所可比拟于万一。他不曾发空论，只是努力于创作，虽然目的似乎是狭小一点，然而中国近今诗坛最努力创作所谓新诗者，还以他为第一个人。

无疑地，在妖氛弥漫之中，他是被一般诗人们轻忽了的。他所以被轻忽的原因，据我想，只是因为他未曾加入高呼口号而结党营私的俗流，同时，对于诗的形式未加以精确的选择。在一种文学运动的初期，各作家当然是随波逐流的走自己的道路，稍后才注意于新艺术形式的建设。大白所发表的诗多写在一九二〇至一九二六年间，正是散漫无归，作家盲目走自己的道路之时代，所以未能建设最好的文艺形式，而是以浅薄的白话为目标，结果似乎误解了文学运动的意义。

现在的诗多注意于字句的雕磨，诗行的整齐，而内容简直是一概不管。大白的诗正和这种趋势相反，确是内容充实的作品。他努力于用白话写诗，但却仅仅注意于白话，苦心虽有，成功却不完全。他的诗大半是未曾注意于新的形式，新的音节及韵律的创造，以研究三十年旧诗词的功夫来写新的形式的诗，自然难以脱去旧有形式的束缚。在他的诗中，每有旧诗词的格律和气氛，这是一个小小的缺点。

其次，因了潮流的趋向，正如其他的初期现代中国诗人一样，他也常把哲理硬拖入诗行，常发一些浅白的议论，这是当时的滥调，大白也受到了很大的影响。但是他的一些诗并没有失败，他有他的成功，缺点固然有的是，而他终不失为能以代表现代中国诗坛的一位可敬的诗人。

我常把大白先生比作美国的名诗人林赛（Vachel Lindsay 一八七九——九三一），因为他正如林赛一样，本身就是一首伟大的诗。他们俩人的诗颇有相似之处，在题材上，在情调上，虽然他们是两不相知，但亦有一种诗心的默契。两个诗人同生在建设诗的时代，情况又极相同。生时的年月是相差无几，而最碰巧的是，林赛先生的恶耗（去年十二月二十五日）刚刚传来，我们的大白先生亦相继而弃世了。

谈到大白的诗，使人感到一种意外的兴会。他的诗集中，除去一小部分的说理诗而外，其余所剩的多半是抒情诗和劳动诗（或称平民风格的诗）。在这两方面，他都有相当的成功。他的成功，也就仅仅在这两方面。如以诗集而言，前一种最好的表现就是《邮吻》，次一种最好的表现就是《卖布谣》。

（二）

有一种悠然的情趣，有一种美妙的神韵，是大白抒情诗的特点。意境高超，同时代的诗人多不能及。他以一腔的情热表现于诗中，有时是很自然的流露，有时流露得太过分一点；有时表现的极为生动，有时却嫌稍微呆笨一点，有些极好的诗，但多半是不很完美，在一首诗中，如把它当作艺术品看，并非精美无瑕的。常常有几节很巧妙的写着，但最末后一二节总是写的不好，不是呆笨，就是露骨，致失了全篇的精彩与谐和，《爱》、《病院里雨后看吴山》、《谢 TH 的信》、《故乡》等诗，都犯了这一点毛病。有些抒情诗是失掉了含蕴的美，但大部分是凄怆哀怨，生动幽美的，很难得的好诗。尤其《邮吻》一集，词句的哀艳动人，意境的高远，有如春日的碧波，使人感到活鲜而爽快的情调。又腻，又柔，使人体会到诗人用心的纤巧。

大白的诗一半是带了浪漫主义的彩色，他自己似乎也是一个浪漫的诗人，据他自己说：“文学家，谁能不带罗曼气呢？罗曼的精神，是文学的生命”。（《旧梦》之三十七）他所说的“罗曼”，大约是指生活的动力，绝非普通之所谓浪漫。他以为，如果不“罗曼”，则“怎值得过这横鏁竖锁的一生”？（罗曼的我）所以他用着自己生活的动力而歌讴，努力的追赶着时代的潮流，这种情绪，处处表现于他的诗中。

大白的抒情诗中所表现的真挚深沉的情感；他的幻想力极为丰富，在诗行中流露，使人感到高远和巧妙。幻想力不亚于勃莱克（William Blake）“一沙一世界，一花一天国”（暂从田汉君译）名句中所表现者；的确，我们的大白先生之宇宙是茫茫无际，他任意游荡着，因而唱着他优美的歌曲。他的世界是清澈无尘，只有一种高超纯洁的情感。他不曾注意于剪裁，情是任意的奔发，一棵茂盛的树，有时是嫌枝叶过于繁复了。

很柔腻凄艳的，如《丁宁》、《春风吹鬓影》、《寂寞》、《春意》、《双红豆》等，都是不易得的佳作。意境高者如《深秋晚眺》一首，颇与葛德（Goethe）早年作而晚年读到者之《流浪者的夜歌》相似，那一首是葛德的名诗，读诗者当都知道；大白这首诗是与那一首有同样的情调，每一诵读，热泪欲滴。这首诗所以不能如葛德者伟大，只是因前二节稍嫌不紧凑。但依我看，这一首诗在中国现在的诗坛上是绝无仅有的抒情小诗，大白有这一首诗，就够不朽的了。

另一方面，我们要谈到的是他的劳动诗，也可以称为描述平民生活及歌颂劳工神圣的诗。他的《劳动歌》是多么雄壮，在一九二一年产生出那样的诗歌，实是一个奇迹。他尤其注意于描写为封建势力所支配的农村。正在五四运动之后，一般学者名流高喊着德先生（Democracy），赛先生（Science）的时候，可敬的大白先生更有进一步的见解，对于劳动者表示了十二分的同情。他适应于当时的客观的要求，暴露封建势力的丑恶，描写地主压迫农民的情形，对于农民的苦痛，对于农民挣扎的生活，他都给予以非常热烈的同情。

歌颂农民之苦痛者，在中国现代的诗人中，大白要算是第一个人。写那些诗时他正在萧山，看了地主压迫农民的情形，看了贪官污吏的横暴，看了民不聊生的状况，他极其愤慨激昂的歌着，尽力的表现他所见的惨痛。所以，我说他已尽了他的时代底任务，他歌唱着时代，这便是他的伟大。至少他的这类的诗，在现代中国文坛上，正如鲁迅的《呐喊》，有同等的价值。别人拿着“的，吗，呀，啦”的滥调作为游戏的时候，他却极严肃的在写诗了。这一点就够我们钦佩的。

大白是一位天才的诗人，对于人生和宇宙都有敏锐的观察。他不但是诗人，他的本身，和林赛一样，就是一首巧妙优美的诗。如今他丢开这尘世而去了，假若是懂得诗的珍贵的人，谁能不怀念他呢？

虽则软魂如絮，复水重山拦不住；
和风和雨，飞过钱塘去。

（《归梦》——见《秋之泪》）

三月十五日于清华园

（原载1932年4月6日、13日《北平晨报》“时代批评栏”）

《白屋书信》弁言

徐蔚南

大白死了！大白在国难当头，人心惶惶的时候死了！

去年夏天，大白突然呕血，接着发热肚泻。邵力子先生劝他往北平去疗养；郭任远先生劝他赶快到上海来医治。后来他决定来上海治疗，入圣心医院，由我的二个老同学徐彦若博士和张友梅博士诊治。进医院的第二天，用X光来检验他的肺部。检查时，还请了龚寒梅博士参加，我也在场。检查完了，摄取照相，结果各人都非常惊骇，原来大白左右二肺满是细孔，仿佛掷上了一把面包屑了！

三个医生在冲洗底片室里，就和我说大白的病，已不是人力所能医治的了，只是迁延时日而已。

在医院中诊治一月，居然发热停止，胸间的疮口结疤，但是肚泻还是时断时续。医生对他说肚泻不止，或许因为水土不服；他自己也觉得在医院中处处不便，于是决定回杭州去疗养。去年十一月二十二日清晨，我到圣心医院去接送他到沪杭车上；不料这一次的送别，竟是我送大白的最后一次了！

上海的战云一天一天浓厚，大白的病也一天一天郑重了。一月上旬大白的妹妹诒君先生来信说，大白病危了，问起“后事如何”。我便和邵力子、郭任远、陈望道、夏丏尊、朱少卿、王新甫诸先生商量；留在上海的一班朋友已商量得有点头绪了，不料战争勃发，立刻我们这一辈拿笔杆的人，个个都陷入于狼狈穷困的泥沼。不幸，大白就在我们这辈穷朋友在狼狈中时，二月十三日这一天永别了尘世！

十九路军抗敌胜利的兴奋，飞机投弹的恐怖，经济恐慌的痛苦，炮火轰炸的威吓，闸北大火的凄惨……在这样神经极度紧张里，大白凄凉之死，却总也一刻不能忘记，几次提笔想写一点纪念大白的文字，却总是写不完成。

但是大白凄凉的死是怎样常常紧握着我的心啊！

自从大白离开上海之后，写给我的信不少，还有许多留着，没有遗失。我想，文字写不成，把他的书信抄出来吧，在炮声中断断续续地抄成了这八十封信。从这八十封信里，大白的性情、学问、生活、希望、和他的病情，我们至少都可以窥见一角了。

这八十封信是从民国十七年起的，十七年前的信，因为找不到了，所以没有抄写，大白是心地最为坦白的人，他信中有几个字在旁人看了，或者要觉得刺眼的，就用××来代替了。

“白屋”这二个字，仿佛就是大白的别号，他自己最喜欢用的，象他从前住在绍兴月牙池头时，在门上写着“白屋刘寓”，他的书箱上贴著“白屋书箱”的签条，他的著作有《白屋文话》《白屋说诗》《白屋联话》，所以这本收集他的书信的册子，也就名为《白屋书信》了。

二十一年三月五日，徐蔚南。

（见《白屋书信》，徐蔚南编，1932年5月上海大夏书局初版）

文学家和数学

——城东随笔之一

钟敬文

除了少数的例外，文学家，据说照例是和数学绝缘的，——至少是缺乏着较深的交情的。

这，当然不是偶尔产生的现象。它是具有着必然的根由的。一般地说，文学，是寓思考于形象的工作。反之，数学，却是极抽象地思考着的工作。（这里所谓的“极抽象地思考着”，是指它（数学）已成为了比较高级的有系统的“学”之后的事）。

因为它们两者进出途径底不同，所以一方面的工作者（文学家）对于别一方面的工作（数学）底感到陌生，甚至于畏惧，这不是一种极怪异的现象吧。

但，事实，却不是这样地单纯的。

文学创作底工作，诚然不能不着重于形象底捕捉和表现。可是，在整个作品底构成上，是需要高度的抽象思考力底参与的。事实底视察，局势底布置，以及一语一词底选择，都不是没有十分明敏的抽象的思考力，所能够轻易地成功的。（自然，这不定是作者所意识着的。）至于文学的批判、分析等方面的工作，要有抽象的思考力，才能使它进行着，这更是明白的事了。

这样看来，文学底工作，并不是绝对地和抽象的思考背驰的。反之，它是至某程度不能不和它（抽象的思考）发生关系——凭藉它底资助的。数学，是极抽象的思考的工作底一种，同时，也可说是极适宜于训练明敏的思考力的工具底一种。它不应该绝缘于文学家——否，它应该于不妨害文学家底本质的性格底限度之下，致助于文学家。

这，是它（数学）应得的合理的看待，同时，也是文学和文学家底福利吧。

去年春间，上海正给东方的帝国主义者劫掠的战争底炮火所弥罩着的时候，虽然胸襟佩着政府高级官员底徽章，其实，本质上仍属于文学家和学者的刘大白先生，在西湖旁的一座寓所里死去了。

当日，我们住在杭州的几个朋友，除了替他草草地打理丧事之外，最大的任务，就是整理那几乎占据了他底遗产底全部的数万卷书籍的事情了。

在那工作进行着的当中，我们不但发现了他所收藏的数百种国文的和外国文的数学书，且获见到他年青时候苦心撰著的同性质的文籍。

这，给予我以颇深的思索——对于为文学家的刘先生和数学底关系的思索。

刘先生在新文学运动底幼年期，是以诗歌方面的著作被知于文坛的。但从他关于文学底全部的成绩看来，比之做为诗人，却是做为诗论家，散文家的他，更来得可尊敬吧。他底对于中国古诗歌底“形态学”的精致的探究，是有卑视既往和开导未来的功绩的。可惜那部完成于死前的力作，因为某种关系，到现在尚搁闭在一家书店编辑所底抽屉里。至于他底散文（一般的论文和随笔等），那种显著地表现着的明快锐利的思力和笔锋，不是十分粗心的读者，大都能够领会到的吧。

刘先生底诗和散文有这样的成就，我们以为数学底修养，无疑是他底一个有力的助缘。

做为生活底一面，刘先生是始终具有着他底诗人的资格的。——虽然象前面所说的，他表现在诗论和散文方面的成绩，比之在诗歌中的更值得我们底尊重。他不但是新诗歌底力作者，他也是一个旧诗词底力作者。（这，单从他所遗下来的这方面的作品看，已可见那产量底丰富了。）

他底新诗歌和旧诗词底内容和形式，虽然彼此间存在着若干不同的地方，但作风上颇似有着一个共同之点。那就是大抵过于明白爽快，而略缺少着一种含蕴深醇的风味。如果容许我用文学底体裁，来做个不十分确当的比喻的形容语，那末，他底诗歌（新的和旧的），大多数，比较地是“散文的”，而非“诗的”。

这，我觉得和他底那数百种的数学书及自著的同性质的文籍，也不是全没有关系的吧。

文学家，应该和数学结缘。

但是，同时，他要留心着，使它不至于妨害了文学底本质的性格才好。

一九三三年五月二十五日于西湖

（原载1933年8月1日《文艺茶话》第2卷第1期）

范成大与刘大白

何　如

偶然翻读《石湖诗集》，觉得那位“望重百僚，名满四海”的“大参相公”——范成大，好象刘大白一样，虽是官僚，也颇同情于农民，小贩，乞丐，手工业者。不过刘大白生于现代，诗里略添一点点社会思想，似乎在学时髦。而且他的《卖布谣》一类的诗，做官以后，他就不肯下笔，他肯下笔的是想怎样改良打官话的公文，他的美丽的旧梦，给庸俗的官话喝破了！

说到刘大白的《旧梦》，这也和许多新式才子佳人一样，不外恋爱革命之类的东西，人云亦云的新生常谈，——这可不必说是老生常谈。他做到了教育部次长，革命总算成功了吧，却不曾对照古本，和他所憧憬的世界何如。恋爱虽然有诗为证，我还没有看到下文，自然，生在今日，做官而讨小老婆，那是做官须知里应有的文章，何必扭扭捏捏地恋爱呢。

范成大也是一个风雅的官僚，我们读他的《石湖词》，然可略略考见他“少年豪纵”“老恐花枝觉”的享乐生活。因为我们已经知道所谓“词”的一种东西，正是那个时代流行的活文学，好象如今《毛毛雨》一类的曲子，应当列在有闲阶级的艺术里一样。无福享受醇酒妇人歌唱的生活，是和这类艺术无缘的。生在现代的刘大白，不肯随著《毛毛雨》一流诗人去走，却想填着几首白话词，做了“词的解放”的先驱运动，可谓误人子弟了。有谁看见现代的跳舞场中，钢琴声里，歌著解放的词呢？

据说刘大白身后萧条，几乎丧葬也没有法子，倘若这是确实的话，那倒是我们应该深为叹惜的。做了大官，死了还没有钱买棺材，这样的“灾官”似乎少有，虽说教育部是一个比较清淡的衙门。部长、次长总不会一寒至此罢！范成大做到宰相一类的官，自然是阔极了。他有别墅叫做石湖，是皇帝替他题上的，他就自号石湖居士。他的朋友杨万里说：“石湖山水之胜，东南绝境。”原来他是大地主。但不知道刘大白居杭州，可有西湖别墅没有？

刘大白反对鬼话文，做白话诗，在五四运动之后，没有什么令人惊异。范成大恰恰生在这学腐儒渐渐抬头的时代，白话语录出来了，近于白话的道学诗出来了，乃至使用时事当典故的江湖诗派也出来了，他的诗要用平易自然的文字，那也是没有什么稀奇的。不过他欢喜歌咏田园山水，不抬著圣经贤传的骸骨来吓活人，那却是他比同时那些有腐儒气的诗人来得高明一点的地方。我以为范成大的《田园诗》，很能代表封建地主阶级对于田园美和自然美的欣赏，礼赞，憧憬，感伤。倘用一个譬喻来说，好象吃腻了鸡鸭鱼肉的阔人，却羡慕贫民吃的青菜豆腐。不过从他最小一部分诗里，还可以看出他关心那些困苦颠连而呻吟于黑暗之底的农民。开仓发赈，下令驱蝗，虽说有诗为证，究竟还是当官而行的官样文章一类。《催租行》写里正的苛索“草鞋费”，《后催租行》写灾民无力完纳租税，至于卖衣鬻女，这都算是为贫苦农民呼吁的诗。还有小贩那种惨苦的叫卖声音也常常使他听了难过，不免吟诗一首。他说：“墙外卖药者，九年无一日不过，吟唱之声甚适，雪中呼问之，家有十口，一日不出，即饥寒矣。”他作的诗是：

> 十口啼号责望深，宁容安稳坐毡针。
> 长鸣大咤欺风雪，不是甘心是苦心。

这比丰子恺先生一流的艺术家把老病的乞丐当米勒的名画一般欣赏，见《缘缘堂随笔》似乎来得高明多了，再录石湖两首小诗：

> 饭萝驱出敢偷闲？雪胫冰须惯忍寒。

岂是不能扃户坐，忍寒犹可忍饥难。

啼号升斗抵千金，冻雀饥鸦共一音。
劳汝以生令至此，悠悠大块一何心！

这是他在雪中闻墙外鬻鱼菜者求售之声甚苦，有感而作。倘他真把这种劳动贫苦的社会现象归之天运，这就要叫现代的革命家失笑的。再录他的咏河市歌者一首：

岂是从容唱渭城？个中当有不平鸣。
可怜日晏忍饥面，强作春深求友声。

范石湖也知道贫苦阶级有他们的不平之鸣了。所以我总觉得近人刘大白一流投机的革命诗，自《卖布谣》以下，没有什么了不起的地方。至多也只能说是他们的思想左得比白居易、范石湖稍为进步，还得感谢时代的教训。

（原载1933年9月19日《申报·自由谈》）

刘大白及其作品

杨树芳

小　序

我和刘大白的作品发生关系，是在几年前一个暑假（好象是民十九吧）；当时我到一个姓王的朋友那里闲玩，他是酷爱新诗的，就整日给我念诵：

罢了，春来了！
骄阳下照，温流上冒，
中间的一层冰，
不消融，也就崩倒！
把薄薄的新凉做就，
更一分一分的加重。

不妨的，
无路可走，
走就是了！
筑成的砌成的是路，
走成的也是路呵！

我听了的确觉着也是好，便问他的来源，他便拿一本《再造》给我，我细细地读了一遍，又发现了许多玲珑剔透的句子，和清新逼人的内容，读后真和炎热的暑天喝一杯冰淇凌一般的痛快。到北平后，便把他的诗都买来看看。别人的诗虽也读了不少，但总以读他的诗的时候为多，后来我学做诗，便自然而然受了他底大影响。

日本攻陷榆关，我跟着同乡同学们也跑回去；第二年又硬着头皮来上学时，听说刘大白死了，我当时心中不但难过，并且的确黑暗了一阵，象别人失去他们认为明星的一样。但我的明星却失败了，当时不但没有那个杂志为他出《刘大白专号》或《大白纪念号》，并且也很少有人提到他。据我所知道的，只有北平《晨报》时代批评在二十一年四月六日和十三日登有张露薇的一篇《论刘大白的诗》，其余在各种本文学史即算是《最近三十年中国文学史》也很少有提到他，有的说说，也是轻轻一带就过去。我当时真替他抱屈，以为这样一个忠于艺术的人，质的方面量的方面，都有那末许多成绩，难道真个就这样无声无息算过去了吗？自那时起，便想给他作一篇比较详细点儿的文章纪念纪念他。但也不知为什么直到现在才动笔，可是一动笔又感到极端的不容易；人总是人云亦云的居多数，见少有人提他，自己索性也省力吧。翻了几本什么《现代名人传》，连不如他的朋友甚至做小党官的都有，而竟没有刘大白的名字。更奇怪的是他的许多要好的朋友，竟没有一个人肯费些时间，替他做一个比较详细的传记来。他又没有在北平教过书，教授们知道他详细身世的也很少；笔者更没有和他见过面，所以第一步就很感棘手。现在我将从他作品中找出的零碎材料，和问黎劭西钱玄同诸师之所得，把他一生的大概轮廓描绘在下面。

刘大白的生平

刘大白初姓金；南宋时经学家金履祥，便是他的先人，那么为什么改姓刘呢？据说他们老祖先原来也姓刘的，因为避吴越王钱镠的“嫌名”讳，才改姓金，所以在民国以前的时候，大家知道大白姓金。光复以后，大白总觉得避什么嫌名讳太无聊，便不管祖先曾姓金否，一直改回本来面目。姓的问题解决了，再说他的字名。我起初只知道他是叫刘大白的，后来看《旧诗新话》页八十五仿顾贞观的《金缕曲》有：

> 弟斎持书叩，
> 上瘦红吾兄足下……

才知道他名斎。这次问钱玄同师，他说："斎字上好象还有个'靖'字，我和他没有见过面，前些年我们知道有位金靖斎，改姓刘后，大白是他的号或是改名，我就说不清楚。"无论如何吧，咱们知道刘大白和金靖斎是一个人就是了。

他的故乡是绍兴，在《〈龙山梦痕〉序》里说：

> 我的老家，是在作鉴湖三十六源之一的若耶溪的上游，作龙山正南面屏障的秦望山的南麓。我在这溪流山脉之间，曾经度过二十多年的看云听水的生活。

由此可以知道他是住在乡村，并且是一个山明水秀的乡村。

据民二十一年（一九三二）二月十六日《北平晨报》关于他死时的报告："刘大白元（十三）午在杭州逝世，年五十三"。照此推上去，他应生于公元一八七九（光绪五年），由前所引《〈龙山梦痕序〉》的两句话，知道他在二十几岁以前，是在故乡看云听水的攻读，受业师为陈莲远。直到民国纪元前二年，来过北京一次，秋间又回到故乡去了（《旧诗新话》页八十五）。在北京是作事或求学，就弄不清楚。民国元年和任瘦红在绍兴办《绍兴公报》，直到民国二年赣宁讨袁战役失败，《绍兴公报》因为主张浙江独立讨袁，被封绝命！大白便去国，往日本东京。民国三年，还在日本东京买得绘叶书（《旧诗新话》页一七二）这二年在日本作些什么，也无从查考。民国四年二月，大白同几个朋友，因为反对二十一条件，受日本警视厅压迫，离去东京，转赴南洋，流浪于新加坡苏门答腊间一年有余。民国五年春间自苏门答腊寄其友瘦红七律两首，这年夏间，浙江独立讨袁，袁氏死了，大白从南洋回国，流寓杭州。民国六年，胡适之陈独秀等人在《新青年》上发表许多文学革命的论文，和胡适的《尝试集》，震撼了敏感的诗人的心，所以他说："民国八年以后，……我底文学观念，已经变迁。……"（《旧诗新话》页二一五）从那时起，就开始作新诗了。《丁宁》内的第一首诗《盼月》是现存新诗中的最早者。自民八以至民十三来往于杭州绍兴萧山间，这时在浙江春辉中学中作事。民十三后半年到上海，任复旦大学中国文学系主任兼实验中学主任和中国国民党上海政治分会教育委员会委员；一直持续到民国十五年。民十七又到杭州在国立浙江大学任秘书长，民十八到南京任教育部常务次长，后又改任政务次长。民二十一病死于杭州浙江病院，还嘱以本人肺肠供医生化验，尸身投入钱塘江中。

关于他的家属，只知道有个儿子炳震和四个女儿。

他的明友徐蔚南在《〈白屋文话〉序》内说到他的容貌和性格，很有意思，我们照他所说的话，在脑中印下个永久而模胡的轮廓吧：

> 他的散文能写到这个地步，原因很简单，如果看见过他的人，一定就可猜想得到的。高高的前额，额顶上稀少的头发，从眼镜边缘上望出来三角形眼睛的眼光，常常闭紧着嘴似在凝集思想的习惯，一望而知是富于理智与意志的人……
>
> ——《白屋文话》页一八四

> ……人家初次和刘先生见面时，总是被他的眼光所镇压；觉得威严得有点可畏；象我和他常在一起的人，不特不觉他可畏，却反望他的威严的眼光常常超越眼镜透射出来。因为这时候，一定可以听到他的警辟的议论了。在他的房间里，实在很有味的，第一，他的房间便象一间小小的图书馆……第二，刘先生特别会讲故事……第三是喝酒，吃水果，扯铃……第四是辩论……
>
> ——《白屋文话》页一八七——一八八

大白的诗

Ⅰ 对于新诗的主张

甲、内部诸问题　大白是没有做过一篇东西象胡适的《谈新诗》，宗白华的《新诗略谈》来专论新诗，不过“诗者，志之所在”，我们可以从他的作品里，看出一星半点来：

（1）诗是怎样产生的　这个问题，在民国九年曾引起一度的争论：有的人引用歌德的话“每逢诗兴来了的时候，便跑到书桌旁边，将斜横着的纸，连摆正它的时候也没有，急忙从头至尾地矗立着便写下去”说诗是写成的；也有人说诗固然要写，但要达到“能写出”的境地，也还要经过能做出的境地；也有的说，说诗是作出来的，或进一步说诗是写出来的，倒不如说诗是吟出来的。大白更巧妙的说：

游鱼似的诗句，
在心湖里候着诗人下网：
偶然觅得，
是可喜的捕获；
偶然忘却，
是可惜的遁逃。

——《丁宁》页201

诗是自然写成的，
也并非用泪堆成。

——《秋之泪》页176

从我心里跳跃而出的是诗，
从我心里跳跃而出的是生命。

——《再造》页182

参透此诗，问题就都轻妙的解决了。

（2）诗里面净放进些什么　有人主张诗要美，所以不要把粗俗的农民和工人写进去；有人主张诗要能表现时代，不要只躲在象牙之塔内哼哼什么“我爱……”“小妹妹”等肉麻的调子；更有人反对以诗说理，因为诗是真情流露，并不是作论文。可是大白是多方面的，自己感到的就写，并不限定诗只能做某一阶级的工具，这留在后面再详细讨论。

乙、形式问题　大白本来是精研旧诗词的，所以他这方面的造诣很高（后节详说），而居旧诗最重要地位的韵律，他研究的极透辟，民国十一二年他在《时事新报·学灯》栏里，曾经为胡适的《小诗》中的《想相思》和胡怀琛开了一次很剧烈的笔战，讨论双声叠韵和句中押韵；又有《读楚辞韵例》和《楚辞文艺杂论》；《关于“八病”的诸说》，《中国诗篇的分步》等都收在《白屋说诗》中。在《旧诗新话》内也很有几条——如《楚辞中用双声叠韵》，《八病正误》，《毛诗的用纽》，《毛诗以后的停身韵》等——是讲韵律的。但这都是零星短篇。成系统的论述，是在《小说月报》第十七卷号外发表的那篇《中国旧诗篇中的声调问题》他把中国诗的声调用了极精密的科学方法，分析综合了一下，把诗篇各部分的名称确定了，把声调构成的原因说明了。那真是一篇极重要的东西。那末他对于新诗的形式，究竟如何主张呢?

（1）是比较偏重内容律的。大白很赞成章学诚的

> 古诗去其音节铿锵，律诗去其声病对偶，并且去其谋篇用事琢句炼字一切工艺之法，而令翻译者流，但取诗之意义，演为通俗语言，此中果有卓然其不可及，迥然其不同于人者，斯可以入五家之推矣。

一段话，又引其友梦麐一段趣语：

> 新诗是西洋的裸体美人，旧诗多数是上妆台的梅兰芳。如果把梅兰芳底脂粉钗环裙衫鞋袴洗剥净尽，不过是一个精瘦枯憔的鸦片烟鬼，还成什么东西？所以新诗易做而难好，旧诗难学而易工。

表示非常的赞成，这可见大白的倾向。

（2）在可能范围内要利用固有的外形律。他“是主张诗体解放的，并不主张诗篇非受外形律底束缚不可……但是同时也承认诗篇并

不能完全脱离律声，……外形律能增诗篇底美丽的功用，是相对地承认的”。但他不很赞同利用外来的律声，因为西洋为偶音数的律声，比较着很单调，中国为奇音数的律声，变化很复杂。所以“如果……于诗体中加一点规律的话；与其贩卖舶来的偶音数的律声，还不如采取固有的奇音数的律声”。

（3）创造新声调。他说：“四声的不同，是高低不同，……而平仄不同，却不在高低，而在平实和曲折，但是平实和曲折……在我们口中却没有公同显明的标准，不比以轻重为抑扬或以长短为抑扬的标准显然。所以平仄这件东西，实在早经破产，而不足为构成抑扬律的工具了。……是旧声调失却灵魂而崩坏。”“然而声调也并非可以完全废弃的”，所以“我们自然有创造新声调必要了”。究竟如何创呢？他以为应：

> 相当地采取旧声调底规律，把较繁复较严密的弃去了，而使用一种新的抑扬律，仍旧保存平仄的名目，而改换平仄的性质；平仄的性质如何改换呢？应该废去平实和曲折的标准，而改用轻重的标准。以平为重音，以仄为轻音。

“至于如何相当地采取旧声调底规律，弃去其中较繁复严密的，我以为：

1. 应该打破均等的等差律，就是各篇的停数，各停的步数，各步的音数，都不妨参差而不取严格的均等。

2. 应该打破严格的对偶律，但有时略略参用对偶，也是不妨。

3. 应该酌量废去整齐的声的反复，就是不全用五七言律体诗式的声的反复，而相当地采用词调和曲调式的声的反复。”

Ⅱ 创作

A 诗集之产生与经过。在新文学革命运动以前大白是作旧诗的。他作新诗，是从民国八年开始，接着民九，民十，十一，十二，十三是产量最丰富的时期。民十三以后，直至民十七才又有《堕泪》。旧诗不很多，没有专集，只在《旧诗新话》中，保存几首，在新诗集中也有一两首零星地存留着。新诗第一集名《旧梦》，民十三在商务出版；后来因为种种的不快，象他在《〈邮吻〉付印自记》内所说的，自排印到出版经过二十月之久；出版后的版式，装订排印都特别坏，而广告牌上的书名，竟写为梦旧等，所以大白便一怒而《撕碎了旧梦》化为今日的《丁宁》，《再造》《秋之泪》《卖布谣》，改在开明出版。“《邮吻》是《旧梦》以后一部分诗稿的结集。”问世的诗集有这五本，“其余的一部分，合两年以来的境遇有关的，至少，在现在不愿意发表——也许将来成为遗稿，等人家来搜集整理；——”不幸他在《〈邮吻〉付印自记》内的话，竟成为谶语，我们很希望接近他的人们，把他的遗稿，搜集整理，以飨世人。

B诗集分类

（一）旧诗。所作一定很多，他只择其尤者，在《旧诗新话》内借着故事，发表了《双红豆》《爆竹诗》《眼波》等十一首，其余在《丁宁》中有《立秋日病里口占》《促织》《春意》《雨里过钱塘江》等四首；《再造》中有《湖滨之夜》一首；《秋之泪》中有《梦之怀疑》一首。

（二）新诗

a抒情诗：此类最多，而最好的表现在《邮吻》。

b说理诗：这类诗差不多都在无题诗中而丛集于什么群之下的群诗中；如《泪痕之群》《落叶之群》等都是。固然群外也有说理诗，群内也不尽是说理诗，不过举其大约而已。

c平民思想的诗：这类诗界限很显然，大多数都在《卖布谣》中，虽然其他集中也有一两首。

C大白诗之特点。张露薇君在《论刘大白的诗》头段，有这么几句话：

> 他有伟大诗句，可惜未曾为人所歌颂；他有沉挚的诗情，可惜未曾为人所珍重……一位可怜的诗人，虽然忠心于艺术，却被许多读者所遗弃了。

又说：

他的诗，没有胡适式的浅薄，没有新月派的空虚，没有模仿法国象征派者的怪狂，没有普罗作家的空喊口号，他有自己的情调，一般人不注意及之，也是很使人纳罕的事。

的确很纳罕，象看十年也不懂的诗行如

君不见高邱之坟冢的安排?
有无数蝼蚁之宫室，
在你耳朵之左右，
沙石亦遂销磨了。

也居然有人捧臭脚说："它们是现代人在现代生活中所感受的现代的情绪，用现代的词藻排列成现代的诗形。"而大白意境高超词句清新的诗，反少被人提及，这原因恐怕就是"……因为他未曾加入高呼口号而结党营私的俗流……"的原故吧?

大白诗的特色依我看有：

（一）从旧诗词蜕化出来的。中国新诗在初期一直到现在的许多人，是专以模仿西洋为能事的。郭沫若甚至常有许多诗行里面嵌入英文字，形成一种莫名其妙的怪物。大白是不主张完全模仿的，他在《新律声运动和五七言》中说："近来那些欢迎泊来的有比较整齐的停数和音数的律声的，似乎并不曾采取欧美诗篇中抑扬的反复，而只是采取了他们底音数律和停数律。"一方面他旧诗词的根基也很深，所以自然常常带些旧诗词的特色。如《丁宁》第一首《盼月》。

总为你比日虽幽，
比星却朗，
光明还大!
……
到初三才象个钩儿挂；
到十三算象个球儿赛；
到廿三又象个弓儿卸。
……

又如《秋之泪》中《红树》

谢自然好意，
几夜浓霜，
教叶将花替。

算秋光不及春光腻；
但秋光也许比春光丽；
你看那满树儿红艳艳的！

旧诗词的气味都很重，其余象《花间》《西湖秋泛》《归梦》《春半》《别春去》等，都是这路句法。至于《送斜阳》《醉后》《寄影》《双红豆》《湖滨晚眺》更是按谱填词。更有双声叠韵和叠字的应用，也数见不鲜。用双声最明显的例子是《偷听》，“其中多用舌尖音的字。计四节二十四行一百五十七字中，用端纽的字二十五个，透纽的字三十三个，定纽的字四十三个，来纽的字二十三个；共计用舌尖音的字一百二十四个”。叠韵的词几乎每篇都有；错错落落，隐隐默默等叠字，更是举不胜举，这个虽不一定说是长处，但总是最明显的特色之一。

（二）字句之清新隽逸。读新诗除了闻一多徐志摩朱湘等几个人的诗句，有时使人感到美感外，其余大多数是粗制滥造随意安排，有时竟会使人对于他所说“我写了一首诗”一句话，发生怀疑。大白则不然，他并不使人觉得他在很吃力的去琢字炼句，而清新的字眼俊逸的句法，都现在眼前，正如旧小说内所描写武艺超群的将军挥大刀如风，而气不发喘面不改色的一般。我们且看他的成绩吧！

1. 字法。“一寸一寸地向西褪”的褪字；“杵也似的捣我的心坎”的捣字；“绿了多少田畴”和“黄了多少林壑”的黄字绿字；“短歌离了她底两唇”和“一声声飞出箫唇指缝”的离字飞字；“泪痕界破了笑靥”的界字；“还驮着斜阳去回”之驮字；“把斜阳掉在江上”的掉字。

2. 句法。“一抑一扬一扬一抑地被阴云压下了，吹不破郁幽杳霭的黄昏”。“这秘密的黄昏，一霎时吞了斜阳，又一霎时吐了明月；

她虽没光明，却仿佛怀着光明的妊。”“在鸦头燕尾间的一闪。”“总扶不起树底残红重上枝头来。”“玻璃砖也似的春寒，压扁了茧也似的梦儿。”

（三）意致的缠绵和委婉。大白是最富于情感的，以其泪之多可见一斑。“我的心窝，是一眼通恨海的泪泉之井；我的双眼，是两个汲泪泉的辘轳……”（《泪泉之井》）他的泪有“快泪”有“痛泪”；更有“比明珠还贵重”“为恋爱而流，为相思而流的泪”。（《泪痕之群》）甚至以《秋之泪》名一集诗。《秋之泪之群》四十五首；《别后之泪》二十四首；《答恶石先生读秋之泪》十三首，每一首都是有“泪”的存在的。这样富于情感的人，作品当然是缠绵委婉，不信且看：

我愿把我金刚石也似的心儿，
琢成一百单八粒念珠，
用柔韧得精金也似的情丝串著，
挂在你雪白的颈上，
垂到你火热的胸前，
我知道你将用你底右手掐着。

当你一心念我的时候，
念一声“我爱”
掐一粒念珠；
缠绵不绝地念着，
循环不断的掐着，
我知道你将往生于我心里的净土。

——《我愿》

是不是缠绵。其余如《双红豆》《丁宁》《一丝丝的相思》《寂寞》《失恋的东风》《月蚀》等没有一首不是柔腻凄恻，令人感动的。我们再看：

听说秋海棠是泪化的。

但我不愿我的泪化作秋海棠，
我愿化作秋露，
遍洒秋海棠上，
洗去她底憔悴可怜之色！

——《秋之泪》第二十

和：

窗间的蜂儿，
何尝不认识光明；
但要从玻璃上求出路！
未免太不量力吧？

——《泪痕之群》四十六

是不是很委婉。还有《归梦》《西风》《露的一生》等，皆能委曲婉转，曲尽其妙。

（四）境界的高超。王国维氏的《人间词话》，是以境界论词的；须知有境界即不易，境界高更不易，其他如关于琢句炼句，皆可以力达，惟境界一层，则非天才莫办，他的诗中如《深秋晚眺》

梦也似的斜阳，
给隐隐的青山，
蒙起微殷的面幕了，
娇羞得很啊！

落叶比潮还急，
西风被埋怨了；
为甚拥抱着疏林，
狂吻不休呢！

默默的晚秋，
告诉暮鸦说：

"别'归呀！归呀！'地催促呀！留也不久了"。

和《秋晚的江山》

归巢的鸟儿，
尽管是倦了，
还驮着斜阳回去。

双翅一翻，
把斜阳掉在江上；
头白的芦苇，
也妆成一瞬的红颜了。

都是最好的例子。

（五）前进的思想。大白的眼光最犀利，情感最丰富，所以对于这矛盾的社会，便感到极端的厌恶；在《〈龙山梦痕〉序》内说："我对于故乡底社会，故乡的城市，以为正跟故乡名产臭腐牛乳一样，是霉烂了的，——不但霉烂了，而且被满身粪秽的逐臭的苍蝇，遗下了无数的蝇卵，孵化成无数毒蛆，把它窟穴而糟踏得龌龊不堪了的，所以不但厌恶，咒诅，甚而至于骇怕了。……"

由于这种极端的厌恶，便生出改革的决心来；所以他便说"无路可走，走就是了"。（《泪痕之群》四十八）"惯从一重一重逆境中，开辟出一重重奇境。"（读《慰安》）"从过去中求得未来的教训是甚么——革命"（《国庆》）"能洗净这恶浊的世界，能补完破碎人生的，只有如潮的热血吧！"（《泪痕之群》一二七）由于这种向上的决心，便很同情于被压迫而为革命原动力的农民和工人，替他的革命的朋友周刚直"落红豆也似的红泪"祝农民的代表"'成虎不死'"。你看：

没钱完捐，
夺布充公；

夺布犹可，
押人太凶，
"饶我饶我！"
"拘留所里坐坐！"

——《卖布谣》

和

渴杀苦，渴杀苦！
田干稻枯，田干稻枯！
渴杀稻田，苦杀农夫！
脚踏桔槔，心如辘轳；
心焦力乏，汗下如雨。
身上有雨，天上偏无；
怎得天上雨点，
也同身上汗点一样粗？

渴杀苦，渴杀苦，
渴杀稻田，苦杀农夫！
回头看田主，高堂大厦，闲坐等收租！

——《渴杀苦》

有多末沉痛，作这诗时才是民国九年，和十一年；在那时，大白就能生产出这样的作品，比较现在所谓普罗诗"请看呀！资本帝国主义的社会在崩溃。""帝国主义者在准备着第二次大战"。除了几个口号以外，什么意义也没有的，不高明得多吗？所以大白是表现时代的，是时代的前驱，更是同情农民的第一人。

D 大白诗的缺点。普通批评人家的坏处，总说两点好处；指示出优点后，也得说几个劣点，现在我照例也吹毛求疵地找出几个劣点来：

（1）缺乏新的形式及新音节新韵律。各民族的文学，是互有影响的；并且受一次影响，便急速的发展一次，这是极平常的事，差不多人人都知道的。关于新诗的声调，象他说的：

> 所谓创造，决没有完全脱离因袭的……不能用一种完全人工创造而脱离因袭的新声调，使它突然地起来取而代之……

固然也有道理，但总不如闻一多说的：

> 我以为新诗简直是新的。不但新于中国固有的诗，而且新于西洋固有的诗；换言之，他不要做纯粹的本地诗，还要保存本地的色彩，他不要做纯粹的外洋诗，还要尽量地吸收外洋诗的长处；他要做成中西艺术结婚后产生的宁馨儿……

较为完全，大白差不多可说是纯粹的本地诗；不是象他说的"……我自己底作品，因为吃了中途放脚的亏，常常不自觉地把旧式外形律的姿态露出来……"，就是只注意白话，别的便一概不管；结果有的内容很好的，装进一个不文不诗的皮囊内，这不能不说是一个缺点。

（2）浅薄的象征主义。论起大白的说理诗，大多数还算成功，但有一部却过浅薄，如《救命》：

一个活跳的人，
掉下在一眼深深的井。
井里面又黑暗，
又潮湿，
又冰冷。
跳是跳不出，
活也活不成，
没奈何大声地喊"救命"。

旁人听了他"救命"的喊声，
赶紧地挂下一条长绳，
叫他双手牵着绳头儿上升！
"喂，朋友！
你要活命，

你要自己起劲！”

呼！呼！！呼！！！抽……
抽了一个空。
不知是他底手儿不动，
还是牵得太松？
“喂朋友！
你要是不起劲呵，
单靠着我的起劲，
一点也不中用！”

还有《石下的松实》等都是这样，和胡适的《乐观威权》等相伯仲；无论按品格说按境界说都很低。

（3）艺术手腕的不完整。一个人的长处，同时常是他的短处；大白的诗，有时太缠绵了，便失之累赘。《谢TH的信》，是最明显的例子；《爱》，《别后之泪》内许多首，都是犯这个毛病。还有许多首大部分很好，或前一段很好，其余便不大高明，因而不能认为是完美无瑕的艺术精品，如《春寒》《白马湖之夜》等都属这一类，这也得说是一个缺点。

得了，关于他的诗，就说到这里吧。

大白的其他著作

大白是一个诗人，他的著作自以诗集为最重要，但其他的著作，也值得我们注意一下，兹介绍大概如下：

（一）《中国文学史》

《中国文学史》是大白的遗著，他虽不是专攻文学史的人，但这部书作的却不坏，和现在国内所有的文学史著述比较起来，还够上优等的作品；这个我们只消指出几个重要之点，和一般的文学史比较就可了然：

（1）对文学史的态度。一般作文学史的，其所持的态度，不外整理和研究两种（那些为投机出风头而从事抄录改译的，自不足论，）整理偏重对材料的发现与获得；研究则注重问题的分析与考证；前者如郑振铎著《中国文学史》，后者如胡适著《白话文学史》，这两种作法，都是必要的，不过其价值每重于历史而轻于文学。所以大白遂提出一个新的态度来——就是鉴赏的态度。他以为看文学史象游览名胜一样，应该领略其山川之奇异，林壑之幽美，文学史的著述，应成为鉴赏过去文学的指南，使读者从文学史中可以领略出某时代文学作品的特色，并且作为自己创作的帮助。所以他说：

> 这种文学上的游览，能使咱们知道古人创作的能力如何；内容的思想情感如何；外形的体裁音节如何……而且可以翕受了他们的感染来熔铸成自己的思想情感体裁音节，一试自己的创作手段——第一篇引论页六。

（2）范围的确定。确定范围，是研究历史比较困难的事，特别是文学史。因为中国的文学作品，很不容易定出一个标准来；所以在过去往往把中国文学史作成中国学术史，直至晚近，此弊犹不能免（如郑著《文学大纲》，钱基博著《现代中国文学史》）大白对于此点，可说是最成功。他说：

> 咱们现在只消认明文学的具体分类，就是诗篇小说戏剧三种，是跟绘画音乐雕刻建筑舞蹈等并列，而得为艺术的一部分就够了。既然知道只有诗篇小说戏剧才可称为文学，自然不至于把这三种以外的非文学作品，混入文学范围以内，而知道咱们所讲的中国文学史，实在是中国诗篇小说戏剧历史——页十。

这种范围是具体的多了。不过因为中国文学体制的名称，比较的繁多，就字面看诗篇戏剧小说，很难包括净尽，小说戏剧问题还小，诗篇尤甚。冯陆合著《中国诗史》，而不列《哀江南赋》，读者曾持异议（注）原因就是没有具体的标准，大白于此特别注意，他很肯定的确定中国诗篇的范围，应包括下列几种东西：

（1）四言诗　五言诗　七言诗　杂言诗

（2）词

（3）曲

（4）辞赋

（5）骈文

（6）联语

这种范围的划分很少先例，但是在大白却有一定的具体标准。他根据诗的外形律和内容律，这些东——西词曲辞赋，都应列入诗篇内。（详细说明见引论页三十一三三）

（3）历史的方法。材料的发现，问题的考证，未始不是有价值的工作。但是历史的任务，不仅在材料的整理，而在究明变化演进的痕迹；一般编著中国文学史的人，多半忽略了这点，读了一部文学史，比读一部历代文选，和历代文学家传略，差不多少，这是我们最引为遗憾的。大白则能于此处注意，他每逢讲到某一时代，必要指明这一时代文学的主潮；讲到某一种文体，必说明它的起源和演变；讲到某一作家，必定考明他的作风来龙去脉，和对后世的影响。

例如讲春秋战国时代的文学，则指出两个主潮，即：《诗经》为北方民族文学代表，《楚辞》为南方文学代表，而荀卿则为南北文学合流的代表，原因则以荀卿为赵人，后仕楚，故其作风既类《毛诗》，又近《楚辞》，李斯的文学作品并不多，所以从来讲文学史的，也都不大重视他，但大白则很注意他的地位，所以他说：

> 它（指李斯作品）底应用反复律的韵底反复，比《毛诗》《楚辞》和荀卿的《诗赋》，都来得整齐……而且也是南北两方，蛮汉两族文学所衍而开后世铭刻文学的先河，所以在中国文学史上，也占有相当的位置（第三编页一二二）。

又如他讲《楚辞》对汉代文学的影响说：

> 从《易水歌》《松柏歌》《梦处女歌》等作品中，我们可以看出《楚辞》的流风在那时候（秦）已经推衍到北方了。所以汉初的

文学作品，都带着楚声。——页一二五

看了以上几点，我们可以知道大白虽然不标出什么主义什么方法，但是他的《中国文学史》却能成一家之言了。大白虽不是文学史专家，他的著作，还能够得上一流的作品。所可惜的就是大白这部文学史，只讲到唐代，五代以后，不知还有存稿否？一部精美的著作，不能成为完璧，是使人深深感到惋惜的。

（二）《文字学概论》大白的思想，总是站在时代前面，同时他是研究过数学的，所以他无论研究什么东西，总是拿最新的眼光，整理出一个很精细的系统来，对于文字学也是一样，所以他对于《说文序》讲的文字的发生与变迁，是不信任的，他对于《说文》一书，也不崇拜，把它看成王安石的《字说》一流的书，他在《文字底形态》篇内说：

> 然而现在所见到的文字，比许氏更多了，而且比许氏所见到的更古了。看了这些更古的文字，再回头来看许氏的解释，觉得他有许多都是瞎说；而《说文解字》这部书的价值，简直合王安石底《字说》差不多。

其实呢？他全书中举甲骨文时仅“宫”“行”二字钟鼎文一个呢没提；讲到六书中的象形，他举例时，仍用说文的解释，或者加以引申，譬如“夕”字，古金文作❫，甲骨文作D，象月形，古与月同，今用夕为莫，乃引申之义，而大白仍从许氏，谓：“莫也，从月半见。”又如“不”甲骨文作不，古金作不，象花萼形，为“柎”之本字。如诗“鄂不韡韡”，即用“不”之本义，今用为否定词，乃假借之义也；而大白仍从许氏，谓：“不，鸟飞上翔不下来也；从一，一犹天也，象形。”

因为他不懂甲骨与金文，所以他的眼光虽新，也不能有所发明。

但第八篇《文字底声韵》，讲得很好；因为他对于音韵有较深的研究，在《白屋说诗》，《旧诗新话》内，有许多关于音韵研究和辩论的文字，所以他讲这一节，能有独特的见解。如页一二五所载：

> 《说文解字》中所载的形声字和转注字，说解中都载明从某，某声。从某的某，是形符或意符；某声的某，就是声符。咱们可以推想，古代同从一个声符的字，最初都是同一个发音的；后来依着人类发音的次第，渐渐变迁，所以韵部虽然大多数没有改变，但是发音却各有不同了。不过，它们同从一个声符的一群当中，或者有几个还保存着最早的发音或是较早的发音。所以咱们现在把同从一个声符的字，合作一群，并且依着人类发音的次第，排列起来，就可以看出它们变迁底痕迹，而且找出它们这一群最早的发音或是较早的发音来。

还有页一二七、一二八的：

> 发音相同的字，意义往往相同或相类，这原则的逆推，便是义近声同。虽然逆推起来，未必全对，这种逆推的原则是不可以滥用的；但是在合乎发音变迁的条理下面，有时也可以应用。所以咱们固然可以从声同而知道义近，也可以从义近而知道声同。有些义近的字，在古代本来是声同（就是发音相同）的；后来因为发音变迁着，一个字底声变了，一个字还没有变，于是成为声不同了。现在应用义近声同的原则，便可以认出声变的字底原声来。

都是他个人的发现，在别的书中是找不到的。他这本《文字学概论》，虽然编得不十分好，但有讲声韵的那一篇，也就很值得我们一观了。

（三）《五十世纪中国历年表》。这是很重要的一部工具书，分正表附表两种，正表从神农元年起，至民国八十九年止，计五千二百十八年。附表分十四种，凡是中国混乱时代，把各霸一方互不相属的诸王侯，都合公元对照写下，共有十四附表，计：周秦之际七国表一；楚汉之际表一；两汉之际诸国表一；汉末三国表一；晋汉十六国南北朝表二；隋唐之际诸国表二；五代十国表二；五代两宋辽夏金元表一；元明之际诸国表一；明清之际表一；太平天国表一；排列的次序为公元，民元，干支，国号，帝号，姓，年号，年数，一一都对照起来，看着非常醒目，所以研究历史或文学史的人，即算普通读书者，这一部书都非常需要，因为它的确能给我们把历史的观念正确一下。

（四）《白屋说诗》，《白屋文话》，《旧诗新话》《白屋说诗》这部书，正如他《自序》内所说的，是随手把对《毛诗》的见解，写出来给《复旦周刊》充篇幅，后来因为想出版，只有十节说《毛诗》太少，又没有工夫续写，所以把十年来各种说诗的旧稿，整理出来，合起来印成此书。讲《毛诗》都是用最新的眼光，来重新估价，如讲《绿衣》（《邶风》）为一篇悼亡诗成念旧诗；讲《卷耳》说是“思妇想念出外的丈夫的诗。诗中第一章‘嗟我……’的我，第二节三两章两个‘我姑……’的我，是思妇自指，是单数的我；其余‘我马……’‘我仆’等四个我字，都是兼指丈夫而言，是复数的我，等于现在北京话中的咱们……”都有特见。其第二部分中主要部分之双声叠韵和句中用韵问题，是和胡怀琛辩论的《孔雀东南飞底时代问题》，是和马彦祥曹聚仁辩论的；《毛诗·邶风·静女》底讨论，乃是当时一幕剧战，参加的有顾颉刚魏建功董作宾等四人，《古史辨》上也都载着。这些文章，差不多都是各是其是，没有得结论；至于对于韵声及诗篇的研究，自是他的特长，前面已经提过，兹不再赘。

《白屋文话》是在他百忙中被徐蔚南逼出来的东西，所以它尽管具有明畅的文句，充满着咄咄逼人的气势，但顶多不过象胡适所说“只是要正名责实要革掉文言的头衔……要改正‘白话文，的名称……叫它做‘人话文’”“壮一壮人话革命军底声威”而已。蒋梦麟题作“人话革命宣传品”，真是再恰当不过。所以我认为这是大白作品中价值最低者。

至于《旧诗新话》呢，就比较重要多了。这部书共六十条，大概分为三部分；一是大白所赞赏的诗，于举出例子后，接着把他对它的意见述说出来，如《当窗织》和《采桑词》《郑板桥教子》《牛行迟》和《柘皋老妇行》等三十五条都是。一是对于声韵的研究，如《无韵诗》《楚辞中用双声叠韵字》《新律声运动和五七言》等十二条是，再就是他自己认为最好的旧诗词的来历和故事如《双红豆》《新相思》等十三条是，大白旧诗词，在同时人好似没人赶得上他；《双红豆》前后四首，固然缠绵凄艳，即如《界树晚望》：

槿篱曲曲雨初过，
好趁新晴晒旧蓑。
几树绿杨遮不住，
渔家门外夕阳多。

和风云一绝句：

云心每妒天无垢，
风力常教水不平。
著眼是非功罪外，
英雄毕竟误苍生。

是很易得的句子吗？所以想知道他对诗的眼光，或赏识他的旧诗；只能在这本书中得到。

余论

大白虽在国事蜩螗中，被人很不注意的死了，但我总觉得他不是常人，对社会对民族不是毫无贡献的人。原先我本打算给他作评传，但太困难，为一个人作评传，最低限度对于他的生活，环境，得知道的非常清楚；但关于他的材料又那样缺乏，只关于他的略史，我辗转访了几位老师，所得仅如是，所以我不敢做评传，才标了现在的题。最后访周作人先生时，他替我介绍了一本《大白尺牍》，和两位朋友，日后有暇，当更作一刘大白评传，今日我只能写到这里了。

廿三年二月三日于白庙宿舍

（原载1934年3月《师大月刊》第1卷第10期）

关于刘大白先生

——序刘著《故事的坛子》

钟敬文

一

刘先生故去已二周年了。

刘先生底身体，虽然已离开了这人间，但他的精神，却不是和它一样地离开了的。他底许多心血结晶的著作（诗歌、诗论、文学史等），此刻不是正在做着这人间读书界的益友或良师么？不但现在是这样，将来也许仍然是的——虽然程度上或要有些差别。从这方面看来，刘先生确是没有——至少没有整个——离开了我们生活着的这人间的。

虽然这么说，但我们总觉得有些欠缺似的，至少在我们这些和刘先生平生有着友谊的人要这样感觉着。因为我们是不能够再有机会地亲炙他那俊俏的风采和爽利而时带谐味的言谈了。况且，不知他还将以怎样的贡献给予这人间呢，假如让他健康地再活上十年乃至二十年的话。

二

刘先生的才能和学绩，是颇为多方面的。在一般的人虽然或许不很知道，但在刘先生自己对它确曾用过一番苦工，并且有着相当的成就的，那是关于数学方面底研攻的事情。

就已刊行了的和待刊行的许多著作来看，把刘先生当做一个“诗人”，是没有什么可疑的吧。他底诗作（无论新的，抑或旧的），也许不能说其中全没有可议的缺点——其实，古今中外许多诗人底著作中，说它绝对没有可议的缺点的，那恐怕是一句谎话或傻话吧，——但无论怎样，它是有着那独自的风格的。

虽然有些诗作家，同时也就是诗论家或诗史学者，但多数的诗作家，却是和诗论或诗史底研究，不发生什么关系的，否，他们往往竟是那种机械工作底厌弃者或敌对者。刘先生是属于前一类的，还是属于后一类的呢？这是无需以我底口来回答的，因为凡读过刘先生生前发表过的许多散文著作的人，都能够瞭然的吧——虽然刘先生那部写成于临终之前而可算是他这方面底最高的成就（同时也就是在我们这国都里底关于这方面底最高的成就）的著作，还做为遗稿而在等候着那“问世”的机会。

于诗论之外，关于文字以至于一般的文学底理论的或史的探究，刘先生也不是一个和它不发生关系的人。更正确一点说，刘先生，在这些方面，也是显现过身手来的。

还有一点，我们得提到的，那是做为在较广泛意义上的“社会人”的刘先生。正象他在书斋里学艺底研究上，是有着相当的成就的，做为社会人的他，也不是一个战栗于权威，盲昧于真理的人——他是有他底强味的。当中国底民族革命——对于异族的满人底革命——将兴起的时候，他是以火样的热情来作赞助的歌吟。到了袁氏称帝的时候，流亡在海外的他，又不绝地以笔杆当做挞伐的武器。至于新文化运动之后，他底反封建文化的思想和实践——那不留情的辛辣的言论和态度——更是知道刘先生故事的人所不能忘记的了。

我不敢说，刘先生是我们时代底最领导的最杰出的学者或英雄，但我相信他确是曾经活动在这个时代里而相当地完成了他底任务的——他不是冤枉地白来了这五十年的人！

三

现在，我们要谈到刘先生底另一种工作，这就是关于本书所收的民间故事底记录。

这个工作，有人要看做他底学绩底“余兴”也未可知。但我以为与其这样看，实不如把它当做他底整个的学绩和生活态度底部分的表现为更妥善。

为什么呢？

刘先生底记录这些故事，并不是为着消遣或者好奇一类的较低等的动机，却是以为着学术底严谨的心情而着手的。换一句话说，他是正确地——最少是比较正确地——认识了这些民间作品底科学的和艺术的价值，而才勤谨地来从事这种工作的（关于这，从本书卷末所附录的那些文章里，可以得到一些有力的参证的资料吧）。

刘先生底这份工作，在许多同类的业绩里，确是一个不可淹没的秀拔的成就！他的态度是这么诚谨，他底笔致是这么平易清畅。我们不想拿什么德意志底格列姆，挪威底阿斯卑龙逊，乃至于新近逝世的日本底佐佐木喜善等来相比拟，但我们总觉象这样忠实而不流入于一般所易犯的恶劣的“民间传承”底记录，是颇合理的，相当地典型的，至少，这在我国过去许多同类的工作中，是不失为比较值得称许的。

在这个新学术工作底园地里，刘先生不是一位揭竿而起的人物，这，我们当然是承认的。但是，他无疑是这做为新文化运动一分支的“民间文学运动”底有力的参与者！为了他底毅力和地位等关系，他这种工作底直接的和间接的影响，也是不很小的吧。

四

本书所收的许多文稿（有些是印稿，有些是手抄稿），压在我底书箱里，是经过一年以上的时日了。

把这些纵纵横横的文稿，快点整理好印了出来，这自然是我底责任，同时也就是我底心愿。但为了每日不是忙于给别人唱书或涂改著作，便是忙于为自己的贪婪的阅读，还有，象那不能避免的俗务底纠缠等，这些，交替着围困了我，使我不能不放弃许多责任上所应做的和心愿上所想做的事情。这些文稿底编纂的工作，就是在这样的原因之下搁浅了的，——虽然为着预备同时写出一篇篇幅比较长些，内容略带研究意味的序文，而不肯过于苟且地从事，这也是那实在的原因之一。

现在，不能让我把这个工作再往下推延了，因为我此刻正准备着到外国去。什么时候是我重回到这破碎的故国来的日子呢？自己也很难完满地回答。老让这些文稿凌乱地卧在箱子里，这无论对于故人的刘先生，对于一般的读者，都不免要感到一种很抱歉的心情吧。

编纂底工作，现在总算勉强成功了。我所负荷的（同时是心愿），大体虽已了却，仍但不免略有遗憾的地方。这就是因为那篇久拟写的并且应该写的所谓“带研究性的长序”，一时是不能和这个集子底初版同奉献于读者诸君之前了。纵然补过或有机缘，但眼前底耿耿是不容易免除的。

天气是这样寒冻。此刻，我对着刘先生底遗文，来草写这篇小序，一方追想他生前对于我的诱掖奖励，而深感到努力向前底勇劲，同时，眺望着窗外凝谧的灰云，又默感到人间底寥廓。

一九三四，一，一四，于杭州。

（原载1934年4月《文艺茶话》第2卷第9期“纪念刘大白先生特刊”）

刘大白的诗

赵景深

刘大白是这位绍兴诗人的号，原名靖裔，于今年（一九三二）二月十三日在杭州钱塘路九号本宅内病故。他的功绩，与其说是仅在于他所创作的诗上，还不如说是更在于他的诗律研究上。他的不曾出版的《中国文学史草创》听说是一部好书，里面颇多创见，即就《文学周报》所刊载的论戏剧的一节看来，亦已不凡。《白屋说诗》中声韵形式的讨论，（曾刊《小说月报》）以及《旧诗新话》中的《八病正误》也是极有价值的。不过我现在所说的不是他的文学研究，倒是他比较次要的诗。

刘大白的诗集已出版的有五种，即：一、《丁宁》（一九一九—一九二一），二、《再造》（一九二一—一九二二），三、《秋之泪》（一九二二—一九二三）、四、《卖布谣》（一九二〇—一九二二），五、《邮吻》（一九二三—一九二六）。前四集即商务以前所出的《旧梦》所改编分化，似乎还在《秋之泪》里添了几首近作，即：一九二八年的《堕泪》、一九二九年的译诗《静女》以及一九二六年的小诗《孤树》。除了《卖布谣》是分类编辑，似有意补助农民教育或特立一体以外，其余四集都是编年的。

刘大白所代表的自然是第一期的新诗，也就是从旧诗脱化到新诗过渡期间的诗，也就是胡适所说刚放了脚的缠脚妇人。他与胡适、刘复等是同属一类的。胡适的《尝试集》内有旧诗另辟为《去国集》，康白情则将再版的《草儿》分为《草儿在前集》（新诗）与《河上集》，他如较后的严既澄的《初日楼少作》，沈尹默的《秋明集》以及钟敬文的《偶然草》都在表示对于过去诗体的怀恋。在刘大白的各诗集中，也散见许多旧诗词：五绝有《春意》六首（《丁宁》），七绝有《湖滨之夜》（《再造》）、《雨里过钱塘江》、《立秋日病里口占》、《促织》（《丁宁》），五古有《腰有一匕首》（《秋之泪》），词有《醉后》（《浪淘沙》、《秋之泪》）、《双红豆》（《长相思》）、《湖滨晚眺》（《菩萨蛮》、《邮吻》）等。词均不注明调名，诗亦不注明体裁。这些旧诗词写得都很好，即使不全是最好的诗，但也寻不出一首最坏的诗。其中的佳句有：

夜深长抱西湖卧，
不及青山福分多！
——《湖滨之夜》

两岸青山相对坐，
一齐看我过江来。
——《雨里过钱塘江》

倘若张先别名张三影，那末刘大白也许可以名为刘二山了。

作者的小诗在《丁宁》，《再造》，《秋之泪》中共计三九一首。在这近四百首的小诗中，很少有几首好的。最好的自然是《孤树》的第一、二首，也就是最后所作的小诗。此外可举的是《落叶》第二三，《旧梦》第二五，《泪痕》第九三这三首。现录《孤树》第二首：

一夜西风，
当前的秋林也瘦了。

这是最纯粹的，最完整的，最有诗意的。其他三百八十几首诗，不是太理智，便是太不柔和。作者的诗已经吃亏在说理，而小诗的毛病，则尤在说理。例如《泪痕》的第一四〇：

恋爱是创造的，
不是占据的。
但是各自创造，
只能各自赏鉴，
所以恋人是只能独有的艺术品。

这只是论说文，决不象诗。与这首差不多的很多，尤其是《泪痕》第二一，《旧梦》第六〇和第八九这三首。

作者的诗中喜用“相思”二字，粗略的算来，至少有六十三处，题目不在内。计开：《丁宁》十一处，《一丝丝的相思》五，《一个她的话》四，《旧梦》二；《再造》三十六处，《梦》四，《月和相思》七，《心里的相思》一二，《秋夜湖心独出》一，《是谁把》二，《别后》一，《春尽了》一，《别》三，《泪痕》三，《花间的露珠》二；《秋之泪》十处，《月下的相思》五，《看月》五；《邮吻》六处，《记得》二，《双笑》二，《双红豆》二。这十八篇相思诗常与“月”相关涉，每将月与相思均拟人化，使之对话，藉以发挥作者的恋爱哲学。这大约与年龄有关系吧？作者在新文坛上是个老人，所以没有新鲜泼辣的青春气象，做起情诗来因此也象佛家说偈似的，非常严肃。我曾听人家说起，作者是做过桃色之梦的，但在这五本诗集里，却寻不出什么线索和痕迹，因为作者不大歌唱他自己的恋爱，只是普遍的，一般的谈情说爱。作者在《邮吻》的序里说：“合二年以来的境遇有关系的，至少，在现在不愿意发表。”我希望在这未刊的稿中有比现在更好，更真切，更赤裸裸的情诗。

《邮吻》的序里又说：“现在付印的一部份，我自己觉得，合《旧梦》时代也没有什么分别，是进步，是退步，我可以引了最普遍的题壁诗底后半来解嘲，就是：有人来问我，连我不得知”，但在我看来，《邮吻》的确比《旧梦》（即《丁宁》，《再造》，《秋之泪》）进步。第一，这是经过选择的，所以没有很坏的诗，每一首都还看得过去，不象以前几集瑕瑜互见。第二，作者自己或许意识到以前过于大量生产，所以写《邮吻》时不轻易动笔，也就容易见长。一九二三年五月到一九二六年五月整整三年只是一百首诗，但一九一九年六月到一九二三年五月这四年中却写了七百首诗。虽然《邮吻》时期有好些诗不曾发表，我想无论如何总远逊于《旧梦》时期之大量生产的。这大约是环境的关系。《旧梦》时期可说是新诗全盛时期，亚东图书馆成了专出新诗的书店，几乎新诗运动就是新文学运动，《晨报副刊》，《民国日报·觉悟》，《时事新报·学灯》更推波助澜，每日刊载新诗，刘大白时任《民国日报》馆编辑，几日有新作发表。等到办《黎明》与《诗和散文》的时候，早没有从前那般的勃勃兴致了。第三，也许以前作者对于诗的观念不大纯粹，而以后却比较能够把诗写得更美丽了。《丁宁》中的《寂寞》之三，《再造》中的《罢了》。《邻居的夫妇》，《国庆》，《将来的人生》，《黄金》，以及《秋之泪》中的《谢 TH 的信》，都很象论说文，抽象的议论多，具体的描写少（甚至没有）。但《邮吻》中这样的诗却找不出一首来：我认为这是最大的进步。

停身韵似乎是作者所不大用的。我寻出下面几处：

> 去年割稻，空忙一场；
> 今年割麦，一样空忙。
>
> ——《割麦过荒》，《卖布谣》

> 只认取当前的云散风流，星移月走。
>
> ——《涌金门外》，《再造》

> 梦做因头……填满心头。
>
> ——《明知》，《再造》

《丁宁》里的《这沉吟……为甚？》和《再造》里的《无端的悲愤》不但命意相同。并且连末二句也相同，都用的是“虚空粉碎，大地平沉”这八个字，也许作者有一点隐痛罢？

《丁宁》中的《看盆栽的千叶红梅》用意与龚自珍的《病梅馆记》重复，故不见佳。反之，《秋之泪》中的《门前的大路》，叫大路站起来，用比喻新奇妥帖，给读者一个深刻不磨的印象，所以是好诗，同样，《春意》虽佳，惜已有俞平伯的《春水船》在前了。

作者的社会诗很多，如《丁宁》中的《促织》，《包车的杭州城》，《秋之泪》中的《洪水》，《雪》，《成虎不死》，《包车上的奇迹》以及《卖布谣》的全部等等均是。

作者又喜写重叠反复的字，或利用修辞格中的同辞式，如《丁宁》中的《梦短疑夜长》，《再造》中的《她不该给我呵》，《梦的交通》，《泪痕》三七和一二〇等均是。这些诗也许得力于老子。

作者特有的作风是用同样的句子两句，略易一二字。这样的诗似得力于词调长相思。几乎凡是这类作风的诗都是好诗。列举如下。

一片片，一重重。
几潮雨，几潮风，

——《新秋杂感》，《再造》

横一长虹，纵一长虹。
桥样如弓，月样如弓。
南有高峰，北有高峰。
去也西风，来也西风。

——《西湖秋泛》，《秋之泪》

秋风也不回头，秋水也不回头。
前夜也月如钩，昨夜也月如钩。
人去也倦登楼，月黑也倦登楼。

——《秋之别》，《秋之泪》

豆一双，人一双。
似心房，当心房。

——《双红豆》，《邮吻》

花儿真好，价儿真巧。
东家嫌少，西家嫌小。

江南春早，江南花好。
杏花红了，梨花白了。
浓妆也要，淡妆也要。
买花人笑，卖花人恼。

——《卖花女》，《邮吻》

除去旧诗词和以上五首是好诗外，我还在二一八首较长的诗中推荐二十首：《邮吻》里的《深秋晚眺》，《秋晚的江上》，《西风》，《黄叶》，《偷听》，《燕的言语》，《静夜》，《秋之泪》里的《花间》，《西湖秋泛》之二，《归梦》，《冬夜所给与我的》，《再造》里的《春尽了》，《心里的相思》，《秋夜湖心独出》，《雪后隔江山》，《西湖的山水》，《一知半解》，《石下的松实》，以及《丁宁》里的《病院里雨后看湖山》和《夜坐忆故乡老梅》。《石下的松实》并不甚好，但有似刘桢的《杂诗》，可以当作国文教材。又《西湖的山水》和《一知半解》的好处是幽默，《冬夜所给与我的》好处是用诗来写批评，结果居然仍旧是一首好诗。此外作者似乎以写秋见长，《秋之泪》固然以秋为书名，就是这五本诗集的分年也莫不以秋开始。

一九三二，三，四

（原载1934年4月《文艺茶话》第2卷第9期“纪念刘大白先生特刊”）

《白屋遗诗》序

王世裕

五四以还。大白敝屣其旧诗。然温丽隽爽。予夙爱之。尝戏谓他日署予名刻之何如。君殁后。诗稿存储君皖峰处。予乞以归。题曰《白屋遗诗》。付上海开明书店。经年而书成。昔日戏言。宛然如昨。而君墓有宿草。予亦垂垂老矣。风雨之思。良不可任。二十四年春日。王世裕识。

（见《白屋遗诗》1935年4月开明书店校勘印行）

龙山杂忆（摘录）

王夫凡

民国十三年春，我与友人徐蔚南，同客绍兴五中，大家写了几篇抒情述景的小品，综名之曰《龙山梦痕》。初在上海《民国日报》发表，继又汇集为单行本。此书行销颇广，不下三万册。单行本里，有朋友们的题字题画以及序跋扉画之类，还影上几帧越州风景画，行销之广，其理由也许在此。

单行本印行时，我曾写了一篇前记，有一段说："我们相继发表了二十篇，暑假返棹，梦痕便终于此。别时，我们相约，如果有余梦可寻，我们将用"龙山梦痕之余"，来做题目。然而人事栗六，转瞬严冬了，着迹的文字，终于没有抒写出来，几时才好偿宿愿呢？"这一段文债，一搁便是十年。我们作客的时光，还是坐的脚划乌篷船去的，如今渡江而东，二小时的汽车便可直达了。这十年之间，风云变幻，荆棘铜驼，却别说国事阑珊到怎般程度，单说友辈之星散零落，回忆当初，也就使人惊讶得可以。斗室无俚，因拉杂记之。

第一个要说的人物是诗人刘大白先生，其时他正在越中教书，他是我们的一群的领袖。他有淹博的学问，深入的眼光，貌似沉毅，而出言隽永。我们当时同办了一个刊物，名《午钟》，他的一首有名的《秋晚的江上》，便是在这刊物上第一次发表的，诗曰：

归巢的鸟儿，
尽管是倦了，

还驮着斜阳回去。

双翅一翻，
把斜阳掉在江上；
头白的芦草，
也妆成一瞬的红颜了。

他的新诗，用辞最工，一字不苟，又因他精于音韵，故用韵也异常稳贴入微。我最爱其小诗一首，当时常对生徒们讽诵的：

算春光不及秋光丽，
但春光也许比秋光腻，
你看，
这满树光红艳艳地。

他是感情理智两富的人，所以他不但能写情文并茂的诗文，而且还能写科学性的文字。除诗而外，他又精于中算，精于训诂。我们都尊之曰“老少年”，因为他年已不惑，而治学精神与处世态度之活泼，尚一如少年时也。他胸中还藏着几千百个有趣的故事，一遇机会，他便会滔滔不绝的叙述出来，引得阖座颜开，所以我们又给他上了一个诨号，叫做“故事的坛子”。

他鼓舞了我们不少人生的趣味，他给予我们一种向上的兴奋，可是不幸于一二八时期，因为肺结核的侵蚀，病死在杭州了。

（原载1936年2月《越风》半月刊第8期）

《中诗外形律详说》跋

夏丏尊

已是十几年前的事了，记得是一个初夏的下午，大白挟了一大包东西到我这里来，说有一部稿子，叫我给他出版。打开来一看，共计二十本，就是这部《中诗外形律详说》。

大白对于诗的声律，研究有素，有许多意见，也曾和我谈论过。平日相见，偶然谈到诗词或是漫吟前人名句，常把话头牵涉到韵律的法则上面去。我常见他写这类的稿子，有两篇曾在《小说月报》号外《中国文学研究》上发表，不料居然积成了这么大的篇幅。

我当然答应替他出版。那时大白已卸去教育部次长的职务，在杭州静养肺病。这回从上海回杭州去以后，病日加重，病中来信，颇念念于斯书出版的事。出版不成问题，成问题的是稿中所用符号的繁多。这种符号须一一特制模型，其中有几种，形体根本和铅字的形体不相称，即使特制了模型，浇铸出来，也无法容纳在铅字旁边，结果发现了排版不可能的困难。关于这事，曾和他通信商量过好几次，大家都想不出方法，只好把稿子暂搁下来。曾有一次想叫人抄写一遍，以石印出版，可是他不喜欢写体字，一定要铅印。

入秋以后，大白的病愈弄愈重，“一二八”上海事变发生，我避难在故乡，就在故乡接到他在杭州去世的凶耗。

大白是去世了，他交给我的稿子还无法给他付排。每次想到，觉得有负宿诺，很是难堪。中间曾一度转过用原稿石印的念头，叫我的女儿吉子将原稿拆开，剪去空行，拼贴成一律的版式，拼贴完成以后，拿了一页去打样，结果不佳。原来大白的原稿是用青莲水写的，和用墨写的不同，不能摄影。于是仍把稿子留在稿箱里，不过以前是订好的二十本，经过吉子剪贴以后，已变成几尺高的一叠散叶。后来吉子也病故了，这部稿子在我又增加了一重伤感的回忆。

迁延复迁延，总算天无绝人之路，有一次，忽然念头转到了长体仿宋字。长体仿宋字身特别长，在普通方块铅字旁容纳不下的符号，在长体仿宋铅字旁也许可以容纳。于是和专排仿宋字的印刷所商量，把本来成为问题的几种符号特制起来试排了看，果然妥贴。这部稿子至此才算有了成书的把握。

大白生前希望朱佩弦君撰序，佩弦也曾答允。本书排校到一半的时候，我就把清样订了厚厚的一本，寄给在北平的佩弦，请他先看一遍，约定一个月后再寄后半部清样给他，希望他写一篇长序。其时正是二十六年的暑假之初，“七七”事变快要起来的当儿。接着是“八一三”事变，上海战事爆发，我的书籍器物都付劫火，此书原稿初校已毕，留存我处，也一同化为灰烬。幸佩弦从北平展转到了云南，居然没有把半部清样遗失，寄还给我。又从印刷所搜得了排样及不全之纸型，拼凑起来，全书一千一百七十面之中，所缺者计七十面，虽已不完整，大体面目尚存，于是郑重地把他保存起来。

中国自古不乏诗的研究者，关于这一方面的研究，大白可谓破天荒第一人。斯书在他一生著作中实占重要的地位，值得重视。屡次想替他出版，可是战时百物昂腾，力不从心。今承联合出版公司接受印行，真是再好没有的事。只可惜目下交通多阻，初版来不及刊入佩弦的序文了。

大白多才而数奇，斯书自成稿以至成书，也经许多的厄运，仿佛象征着他的一生，可为叹息。

中华民国三十二年六月夏丏尊书于上海。

（见《中诗外形律详说》，1943年11月上海中国联合出版公司初版）

刘大白：《旧梦》

曹聚仁

刘师大白，为五四运动以后著名新诗作家之一。他的诗集名《旧梦》，后来由开明重印，分题《丁宁》、《再造》、《秋之泪》、《卖布谣》四集，此外还有一本《邮吻》。

《旧梦》周序说："……过了几年，大白先生改做新诗，这部《旧梦》便是结果，虽然他自己说诗里仍多传统的气味，我却觉得并不这样：据我看来，至少在《旧梦》这一部分内，他竭力的摆脱诗词的情趣，倘若容我的异说，这似乎摆脱的太多，使诗味未免清淡一点——虽然这或者由于哲理入诗的缘故。现在的新诗人往往喜学做旧体，表示多能，可谓好奇之过；大白先生有旧诗词的蕴蓄，却不尽量的利用，也是可惜。"

我非常赞同他的论断，大白先生的新诗中，哲理诗和说理诗太多，说得玄之又玄，反而淡了诗味。那五个诗集中，我最爱读《邮吻》，因为比较富于诗味。《邮吻》中有一首题名《秋晚的江上》的，诗云：

归巢的鸟儿，
尽管是倦了，
还驮着斜阳回去。

双翅一翻，
把斜阳掉在江上；

头白的芦苇，
也妆成一瞬的红颜了。

有此情，有此境，言尽而意有余，才是第一等好诗，此诗得之。

其利用旧诗词风格而情韵真切的，如《送斜阳》：

又把斜阳送一回，
花前双泪为谁垂？
……
旧时心事未成灰。

几点早星明到眼；
一痕新月细于眉：
黄昏值得且徘徊！

又如《明知》：

明知今夜月如钩，怕倚楼头，却立湖头。湖心月影正沉浮，算不抬头，总要低头。

不如归去独登楼，梦做因头，恨数从头。胸中容得几多愁，填满心头，挤上眉头。

用旧诗词风格，容易落入旧诗词窠臼。大白先生能独造新意境，溶化在旧诗词中，这部份可说很成功。

哲理诗难得写好，太深则读者体会不得，太低又容易流入庸俗，深入浅出，实在很难；大白先生哲理诗，参入人生意义的比较多一点。如《一闪》：

要认取斜阳最后的生命，
在鸦头燕尾间的一闪；
要认取朝露最后的生命，

在花梢叶杪间的一闪！
人生也不过这么一闪吗？
斜阳朝露，
还有明朝，
人生底明朝呢？

这首诗已经颇好，但仍不免替“人生朝露”一语下注脚；注脚式的，失之露，待注脚而后明的，失之晦，所以我不十分爱大白先生的哲理诗。

大白先生和沈玄庐先生是知交，他们对于国民党的革命事业都曾尽过力。从其歌中，我们看出大白先生是个多情人，又可以看出是一个热血人。宣统年间，他和吴琛在北平酒楼饮酒，吴君说要继续汪唐之后去行刺亲贵，他就乘醉题一首《我有匕首行》在壁上。原诗很长，后来又改为《腰有一匕首》，编入《秋之泪》集。诗云：

腰有一匕首，手有一樽酒，酒酣匕首出，仇人头在手。匕首复我仇，樽酒浇我愁；一饮愁无，一挥仇无头。匕首白如雪，樽酒红如血；把酒浇奠匕首，长啸暮云裂。

此诗激昂慷慨，出之以雄健的格调。这种格调，又见于《成虎不死》诗中。民国十三年间，沈玄庐先生和大白先生都曾致力于社会运动的，而李成虎之死，即是衙前社会运动的牺牲者，所以大白先生的诗中，也含着一股不平之气。诗云：

成虎，
一年以来，
你底身子许是烂尽了吧，
然而你底心是不会烂的，
活泼泼地在无数农民底腔子里跳着。

假使无数农民底身子都跟着你死了，
田主们早就没饭吃了；

假使无数农民底心都跟着你的身子死了，
田主们却都可以永远吃安稳饭了。
然而不会啊！

田主们如吃了一年安稳饭，
却也保不定还能再吃几年的安稳饭。
你底身死是田主们底幸，
你底身死心不死，
正是田主们底不幸啊！

大白先生真是一个热情人；他的诗“似乎要吐尽人间悲愤，秋雨也替人痛哭，秋风也替人怒吼”。

（原载1946年2月《公余生活》第3卷第1期）

《鲁迅　郭沫若　刘大白　郁达夫四大家诗词钞》序（摘录）

晓　冈

在早期文坛上，大白先生也可算作一个杰出的名宿，他的新诗在初期文坛上是有着启蒙作用的，虽然他自己知道他的诗还不能完全摆脱旧诗窠臼，可是他的思想在晚年却突飞猛进地有着开展。

他九岁就学作诗，存在他记忆里的有这样两句：

阿弟初生时
哥哥尚扶床

这和《孔雀东南飞》的“新妇初来时，小姑始扶床”相似，其实这时先生却并没有读过《孔雀东南飞》。我们在这里至少可以承认他对于韵文多少是有天赋的才情，尤其是他的诗在声调和色泽上的美，是戛戛然有独造的；惟其如此，他的新诗也就还是富有旧诗的风趣的。这样是否他担当了旧诗的破坏者和新诗的建设者呢？不，他对于诗的看法和解释和过去是完全不同的。他在给沈玄庐的信上曾这样说过：

诗是神秘的，是不文法的，是不逻辑的，换句话说：就是“占领”在“不通领域”底上面，“不成文又不成话”的，才是好诗！我们苦在做不到这一步，所以做不出好诗来。

不只和过去不同；如果不把诗作为战斗性的革命底工具的话，那末在文学的领域里，这样的解释是有它存在的价值的。

革命家可以是一个诗人，诗人同时也可能是一个革命家。革命者的事业底性质在过程中，相当受影响于自身的人生观，诗也是一样，大白先生的人生观是：

> 我底人生观，佛底真，诗底美，无政府共产主义底善和利。真是绝对的、超世间的；善和利是相对的，世间的；美是介乎入世出世间的，能由相对到绝对的。

大白先生是一个诗人，生平没有以革命者自居过，然而他的诗是有革命性的，在那个时代，也只有这一种带有革命性的诗，起着启蒙作用，也惟有这样类型才被应许着存在那个时代。甚至也只许可出现那种类型。大白先生对自己为人有一个譬喻：说是象一个热水瓶，内热而外冷，这该是多么同样地譬如着那个时代，我们且看他在一九二一年曾唱出了一句口号，“竖起脊骨做人”，他说：

> 人们自从从横着脊骨的东西进化以来，竖起脊骨做人，不知若干万年了，但精神上总被超人的非人的种种东西压迫着，没有竖起脊骨做过人，所以我愿在世界上一切人们面前，大喊一声，从今以后，竖起脊骨做人。

人如果真有二重人格的话，那末大白先生应该是——继承旧的，开创新的，一而二，二而一，诗与革命统一着——不然的话我们就得诅咒那个时代。

（见《鲁迅郭沫若刘大白郁达夫四大家诗词钞》，
1950年2月上海秀州出版社初版）

《中国新文学史初稿》（节录）

刘绶松

第四章　一、诗歌

刘大白本时期的诗歌，后来都收集在诗集——《旧梦》里。《旧梦》原由商务出版，后来经过重编，分为《丁宁》、《再造》、《秋之泪》、《卖布谣》四个集子，由开明书店印行。本时期以后的作品，则收在诗集——《邮吻》（一九二六年开明版）里。在《旧梦付印自记》中，他说他“用笔太重，爱说尽，少含蓄”。这正说明了他的诗的特点。在他的几个诗集中，值得我们特别提起的是《卖布谣》。《卖布谣》一共收诗二十二首，分为两组：《卖布谣之群》十首，《新禽言之群》十二首，其中具有着很明显的社会主义思想和反帝反封建的精神。在《卖布谣》一诗里，他唱出了洋货侵入、手工业破产后中国广大农民的饥饿生活：

土布粗，
洋布细。
洋布便宜，
财主欢喜。
土布没人要，
饿倒哥哥嫂嫂！

这里面蕴藏着作者对于帝国主义和封建地主阶级的无比的憎恶和愤怒。

上城卖布，
城门难过；
放过洋货，
捺住土货。

更是画出了旧中国官吏为帝国主义帮凶的卑污刻毒的面目，深刻地说明了帝国主义与封建地主阶级对于中国人民所造成的深重灾难。作者的表现手法是很好的，往往在生动、具体的社会生活的画幅里体现着个人的主观爱憎，给读者以巨大的感染和说服的力量。

在《田主来》一诗里，他这样地描写了地主阶级的凶狠和贪婪，以及农民对于地主阶级的强烈的憎恨和咒诅：

一声田主来，
爸爸眉头皱不开。
一声田主来，
妈妈心头毕剥跳。
……
贼是暗地偷，狗是背地咬，
都是乘人不见到。
怎象田主凶得很，
明吞面抢真强盗！

这种感情是强烈的，也是真实的。可以看出，刘大白的这些诗歌，正是在俄国十月社会主义革命和共产主义思想的激荡和影响之下写下来的。他的《劳动节歌》、《五一运动歌》和《红色的新年》等诗，歌唱了劳动人民创造世界的伟绩和无产阶级革命的必然的胜利，虽然显得有些空洞而概念，但也显示了五四时期小资产阶级知识分子对于革命和社会主义胜利前途的向往之情，代表了当时进步诗歌的明显的社会的和政治的倾向。这种诗歌，和那些专门唱着“他也许爱我——也许还爱我”的“诗人”们的作品比起来，那是不可以“同年而语”的。

此外，在本时期开始写诗，而且有着很重大的成就和影响的，还有郭沫若、朱自清两人（郭氏的影响更大）。但他们的诗歌创作，主要地是在下一个时期，所以只好留待下编再作评解了。总起来说，本时期的诗歌，在一定程度内反映了半封建半殖民地社会的黑暗悲惨的景象，具有着很明显的社会意识和积极的现实的精神；在形式上，正在逐渐地从旧诗词的格律里解放出来，探索着新的表现方式；在语言上，是颇为接近人民的口头语言的，诗的“平民化”正是这时期多数诗人们的一致要求。这些与整个文学革命运动的精神是完全一致的；同时，这也是我们现代诗歌中的主要的趋向和潮流。但是，本时期的诗歌仍然有着如下两个缺点：（一）诗人们采取社会生活作为诗的题材，具有着一定程度的人民性和进步作用，但从诗中所体现的主观情感来说，则多半是“隔岸观火”的旁观态度，多的是微温的同情，缺少的是鲜明的爱憎；有些歌颂“劳工神圣”和十月革命的诗（例如刘大白的《红色的新年》），则又流于空洞、概念，不易使读者发生强烈感动。这充分地说明了时代环境和阶级立场所给予作者们的深刻影响。（二）因为本时期的新诗作者，大半都有一个时期从事过旧诗词的写作，所以本时期的新诗也就有些地方承继了我国古典诗歌中的某些优良的传统（例如关心人民生活和不脱离现实的创作态度）；但旧诗词的表现方法和格律、形式也给了本时期作者以过多的限制，古典文学中的某些过了时的、不适用了的东西，仍然残存在许多诗人们的作品中，所以，就不可避免地要妨害到新的内容的确切表现，因为新的思想如果用僵硬了的文学手法来表现，是会大大地损害它的新颖性和感染力量的。

（见刘绶松著《中国新文学史初稿》，
1956年4月作家出版社北京第1版）

中国现代文学（节录）

公兰谷

第二编　第三章　第二节

其他五四诗人的诗歌

刘大白也是写白话诗较早的一个，他在本时期的诗歌都收在诗集《旧梦》里，《旧梦》后又分为《丁宁》、《再造》、《秋之泪》，《卖布谣》四个集子。

刘大白的许多诗中有着明显的反帝反封建的精神。如《卖布谣》写了帝国主义经济侵略使农村手工业破产，农村手工业者因之陷入饥饿状态。诗中写到农村手工业者穷困痛苦的生活："嫂嫂织布，哥哥卖布。卖布买米，有饭落肚。""嫂嫂织布，哥哥卖布，弟弟裤破，没布补裤。"织了布是卖给"前村财主"，但洋布侵入农村之后，财主不买土布而买洋布了：

土布粗，
洋布细。
洋布便宜，
财主欢喜。
土布没人要，
饿倒哥哥嫂嫂！

这里不但对帝国主义充满了忿怒，同时对封建地主阶级（财主）也充满了憎恶。诗中也写出了中国官吏对农民的残酷压榨：

上城卖布，
城门难过；
放过洋货，
捺住土货。

没钱完捐，
夺布充公。
夺布犹可，
押人太凶！
“饶我饶我！”
“拘留所里坐坐！”

《田主来》一诗，写出了地主阶级对农民的残酷压榨，以及农民的痛苦：

一声田主来，
爸爸眉头皱不开。
一声田主到，
妈妈心头毕剥跳。
爸爸忙扫地，
妈妈忙上灶：
“米在桶，酒在坛，
鱼在盆，肉在篮；
照例要租鸡，
没有怎么办？
本来预备两只鸡，
一只被贼偷，一只遭狗咬；
另买又没钱，真正不得了！”

诗中又借一个孩子的嘴控诉了地主阶级的凶残，表现出了农民对地主阶级的痛恨和诅咒：

勤的饿，
惰的饱。
世界那里有公道？
辛苦种得一年田，
田主偏来当债讨。
大斗重秤十足一，
额外浮收还没少。
更添阿二一只鸡，
也不值得再计较！
贼是暗地偷，狗是背地咬；
都是乘人见不到。
怎如田主凶得很，
明吞面抢真强盗！

诗中对地主阶级的痛恨是极为强烈的，把地主阶级比作明抢面夺的强盗。诗中也对“勤的饿，惰的饱”这种不公道不合理的现象做了控诉。这诗是通过一个地主收租的场面来表现的，对农家当地主要来收租时的慌乱情景写得生动活现。

《红色的新年》、《五一运动歌》、《劳动节歌》、《八点钟歌》等歌颂了工农劳动者创造世界的伟大劳绩，歌颂了无产阶级革命的胜利和这胜利给劳动人民带来的鼓舞。如《红色的新年》诗中，叙述在一九一九年末日的晚间，一位“拿锤儿的”，一位“拿锄儿的”，二人谈到世间人“住的，著的，使的，吃的，喝的，抽的”都是“锤儿下面的工程”和“锄儿下面的结果”，但这些东西不知哪儿去了。这诗在底下接着写道：

冬！冬！！冬！！！
远远地鼓声动了！

一更……二更……好象在说：
“工！农！
劳动！劳动！
不公！不公！”
快三更啦，
他们想睡，
也睡不成。
朦朦胧胧地张眼一瞧，
黑暗里突然地透出一线儿红。
这是什么？——
原来是北极下来的新潮，
从近东卷到远东。
那潮头涌着无数的锤儿锄儿，
真要锤匀了锄光了世间的不平不公。
呀，映着那初升的旭日光儿，
一霎时遍地都红，
惊破了他们俩的迷梦！
喂！起来！起来！
现在是什么时代？——
一九一九年末日底二十四时完结了，
你瞧！这红色的年儿新换，世界新开！

这显然是歌颂的十月革命，“一线儿红”和“北极下来的新潮”显然指的就是十月革命的红色浪潮。这诗表现了作者对无产阶级革命的向往，显然是十月革命浪潮的激荡下产生中来的。

《劳动节歌》、《五一运动歌》、《八点钟歌》等，有些概念化口号化，感染力不太强，但内容的积极意义又都是很大的。

刘大白还有更多的诗是描写自然景物的，如《西湖秋泛》、《秋夜湖心独出》、《失恋的东风》等。

（公兰谷著《中国现代文学》（第一卷），
河北天津师范学院函授部1957年8月出版）

中国现代文学史（节录）

第五章　二、刘大白的《旧梦》与《邮吻》

刘大白不仅是个诗人，而且还是个文学史家。他的主要著作有新诗集《旧梦》（后来拆开成为《丁宁》、《再造》、《秋之泪》、《卖布谣》四个集子）、《邮吻》，旧诗和诗话《白屋遗诗》、《白屋说诗》、《旧诗新话》以及《中国文学史》等。

他是“五四”时期白话诗的倡导者之一，在“五四”以后中国新诗的创作和中国古典诗歌的研究上，做过辛勤的工作。《白屋说诗》就是他对《毛诗》研究的成果。他的诗很明显地表现出由旧诗脱胎出来的痕迹，如《邮吻》中的《卖花女》、《静夜》等。他的诗题材比较广泛多样。《〈旧梦〉付印记》中，他曾说：“因为沉溺于旧诗词中差不多有卅年的历史，所以我底诗传统的气味太重。”又说：“我底诗用笔太重，爱说尽，少含蓄。”这正是他的诗的一般缺点。

刘大白颇注意农民的疾苦，在《卖布谣》集中，多半描写劳动人民贫困与痛苦的生活。《卖布谣》一诗，写出了在帝国主义经济掠夺之下，农村经济破产和反动统治残酷剥削的情况：

其　一

嫂嫂织布

哥哥卖布
弟弟裤破
没布补裤

土布粗，洋布细
洋布便宜
财主欢喜
土布没人要
饿倒哥哥嫂嫂

其　二

上城卖布
城门难过
放过洋货
捺住土货

没钱完捐
夺布充公
夺布犹可
押人太凶

这首诗与古诗《蚕妇》、《卖炭翁》内容相仿，然而这个残酷的现实生活，却正是二十世纪的中国社会的写照，读了不禁令人愤懑不平。

其他如《收成好》、《田主来》、《渴杀苦》、《割麦过荒》等，也都比较深刻地描写了农民衣食不足的生活和地主欺诈勒索的凶残面目，进一步揭示了农民与地主之间的阶级矛盾。但他对于农民的悲惨生活的描写，仅仅是出于同情和怜悯。作者笔下的农民，依旧是几千年前在封建重压下，受着宿命论思想的支配，不敢反抗的劳动者；而不是二十世纪中国农村中阶级斗争愈来愈尖锐的情况下的抗争中的农民的写照。这个局限正是作者的思想认识和对农村生活面貌缺乏真正深入的了解的反映。

受着小诗流行的影响，作者也写了一些花花鸟鸟的没有现实意义的小诗。另外还有一些写风景的诗，抒写了西湖、肖山一带美丽的自然景色，这种对祖国美好山河的赞颂固然有一定的意义，然而作者仅仅从一个悠闲的名士的纯粹欣赏出发，意义是不大的。

作者对于爱情诗歌的描写，也比较空泛和缺乏生活实感，纯粹描写小资产阶级式的卿卿我我的缠绵情感，并没有从当时青年人想摆脱封建礼教束缚，要求婚姻自由这一具有社会意义的主题出发，因而使得诗的思想内容显得贫乏苍白了。

（见《中国现代文学史》，复旦大学中文系现代文学组学生集体编著，1959年7月上海文艺出版社第1版）

中国现代文学史（节录）

第三章　第七节　刘半农、刘大白

刘大白（1880—1932），浙江省绍兴县人。他早期的作品，主要是旧体诗，收在《白屋遗诗》集里，成就不大。

1919年，伟大的五四爱国运动爆发了。作者受到革命形势的推动和无产阶级社会主义文化思想的影响，开始用白话写诗，著有《旧梦》和《邮吻》两个集子，这些作品反映了一定的社会现实，如《卖布谣》一诗，表现了作者对劳动人民的深厚同情。

土布粗，
洋布细。
洋布便宜，
财主欢喜。
土布没人要，
饿倒哥哥嫂嫂！
……
上城卖布，
城门难过；
放过洋货，
捺住土货。

这种罪恶的现实，正是半封建半殖民地旧中国社会的写照。帝国主义和封建势力勾结在一起，对农民进行残酷的剥削和压榨，造成了中国农村经济的破产，使中国人民无法生活下去。

在《田主来》中，诗人借一个农民孩子的口，控诉了地主阶级掠夺的罪行：

贼是暗地偷，狗是背地咬，
都是乘人不见到。
怎象田主凶得很，
明吞面抢真强盗！

刘大白从小资产阶级人道主义出发，不满地主阶级敲骨吸髓的剥削。他在《收成好》中指出：即使在收成好的年景，农民还是交不上地租，买不上棉袄，仍然忍饥受冻。遇到灾情的年月，农民的命运，更是可想而知了。

此外，在《渴杀苦》《驾犁》《割麦过荒》等诗里，也都深刻地描绘了地主阶级无孔不入的剥削伎俩和农民的悲惨命运。但是作者却不能揭露出造成这种现象的根本原因，更不能指出解决矛盾的正确途径。这正是小资产阶级作家的局限性所在。

作者在另外一些诗里，热情地歌颂了十月社会主义革命和对社会主义制度的向往。如《红色的新年》：

朦朦胧胧地张眼一瞧，
黑暗里突然地透出一线儿红。
这是什么？——
原来是北极下来的新潮，
从近东卷到远东。
那潮头上涌着无数的锤儿锄儿，
直要锤匀锄光了世间底不平不公，
……
喂！起来！起来！

现在是什么时代？——
一九一九年末日底二十四时结束了，
你瞧！这红色的年儿新换，世界新开！

这里诗人虽然只是朦胧地看到“黑暗里突然透出一线儿红”，然而却是热情地歌颂着人类历史上新纪元的开始。他激昂地呼唤着：“起来！起来！”并把十月革命比作“初升的旭日”照红了大地。他渴望着那美好的未来世界。在《劳动节歌》里，他歌颂了劳动者创造世界，肯定了劳动者应是世界的主人。在《各各作工》中，他歌颂了“各尽所能，各各劳动”，“各取所需，各各享用”的社会制度。但是由于阶级的局限，作者还不可能理解社会主义革命的实质和共产主义真正内容。

在新形势的推动下，作者不仅对十月社会主义革命热烈地歌颂，同时对祖国的未来也充满着朦胧的理想。在《五一运动歌》里，他号召支那劳动者起来争取自由解放。在《国庆》里，他对未来充满着革命的信念：

要给全世界人类创造光明，
只有再仗着壮烈的牺牲，
别开途径。
历史底意义是过去的，
人生底意义是未来的，
从过去中求得未来的教训是什么？——革命。

不难看出，刘大白在当时革命运动的影响下，进步思想是比较明显的。但是他始终没有改变小资产阶级的立场观点，没有接受马克思列宁主义思想。所以根本不能理解革命的实质，更不能真正地走向革命。

世界观决定了作者创作的局限性。所以在他同时期的一些作品中，也流露了小资产阶级的孤独、苦闷的心情和庸俗、没落的情趣，从卿卿我我的爱中寻找安慰。在《爱》《心印》《秘密之夜》《邮吻》

等诗里，正抒发了他那种灰色的、颓废的感情。

此外，刘大白也写了很多的风景诗和小诗，多是个人缥缈奇特的臆想。诗情迷离隐晦，令人难以捉摸，现实意义不大。

1927年以后，革命形势急剧地变化，他在资产阶级思想的影响下，抵御不了反动逆流的侵蚀，小资产阶级的苟安、享乐的劣根性，在他的思想上占了主导地位，从此远离了革命，埋头于旧诗古籍的研究中，再也写不出好的作品来。

刘大白虽是新诗的倡导人之一，但他的诗却没有摆脱旧诗的框格，有着明显的旧诗遗痕。他在《〈旧梦〉付印自记》中说："因为沉溺于旧诗词中差不多有三十年的历史，所以我的诗传统的气味太重！"这正是他的新诗的缺陷。

刘大白是一个小资产阶级的进步作家。阶级特点决定着他有进步和落后的双重性。在先进思想影响下，他能接近革命；在小资产阶级消极思想作祟时，他又表现得非常颓废。他的作品也正体现了这种错综复杂的思想。

（见《中国现代文学史》，1960年7月山东师范学院中文系编印）

撕碎了的《旧梦》

晦　庵

一九四四年八、九月间，徐调孚同志曾以陈时和笔名，在柯灵主编的《万象》上，写过一篇《新录鬼簿》，专谈已经逝世的几位作家的逸事，其中被提及的，第一个是鲁迅，第二个是刘大白。调孚还替大白开列了一个著述书目，共计十八种。已刊的十六种，未刊的二种，说明大白先生的确是一个“多方面的人”。但在这十八本书里，诗和有关于诗的计十种，占全部著作半数以上。这样看来，说大白是一个“多方面的人”固然可以，说大白是一个诗人，或者也不算为过吧。

大白著作中，最早印行的是诗集《旧梦》，《旧梦》出版于一九二四年（扉页作一九二三年十一月，误），列为《文学研究会丛书》之一。商务替文学研究会出过不少书，多为三十二开本，有几本诗集却为四十开狭长本，这个集子便是其中之一。全书左起横排，计五百页。骤眼望去，厚厚一册，简直和学生小字典一样。作者在《付印自记》里提到自己诗作的缺点，第一是“用笔太重，爱说尽，少含蓄”。第二是“传统气味太重”。细读《旧梦》，的确使人有这样的感觉。

原来，大白本名金庆棪，字伯贞，清朝举人。辛亥革命以后，更姓名为刘靖裔，字大白。他在上海《民国日报》副刊《觉悟》上发表文章，有时也署名“汉胄”。大白先生旧学根底极好，而反对传统影响亦最烈。他称文言为“鬼话文”，白话为“人话文”。可是自己的诗文又往往摆脱不了这种过去的羁绊，“你要向前，因袭却要你朝后”，正是他自我剖白的痛苦经验。商务版《旧梦》印刷粗糙，错误百出。

例如有一首《梦之怀疑》，诗题竟倒印为《疑怀之梦》。对于当时迷信大书店的人，实在是当头一棒。后来，这本书由开明书店改版重印，分作四册，书名分别为《丁宁》、《再造》、《秋之泪》、《卖布谣》。重印本初版每本书后各附跋文《撕碎了的旧梦》一篇。这个题目具有双关意义，一方面说明往事不再，一方面也指出收在这四个集子里的诗篇的由来。改版本于一九三〇年一月起陆续印出，删去原书序文序诗。书内剔除、添补、移动、订正的地方不少。作者自述重印的动机是：

> 并且，印成的《旧梦》，有些是模糊的，有些是零乱的，有些是颠倒的，有些是舛错的，有些是骈衍的，有些是漏略的；它底排列，它底剪裁，它底妆束，没有一点不给人们以不愉快的印象。印成的《旧梦》，这样地使人不愉快；《旧梦》中所写出的旧梦之影，也未必能给人以愉快的印象了。

五四运动时候，大白先生在浙江省立第一师范当教员，他虽然是前清科第中人，而鼓吹新文化不遗余力，一时称为骁将，且不免有过火的地方。例如刘半农创造“她”字，他也接着创造了一个男性第三人称的“䶊”字，而把“他”作为两性通称。这个建议后来为实践所否定，并未通行。他还镌有一个图章，叫做“寻常百姓”，用来钤在书上。一九二七年以后，刘大白弃教从政，由教育部次长而至代理部务，既据要津，渐忘来路，他不但自藏锋铓，而且一切作为，也已非“寻常百姓”。“撕碎了的旧梦”，看起来，到此又要重“撕”一番了。

（见《书话》，1962年6月北京出版社第1版）

斜阳心情刘大白

——新诗史话

赵　聪

云——一叠斜的。
打算遮住斜阳：
然而漏了。
教雨来洗吧，
一丝丝的：
然而水底也有斜阳。
黄昏冷冷地说：
“理它呢，
斜阳罢了！”
不一会儿，
斜阳倦了，
——冉冉地去了。

这是刘大白的《斜阳》诗，载《秋之泪》集。在他的另外一些诗里，也有不少“斜阳”的字眼和意境。他所爱的妻子吴芙霞离他而去，他苦苦等待着她的回心转意，她却改嫁了别人。这就不能不使他的心情给苍茫的暮色封锁住了，提笔写诗极自然地流露了出来。

刘大白是五四初期一位重要的诗人，曾出版两部诗集，一为《旧梦》，一为《邮吻》。前者一九二三年由上海商务印书馆初版，印刷纸张极坏，后又经他重编，分为《丁宁》、《再造》、《秋之泪》、《卖布谣》四分册，交由开明书店出版。他的诗大都发表在当年上海《民国日报》的《觉悟》上，自己没有参加过文学社团，在文坛上也不见活跃，又加死得早（一九三二卒于杭州），只那一首《卖布谣》因尝选为中学国文教材，人们才知道有他这么一个人，因而他就变成了一位冷门诗人。

他有两个姓名，在清代他叫金庆棪，字伯贞；鼎革后更名刘靖裔，字大白。据说本来姓刘，但不知为什么又姓了金。周作人在为《旧梦》作序时说："大白先生我不曾会见过，虽然有三四年同住在一个小城里。但是我知道他的家世，知道他的姓名——今昔的姓名，知道他的学业。这些事我固然知之不深，与这些诗集又没有什么大关系，所以不必絮说。"刘大白在杭州省立一师做过国文教员，与陈望道、夏丏尊、李次九为该校的四大台柱，是曹聚仁的老师，曹氏曾写过《白屋诗人刘大白》一文，也没有提到他何以有两个姓名的缘故。

他生于一八八〇年，比鲁迅长一岁，浙江绍兴县的会稽平水人，在诗在文词方面颇有根底，五四后始改写新诗。做过上海复旦大学的教授、浙江大学的文学系主任，还做过教育部的次长。著作除上述两诗集外，还有《中国文学史》《旧诗新话》《白屋文话》等书。他和离去的太太生的儿子，后来就读于清华大学，不幸竟因失恋卧轨自杀。这或者就是他抑郁寡默、刚过五十就去世的原因吧。

他有一位知己之交，是浙江萧山县的沈定一（笔名玄庐），在上海主持《星期评论》，也在《觉悟》上发表新诗，所写《十五娘》是新文学中第一首叙事诗。沈氏是国民党另一届中央委员，大白和他都曾为国民党出过力。瞿秋白的妻子杨之华，本就是沈氏的儿媳，因为瞿秋白拼命地追求她，她才与沈家离婚，不想两位好友竟有这种同样的不如意事。

无论新诗旧诗，都是易做难工。旧诗有一套框框，只消把诗韵、对仗、平仄背熟，再懂得起承转合，就能写；新诗因为把这套框框都废弃了，那就跟做散文一样，只消分行写就得。只是写出来虽然外貌酷肖，而是不是诗，以及好不好，就大成问题。所以作为一个诗人，必须有做诗的天才，决不能象一九五八年郭沫若所说"曹植屈原千千万，李白杜甫万万千”那么些诗人一齐出现的。至于旧诗做得好的人，未必新诗也做得好；新诗做得好的人，未必旧诗也做得好。五四初期的新诗人，大都会做旧诗；而他们的新诗，却又残留着一些旧诗词的痕迹。刘大白的新诗正是如此。

笔者不大欣赏他那首《卖布谣》，甚至那首《邮吻》，个人觉得也不见佳。他故意把旧框框去得一干二净，新固然新了，却又不象是诗。他在《〈旧梦〉付印自记》里说：“用笔太重，爱说尽，少含蓄。”倒是确有自知之明。他对音韵学颇有研究，笔者单观他那些残留着旧诗词传统气味的作品，如《别》（一）：

> 月圆圆，人邂逅，月似当年，人似当年否？往事心头潮八九，怕到三更，早到三更后。梦刚成，醒却陡，昨夜惺忪，今夜惺忪又。病里春归人别久，不为相思，也为相思瘦！

又如《别》（二）：

> 寄相思，凭一纸，只要平安，只要平安字。隔日约她通一次，信到何曾，信到何曾是！订归期，还在耳，也许初三，也许初三四。未必魂归无个事，是梦何妨，是梦何妨试？

再如《明知》：

> 明知今夜月如钩，怕倚楼头，却立湖头。
> 湖心月影正沉浮，算不抬头，总要低头。
> 不如归去独登楼，梦做因头，恨数从头。
> 胸中容得几多愁，填满心头，齐上眉头。

其实，这简直就是“词”了，只差没有词牌而已。集子里这类作品不少，如《送斜阳》《秋夜湖心独出》《腰有一匕首》等等，这里不再具引了。周作人在《旧梦》序里说：“我不很喜欢乐府调词曲调的新诗，但是那些圆熟的字句在新诗正是必要，只须适当的运用就好。”这个说法相当滑头，还有更滑头的是“现在的新诗人往往喜学做旧体，表示多能，可谓好奇之事”，“大白先生富有旧诗词的蕴蓄，却不尽量的利用，也是可惜”。这是指他那些没有旧传统痕迹的作品而言。不过笔者却爱他收在《邮吻》里的那篇《秋晚的江上》，在二十年代之初，不失为新诗的佳作：

归巢的鸟儿，尽管是倦了，还驮着斜阳回去。

双翅一翻，把斜阳掉在江上；头白的芦苇，也妆成一瞬的红头了。（原诗两节七行）

这类的诗也还有的是，象《我愿》《整片的寂寥》等等。

（原载1976年5月2日《星岛日报》星辰版）

中国现代文学史（节录）

第四章　第一节　文学革命初期创作

同样带着从旧诗词蜕化出来的痕迹的，是刘大白（1880—1932）的新诗集《旧梦》（后来重编为《丁宁》、《再造》、《秋之泪》、《卖布谣》四集）。但不同于俞平伯的诗作蕴藉苦涩，这些诗晓畅而"少含蓄"❶。三五行的小诗，在集中占了很大部分；它们大多是带有消极内容的关于"人生之谜"的思索、议论，如："明明镜在花前，为甚花又在镜里？明明水在月下，为甚月又在水里？明明人在梦中，为甚我又在梦中人底梦里？"❷这类作品有时显得精巧，有时不免做作；有时显得机智，有时却只成为文字游戏而缺少真正的诗味。作者也曾写过一些直接反映社会现实的诗：《田主来》、《卖布谣》揭露了地主豪富的贪婪凶残，《成虎不死》、《每饭不忘》赞美了农民的自发反抗，《红色的新年》与《劳动节歌》虽嫌浮泛，却也歌颂了新的时代潮流。但是这种情况没有持续多久。稍后的诗（如《旧梦》中一九二一年以后大部分的诗和后来出版的《邮吻》集），已经充满颓废孤寂情绪。随着阶级斗争进一步激化，作者在政治上也逐渐趋向于堕落。

（见唐弢主编《中国现代文学史》，人民文学出版社1979年6月北京第1版）

---

❶ 《〈旧梦〉付印自记》。

❷ 《泪痕》三十七。

中国现代文学史（节录）

刘大白及其《旧梦》

刘大白（1880—1932），浙江省绍兴县人。五四运动爆发，他在浙江省立第一师范任教。在新思潮的激荡下，鼓吹新文学，并开始写白话诗，著有《旧梦》和《邮吻》两个集子。五四时期写的诗都收入《旧梦》（1930年改版重印，分成《卖布谣》、《丁宁》、《再造》、《秋之泪》四册）集里。

刘大白的新诗，题材广泛，内容深切，形式自然，《卖布谣》诗集为其代表作。诗人在《卖布谣》一诗中，用通俗形象的语言，揭露了帝国主义和封建势力勾结一起，对农民进行残酷的剥削和压榨，造成农村经济破产，使人民活不下去，表现出对敌人的憎恨和对农民的同情：

土布粗，
洋布细。
洋布便宜，
财主欢喜。
土布没人要，
饿倒哥哥嫂嫂！
……

上城卖布，
城门难过：
放过洋货，
捺住土货。

这是半封建半殖民地旧中国社会的真实写照。《田主来》一诗，借农民孩子之口，揭露地主阶级的凶恶、贪婪的本质，控诉其强取豪夺的罪行：

贼是暗地偷，狗是背地咬，
都是乘人不见到。
怎象田主凶得很，
明吞面抢真强盗！

诗人并对这种“勤的饿，惰的饱”的罪恶社会，提出“世间那里有公道”的强烈抗议。《渴杀苦》、《驾犁》、《割麦过荒》、《割麦插禾》等诗，也描绘出残酷的阶级剥削和压迫所造成的农民的悲苦命运。

五四运动新思潮的传播，给刘大白一定的影响。在《红色的新年》中，表达了对俄国十月革命的憧憬及对拿锤儿和拿锄儿的所开创的新“世界”的渴望：

朦朦胧胧地张眼一瞧，
黑暗里突然地透出一线儿红。
这是什么？——
原来是北极下来的新潮，
从近东卷到远东。
那潮头上涌着无数的锤儿锄儿，
直要锤匀锄光了世间底不平不公。
……
喂！起来！起来！！
现在是什么时代？——

一九一九年末日底二十四时完结了，
你瞧！这红色的年儿新换，世界新开！

在《劳动节歌》、《五一运动歌》里，作者歌颂了工人阶级的节日，召唤世界无产阶级团结起来，“除开政府资本家，不分国界种族界，劳动节，劳动节，世界的劳动节，世界的劳动者的劳动节”；《国庆》表现了诗人对未来的信念和希望：

要给全世界人类创造光明，
只有再仗着壮烈的牺牲，
别开途径。

历史底意义是过去的，
人生底意义是未来的，
从过去中求得未来的教训是什么？——革命。

刘大白在当时革命运动的影响下，思想虽有明显的进步，但他并未从根本上改变小资产阶级立场，因而有些作品，如《心印》、《爱》、《秘密之夜》等，流露出孤独、庸俗的情趣，想从卿卿我我的爱中寻找安慰。一九二七年以后，渐趋蜕变，失却了五四时期的锐气，再也写不出好的作品来。

刘大白是五四时期新诗的倡导者和实践者之一。他的诗作，特别是诗集《卖布谣》，学习民歌的格调，通俗晓畅，平易感人，形式活泼，语言朴素，为新诗的发展作了有意义的尝试。但他的诗不论内容或形式还没有完全摆脱旧诗的痕迹，有些诗“用笔太重，爱说尽，少含蓄”，正是他的新诗的缺陷。

（见田仲济、孙昌熙主编《中国现代文学史》
1979年8月山东人民出版社第1版）

刘大白的诗

〔苏〕Л. Е. 契尔卡斯基著　理然译

人们通常在创作风格上把刘大白和刘半农相提并论。民主主义倾向，农民题材，对民歌的爱好，把这两位不大相同的诗人联系在一起了。

刘大白一八八〇年生于浙江绍兴，他一生的创作及文学和教育活动都与这里有着密切关系。二十年代，省城杭州成立了"湖畔"诗社，入社的有汪静之、冯雪峰及其他几个抒情诗人、故乡山水的歌手。刘大白也在这里写下了他最早的诗篇。

他曾多次离开故土，又一次次回到家乡。一九三二年，他长眠在杭州的土地上。

刘大白去过日本，一九一五年，因反对日本向中国提出的掠夺性的"二十一条"的激烈行动而被迫匆匆离日，在新加坡等地流浪一年有余，袁世凯死后，才得回国。他先后在杭州和上海复旦大学教授中文，还在国民政府里作过教育部次长。

刘大白不仅是位诗人和教育家，还是位文学史家和批评家。他研究过《诗经》，写过《中国文学史》，还有许多诗学和诗史方面的著作，如《白屋文话》、《白屋说诗》、《旧诗新话》。

文学革命发起的时候，刘大白正在杭州。《新青年》上的文章点燃了诗人的心中之火，他积极拥护文学革命，大力提倡白话入诗。刘大白说过："民国八年之后，……我底文学观念，已经变迁。"而且，正如他的同辈人所说，他为此甚至不惜牺牲前程。刘大白的论敌挖苦说，他如此热心提倡白话，说明他不擅长文言，尽管他在科举考试中取得了好成绩。刘大白面临着解聘的威胁，由于他的一批学生用优美典雅的文言联名写了一封请愿书，才得幸免。

刘大白的旧诗功夫很深，一九一九年前，他都是用旧文体写作的，他的新诗集里也不难看出旧学的修养。刘大白的作品，是新旧文学之间联结过去与现代精神的典型的过渡阶段。刘大白、刘半农、俞平伯都以他们的实践表明，新诗的建立是多么的困难。同时，它又有无限的前途，因为他们比起二十年代刚刚起步的诗人来，更要百倍地醉心于旧题材和旧形式，可连他们也抛弃了传统的安乐窝，勇敢地去探索艺术的新途径了。用赵景深的话说，刘大白所代表的，是从旧诗脱化到新诗过渡期间的诗，也就是胡适所说刚放了脚的缠脚妇人。

刘大白出过五本诗集：《丁宁》（1929）、《卖布谣》（1929）、《再造》（1929）、《秋之泪》（1931）、《邮吻》（1926）。前四本收的是1919—1922年间的作品，最初编在一本《旧梦》（1924）里。作者一九二九年写道："印成的旧梦，有些是模糊的，有些是零乱的，有些是舛错的，有些是骈衍的，有些是漏略的……于是，斟酌著，剔除了些，添补了些，移动了些，订正了些，重新排列，重新剪裁，重新装束，把撕碎了的《旧梦》，作成现在的——

《丁宁》
《再造》
《秋之泪》

至于《卖布谣》，本来是旧梦的余影，在《旧梦》中已经是另成一群的；撕碎了旧梦以后，也依旧使它另成一群了。"

上面所举的每本诗集里，都有五言七言旧诗和词。赵景深认为，这些旧诗词写得都很好，而张毕来则说，他的某些新诗不过是"旧诗词的滥调加上几个白话字眼而已。这些滥调是知识分子念惯了的"。他对刘大白的评价显然是欠公正的。

关于刘大白新诗集里采用一些旧形式的问题。一些批评家说这不仅说明传统势力的顽固，也是作者针对许多专以模仿西洋为能事的青年诗人作出的一种反应。

刘大白的多数诗是用生动的口语写的。中国批评界认为，上列五本诗集，思想上艺术上最成功的要算《卖布谣》。这本集子收的是1919—1920年的作品，它表现了中国农村的畸形面貌，描写了使人确信农民无法照旧生活下去的冲突。现实主义诗人们看到了农民群众的觉醒，他们反抗官吏地主的行动，看到了备受压迫的封建农村的觉悟在逐渐地、但不可遏止地提高，而且刻划得相当深刻，相当典型。

刘大白诗中所写的，也是他亲眼看到的事实。

《卖布谣》、《田主来》、《驾犁》、《渴杀苦》、《布谷》、《雪门槛》、《脱却布裤》等篇写的是农村题材。刘大白走的是一条正确的路，他在摸索着农村阶级斗争的真实情况，但对这斗争的动力和历史前景却未能认清。他的立场是一个民主主义者和人道主义者的立场。下面是《渴杀苦》的最后一段，读起来叫人不能无动于衷：

渴杀苦，渴杀苦！
渴杀稻田，苦杀农夫！
田头看田主，高堂大厦，闲坐等收租！

再看看这幅清晰的立体图画：

驾犁，驾犁！
老牛晦气！
带水拖泥，犁重难移。
犁重难移，鞭长难避；
打落牛毛，擦破牛皮！

驾犁，驾犁！
老农呆气！
拉牛耕田，力尽筋疲。
稻熟租清，卖牛买米；
吃饱田主，饿杀自己！

这些现实主义的“农村诗”是继“红色之群”后写下的，这组诗的创作，受到了十月革命和共产主义思想的直接影响。收入这一组的有《红色的新年》、《劳动节歌》、《五一运动歌》和其他几首。诗人对劳动人民的赞颂，并没有超出“劳动神圣”这一著名口号。作为一个资产阶级知识分子，刘大白当然不能同时又站在工人阶级立场上，然而叶丁易却因此对他提出了批评。

上面提到的这些作品艺术价值不高，但却充满了高度的热情；五四运动使人们对进步和振兴满怀信心，引导着他们前进。

> 喂！起来！起来！！
> 现在是什么时代？——
> 一九一九年末日底二十四时完结了，
> 你瞧！这红色的年儿新换，世界新开！
>
> （《红色的新年》1919）

在《红色的新年》之后，刘大白写起了带劝谕色彩的伦理哲理诗。刘大白的诗发生了转折，不过我们觉得谢冕的批评也不妥，他认为《卖布谣》之后的诗充满了颓废孤寂的情绪。刘大白确实是一个矛盾的诗人。我们说他的作品有现实主义倾向，但也不忽略他对浪漫主义和象征主义的倾心。他自己也说过：“文学家，谁不带罗曼气呢？罗曼的精神，是文学的生命。”

刘大白写过不少爱情诗。我们同意赵景深的说法：诗人只是普遍地、一般地谈情说爱。《救命》、《地图》、《黄金》、《不要倒霉》、《想望》、《包车上的奇迹》、《雪》、《耶和华底罪案》也都很抽象，诗人想通过这些诗来回答使他寝食不安的问题。他以为人间的一切不幸都是由于人本性不完善，于是便责备起耶和华；他坚信世上的苦难都寓于黄金之中，黄金是造成这苦难的罪魁；他说雪落到地上，只是为了让这黑暗的世界“明白”一点。

刘大白的四百首短诗充满了哀伤和惆怅。它们可以说是千姿百态，五彩缤纷。这些象雾一样朦胧、奢望对生活进行概括的短诗，只是貌似寓意深刻其实并不深刻，它们真实地反映了诗人本人的精神状态。这种“虚无飘渺的唯心哲学思想”充当了他诗的建筑材料。要区分刘大白短诗的主题是困难的。他写时间是奇怪的轨道，只许开前进的车，写只有艺术之酒能永久醉人，也写文学家支配社会的魔力比宗教家还大。但刘大白也有一个心爱的主题，他反复写这个主题，它在他各个诗集里都占着显要的位置。如果可以称汪静之为命运的歌手，称谢冰心为对母亲的爱的歌手，称徐玉诺为同他憎恶的回忆决斗的骑士，那么刘大白就可以称为泪水的歌手。他写了几组这样的诗，如《泪痕》、《堕泪》、《秋之泪》、《别后之泪》。诗人象个淘金工人一样搜集着人间的泪水，端详着每颗泪珠，看到里面隐藏的痛苦。泪水，一滴滴泪珠堆积起来，诗人呢，以忧郁的心情欣赏着，折磨着自己，收拾着这越来越多的人间苦难的见证。

刘大白不相信有幸福的人：

有些人毕生不曾流过泪。
似乎是幸福了。——
也许是麻木吧！

刘大白的泪水淹没了他的一切。泪水干了是为了再流。诗人常常在绝望和“无病呻吟”之间走钢丝。他的“泪水”诗有时也出人意外地显得做作，一个意思反复地说，如“你看，我底泪回来了，我的别后之泪回来了……别后之心都化作别后之泪了”等等。

不过，刘大白的笔下并非都是无病呻吟之作和幽玄的议论。他的写景诗就相当鲜明、形象。

西风，
……
窗前这许多落叶，
原都是你作践的。
作践下来也罢了，
怎还把他洗洗沙沙切切壳壳地乱转著玩？

长虹，我知道你是整个的圈儿；
为甚么吝啬得很，
只将一半给人看？

刘大白的短诗里，也有一些与他一九一九年的诗及诗集《卖布谣》相呼应的、带有强烈社会倾向的作品，如《归坟墓去吧》等。

刘大白说：

有意义的死，
是长养自由的肥料；

他相信新世界和新艺术的创始人付出的牺牲并不是没有价值的。

（本文译自苏联科学出版社1972年出版的《中国新诗（20—30年代）》第一编第五章“现实主义者”）

《白屋遗诗》

唐弢

新文人中颇多精于旧诗者，达夫凄苦如仲则，鲁迅洗练出定庵，沫若豪放，剑三凝古，此外如圣陶、老舍、寿昌、蛰存、钟书诸公，偶一挥毫，并皆大家。惟单行付梓，早获定评者，惟沈尹默、刘大白两家而已。尹默有书曰《秋明集》。大白旧诗集名《白屋遗诗》，遗诗云者，盖梓于大白逝世之后。全书分七部，曰：《辨云剩稿》、《冰庑集》、《剑胆集》、《北征小草》、《东瀛小草》、《南冥小草》、《西泠小草》，古今体俱备。王世裕为之序云：

> "五四"以还，大白敝屣其旧诗，然温丽隽爽，予夙爱之。尝戏谓他日署予名刻之何如？君殁后，诗稿存储君皖峰处，予乞以归，题曰：《白屋遗诗》，付上海开明书店。经年而书成。昔日戏言，宛然如昨，而君墓有宿草，予亦垂垂老矣。风雨之思，良不可任。二十四年春日，王世裕识。

《白屋遗诗》出版于一九三五年四月，线装一册，连史纸印，封面由夏丏尊题签，扉页则出经亨颐手笔，大白诗清雅自如，有信手拈来之妙。我得这本书于旧书摊头，非挟以自珍，不过文人积习，偶似嗜痂而已。

（见《晦庵书话》，1980年9月北京生活·读书·新知三联书店出版）

《邮 吻》

唐 弢

《旧梦》以后，刘大白又有诗集曰《邮吻》；收诗三十一首，儿女温柔，情见乎辞。以大白所受的教养，所处的社会，竟能有这样绮丽的诗，这样热烈的书名，不可谓非奇事！老辈之中，惟曾孟朴可与比拟。《邮吻》出版于一九二六年十二月，仍归开明发行，列为《黎明社丛书》之一，前附《付印自记》。大白对《旧梦》的装订、排印和迟迟出版，大感不满，说商务只知道赶印教科书图利，忙着去“教育商务”，希望《邮吻》不至再蹈这个覆辙。他在《付印自记》里还叙述了一个关于《旧梦》的趣事。他说：

> 还有一件趣事，也值得一说。该书馆每逢有一书出版，照例在总发行所入口处挂一牌子；等到再有一部新书出版，才把先出的一块书名牌挨上一肩。如此递挨上去，直到最末的一个位置上，才再由最新的书名牌一挤，把它挤出去。《旧梦》出版以后，他们自然照例挂牌。但是因为横行的缘故，书面上“旧梦”两字也是从左向右的横排；不料写牌子的先生竟反其方向而读之，把它写作“梦旧”。出版不久，被我的朋友瞧见了，告诉他们说：这是“旧梦”，你们写颠倒了，应该拿下来改正！他们果然从谏如流，立刻把它拿下来了。不过只从了一半的谏，拿是拿下来了，改却没有改；从此这块牌子就提前被淘汰了，不曾再挂上去。因此，此书出版数月，还有许多朋友以为不曾出版。并且有人知道出版了，到总发行所去买，

他们还说只有《梦旧》，没有《旧梦》，以致失望而回。这些都是《旧梦》出版以后所遭的不幸，我很希望《邮吻》不至于她姊姊似地也交这种魔苦运！

《邮吻》所收各诗，仍不脱旧时词章影响，其中《邮吻》、《秋晚的江上》、《春寒》等篇较少传统气味，可说是集中好诗。至于书的形式，《邮吻》较《旧梦》进步得多，除再版改装外，初版《邮吻》由沈玄庐题字，恰恰作封面，双色套印，底作玫瑰色，画淡绿信封一，右角贴邮票，邮票中有唇印，当系情人之吻。不知今日情场上少男少女，尚有玩此把戏者否？

（见《晦庵书话》，1980年9月北京生活·读书·新知三联书店初版）

《刘大白选集》前言

谭　鸣

一

春寒料峭，
女郎窈窕，
一声叫破春城晓。

“花儿真好，
价儿真巧，
春光贱卖凭人要！”

东家嫌少，
西家嫌小，
楼头娇骂嫌迟了。

春风潦草，
花心懊恼，
明朝又叹飘零早！

上面是刘大白《卖花女》中的第一节。

早岁在国文课本中读到这首新诗，立即给它迷住，只朗读了两三遍，即能琅琅背诵。诗中的情、景、意深深地印入少年纯真的心版上，至今仍未磨灭。

记得当时课本中所选课文，新诗方面有沈尹默的《生机》、冰心的《迎春》等篇；旧诗词方面有陶潜的《归田园居》，范仲淹的《渔家傲》等篇，这些篇章早已脍炙人口，为什么《卖花女》对我印象特深？当时自己也说不出所以然。现在回过头来再加分析，大概有下列各点原因：

第一，《卖花女》这首新诗，形式整齐，每小节的格式一样，而且每句都叶韵，声调铿锵，读来特别畅顺，有助记忆。

第二，《卖花女》用的虽是旧诗词的形式，但内容取材自现实生活，遣词用字，浅近明白，不用典故，没有旧诗词那么古奥难于理解。作者以素描笔触把一幅小城春晓图勾勒出来，活灵活现地呈现在读者眼前，使人在直观中便可以理解和接受。

第三，全诗着墨不多，用词恰当，句子精练，每一句表现一件具体的事物，每一小节分别描绘一幅景象，表达一种意境，写出一份感情。整首诗来说，有景有情，景是活生生的，情也是活生生的。既没有古诗词那么空灵缥缈，连主题也不易捉摸的缺点；也没有时下新诗那么唠苏冗长，虚字连篇。具体的内容自然使人印象难忘。

上述的论点可说是笔者个人的偏见和偏爱，对文学艺术的欣赏，各人的爱好不同。如果拿现代诗的尺度来衡量，结论或许大异其趣。这里没有强求一致的意思，不过拿《卖花女》来代表刘氏早期诗作的风格，倒是非常恰当的。即一可以概其余，从一斑中可以想见全豹。

二

刘大白（1880年—1932年），本姓金，名庆棪、字伯贞，浙江绍兴人。辛亥革命后始改刘姓，更名靖裔。他为什么更改姓名，一时找不出充分的证据，一般人多不知道他有靖裔这一名字，因为他常署大白这个别号，后来竟变成了他流行的名字。

刘氏自小生长在书香门第的家庭，父亲望子成龙心切，对他管教很严，这可能造成两方面的后果：一是在严厉的督促下，刻苦用功，奠定了他良好的国学基础，经过长期潜修，使他对文学、佛学、史学、哲学等都有相当造诣。尤其在诗歌方面的成就更为突出，日后成为新文学运动初期有名的诗人之一。一是过分的管束很容易产生一种反叛情绪，这种反叛的心理作用积聚下来，一有机会就会象火山般爆发。试看他后来对古文攻击的不遗余力，虽说是顺应潮流，而与他自己深受其苦，不无关系。

一分耕耘一分收获，刘氏在清末科举时代便是优贡生，这是州府在生员（秀才）中选取成绩优异的，直接向朝廷推荐，升入国子监（相当于现代的国立大学）肄业。这一荣誉和优待是当时一般士子所钦羡的。

在科举制度的框框中，他也曾无可奈何地做过八股试帖之学，这并不是他的志趣所在，象一般青年志士一样，他关心的不是个人的功名利禄，而是国计民生。尤其在文学方面，他要冲破传统上什么“载道”“义法”的桎梏，开创自由的新领域。

当“五四”新文学运动的号角响起，他便毅然投身于这正义行列的前锋，勇敢地揭开那些抱残守缺的老古董的画皮。而更大的成就，是他在这期间写下了不少新诗，成为蜚声文坛的歌手。

后来他在复旦大学主持中国文学系，出任教育部次长等职，公余依然写作不辍，对文学研究的兴趣不减。他爱藏书，在每本书上总爱盖上一方篆刻“寻常百姓”四字的小章，从这点可以想见刘氏的襟抱。

三

刘大白的诗名胜于文名，他早期的诗作，都收在诗集《旧梦》里，后来重编分成《丁宁》《再造》《秋之泪》《卖布谣》四个集子，稍后的作品则收集在《邮吻》中。

关于刘氏诗作的特点，他自己在《旧梦付印自记》中说得明白：“沉溺于旧诗词中差不多有三十年的历史，所以我的诗传统的气味太重。”又说“用笔太重，爱说尽，少含蓄。”这都是中肯又坦白的夫子自道，与其说这是刘氏诗作的小毛病，无宁说是一大特色。

从形式上来划分，刘氏的诗可分为两大类：

一类是从旧诗词中蜕化出来，除上述的《卖花女》之外，同类型的还有《秋夜湖心独坐》《明知》《是谁把》《别》《西湖秋泛》《相思子》等篇，真是词的变调。但却又跟旧诗词有所不同，那是旧瓶新酒：在旧形式中写出了新内容，在旧观念中注入了新感情，在旧格调中表现了新思想。

我们再看《卖布谣》，形式属于歌谣体，诗人运用了高度的艺术概括手法，通过有力的四言短句，把当年一幅小生产者的悲惨生活，手工业破产的社会图景，活生生的呈现在读者面前。诗中巧妙地运用了对比的手法，深得诗经的“比”“兴”之道，这不是现代“国风”中的《硕鼠》吗？

朱自清称道刘氏能将旧诗词的音节溶入新诗，又善于把旧诗词的情景翻出新意，指的就是这一类作品。

世界事物在不断地演变发展，其间总不免经历崎岖艰苦的路程。丑陋的毛虫蜕变成美丽的蝴蝶，并不是一朝一夕的事。新诗的发展也不例外，早期的诗人很难一下子就摆脱旧诗词的影响，突然创造出一个崭新的新诗王国，只能逐步在渐进中蜕变。这点我们可以从刘大白的诗作中获得佐证。

另一类是形式完全自由的小诗。作者自己把这类小诗依据内容或主题分类，如《旧梦之群》《花间的露珠之群》等，我们只要从这些诗组的总标题，就可想象作品的旨趣。

诗人的感情是丰富的，观察力是敏锐的，把个人的感受和经历写入诗中，只轻描淡写的几笔，便抒发了一种浓烈的情怀，蕴含着一种哲理，象一颗小小的橄榄，咀嚼后有回甘的余味。

这类小诗以抒情为主，无论格调和内容，显然深受印度大诗人泰戈尔的风格影响，冰心早期的小诗也如此。写作这类小诗必须有丰富的联想力，否则平铺直叙，便失去使人吟咏的兴味和吸引力。清人袁枚论诗时认为景从外来，情从心出，写景易，言情难。意即诗起码要情景交融，若能做到寓理于情，藏情于景，那是更高的境界。在刘氏的诗作中，我们不难发现这类高境界的作品。例如：

从瘦牛背上，
看了缕缕的鞭痕，

吃惯了的一日三餐，
已经不容易下咽了。
何况看了农夫额上的汗，
　　　　身上的瘢，
　　　　手脚上的茧？

诗句虽然浅近，也不算精练，但已做到“寓理于情”的境界。它通过农民的辛劳艰苦生活，道出了“稼穑艰难”的道理。又如：

不幸富贵了，
就不配在山林间生活了；
牡丹呵，
贫贱的姐妹们在笑你呢！

诗人借世人以牡丹花象征富贵的观点，反其道而行之，讽刺人们追求富贵，而富贵后却又陷于孤独的悲哀。这是现实生活中的普遍现象，经诗人一比，道理就更加明白。诗中用“不幸”一词，足见作者遣词用字的功力，也表明了诗人清高淡泊的心志。

至于爱情的篇章，则是缠绵悱恻，柔情无限，别有一番温馨旖旎的情调。

其他象《春意》《罗曼的我》等篇，是“藏情于景”的代表作。

四

一般人都认为刘大白是一个纯粹的诗人，其实他对文学的评论，也有极精到的见解，著有《白屋说文》《白屋诗话》《旧诗新话》《白屋说诗》等，都是谈诗论文的作品。

《白屋说文》里的文章主要是反对古文，他痛心疾首地称古文为“鬼话文”，古文作者为“活死人”，揭橥说话和文字都有时间性，随着历史的步伐，不断演进，一个时代有一个时代的语文，直斥现代人写作古文的谬误。在流派方面，他极力攻击桐城派的所谓“义法”，不为传统的观点所左右，指出这一派的祖师爷们写作的古文不过是摩登的八股文，论证了他们的动机和手段，把西洋镜拆穿。

在个人方面，他大胆地把时人称为国学大家的章炳麟拉出来示众，指出他用奇僻的字换平常的字的伎俩，故意制造艰涩难懂，以示高深。文中谈古说今，理直气壮，较之那些只会消极地躲在暗角里放放冷箭，更显得刘氏的积极和勇敢。若拿这些锋芒毕露的作品与那些软绵绵的情诗相比，谁会相信这是花呀、月呀、情呀、爱呀的诗人手笔？

话得说回头，他对古文并非采取一笔抹煞、一概否定的态度。相反，他主张不可斩断历史，现代青年对古文应“只求能懂，不求能做”。所以他对中学课本中古文和语体文的编选分配方法，提出了循序渐进的建议。直到今天，国内外的中国语文课本编纂，仍未逾此准则，可见他不愧是语文教学的长才。

前面已经说过，刘氏文学根底深厚，对旧诗词研究尤见心得。在《白屋诗话》《旧诗新话》中，常有真知灼见的论点，不落前人窠臼，例如他对《古诗十九首》的主题作了总的分析，不以“古人作诗，托男女以寓君臣”的迂腐成见为然，主张把这些古代抒情诗的“木乃伊”的灵魂，重新注入新的生命，重现本来面目。

总的来说，刘大白的说理文章，极富逻辑性，不善夸饰和卖弄花巧，理胜于文，具有说服力。但行文遣句之间，不期然渗入古文笔调，可见他受古文影响的深重，一时不易完全摆脱。这好象一位放了脚的姑娘，走起路来仍旧不大自然一样。世间事物的发展，原是不可一蹴即就。在新文学运动的阵营里，刘氏扮演了急先锋的角色，奋勇直前，已值得我们大加赞美，文笔上有一点不可避免的小瑕疵，我们何忍责备求全呢！

谭　鸣

1981年3月

（见《刘大白选集》（中国现代文选丛书），

1981年香港文学研究社出版）

现代诗人及流派琐谈（节录）

钱光培　向远

四、《星期评论》之群

前面谈到的《新青年》、“新潮”、“少年中国”的诗人，讴歌十月革命、主张在中国建立工农政权的不多。上海的《星期评论》却不是如此，它以讴歌十月革命为主，明确地宣布在中国建立工农红色政权。因此，虽然《星期评论》的时间不长（一九一九年六月八日至一九二〇年六月六日），诗人也不多，但却值得我们充分重视。

一九二〇年元旦，《星期评论》出了个“新年号”，首页是用大字刊登的一首叫《红色的新年》的诗，诗的最后两段说：

朦朦胧胧地张眼一瞧，
黑暗里突然地透出一线儿红。
这是什么？——
原来是北极下来的新潮，
从近东卷到远东。
那潮头上涌着无数的锤儿锄儿，
直要锤匀了锄光了世间底不平不公。
呀，映着那初升的旭日光儿，
一霎时遍地都红，

惊破了他们俩底迷梦！❶
喂！起来！起来！！
现在是什么时代——？
一九一九年末日底二十四时完结了，
你瞧！这红色的年儿新换，世界新开！

同一年五月一日，《星期评论》又出了个“劳动纪念号，首页的上半版是一幅世界地图，地图旁一工一农手举锤子和镰刀，下半版是《劳动世界歌》。歌曰：

提起锄头握起锤，光明的世界豁然开。
什么国家，什么法律，什么人种，横堵里调起鬼把戏来。
哼！呵！哼！呵！
努力打倒阻碍幸福的鬼祟。

锄儿驾起春风来；锤儿打出火光来。
什么阶级，什么制度，什么差别，一切粉碎虚空化作灰。
哼！呵！哼！呵！
努力创造幸福的机会。

这个世界是劳动者底世界，大家欢欢喜喜来做工。
吃的饱了，穿的暖了，住的房子用的东西也够了。
哼！呵！哼！呵！
努力造就一个很美丽的劳动世界。

这两首诗，把“北极下来的”一线红光呼作“新潮”，宣布用锤子和锄头摧毁旧有的国家、阶级、制度、法律，创造一个“美丽的劳动世界”，这在我党还没有成立的当时，的确是难能可贵的。如果我们把《星期评论》认为的“新潮”，同北京大学学生们认为的“新潮”——

❶ “他们俩”指中国的工农。

The Renaissance（文艺复兴）——比较一下，更能看出《星期评论》的可贵的思想倾向。

在《星期评论》上宣传和讴歌十月革命以及劳动世界的诗人之一，就是——

刘　大　白

前面引用的《红色的新年》就是出自刘大白之手。

刘大白歌颂工农革命的诗还有很多。一九二一年四月三十日，为了庆祝“五一”节，他写了三首诗：《劳动节歌》、《八点钟歌》和《五一运动歌》。在《劳动节歌》中，他说：“世界，世界，谁能创造世界？——不是耶和华，只是劳动者。世界，世界，劳动者底世界！”创造世界，不是神仙和救世主，只是劳动者自己，这些话，《国际歌》虽然早就说过了，但在中国诗歌中，却是第一次。

在《五一运动歌》中，刘大白说：

五一运动，五一运动，
劳动者第一成功。
虽则成功，
也难免召几回飞溅血花红！
断头台上，
枪弹丛中，
有多少牺牲者曾经断送！
五一运动，
悲壮啊！成功底历史多么惨痛！
五一运动，
光荣啊！成功底代价多么珍重！

五一运动，五一运动，
劳动者第一成功。
美也成功；

欧也成功；
只有特殊的亚东，
还脱不了资本家的牢笼，
瞧不见世界的劳动潮流涌！
五一运动，
醒来啊！支那人底清梦！
五一运动，
起来啊！支那劳动者底奋勇！

这首诗的态度更明朗，把矛头直指“资本家的牢笼”，要中国的劳动者起来，学习欧美无产阶级，为自己的解放事业英勇斗争，用自己的鲜血“飞溅血花红”，开创一个崭新的世界。把这首诗同《劳动者歌》和《红色的新年》放在一起，不难看出，这时的刘大白是工农运动的热情讴歌者，是工农革命的热情赞助者，同时也是未来的红色世界必将诞生的坚定鼓吹者。

刘大白非工非农，自幼读的是儒道，习的是八股，曾经是前清的贡生。象他这样一个人，怎么会去歌颂十月革命，歌颂工农运动，热望在中国这块古老的大地上建立红色的工农的世界呢？这是因为：

他积极地参加了五四运动。五四运动的时候，刘大白在杭州浙江第一师范学校任教，同夏丏尊、陈望道、李次九等人积极宣传新思想，时人称他们为浙江一师的“四大金刚”。在“四大金刚”的影响下，浙江一师的新思潮运动十分活跃，学生施存统写了《非孝》一文，遭顽固势力敌视，浙江省教育厅以“非孝、废孔、公妻、共产”为名，要查办“四大金刚”。校内外进步势力同顽固势力这一恶劣行径进行了针锋相对的斗争，逼迫教育厅收回了“查办”的成命，但四人也因此离校。顽固势力不敢查办四人，是进步势力的胜利，但四人离校，又说明了顽固势力的强大。这次斗争的结局，推动四人进而转向对未来道路的探讨。正是在对未来道路的探讨中，他们接触了马克思主义。

通过学习马克思主义，刘大白认识到，中国，既有“农夫忙碌，田主福禄”的阶级的对立，又有“放过洋货，捺住土货”的中国人民与帝国主义的对立。因此，要解决中国的问题，只有走北方的十月革命的道路，只有工农才能锤匀和锄光世界的不平不公，只有劳农政权才是“那初升的旭日光儿”，能使中国“遍地皆红”。

认准了象十月革命那样的工农世界才是真正的“新潮”以后，刘大白便身体力行，勇猛直追。就在一九一九年十二月三十一日，即在写《红色的新年》的那一天，刘大白还写了一首叫《淘汰来了》的诗。诗中说：

回头一瞧，淘汰来了！
那是吞灭我的利害东西哪！
不向前跑，怎地避掉！
待向前跑，也许跌倒——
唔，就是跌倒，挣扎起来，还得飞跑！
要是给追上，
怎禁得他底爪儿一抓，牙儿一咬？

正是这种不愿被淘汰的精神，使刘大白跟上了时代的步伐，在相当多的诗人把资产阶级人道主义当成灵丹妙药的时候，刘大白却用饱满的热情宣传和歌颂十月革命开创的工农世界，激励广大工农起来为自己的解放而斗争，这在今天来看，依然应该给予充分的肯定。

一九二二年下半年以后，刘大白开始走向消极，追诉“旧梦”，擦拭“泪痕”，看“花间的露珠”，慨叹“人生是一个谜”。造成刘大白消极的原因很复杂。从客观的原因来说，有时代的限制，有党内外斗争的影响，有那一代知识分子不能和广大劳动人民认真地结合在一起的通病；从主观的原因来说，有马列主义水平的低下，更有过重的因袭的负担。但是，即使如此，我们看到，刘大白对他早年歌颂十月革命、主张建立工农新世界的诗一直是承认的，并怀着深沉的依恋。逝世前两年，他把《旧梦》“撕碎”成《丁宁》、《再造》、《秋之泪》出版，特地保留了载有《红色的新年》、《五一运动歌》的《卖布谣》，并说：“这些撕碎了的旧梦之影，不论是甜的苦的辛的酸的，毕竟是旧时生活的片断，常常在心海中浮沉着，不能把它们完全泯灭了。”五四初年的许多诗人，在编定诗集的时候，常常把那些“激烈”

的诗删去，刘大白没有这样做，这对于已经是南京政府教育部次长的他来说，也是难能可贵的。

作为前清的贡生，刘大白有很深的旧诗的根底，到了写新诗以后，刘大白怕把新诗写成旧诗，有意用重笔，把话说尽，时人因此认为他的诗“太露”。对这种“太露”，刘大白自己不以为然，自称是“由旧入新的过渡时代的诗人”，每每嫌自己的诗新旧相杂。对这种新旧相杂，评论界有两种互为抵触的看法：一些人批评他旧的东西丢得太多，另一些人则批评他旧的东西留得太多。今天来看，新旧相杂正好是刘大白诗的特点。刘大白有意追求诗的音节的整齐和韵律的和谐，使他有的诗写得来很象绝句，但又明白清晰，是典型的用白话作的绝句，如《促织》：“一番雨过一番凉，四面虫声比雨狂；促织何须忙促织，有人袖手看缝裳！”

刘大白诗的另一个特点，是“哲理的抒情化”，企图在诗歌中表现深奥的哲理。哲理是深奥的，而诗又是精炼的，深奥加精炼，弄不好，很容易把哲理诗写成谜语或玄言一类的东西。但刘大白的哲理诗却没有这样的现象。他的哲理诗既明白易懂，又能体现一定的哲理。这方面的好诗很多，如：

当菜花披着黄袍，
称霸于绿野时，
豆花不曾屈服，
依然黑白分明！

——《泪痕之群三十六》

恋人底小影，
只有恋者的眼珠，
是最适当的框子。

——《旧梦之群九十》

刘大白诗的再一个特点，是重视诗的意境和构思，如《千叶红梅》：

几道金属的细丝，
牵绊着一树千叶的红梅；
强将伊整齐屈曲，
消灭了零乱参差的美。
倘叫伊长住空山，
孤芳自赏，
也何曾不十分名贵！

萧疏是伊底天然，
倔强是伊底个性；
为甚地恶作剧的园丁，
定要显佢那摧残个性，戕贼天然的本领？
如今，就绣幕遮栏，
银盆供养，
也只能是伊底不幸！

千叶红梅，是江浙一带的传统盆景，由于制作艰难，售价往往很高，十分名贵。刘大白先肯定它的名贵，然后又用“天然”和“倔强的个性”来否定它，表达了反对束缚、追求个性解放的愿望。这种先肯定然后又加以否定的构思，对后世诗歌影响很大，至今还能看到它的影子。

（见钱光培、向远著《现代诗人及流派琐谈》，
1982年2月人民文学出版社北京第1版）

论刘大白诗歌创作中的两种倾向

何镇邦

在五四时期的新诗人中，刘大白是作品甚丰、影响颇大的一个。历来谈论他的诗的批评家，以及有关中国现代文学史的论著和教材，都只提到他的组诗《卖布谣》，把他与刘复（半农）并列为五四时期比较突出的两位现实主义诗人。诚然，《卖布谣》这组诗在刘大白的诗歌创作中，甚至在新诗史上，都是占有重要地位的篇章。但是，在评论刘大白的诗歌创作时，如果仅仅看到《卖布谣》等一组诗是不全面的，也是不客观的。本文试图从刘大白诗歌创作的全过程出发，对他的诗作做一个比较全面比较客观的评价。

一

刘大白（一八八〇——一九三二），浙江绍兴人。五四运动爆发时，他已经是个中年人了，但他仍和当时的爱国青年一起投入运动，积极参加了响应五四运动的浙江第一师范学堂的学潮。在这一时期里，他具有一定的爱国主义热情和民主主义思想，憎恨旧的东西，看穿了黑暗的现实社会，力图摆脱“因袭的重担”，赶上时代的潮流，追求光明的未来。他积极参加新文化运动，“鼓吹新文化不遗余力，一时称为骁将，且不免有过火的地方”。正是在这样的思想基础上，他写出了组诗《卖布谣之群》和《红色的新年》、《五一运动歌》等诗篇，比较深刻地揭露了贫富对立等不公平的社会现象，要求改变现实，具有一定的革命精神。这些诗篇里所表现出来的思想倾向与五四时代积极进取的时代精神是合拍的。

但是，刘大白毕竟是从旧营垒中过来的一个软弱动摇的小资产阶级知识分子。他自己老是觉得“你要向前，因袭却要你朝后”；实际上也的确是这样，“因袭的重担压着他，他觉得尽力挣扎，有时还不免被压住了动弹不得。”❶在那个社会中，面对着还暂时占优势的黑暗势力，他终于被吓退了。就在五四新文化运动统一战线开始分裂、国民党右派“西山会议派”嚣张的时候，他在政治上转了向，由五四新文化运动的“骁将”转而成为国民党右派的追随者。❷在思想上，他一步步地由挣扎反抗，到孤愤寂寞，以至于消沉妥协。一九二七年大革命失败之后，他弃教从政，当上了国民党南京政府的教育部次长（还一度代理过部长）。这种政治立场和思想倾向的变化，必然在他的诗歌创作上表现出来。他后期的诗作——《秋之泪》、《邮吻》等诗集所表现出来的躲避现实、消极颓废的思想情绪，就构成与《卖布谣》等诗截然不同的倾向。

刘大白的第一部诗集是初版于一九二四年三月的《旧梦》。这个诗集收编自一九一九年夏间开始写新诗至一九二三年间的作品。后来，一九二九年至一九三〇年间，他又把这个诗集分为《卖布谣》、《再造》、《丁宁》、《秋之泪》等四个诗集再版。他是怀着矛盾、迷茫的心情来编印《旧梦》的。他一方面表明：“我底诗，通过了我底心和我底生命。”❸一方面又感叹：“人生是一个谜；诗里所表现的人生，尤其是谜中之谜。”❹他觉得过去几年偏激了，因此在把《旧梦》分编为四个诗集重版时，竟把一九一九年岁末写的具有鲜明革命倾向的《红色的新年》删弃。而从重版的四个诗集中正好可以看出，《旧梦》的创作倾向是不一致的：《卖布谣》和《再造》、《丁宁》中的一部分写于一九一九年至一九二二年间的篇章，表现出比较深刻

❶ 陈望道：《〈旧梦〉序》，载诗集《旧梦》卷前。

❷ 据邵力子先生一九六二年春在复旦大学一次座谈会上说，刘大白政治上的转向当在国民党右派“西山会议”前后。

❸ 刘大白：《旧梦：泪痕之群》。

❹ 刘大白：《〈旧梦〉付印自记》。

的现实主义精神；而《秋之泪》及《再造》、《丁宁》中另一部分写作时间较晚的诗，则表现出相反的思想倾向。

刘大白的另一部初版于一九二六年十二月的诗集《邮吻》，是在更加迷茫和捉摸不定的心情下编选的。在这个集子里，除了少数几首可读的抒情诗（诸如《邮吻》、《卖花女》、《回头来了的东风》等）外，大都不是玄谈哲理、充满伤感颓废情调的小诗，就是庸俗无聊的“爱情诗”和涂上了灰色情调的写景诗。在那大革命前夕，正是他政治上转向、思想上迷茫的时期，因此是难以写出反映革命风云、表现人民疾苦的现实主义诗篇来的。

二

一个现实主义的作家，总是在他忠实地描写不以人们的意志为转移的客观现实及其发展的过程中，揭示出现实生活某些本质的规律，或揭露深刻的社会矛盾，或表现特定的时代精神。因此，现实主义的文学作品就具有很强的社会认识意义。正如高尔基指出的：“现实主义的作家倾向于把具有一般意义的，他的时代底一切人们所特有的东西综合、总括成唯一的、整个的东西。这个唯一的东西就是典型的东西，除开它的和谐、美丽——美学上的价值——以外，对于我们它还具有一种不可辩驳的历史文献的价值。”[1]刘大白收在《旧梦》中的一些反映农村现实生活的小叙事诗，例如《卖布谣》、《田主来》、《收成好》等，以及《新禽言之群》中一些短诗，例如《挂挂红灯》、《渴杀苦》、《布谷》、《割麦割禾》等，确实比较真实地典型地反映了五四时期江南农村的社会面貌，比较深刻地揭露了当时的社会矛盾，具有比较深刻的现实主义精神。这一组富有生活气息和民歌风味的江南农村风俗画，的确具有一定的“历史文献的价值”。

刘大白不像他同时代的诗人们那样讴歌个性解放，以表现五四时代积极进取的精神，而是把他的笔触伸到苦难深重的江南农村，描绘农民在地主的压榨下，农村小手工业者在洋货充斥市场和苛捐杂税的

[1] 高尔基：《果戈理论》，见《苏联的文学》，新文艺出版社一九五三年版80—81页。

重剥下，劳动终日而不得温饱，生活濒于绝境的现实生活，通过一些成鲜明对比的生活画面，揭露农村贫富对立的社会矛盾，表现出诗人对农民和小手工业者的同情和对那些靠农民的血汗“穿得温暖、吃得香甜、住得安全”的地主老爷们、“夺布充公”的税吏们的无限愤慨。当然，这种同情和愤慨，只不过是一种不平的情绪，但在那个时代，能够无情地揭露剥削者，借农民的嘴把地主斥之为“明吞面抢真强盗”，又能对遭受压迫剥削的农民、小手工业者表示同情，已属难能可贵。应该说，《卖布谣》等诗篇是二十世纪初期中国农村的真实图画。在对农民表示同情、对“田主”进行揭露之中，表现了刘大白前期所具有的民主主义思想。

刘大白在《〈旧梦〉付印自记》中说：“因为沉溺于旧诗词中差不多有三十年的历史，所以我底诗传统的气味太重。”这的确是刘大白诗作的一个突出的特点，收集在称为“卖布谣之群”和“新禽言之群”中的这些反映农村生活的小叙事诗，传统气味尤其重。读着这些诗篇，很容易联想起诗经中的国风，汉魏乐府诗以及白居易倡导的新乐府诗等古代民歌民谣和拟民歌民谣的文人诗来。《卖布谣》等诗，不仅继承了它们的现实主义的精神，也继承了它们传统的艺术手法，构成了与五四时期一些洋味颇浓的新诗截然相反的淳朴自然的艺术风格。

这些诗善于运用典型化的手法，通过日常生活的画面揭露出深刻的社会矛盾，反映农民悲惨的命运。《卖布谣（二）》描绘了哥哥卖布的情景，很得白居易《卖炭翁》等新乐府诗的真传，善于通过典型的生活画面高度概括地反映现实生活。而《田主来》一诗则通过佃户为田主下乡收租准备租鸡的场面，对地主残酷剥削进行血泪的控诉，其典型化的手法更是值得称道。

这些诗还善于运用朴素的白描进行鲜明的对比：

渴杀稻田，苦杀农夫！
回头看田主，高堂大厦，闲坐等收租！

——《渴杀苦》

农夫忙碌，田主福禄。

田主吃肉，农夫吃粥。

——《布谷》

这是民歌常用的艺术手法，在刘大白反映农村生活的诗里也得到较好的运用。

善于以生动的口语入诗，诗句洗炼而又通俗明白，节奏明快，质朴平淡中包含着热烈激昂的感情，这是《卖布谣》等诗又一鲜明的艺术特色。《卖布谣》、《挂挂红灯》等诗以四言句为主，显得质朴自然；《收成好》、《田主来》用生动的口语写对话，显得生动活泼。这种富有民歌风味的土腔土调，对干充斥洋腔洋调的五四时期的新诗坛来说，无疑是一股新鲜的气息。

在写作《卖布谣》等小叙事诗的同时，刘大白还写了这么一些短诗，以激愤的情绪，尖锐辛辣的笔触揭露和讽刺了剥削阶级。在《龟》这首诗里，他用乌龟的形象影射那些"财神"、"军人"和"老官僚阔乡绅"，怒不可遏地借着对乌龟的诅咒而怒斥他们：

你不曾劳动，
却侥幸生存；
这种堕落的生涯，
也算得掠夺阶级的标本！

在另一首小诗里，他把富人比为蚊子，做了同样的讽刺：

吸人膏血的蚊子，
与其说是无情的刺客，
不如看作不仁的富人。

——《流萤之群》之八

在《金钱》、《黄金》等诗中还揭露了旧社会罪恶的金钱的关系，指出："黄金铸就了人和人间的锁链，黄金又垒起了人和人间的障堑。"同时，他又看到富人们挥霍的金钱正是"劳工们血汗底结晶片"！这些诗，虽然大都写得比较浅露，但已经不是一般的写实了，而是进一步触及到现实社会的本质，表现出对当时黑暗社会的否定，这是它们超出五四时期一般写实诗之处。

在《红色的新年》、《劳动节歌》、《五一运动歌》等诗里，诗人已由对现实的不满进而表现为对革命的追求，甚至呐喊起革命来。《红色的新年》写于一九一九年除夕，诗人被时代的革命气氛所感染，被革命精神所激奋，于是写出这呐喊革命的诗篇来。在诗里，他表示要用铁锤锄头“锤平锄光了世界底不公不平”，还指出“映着那初升的旭光儿，一霎时遍地都红”，最后，呼唤人们从“迷梦”中醒来：

喂！起来！起来！
现在是什么时代？
一九一九年末日底二十四时完结了，
你瞧！这红色的年儿所换，世界新开！

《劳动节歌》、《五一运动歌》则是对劳动者和劳动者节日的热情歌颂。他在诗里指出，创造世界的“不是耶和华，只是劳动者”。因此，世界，也只能是“劳动者底世界”！他赞颂劳动者的节日：“五一运动，悲壮啊！成功底历史多么悲痛！五一运动，光荣啊！成功底代价多么珍重！”此外，我们在刘大白的诗集里还可以读到这样的一些诗篇，有的赞颂“北极的红光”，表现出诗人对十月革命后苏俄的向往：

北极晓啊，
我赞美你！
你这几闪红光，
创造出黑暗里的光明，
　　地狱中的生命。

——《旧梦之群》之七十八

有的讴歌被咒为“洪水猛兽”的革命真理：

当我发愿洗净这龌龊的世界时，
我便讴歌洪水了，
当我发愿歼灭这堕落的人类时，
我便讴歌猛兽了。

——《花间露珠之群》之十

他还诅咒社会上的行尸走肉，要它们“归坟墓去吧”，不要妨碍人们的生存（《旧梦之群》之七十九）；他还给人们指出前进的道路：“从过去中求得未来的教训是什么？——革命。”（《国庆》）从这些早期的诗作（大都写于一九一九至一九二二年之间）看来，在刘大白投身五四运动的当儿，也有过一股反抗黑暗、追求光明的革命热情，因此，从这些诗篇里的确可以听到时代的脚步声。尽管这些诗里所呼喊的革命有时未免失之于空泛，但还不失为比较集中地表现了时代精神的诗篇。而在这些“用笔太重、爱说尽，少含蓄”[1]的诗篇里，跳动着时代的脉搏，洋溢着革命的激情，语言通畅明白，不做作，不雕琢，读来是颇有兴味的。这些诗，在艺术风格上与《卖布谣》等诗也迥乎不同，它们已经没有传统的气味和民歌风味。陈望道先生在《〈旧梦〉序》里说：“我心眼中的大白，能够在憎恶时，便不掩饰地表现出憎恶，在有愤怒时便不掩饰地表现出愤怒，在有悲哀、有喜悦、有希望等等时，这也并不夸张地表现出这等。”这些比较集中地表现五四时代精神的诗篇也具有这样的风格。

但是应该看到，象这样的诗在刘大白的诗集中毕竟还不是多数，它们只是一个小资产阶级知识分子狂热性霎时的表现。由于刘大白在当时对革命的认识只限于对现实不满这一步，至多也只能朦胧地看到革命的“红光”，而还没有看到革命的道路、革命的力量和革命的前途，因此，在他的诗中只能暴露出社会上不公不平的现象，只能空喊一些革命的口号。而当他觉得喊了半天周遭还是漆黑一片时，他很快就消沉了，随之，他的歌声也就消沉了。这是诗人刘大白的悲剧，也是五四时期不少动摇的小资产阶级知识分子的悲剧。

[1] 刘大白：《〈旧梦〉付印自记》。

三

刘大白诗歌创作倾向变化的第一个阶段是：由不满现实到躲避现实，由充满反抗的热情到苦闷孤愤。刘大白同五四时期其他动摇的小资产阶级知识分子一样，当看到现实世界中没有一块净土之时，便觉得“耶和华真不中用，空降了一场洪水，依然洗不净地面。”（《旧梦之群》之七十四）于是他想离开那污秽的现实世界。

如此人间，
春也无心再住。
去去，
去向何处？
落花流水迷前路。

——《春去》

他始终找不到一条出路，因此只好把未来的世界寄托在梦境之中。他不再关心现实和人民的疾苦了，在《我底故乡》里，他絮叨着什么“梦是创造的，‘未来’是创造的，我把我底故乡建筑在那里了”。他甚至喊出：

心头的血，
眼角的泪，
笔端的墨，
挥成一片，
才写得出满腔孤愤！

——《泪痕》之十一

刘大白后期的诗不少是抒发这种孤愤之情的。这种孤愤的情绪表明他正走在一条脱离时代、脱离人民群众的岔道口上，同时也说明他的诗歌创作正在经历着从为时代为群众而歌唱到为个人而抒发孤愤哀怒之情的变化。

这个变化的第二阶段是：由躲避现实到悲观厌世，由苦闷孤愤到感伤颓废。一九二四年到一九二七年间，正是革命浪潮高涨的年代。但是，刘大白不仅没有从孤愤彷徨的情绪中解脱出来，和时代一起前进，反而沿着那条脱离时代、脱离群众的岔道越走越远，以至于在政治上转了向，追随国民党右派，在思想上又进了悲观厌世的死胡同，在诗歌创作上也走上了歧途，出现了这么一种倾向：大量地描写身边琐事，吟咏风月，讴歌爱情，玄谈哲理，表现灰色的人生观；在他的诗里，再也看不到现实社会的影子，闻不到时代的气息，听不到反抗的呼声；写过《卖布谣》、《红色的新年》，赞颂过“北极晓”，呐喊过革命的刘大白，却写起《秋之泪》《别后之泪》、《泪痕》之类抒写相思之情、别后之泪，吟咏月夜、秋风、落叶、凋花的诗来了。在这一类诗里，充满伤感颓废的情调、无名的悲哀和无病的呻吟。这是一种与《卖布谣》、《红色的新年》所表现出来的现实主义截然相反的创作倾向。

躲避现实，悲观厌世是刘大白后期诗歌创作的主要倾向。他对现实采取彻底躲避的态度：

我愿我底眼睛瞎了，
保全世界底清静。

——《泪痕》之一百二十九

他对人生极为悲观：

生命是一册厚薄无定的书，
几时翻到最后的一叶，
谁也不知道吧？

——《泪痕》之二十七

人生也不过这么一闪吗？——
斜阳朝露，
还有明朝，
人生的明朝呢？

——《一闪》

他觉得自己好象“住在海市蜃楼中”，而且推而广之，认为“谁也住在海市蜃楼中”。既然如此，只好以艺术之酒来自我陶醉，到梦幻中去寻求解脱，以写不尽的泪来洗刷生活的无聊：

咳，秋气重了，
泪痕多了，
诗心苦了！

——《秋之泪》之四十五

这可以看作是他后期诗歌创作一个重要的自白。他无病呻吟地咏叹各种泪，并认为“泪中是常新的现在，悔中是有限的过去，爱中是无限的未来。”（《读“慰安”》）说什么“恩也泪，怨也泪，恩怨分明都是泪。——忙煞两行泪眼，满腔恩怨一齐挥！”（《秋之泪》之三十六）甚至认为：“凡是诗，都是有泪痕的；没有分明的泪痕，也一定有隐约的泪痕作背景呢！”（《秋之泪》之四十四）处处是泪眼，句句留泪痕，这就是刘大白后期诗心之苦的表现，与那个革命浪潮风起云涌的时代是很不合拍的。

刘大白后期写的一些写景诗，也都涂上了那种灰色的人生观和伤感颓废的情调，充满一种无名的悲哀。他在《寂寞（二）》中说，“要消除寂寞，要得到真正的慰藉；倒不如跳出人群，和自然密接。”他笔下所出现的大都是萧瑟的秋景，其中充满着无限的“悲思”：

我底悲思，
烟丝也似地在秋阴中袅着。

——《西风》

默默的晚秋，
告诉暮鸦说：
“别‘归呀！归呀！’地催促呀！
留也不久了。”

——《深秋晚眺》

这种充满“秋气”和“愁思”的写景诗是他灰色人生观折光的反映，读来只能给人们增添伤感的情绪，是没有什么积极意义可言的。

我们从刘大白后期诗歌创作中看到的另一变化是：他的一些诗还表现出一种低级趣味和没落的情调。收集在诗集《邮吻》中的一些爱情诗，所吟咏的是一种空洞、造作的爱情，有的甚至是无聊和肉麻的。例如《邮吻》、《别后之泪》、《双笑》等诗，对于信中“藏着她秘密的一吻”的描绘，对于那“舍不得洗去，倒不如寄去”的别后之泪的咏叹，对于情人久别重逢后“拥抱”“接吻”动作肉麻露骨的描写，都表现出一种低级趣味。还有表现没落情调的：

> 醉向落花堆里卧，
> 东风怜我，
> 更纷纷乱红吹堕，
> 碎玉零香作被窝。
>
> ——《花间》

这种诗，不能给人一种美感，而是给人带来凄凉没落的情调，其意境和格调又都是旧的，因此也是不足取的。

随着诗的思想倾向的变化，刘大白后期诗作的艺术风格也与前期的迥乎不同。《卖布谣》和《红色的新年》中那种朴素自然、明快流畅的诗风丧失殆尽，代之的是雕琢造作以至朦胧晦涩的诗风；民族风味荡然无存，旧诗词缠绵悱恻的格调和玄谈哲理的小诗成了他后期诗作的主要表现手法。而有的诗，甚至蒙上了神秘的色彩：

> 于是他从未知的爱里，
> 放出未知的光，
> 经过无量的未知的空间，
> 到我们这一颗未知的星上。
>
> ——《未知的星》

这充满一连串“未知”的诗句，有点象谶语，实在很难把它们从与其同时代的李金发等“象征派”的诗歌中区分出来。

从面对现实到躲避现实，从积极进取呐喊革命到孤愤彷徨消极颓唐，从表现人民的疾苦到抒发个人的莫名的哀愁，从清新自然到缠绵朦胧以至神秘晦涩，这就是刘大白诗歌创作前后两个时期创作倾向的变化。这种变化，表面上看来是不可理解的。其实不然。鲁迅于一九三〇年年初曾指出：“我以为现在，‘左翼’作家是很容易成为‘右翼’的。为什么呢？第一、倘若不和实际的社会斗争接触，单关在玻璃窗内做文章，研究问题，那是无论怎样的激烈，‘左’，都是容易办到的；然而一碰到实际，便即刻要撞碎了。关在房子里，最容易高谈彻底的主义，然而也最容易‘右倾’。……”[1]刘大白诗歌创作倾向的变化与鲁迅所指出的从“左翼”到“右翼”的变化有类似之处。这种变化的根本原因就在于：不和实际的社会斗争接触，对黑暗的现实表示不满，对人民的疾苦表示同情，甚至呐喊几句革命的口号，都是比较容易做到的，然而一碰到实际，就容易把幻想撞碎，由赞成革命转而反对革命。由此看来，“左翼”作家尚且容易变成“右翼”作家，那么，刘大白诗歌创作倾向发生如此截然相反的变化，就丝毫不足为奇了。

刘大白诗歌创作倾向的变化告诉我们：一个作家的创作倾向是受到他的政治立场和世界观的制约的；一个作家政治思想的变化必然或直接或间接地在他的创作上反映出来；而艺术风格的变化又常常是随着思想倾向的变化而变化的。因此，总结一下刘大白诗歌创作前后两个时期创作倾向急剧变化的经验教训，对于今天的文学创作来说，还是具有一定的现实意义的。

一九八二年五月修改

（原载《新文学论丛》1983年第2期）

[1] 鲁迅：《对于左翼作家联盟的意见》，见《二心集》。

著作系年、书目

刘大白著作系年

（1888—1932）

编 写 说 明

（一）本《系年》收辑刘大白自1888年至1932年1月末的著作目录1000余篇。其中新诗5部，旧诗1部，诗论3部，文学论著2部，民间故事1部，书信1册，联语30余篇，时评40余篇，历史年表工具书1部。

（二）本《系年》的项目和次第

（1）篇名（按写作或最初发表的时间先后排列）；

（2）体裁（按原报刊所标明，无标明者，则酌情加以分类）；

（3）写作（或最初发表）日期；

（4）发表报刊（个别作品未查到原发表处，暂缺）；

（5）收入书籍及丛书种类（丛书名以收入书籍第一次加以标明）；

（6）署名（凡用刘大白、大白发表者，不予著录，署笔名者，另行标明）。

1888年

无题（诗）

1888年作。初收1929年10月上海开明书店加订再版《旧书新话·暗合和蹈袭》（黎明社丛书）。* 原诗为“阿弟初生时，哥哥尚扶床”。篇名系编者题。

1896年

春意（诗）

自遣（诗）

秋夜雨（诗）

有感而作（诗）

春日病起（诗）

红玉墓（诗）

读《石头记》（诗）

无题（唐句）（诗）

踏青（诗）

题壁（诗）

采莲（诗）

花朝（诗）

惜春（诗）

春游（诗）

代族侄某谢某女士画扇（诗）

秋海棠（诗）

秋海棠又（诗）

招秋魂（诗）

拜月词

意园以无题三十首见示书此讽之（诗）

劝酒（诗）

忆旧（诗）

赠（唐句）（诗）

昨宵（诗）

催妆（诗）

绮怀（诗）

小酌（诗）

祝樱桃（诗）

玩月（诗）

春晓即事（诗）

戏代仲弟新婚纪事（诗）

又代题聚头扇（诗）

早秋（诗）

有赠（诗）

旧时（诗）

偕显臣廑父泛棹西湖显臣不惯乘船急思返棹口占嘲之（诗）

旧时又（诗）

纪恨（诗）

早春集句（诗）

小游仙（诗）

临别有赠（诗）

却雉行（诗）

明妃（诗）

月夜集温句（诗）

代某题小影影中作女儿妆立雪月中梅花树下（诗）

艳情（诗）

1896年（丙申）—1904年（甲辰）作。以上各篇收入1935年4月开明书店《白屋遗诗·辨云剩稿》，署名伯贞。其中《明妃》、《春游》、《春日病起》三首，转载1933年2月13日上海《时事新报》。《小酌》一首，转载1934年4月《文艺茶话》第2卷第9期《纪念刘大白先生特刊》。

1898年

新相思（诗）

1898年作。初收1928年5月上海开明书店初版《旧诗新话》。又收《白屋遗诗·冰庑集》，署名伯贞，并收《鲁迅郭沫若刘大白郁达夫四大家诗词钞》。

春寒（诗）

1898年作。初收1932年5月上海大夏书局《白屋书信》（九）。又收《鲁迅郭沫若刘大白郁达夫四大家诗词钞》。

1900年

界树晚望（诗）

1900年在旧山阴县界树村作。初收1928年5月上海开明书店初版《旧诗新话·暗合和蹈袭》。又收《白屋遗诗·冰庑集》，署名伯贞。

1901年

辛丑立秋病中口占（诗）

1901年立秋作。初收1935年4月开明书店《白屋遗诗·辨云剩稿》，署名伯贞。

1902年

壬寅秋日薄游西湖过藕香居小饮适藕花盛开把酒赋此（诗）

1902年秋作。初收1935年4月开明书店《白屋遗诗·辨云剩稿》，署名伯贞。

1905年

乙巳四月寄子炎（诗）

1905年4月作。初收1935年4月开明书店《白屋遗诗·冰庑集》，署名伯贞。

清明即事（诗）

醉歌（诗）

郁轮袍（诗）

山居（诗）

春阴（诗）

鸦片毒（诗）

缠足苦（诗）

八股祸（诗）

偶像讽（诗）

龙（诗）

纵笔（诗）

秋感（诗）

吊史阁部（诗）

题桥梓冬荣图（诗）

冬日湖上宋句补录丙午（诗）

题碌生《梦醒词》后（诗）

惊潮（诗）

自嘲（诗）

秋感八首（诗）

白日篇二首（诗）

飞絮行投戚串某（诗）

反枯鱼过河泣（诗）

白日何短短（诗）

读《桃花扇》杂感（诗）

北郭有健儿（诗）

以上1905年间作。初收1935年4月开明书店《白屋遗诗·冰庑集》，署名伯贞。

金缕曲——送同里陈伯平赴日本

1905年作。载1934年4月《文艺茶话》

第2卷第9期《纪念刘大白先生特刊》。

1908年

爆竹（诗）

1908年岁暮作。初收1928年5月上海开明书店初版《旧诗新话》。又收《白屋遗诗·剑胆集》和《鲁迅郭沫若刘大白郁达夫四大家诗词钞》。

1909年

爆竹（诗）

1909年岁末作。初收1928年5月上海开明书店初版《旧诗新话》。又收《白屋遗诗·剑胆集》和《鲁迅郭沫若刘大白郁达夫四大家诗词钞》。

三十自励（诗）

1909年作。初收1935年4月开明书店《白屋遗诗·冰庑集》，署名伯贞。

1910年

金缕曲（四阕）

1910年9月作。初收1928年5月上海开明书店初版《旧诗新话》。又收《鲁迅郭沫若刘大白郁达夫四大家诗词钞》。

海上口占寄瘦红（诗）

1910年9月作。初收1928年5月上海开明书店初版《旧诗新话》。又收《白屋遗诗·北征小草》，署名寻常百姓，并收《鲁迅郭沫若刘大白郁达夫四大家诗词钞》。

我有匕首行（诗）

1910年作。初收1928年5月上海开明书店初版《旧诗新话》。又收《白屋遗诗·冰庑集》，署名伯贞，并收《鲁迅郭沫若刘大白郁达夫四大家诗词钞》。

过金陵（诗）

1910年作。初收1935年4月开明书店《白屋遗诗·北征小草》，署名寻常百姓。

喜来一杯酒（诗）
酒德祝（诗）
今朗月行（诗）
越溪谣（诗）
述怀并寄梦庵（诗）
病中简梦庵（诗）
感时寓恨（诗）
叠前韵（诗）
简梦庵（诗）
简梦庵又（诗）
家山（回文）（诗）
都中近事寄感和韵（诗）
都中近事寄感再和（诗）
以上1910年间作。初收1935年4月开明书店《白屋遗诗·剑胆集》。

北上留别诸友（诗）
浮海口占（诗）
游陶然亭感赋（诗）
游陶然亭感赋叠前韵（诗）
重过陶然亭醉后题壁（诗）
南山有慈鸟（诗）

送宋梦兰出都（诗）
皎皎夜光璧（诗）
秋蚊（诗）
七夕作（诗）
中秋忽动乡思（诗）
渡钱塘江（诗）
过金陵（诗）
鄱阳湖晚望思亲（诗）
舟行过大小姑山（诗）
以上1910年间作。初收1935年4月开明书店。《白屋遗诗·北征小草》，署名寻常百姓。

浪淘沙——舟行扬子江上（词）
1910年末作。载1934年4月《文艺茶话》第2卷第9期。

告袁世凯诗一首（诗）
1910年作。载1948年6月6日上海《新民报》晚刊《忆刘大白》，篇名系编者题。

1911年

寄瘦红都门（诗）
1911年春末作。初收1928年5月上海开明书店初版《旧诗新话》。又收《白屋遗诗·剑胆集》和《鲁迅郭沫若刘大白郁达夫四大家诗词钞》。

论湖南焦陈二都督为民军所杀事（评论）
载1911年9月23日《绍兴公报》第1050号。

为友人王子余代做挽顾家相联一副
1911年作。载1931年5月《世界杂志》第1卷第5期《白屋联语·十九》。

代绍兴县志采访处做挽顾家相联一副
1911年作。载1931年5月《世界杂志》第1卷第5期《白屋联语·十九》。

挽徐烈士伯荪联
1911年作。载1931年5月《世界杂志》第1卷第5期《白屋联语·十八》。

1912年

丁女士剪发感言（评论）
载1912年2月21日《绍兴公报》第1148号。

北京兵变感言（评论）
载1912年3月4日《绍兴公报》第1160号。

津乱危言（评论）
载1912年3月6日《绍兴公报》第1162号。

敬告各党党员（评论）
载1912年3月16日《绍兴公报》第1172号。

论自由结婚与自由离婚（评论）
载1912年3月28日《绍兴公报》第1184号。

为师范女校风潮再告报界（评论）
载1912年6月27日《绍兴公报》第1275号。注：本篇续《丁女士剪发感言》。

告救国会（评论）
载1912年6月28日《绍兴公报》第1276号。

为西江塘事敬告绍萧两邑富室（评论）
载1912年7月17日《绍兴公报》第1295号。

胡无人（新乐府之一）（词）
1912年作。载1934年4月《文艺茶话》第2卷第9期《纪念刘大白先生特刊》。

1913年

癸丑初闻南北战事感赋（诗）
1913年作。初收1935年4月开明书店《白屋遗诗·剑胆集》。

十五年前的玄庐（诗）
1913年作。初收1929年10月上海开明书店加订再版《旧诗新话》。又收《白屋遗诗·东瀛小草》，篇名题《赠剑侯》，署名寻常百姓。

无题（诗）
1913年作。初收1928年5月上海开明书店初版《旧诗新话·中国评诗的内容论者》。* 这是大白所作的一首旧诗“灯下旧盟防吐露，花间残梦记另星”。篇名系编者所题。

1914年

题画竹“叶书”（诗）
寄瘦红（诗）
眼波（诗）
再和瘦红寄怀（诗）
奉和瘦红寄怀韵（诗）
题小影寄瘦红（诗）
1914年作。以上各篇收入1928年5月上海开明书店初版《旧诗新话》。又收《白屋遗诗·东瀛小草》，署名寻常百姓，并收《鲁迅郭沫若刘大白郁达夫四大家诗词钞》。

稚憨二十初度（诗）
四月三日偕剑侯侠民勤豪亮集芝轩游向岛之百花园主人出笺丐。

诗为题一绝句（诗）
樱花（诗）
窃国（诗）
刺梁任公（诗）
黄蜀葵（诗）
读苏眇公简剑侯诗次韵作（诗）
次剑侯简万公度韵（诗）
题画扇（诗）
百花园看花后偕登太阳阁醉后观竞渡（诗）
偕剑侯过神田市。睹盆松四铁树一。区区盎中物耳。而偃蹇葱郁。颇有奇气。以杖头钱三缗得之。提挈而归。纪之以诗。（诗）
答瘦红见和仍叠前韵（诗）
愁城（诗）

吴叔兮新筵醉后书示在座诸客（诗）
心事（诗）
梦归故国舟中口占一绝句（词）
闻某氏被赦归国作诗一章以当赠策（诗）
自题小影赠剑侯（诗）
又赠侠民（诗）
又赠公度（诗）
戴君亮集为日本女郎梅子征诗言将以当红叶焉漫书二绝句应之（诗）
袁祸叹用己酉秋感韵（诗）
三年秋归国留别剑侯（诗）
归途舟泊长崎醉后登高（诗）
寿陈戍生四十（诗）
富士山（诗）
炭礬（诗）

1914年间作。以上各篇收入1935年4月开明书店《白屋遗诗·东瀛小草》，署名寻常百姓。

浪淘沙——游日本向乌登太阳阁，醉后观隅田川晚景（词）
1914年作。载1934年4月《文艺茶话》第2卷第9期《纪念刘大白先生特刊》。

1915年

图南（诗）
任运（诗）
四月二十八日夜坐（诗）
四月二十九日夜次剑侯玩月韵时足疾未痊（诗）
晚凉（诗）
自窜南荒倍怀中土偶闻国事不禁怆然（诗）
送曾汉武归国（诗）
乙卯长至书怀（诗）
1915年间作。以上各篇收入1935年4月开明书店《白屋遗诗·南冥小草》。

1916年

挽王金法联
1916年6月作。载1929年11月《当代诗文》创刊号。又载1931年3月《世界杂志》第1卷第3期。

丙辰夏夜西园小饮（诗）
1916年夏作。初收1928年5月开明书店初版《旧诗新话》。又收《白屋遗诗·剑胆集》和《鲁迅郭沫若刘大白郁达夫四大家诗词钞》。

自苏门答腊寄瘦红（诗）
闻滇师起义感赋（诗）
寄怀剑侯星洲（诗）
一九一六年岁首（诗）
无题戏嘲粉衫（诗）
无题叠前韵答粉衫反嘲（诗）
无题再叠前韵答粉衫托名狂讪（诗）
忧患（诗）
纪梦（诗）
写恨（诗）
别西湖三年矣某日得西湖名胜图一卷以显微镜读之回忆旧游因题二绝（诗）
往街东海滨浴罢晚归途中口占（诗）
1916年间作。以上各篇收入1935年4月开明书店《白屋遗诗·南冥小草》。

代人挽范仰乔联

1916年作。载1931年5月《世界杂志》第1卷第5期《白屋联话·二十》。

为浙江省立图书馆馆长龚未生续娶做贺联一副

1916年作。载1931年5月《世界杂志》第1卷第5期《白屋联话·二十二》。

1917年

恩仇（诗）

1917年2月作。载1929年9月10日《诗与散文》第一本。初收《白屋遗诗·西泠小草》。

春闺（诗）

1917年2月作。载1929年9月10日《诗与散文》第一本。初收《白屋遗诗·西泠小草》。

西湖水（诗）

1917年2月作。初收1935年4月开明书店《白屋遗诗·西泠小草》。

六年夏移寓孤山广化寺（诗）

1917年夏作。初收1935年4月开明书店《白屋遗诗·西泠小草》。

挽山阴先生联（汤蛰仙——浙江铁路总办）

1917年作。载1931年3月1日《世界杂志》第1卷第3期。

挽陶荫轩联

1917年作。载1931年5月《世界杂志》第1卷第5期《白屋联话·二十一》。

1918年

书参议院众议院（新国会）初选举调查单后（诗）

1918年作。初收1928年5月上海开明书店初版《旧诗新话》。又收《白屋遗诗·西泠小草》和《鲁迅郭沫若刘大白郁达夫四大家诗词钞》。

代某君寿某母七十并贺娶孙媳（诗）

合欢词（诗）

题水村第五图次芷畦先生自题六绝原韵（诗）

读芷畦先生原唱第二首及记中行吟泽畔云云谓非感时愤语未之敢信再次重题二绝韵以博一粲（诗）

何阆仙居士断弦后曾作僧伽装奉佛白衲庵忽以子媳并丧复娶继室朋辈拈华应羞上老人头句以辘轳体诗贺之余拈得三五作二律（诗）

1918年间作。初收1935年4月开明书店《白屋遗诗·西泠小草》。

1919年

风云（诗）

1919年在沪杭车上作。初收1929年10月上海开明书店加订再版《旧诗新话》。又收《白屋遗诗·西泠小草》。

哭陈烈士伯平（诗）

1919年5月作。初收1929年11月1日《当代诗文》创刊号。又收《白屋遗诗·剑胆集》。

青年团和世界（评论）

载1919年5月《浙江青年团月刊》第1号。

风云（诗）

1919年6月10日在杭州作。载1919年6月29日《星期评论》第4号。初收1924年3月上海商务印书馆初版《旧梦》（文学研究会丛书）。

盼月（诗）

1919年6月19日作于杭州。载1919年6月29日《星期评论》第4号。初收1924年3月上海商务印书馆初版《旧梦》。又收《丁宁》。

我的学潮观（论文）

载1919年6月《教育潮》第1卷第2期，署名刘靖裔。

对于德国青年团的感想（评论）

载1919年6月《浙江青年团月刊》第2号。

青年本位的青年团（评论）

载1919年6月《浙江青年团月刊》第2号。

思想的监狱（1—4）（诗）

载1919年7月13日《星期评论》第6号。

应酬（诗）

载1919年7月20日《星期评论》第7号。初收1922年8月上海亚东图书馆初版《新诗年选》。

女子解放从那里做起？（杂文）

载1919年7月27日《星期评论》第8号。

青年团和德莫克拉西（评论）

载1919年7月《浙江青年团月刊》第3号。

救命（诗）

1919年8月1日作于杭州。载1919年8月3日《星期评论》第9号。初收1924年3月上海商务印书馆初版《旧梦》。又收《丁宁》。

怎样叫做教育者的自觉（论文）

载1919年8月《教育潮》第1卷第3期，署名刘靖裔。

可怕的历史（诗）

1919年10月2日作于杭州。载1919年10月10日《星期评论纪念号》。初收1924年3月上海商务印书馆初版《旧梦》。*《星期评论纪念号》署名误排大旦，《旧梦》写作日期误注1919年10月3日。

雪（诗）

1919年12月25日作于杭州。载1919年12月30日《浙江省立第一师范学校校友会十日刊》第9号。又收《旧梦》、《丁宁》、《世界初中活叶文选》摹状文第三册。

淘汰来了（诗）

1919年12月30日作于杭州。载1920年1月《星期评论》第31号。初收1924年3月上海商务印书馆初版《旧梦》。

红色的新年（诗）

1919年12月31日作于杭州。初收1924年3月上海商务印书馆初版《旧梦》。

1920年

不住（诗五首）

载1920年1月1日上海《时事新报·学灯》。

误尽？苍生！（随感录10）

载1920年1月《教育潮》第1卷第6期。

谁产生这些孝子来？（随感录11）

载1920年1月《教育潮》第1卷第6期。

出乎意料之外！（随感录12）

载1920年1月《教育潮》第1卷第6期。

你们去了（文艺）

载1920年1月10日《浙江省立第一师范学校校友会十日刊》第10号。

致石岑书（书信）

1920年5月17日在杭州作。载1920年5月21日上海《时事新报·学灯》。

致石岑书（书信）

1920年5月21日在杭州作。载1920年5月25日上海《时事新报·学灯》。

这沉吟！为甚？（诗）

1920年5月25日在杭州作。载1920年6月7日《民国日报·觉悟》。初收1924年3月上海商务印书馆初版《旧梦》。又收《丁宁》。

双瞳（诗）

1920年5月28日在杭州作。载1920年6月8日《民国日报·觉悟》。初收1924年3月上海商务印书馆初版《旧梦》。

爱！怕（诗）

1920年5月28日在杭州作。载1920年6月8日《民国日报·觉悟》。初收1924年3月上海商务印书馆初版《旧梦》。

寄老友大悲（诗）

1920年5月29日在杭州作。载1920年6月8日《晨报附刊》。又载1920年10月13日《民国日报·觉悟》。初收1924年3月上海商务印书馆初版《旧梦》。

卖布谣（一）（二）诗

1920年5月31在杭州作。载1920年6月6日《星期评论》第53号。初收1924

年3月上海商务印书馆初版《旧梦》。又收《卖布谣》。

月夜（诗）
1920年6月1日在杭州作。载1920年6月14日《民国日报·觉悟》。又载1921年3月24日《晨报附刊》。初收1924年3月上海商务印书馆初版《旧梦》。又收《丁宁》。

真的我？（诗）
1920年6月3日在杭州作。载1920年6月14日《民国日报·觉悟》。初收1924年3月上海商务印书馆初版《旧梦》。

舟行晚霁所见（诗）
1920年6月3日在绍兴曹娥道中作。初收1924年3月上海商务印书馆初版《旧梦》。又收《丁宁》。

《浙潮第一声》序（序跋）
1920年6月29日在杭州作。初收1920年《浙潮第一声》（浙江省立第一师范学校学生自治会编）。

对镜（诗）
1920年7月26日在杭州作。载1920年7月30日《民国日报·觉悟》。初收1924年3月上海商务印书馆初版《旧梦》。

一颗月（诗）
1920年7月26日在杭州作。载1920年8月1日《民国日报·觉悟》。初收1924年3月上海商务印书馆初版《旧梦》。

立秋日病里口占（诗）
1920年8月8日在杭州作。初收1924年3月上海商务印书馆初版《旧梦》。又收《丁宁》。

问西风的话（诗）
1920年8月14日在杭州作。载1920年9月7日《民国日报·觉悟》。又载1921年3月21日《晨报附刊》。初收1924年3月上海商务印书馆初版《旧梦》。又收《丁宁》。* 收入《旧梦》、《丁宁》篇名题《问西风》

全体教职员挽留经校长宣言
1920年9月10日作。载1920年《浙潮第一声》（浙江省立第一师范学校学生自治会编）。

促织（诗）
1920年9月15日在浙江病院作。载1920年9月23日《民国日报·觉悟》。初收1924年3月上海商务印书馆初版《旧梦》。又收《丁宁》。

答玄庐底《读大白的〈对镜〉》（诗）
1920年9月22日在杭州作。载1920年9月24日《民国日报·觉悟》。初收1924年3月上海商务印书馆初版《旧梦》。

答玄庐底《读大白的〈一颗月〉》（诗）
1920年9月22日在杭州作。载1920年9

月24日《民国日报·觉悟》。初收1924年3月上海商务印书馆《旧梦》。

燕子去了！（诗）

1920年9月23日在杭州作。载1920年10月14日《民国日报·觉悟》。初收1924年3月上海商务印书馆《旧梦》。又收《丁宁》。* 收入《旧梦》写作日期误注1920年5月31日。

爱（诗）

1920年10月1日在杭州作。载1921年2月27日《民国日报·觉悟》。初收1924年3月上海商务印书馆《旧梦》。又收《丁宁》《世界初中活叶文选》抒情诗第2册、《中国新文学大系·诗集》。

心印（诗）

1920年10月2日在杭州作。载1921年2月28日《民国日报·觉悟》。初收1924年3月上海商务印书馆初版《旧梦》。又收《丁宁》。

“可”字底分析——对于陈望道底《文字漫谈》底“可”字条的诤议（文学研究）

载1920年10月3日《民国日报·觉悟》。

旧诗新话（文艺）

载1920年10月11日《民国日报·觉悟》，署名汉胄。初收1928年5月上海开明书店初版《旧诗新话》，篇名题《闽风篇》。

旧诗新话（二）（文艺）

载1920年10月12日《民国日报·觉悟》，署名汉胄。初收1928年5月上海开明书店初版《旧诗新话》，篇名题《雁字》。

丁宁（一）（诗）

1920年10月11日在杭州作。载1920年10月14日《民国日报·觉悟》。初收1924年3月上海商务印书馆初版《旧梦》。又收《丁宁》。

丁宁（二）（诗）

1920年10月12日在杭州作。载1920年10月15日《民国日报·觉悟》。初收1924年3月上海商务印书馆初版《旧梦》。又收《丁宁》。

月蚀（诗）

1920年10月27日在杭州作。初收1929年11月上海开明书店初版《丁宁》。

旧诗新话（三）（文艺）

载1920年10月27日《民国日报·觉悟》，署名汉胄。初收1928年5月上海开明书店初版《旧诗新话》，篇名题《樵夫哭娘》。

旧诗新话（四）（文艺）

载1920年10月28日《民国日报·觉悟》，署名汉胄。初收1928年5月上海开明书店初版《旧诗新话》，篇名题《当窗织》和《采桑词》。

秋深了！（诗）
1920年10月13日在杭州作。载1920年10月17日《民国日报·觉悟》。初收1924年3月上海商务印书馆初版《旧梦》。又收《丁宁》。

病院里雨后看吴山（诗）
1920年10月30日在杭州浙江病院作。载1920年11月26日《民国日报·觉悟》。初收1924年3月上海商务印书馆初版《旧梦》。又收《丁宁》。

一座大山（诗）
1920年11月5日在杭州作。载1920年11月7日《民国日报·觉悟》。初收1924年3月上海商务印书馆初版《旧梦》。又收《丁宁》。

黄昏（1—3首）（诗）
1920年11月22日在杭州作。载1920年11月26日《民国日报·觉悟》。初收1924年3月上海商务印书馆初版《旧梦》。又收《丁宁》。

二个老鼠抬了一个梦（1—2）（诗）
1920年11月29日在杭州作。载1920年12月20日《民国日报·觉悟》。初收1924年3月上海商务印书馆初版《旧梦》。又收《丁宁》。

姻缘——爱（诗）
1920年12月17日在杭州作。载1921年1月4日《民国日报·觉悟》。初收1924年3月上海商务印书馆初版《旧梦》。又收《丁宁》。

1921年

十年一月六日遇十年前旧友余不孤强余赋此（诗）
1921年1月6日作。初收1935年4月开明书店《白屋遗诗·西泠小草》。又收《鲁迅郭沫若刘大白郁达夫四大家诗词钞》。

余君不孤招饮即席赋此（诗）
1921年1月作。初收1935年4月开明书店《白屋遗诗·西泠小草》。

时间上交通底新发明（随感录）
载1921年1月16日《民国日报·觉悟》，署名汉胄。

自治底新解释（随感录）
载1921年1月16日《民国日报·觉悟》，署名汉胄。

普遍的觉悟（随感录）
载1921年1月17日《民国日报·觉悟》，署名汉胄。

浙江教育家底社会主义谈（随感录）
载1921年1月17日《民国日报·觉悟》，署名汉胄。

有钱总是不够的（随感录）
载1921年1月18日《民国日报·觉悟》，

署名汉胄。

夜坐忆故乡老梅（诗）

1921年1月19日作于上海。载1921年1月21日《民国日报·觉悟》。初收1924年3月上海商务印书馆初版《旧梦》。又收《丁宁》，写作日期误注1920年1月19日。

螟蛉式的蜕变（随感录）

载1921年1月19日《民国日报·觉悟》，署名汉胄。

清代小学家殿后者底心得（随感录）

载1921年1月19日《民国日报·觉悟》，署名汉胄。

寒假——欺诈的教育（随感录）

载1921年1月20日《民国日报·觉悟》，署名汉胄。

梁启超与毛奇龄、袁枚（随感录）

载1921年1月20日《民国日报·觉悟》，署名汉胄。

一样的鸡叫（诗）

1921年1月21日作于上海。载1921年1月24日《民国日报·觉悟》。初收1924年3月上海商务印书馆初版《旧梦》。又收《丁宁》。

打破偶像与打倒偶像（随感录）

载1921年1月21日《民国日报·觉悟》，署名汉胄。

官僚界底教育及普及（随感录）

载1921年1月21日《民国日报·觉悟》，署名汉胄。

“改造”和“改装”（随感录）

载1921年1月24日《民国日报·觉悟》，署名汉胄。

还没有比“改装的改造”更坏的（随感录）

载1921年1月24日《民国日报·觉悟》，署名汉胄。

看牡丹底唐花（诗）

1921年1月25日作于上海。载1921年5月1日《新青年》第9卷第1期。初收1924年3月上海商务印书馆初版《旧梦》。又收《丁宁》。

看盆栽的千叶红梅（诗）

1921年1月25日作于上海。载1921年1月27日《民国日报·觉悟》。初收1924年3月上海商务印书馆初版《旧梦》。又收《丁宁》。

中国人共通的“八字”（随感录）

载1921年1月25日《民国日报·觉悟》，署名汉胄。

公道吗？霸道罢！（随感录）

载1921年1月25日《民国日报·觉悟》，

署名汉胄。

逻辑底不幸（随感录）
载1921年1月25日《民国日报·觉悟》，署名汉胄。

趁现成（随感录）
载1921年1月26日《民国日报·觉悟》，署名汉胄。

无政府迷（随感录）
载1921年1月27、28日《民国日报·觉悟》，署名汉胄。

绝食（随感录）
载1921年1月27日《民国日报·觉悟》，署名汉胄。

寂寞（一）（诗）
1921年1月27日作于上海。载1921年1月28日《民国日报·觉悟》。初收1924年3月上海商务印书馆初版《旧梦》。又收《丁宁》。

落难的少年（随感录）
载1921年1月28日《民国日报·觉悟》，署名汉胄。

寂寞（二）（三）（诗）
1921年1月28、29日作于上海。载1921年1月30日《民国日报·觉悟》。初收1924年3月上海商务印书馆初版《旧梦》。又收《丁宁》。

出版物底愆期（随感录）
载1921年1月30日《民国日报·觉悟》，署名汉胄。

寂寞（四）（诗）
1921年1月30日作于上海。载1921年2月1日《民国日报·觉悟》。初收1924年3月上海商务印书馆初版《旧梦》。

女子为什么要用两个姓（随感录）
载1921年1月31日《民国日报·觉悟》，署名汉胄。

读胡适之先生底醉与爱（诗）
1921年1月31日作于上海。载1921年2月2日《民国日报·觉悟》。初收1924年3月上海商务印书馆初版《旧梦》。

送灶（诗）
1921年1月31日作于上海。载1921年2月2日《民国日报·觉悟》。初收1924年3月上海商务印书馆初版《旧梦》。又收《丁宁》。

中国底复辟者底眼光（随感录）
载1921年2月1日《民国日报·觉悟》，署名汉胄。

学校里的奴隶和贵族（随感录）
载1921年2月2日《民国日报·觉悟》，署名汉胄。

习惯和迷信（随感录）
载1921年2月2日《民国日报·觉悟》，署名汉胄。

总损失和另碎损失（随感录）
载1921年2月2日《民国日报·觉悟》，署名汉胄。

四人轿（诗）
192年2月2日作于上海。载1921年2月3日《民国日报·觉悟》。初收1928年5月上海开明书店初版《旧诗新话》，篇名题《梅花接老爷》。

“夫人”和“家的”（随感录）
载1921年2月3日《民国日报·觉悟》，署名汉胄。

有尊卑之分的平等（随感录）
载1921年2月3日《民国日报·觉悟》，署名汉胄。

时间底损失（随感录）
载1921年2月3日《民国日报·觉悟》，署名汉胄。

废姓果可骇怪吗？（随感录）
载1921年2月3日《民国日报·觉悟》，署名汉胄。

师母和师父（随感录）
载1921年2月3日《民国日报·觉悟》，署名汉胄。

车中人语（诗）
1921年2月5日作在沪杭车上。载1921年2月15日《民国日报·觉悟》。初收1924年3月上海商务印书馆初版《旧梦》。又收《丁宁》。

捉迷藏（诗）
1921年2月9日在杭州作。载1921年2月13日《民国日报·觉悟》。初收1924年3月上海商务印书馆初版《旧梦》。又收《丁宁》。

一幅神秘的画图（诗）
1921年2月12日在杭州作。载1921年2月15日《民国日报·觉悟》。初收1924年3月上海商务印书馆初版《旧梦》。又收《丁宁》、《世界初中活叶文选》摹状文第二册。

介绍日本文学家法学家底“汉文著作”和“别号”（随感录）
载1921年2月13日《民国日报·觉悟》，署名汉胄。

在湖滨公园看人放轻气泡儿（诗）
1921年2月14日作于杭州。载1921年2月16日《民国日报·觉悟》。初收1924年3月上海商务印书馆初版《旧梦》。又收《丁宁》。

回避主义（随感录）
载1921年2月14日《民国日报·觉悟》，署名汉胄。

庆贺元旦（随感录）
载1921年2月14日《民国日报·觉悟》，署名汉胄。

新道德（随感录）
载1921年2月15日《民国日报·觉悟》，署名汉胄。

汉文废了（随感录）
载1921年2月15日《民国日报·觉悟》，署名汉胄。

不怕犯讳吗？（随感录）
载1921年2月16日《民国日报·觉悟》，署名汉胄。

愁和忧底新领土（诗）
1921年2月17日作于杭州。载1921年2月20日《民国日报·觉悟》。初收1924年3月上海商务印书馆初版《旧梦》。又收《丁宁》。

思想底防堵（随感录）
载1921年2月17日《民国日报·觉悟》，署名汉胄。

混“译”为“著”的问题——是“冒”不是“窃”（评论）
载1921年2月18日《民国日报·觉悟》，署名汉胄。*本篇答2月13日V·D附志。

还是他老先生滑头底（随感录）
载1921年2月18日《民国日报·觉悟》，署名汉胄。

春问（一）（诗）
1921年2月19日作于杭州。载1921年2月27日《民国日报·觉悟》。初收1924年3月上海商务印书馆初版《旧梦》。又收《丁宁》。

春问（二）（诗）
1921年2月20日作于杭州。载1921年2月27日《民国日报·觉悟》。初收1924年3月上海商务印书馆初版《旧梦》。又收《丁宁》。

不“近于诡辩”的评论（随感录）
载1921年2月20日《民国日报·觉悟》，署名汉胄。

台湾底富翁巨绅和横滨底侨商领袖（随感录）
载1921年2月20日《民国日报·觉悟》，署名汉胄。

要问问那些贺张勋的（随感录）
载1921年2月20日《民国日报·觉悟》，署名汉胄。

旧诗新话（1—5）（文艺）
载1921年2月20日《民国日报·觉悟》，署名汉胄。初收1928年5月上海开明书店初版《旧诗新话》，仅收入四篇，篇名（1）题名《华山畿和杨柳枝歌》（2）题名《桃花源诗》序（3）题名

《牛行迟》和《拓皋老妇行》（4）题名《梅花接老爷》。

剪发和划一主义（随感录）

载1921年2月20日《民国日报·觉悟》，署名汉胄。

春问（三）（诗）

1921年2月21日作于杭州。载1921年2月27日《民国日报·觉悟》。初收1924年3月上海商务印书馆初版《旧梦》。又收《丁宁》。

防堵思想的结果（随感录）

载1921年2月21日《民国日报·觉悟》，署名汉胄。

主战者欢迎非战者的奇观（随感录）

载1921年2月21日《民国日报·觉悟》，署名汉胄。

我也是旧的（随感录）

载1921年2月21日《民国日报·觉悟》，署名汉胄。

一颗露珠儿（诗）

1921年2月23日在杭州作。载1921年2月25日《民国日报·觉悟》。初收1924年3月上海商务印书馆初版《旧梦》。又收《丁宁》。

露丑吗？现原形罢哩！（随感录）

载1921年2月23日《民国日报·觉悟》，署名汉胄。

我愿（一）花寿（二）月好（三）人圆（诗）

1921年2月24日作于杭州。载1921年3月5日《民国日报·平民周刊》第41号，署名灵倩。初收1924年3月上海商务印书馆初版《旧梦》，署名大白。

材料穷（随感录）

载1921年2月24日《民国日报·觉悟》，署名汉胄。

出版物底期底分别（随感录）

载1921年2月24日《民国日报·觉悟》，署名汉胄。

春风吹鬓影（诗）

1921年2月25日作于杭州。载1921年2月28日《民国日报·觉悟》。初收1924年3月上海商务印书馆初版《旧梦》。

泪泉之井（诗）

1921年2月25日作于杭州。载1921年3月4日《民国日报·觉悟》，署名灵倩。初收1924年3月上海商务印书馆初版《旧梦》。又收《丁宁》。

旧诗新话（1—2）（文艺）

载1921年2月25日《民国日报·觉悟》，署名汉胄。初收1928年5月上海开明书店初版《旧诗新话》，篇名题《弹铗歌底用韵》、《郑板桥绍兴诗》。

什么叫做“文人相轻”（随感录）
载1921年2月25日《民国日报·觉悟》，署名汉胄。

忠于学术和文人相轻（随感录）
载1921年2月25日《民国日报·觉悟》，署名汉胄。

收成好（诗）
1921年2月27日在杭州作。载1921年3月1日《民国日报·觉悟》。初收1924年3月上海商务印书馆初版《旧梦》。又收《卖布谣》。

敢问怎么叫“素来知道”？（随感录）
载1921年2月27日《民国日报·觉悟》，署名汉胄。

偶像的欧化（随感录）
载1921年2月27日《民国日报·觉悟》，署名汉胄。

田主来（诗）
1921年2月28日作于杭州。载1921年3月2日《民国日报·觉悟》。初收1924年3月上海商务印书馆初版《旧梦》。又收《卖布谣》。

没有进中学的程度的留学生（随感录）
载1921年2月28日《民国日报·觉悟》，署名汉胄。

什么是“中国最不幸之大事”（随感录）
载1921年2月28日《民国日报·觉悟》，署名汉胄。

“不加以研究”（随感录）
载1921年2月28日《民国日报·觉悟》，署名汉胄。

别忘了自治底治字（随感录）
载1921年3月1日《民国日报·觉悟》。

请看开除女学生的罪名（随感录）
载1921年3月2日《民国日报·觉悟》。

生命底箭（诗）
1921年3月3日作于杭州。载1921年3月6日《民国日报·觉悟》。初收1924年3月上海商务印书馆初版《旧梦》。又收《丁宁》、《开明活叶文选》(509)。

诲淫的女校校长（评论）
载1921年3月3日《民国日报·觉悟》。

剪发也要仗腰的（随感录）
载1921年3月3日《民国日报·觉悟》。

又是一个自残同类的例证（随感录）
载1921年3月3日《民国日报·觉悟》。

利用他人的结果（随感录）
载1921年3月3日《民国日报·觉悟》。

画龟（诗）

1921年3月4日在杭州作。载1921年3月7日《民国日报·觉悟》。初收1924年3月上海商务印书馆初版《旧梦》，题名《龟》——为任君茂梧题画。又收《丁宁》。

生和死底话（诗）

1921年3月4日在杭州作。载1921年3月7日《民国日报·觉悟》。初收1924年3月上海商务印书馆初版《旧梦》。又收《丁宁》。

翻译界底工作自由和营业自由(随感录)

载1921年3月6日《民国日报·觉悟》，署名汉胄。

春雪（诗）

1921年3月7日在杭州作。载1921年3月10日《民国日报·觉悟》。初收1924年3月上海商务印书馆初版《旧梦》。又收《丁宁》。

包车的杭州城（诗）

1921年3月7日在杭州作。载1921年3月9日《民国日报·觉悟》。初收1924年3月上海商务印书馆初版《旧梦》。又收《丁宁》。

寻短见的学阀（随感录）

载1921年3月7日《民国日报·觉悟》，署名汉胄。

送花是表示爱情的？（诗）

1921年3月8日作于杭州。载1921年3月17日《民国日报·觉悟》。初收1924年3月上海商务印书馆初版《旧梦》。又收《丁宁》。

谁配整理思想（随感录）

载1921年3月8日《民国日报·觉悟》，署名汉胄。

浮荡少年和男女交际（随感录）

载1921年3月8日《民国日报·觉悟》，署名汉胄。

除我以外（随感录）

载1921年3月8日《民国日报·觉悟》，署名汉胄。

春问（四）（诗）

1921年3月9日在杭州作。载1921年3月13日《民国日报·觉悟》。初收1924年3月上海商务印书馆初版《旧梦》。

兼制造厂的保管库（随感录）

载1921年3月9日《民国日报·觉悟》。

狂妄吗？哪里配呢？（随感录）

载1921年3月9日《民国日报·觉悟》，署名汉胄。

月蚀（诗）

载1921年3月10日《晨报副刊》。

不是冤家不聚头（随感录）
载1921年3月11日《民国日报·觉悟》，署名汉胄。

蝙蝠式的编辑和书坊（随感录）
载1921年3月11日《民国日报·觉悟》，署名汉胄。

吃人脑髓的小学教师（随感录）
载1921年3月11日《民国日报·觉悟》，署名汉胄。

祝《戏剧》出世（诗）
1921年3月12日在杭州作。载1921年3月15日《民国日报·觉悟》。又载1921年5月31日《戏剧》第1卷第1期。初收1924年3月上海商务印书馆初版《旧梦》。

天下无不是的自己（随感录）
载1921年3月13日《民国日报·觉悟》，署名汉胄。

合理的和合意的（随感录）
载1921年3月13日《民国日报·觉悟》，署名汉胄。

秘密和公开（随感录）
载1921年3月14日《民国日报·觉悟》，署名汉胄。

坏人底唾骂和恭维（随感录）
载1921年3月15日《民国日报·觉悟》，署名汉胄。

"双声叠韵"和"句里用韵"问题底往事从提（评论）
载1921年3月17日《民国日报·觉悟》。

失恋的东风（诗）
1921年3月18日在杭州作。载1921年3月20日《民国日报·觉悟》。初收1924年3月上海商务印书馆初版《旧梦》。又收《丁宁》、《中国新文学大系·诗集》。

防止科学杀人的唯一方法（随感录）
载1921年3月18日《民国日报·觉悟》，署名汉胄。

药房广告式的时评（随感录）
载1921年3月18日《民国日报·觉悟》，署名汉胄。

祀孔的学生丑（随感录）
载1921年3月18日《民国日报·觉悟》，署名汉胄。

和是非一致的利害（随感录）
载1921年3月18日《民国日报·觉悟》，署名汉胄。

夜宿海日楼望月（诗）
1921年3月19日作于杭州。载1921年3月23日《民国日报·觉悟》。初收1924年3月上海商务印书馆初版《旧梦》。

又收《丁宁》。

一丝丝的相思（诗）
1921年3月19日在杭州作。载1921年3月21日《民国日报·觉悟》。初收1924年3月上海商务印书馆初版《旧梦》。又收《丁宁》。

明日春分了（诗）
1921年3月20日在杭州作。载1921年3月23日《民国日报·觉悟》。初收1924年3月上海商务印书馆初版《旧梦》。又收《丁宁》。

梦短疑夜长（诗）
1921年3月20日在杭州作。载1921年3月24日《民国日报·觉悟》。初收1924年3月上海商务印书馆初版《旧梦》。又收《丁宁》。

浙江和广东底后先媲美（随感录）
载1921年3月20日《民国日报·觉悟》，署名汉胄。

止读三数小册（随感录）
载1921年3月21日《民国日报·觉悟》，署名汉胄。

遍地的辫子胡子（随感录）
载1921年3月21日《民国日报·觉悟》，署名汉胄。

读《社会主义与进化论》的注意（随感录）
载1921年3月21日《民国日报·觉悟》，署名汉胄。

什么是好的？（随感录）
载1921年3月22日《民国日报·觉悟》，署名汉胄。

制度完密底害处（随感录）
载1921年3月22日《民国日报·觉悟》，署名汉胄。

非“半月”（诗）
载1921年3月22日《晨报副刊》。

旧诗新话（文艺）
载1921年3月23日《民国日报·觉悟》，署名汉胄。初收1928年5月上海开明书店初版《旧诗新话》，篇名题《胡适译“节妇吟”》。

丁祭戊祭和复辟（随感录）
载1921年3月23日《民国日报·觉悟》，署名汉胄。

这也用得着造阀吗？（随感录）
载1921年3月23日《民国日报·觉悟》，署名汉胄。

答复胡怀琛先生——“双声叠韵”和“句里用韵”问题（讨论）
1921年3月25日在杭州作。载1921年

3月30日《民国日报·觉悟》。

金钱（诗）
1921年3月27日作于杭州。载1921年3月29日《民国日报·觉悟》。初收1924年3月上海商务印书馆初版《旧梦》。又收《卖布谣》。

心理不通（随感录）
载1921年3月27日《民国日报·觉悟》，署名汉胄。

讨厌“的”字的新诗人（随感录）
载1921年3月28日《民国日报·觉悟》，署名汉胄。

浙江第一师范学校底去年今日（评论）
1921年3月29日在杭州作。载1921年3月31日《民国日报·觉悟》。

旧诗新话（文艺）
载1921年3月29日《民国日报·觉悟》，署名汉胄。初收1928年5月上海开明书店初版《旧诗新话》，篇名题《姑恶》。

疯人呢？超人呢？（随感录）
载1921年3月29日《民国日报·觉悟》，署名汉胄。

罗素是死得了，驱逐得了的吗？（随感录）
载1921年3月31日《民国日报·觉悟》，署名汉胄。

旧诗新话（文艺）
载1921年4月1日《民国日报·觉悟》，署名汉胄。初收1928年5月上海开明书店初版《旧诗新话》篇名题《无韵诗》。

罗素底不幸（随感录）
载1921年4月1日《民国日报·觉悟》，署名汉胄。

别忘了毒树（随感录）
载1921年4月1日《民国日报·觉悟》，署名汉胄。

春意（1—6）（诗）
1921年4月4日在杭州作。载1921年4月6日《民国日报·觉悟》。初收1924年3月上海商务印书馆初版《旧梦》。又收《丁宁》。

拔痛牙（诗）
1921年4月5日在杭州作。载1921年4月13日《民国日报·觉悟》。初收1924年3月上海商务印书馆初版《旧梦》。

再答胡怀琛先生（讨论）
1921年4月6日在杭州作。载1921年4月10日《民国日报·觉悟》。

旧诗新话（文艺）
载1921年4月12日《民国日报·觉悟》，署名汉胄。初收1928年5月上海开明书店初版《旧诗新话》，篇名题《董西厢和王西厢》。

这笔帐是怎么算法的（随感录）
载1921年4月14日《民国日报·觉悟》，署名汉胄。

现在德国底国家如何？（随感录）
载1921年4月14日《民国日报·觉悟》，署名汉胄。

罗素错了（随感录）
载1921年4月14日《民国日报·觉悟》，署名汉胄。

一个伊底话（诗）
1921年4月15日在杭州作。载1921年4月18日《民国日报·觉悟》。初收1924年3月上海商务印书馆初版《旧梦》。又收《丁宁》。

译泰戈尔《园丁集》第廿八首（诗）
载1921年4月17日《民国日报·觉悟》。初收1930年1月上海开明书店初版《秋之泪》。

译泰戈尔《园丁集》第廿三首（诗）
载1921年4月17日《民国日报·觉悟》。初收1930年1月上海开明书店初版《秋之泪》。

写生呢？猎艳呢？（随感录）
载1921年4月17日《民国日报·觉悟》，署名汉胄。

新的专制（评论）
载1921年4月18日《民国日报·觉悟》，署名汉胄。

不可和不许（随感录）
载1921年4月18日《民国日报·觉悟》，署名汉胄。

变底原因（评论）
载1921年4月18日《民国日报·觉悟》，署名汉胄。

把学生当作什么东西（随感录）
载1921年4月20日《民国日报·觉悟》，署名汉胄。

教育普及了怎样？（评论）
载1921年4月20日《民国日报·觉悟》，署名汉胄。

制变底余毒（评论）
载1921年4月21日《民国日报·觉悟》，署名汉胄。

团体失败底原因（随感录）
载1921年4月21日《民国日报·觉悟》，署名汉胄。

记过、开除和教育（随感录）
载1921年4月22日《民国日报·觉悟》，署名汉胄。

还要讲什么"祈战死"吗?(随感录)
载1921年4月22日《民国日报·觉悟》,署名汉胄。

文字漫谈(评论)
载1921年4月24日《民国日报·觉悟》。

所长局长式的校长(随感录)
载1921年4月24日《民国日报·觉悟》,署名汉胄。

消灭赌博底唯一方法(随感录)
载1921年4月25日《民国日报·觉悟》,署名汉胄。

学校里可以有想做校长的人吗?(随感录)
载1921年4月25日《民国日报·觉悟》,署名汉胄。

文凭主义底迷梦(评论)
载1921年4月26日《民国日报·觉悟》,署名汉胄。

爱卖弄的劣性(随感录)
载1921年4月26日《民国日报·觉悟》,署名汉胄。

怪不得军阀都想发财(随感录)
载1921年4月26日《民国日报·觉悟》,署名汉胄。

尊孔的何尝遵孔(随感录)
载1921年4月26日《民国日报·觉悟》,署名汉胄。

雨里过钱塘江(诗)
1921年4月27日钱塘江舟中作。载1921年5月3日《民国日报·觉悟》。初收1924年3月上海商务印书馆初版《旧梦》。又收《丁宁》。

上海底同化力(随感录)
载1921年4月27日《民国日报·觉悟》,署名汉胄。

新举业(随感录)
载1921年4月28日《民国日报·觉悟》,署名汉胄。

文字狱底一辙(随感录)
载1921年4月29日《民国日报·觉悟》,署名汉胄。

劳动节歌(1—3)(诗)
1921年4月30日在萧山作。载1921年5月1日《民国日报·觉悟》劳动纪念号。初收1924年3月上海商务印书馆初版《旧梦》。又收《卖布谣》。

八点钟歌(1—3)(诗)
1921年4月30日在萧山作。载1921年5月1日《民国日报·觉悟》劳动纪念号。初收1924年3月上海商务印书馆初版《旧梦》。又收《卖布谣》。

五一运动歌（1—2）（诗）

1921年4月30日作于萧山。载1921年5月1日《民国日报·觉悟》劳动纪念号。初收1924年3月上海商务印书馆初版《旧梦》。又收《卖布谣》。

西渡钱塘江遇雨（诗）

1921年5月3日在钱塘江舟中作。载1921年5月8日《民国日报·觉悟》。初收1924年3月上海商务印书馆初版《旧梦》。又收《丁宁》。

答胡怀琛见寄（诗）

1921年5月4日作于杭州。载1921年5月8日《民国日报·觉悟》。

再造（诗）

1921年5月6日在杭州作。载1921年5月29日《民国日报·觉悟》。初收1924年3月上海商务印书馆初版《旧梦》。又收《再造》。

杭州的劳动节（随感录）

载1921年5月8日《民国日报·觉悟》，署名汉胄。

师复居然复活（随感录）

载1921年5月8日《民国日报·觉悟》，署名汉胄。

思想中毒（随感录）

载1921年5月9日《民国日报·觉悟》，署名汉胄。

发展固有职业（随感录）

载1921年5月9日《民国日报·觉悟》，署名汉胄。

结婚问题和人的生活（随感录）

载1921年5月9日《民国日报·觉悟》，署名汉胄。

维持现状的妙论（随感录）

载1921年5月9日《民国日报·觉悟》，署名汉胄。

好个“决无可能”（随感录）

载1921年5月15日《民国日报·觉悟》，署名汉胄。

假借名义（随感录）

载1921年5月15日《民国日报·觉悟》，署名汉胄。

诗韵问题（书信）

1921年5月17日作。载1921年5月19日《民国日报·觉悟》。* 致泳麟的信关于诗学过渡时代的一个问题的讨论。

读晓风君底《谈韵律》（评论）

1921年5月19日在杭州作。载1921年5月22日《民国日报·觉悟》。

基督教徒底自由恋爱观（随感录）

载1921年5月25日《民国日报·觉悟》，署名汉胄。

堕落者唯一的路（随感录）
载1921年5月30日《民国日报·觉悟》，署名汉胄。

处置堕落者（随感录）
载1921年5月30日《民国日报·觉悟》，署名汉胄。

陷阱（诗）
1921年5月30日在杭州作。载1921年6月1日《民国日报·觉悟》。初收1924年3月上海商务印书馆初版《旧梦》。又收《再造》。

梦（诗）
1921年5月31日在杭州作。载1921年6月3日《民国日报·觉悟》。初收1924年3月上海商务印书馆初版《旧梦》。又收《再造》。

师范教育应该缩小范围吗？（随感录）
载1921年6月1日《民国日报·觉悟》，署名汉胄。

未知的星（诗）
1921年6月1日在杭州作。载1921年6月5日《民国日报·觉悟》。初收1924年3月上海商务印书馆初版《旧梦》。又收《再造》。

钱塘江上的一瞬（诗）
1921年6月2日在钱塘江舟中作。载1921年6月6日《民国日报·觉悟》。初收1924年3月上海商务印书馆初版《旧梦》。又收《再造》、《世界初中活叶文选》写景诗第一册。

文章署名和文章公有（随感录）
载1921年6月3日《民国日报·觉悟》，署名汉胄。

文章署名和负责任（随感录）
载1921年6月3日《民国日报·觉悟》，署名汉胄。

文章署名和偶像打破（随感录）
载1921年6月3日《民国日报·觉悟》，署名汉胄。

挂挂红灯（诗）（一）——新禽言
1921年6月5日在萧山作。载1921年6月8日《民国日报·觉悟》。初收1924年3月上海商务印书馆初版《旧梦》。又收《卖布谣》。

挂挂红灯（诗）（二）——新禽言
1921年6月5日在萧山作。载1921年6月9日《民国日报·觉悟》。初收1924年3月上海商务印书馆初版《旧梦》。又收《卖布谣》。

文章署名和意见公开（随感录）
载1921年6月6日《民国日报·觉悟》，署名汉胄。

超人的美术（随感录）

载1921年6月6日《民国日报·觉悟》，署名汉胄。

对于一个男女结合宣布式的谈话（社会问题）

载1921年6月7日《民国日报·觉悟》，署名汉胄。

科学家底非科学的方法和态度（随感录）

载1921年6月7日《民国日报·觉悟》，署名汉胄。

文章署名的讨论（书信）

载1921年6月10日《民国日报·觉悟》，署名汉胄。注：致正厂的信。

不负责任的妙法（随感录）

载1921年6月10日《民国日报·觉悟》，署名汉胄。

渴杀苦（诗）——新禽言

1921年6月10日在杭州作。载1921年6月12日《民国日报·觉悟》。初收1924年3月上海商务印书馆初版《旧梦》。又收《卖布谣》。

布谷（诗）——新禽言

1921年6月12日在杭州作。初收1924年3月上海商务印书馆初版《旧梦》。又收《卖布谣》。* 此诗又作歌词，由胡焕然作曲，载1932年5月《良友画报》第65期，后又收入《童谣曲创作集》，由贺习华作曲。

爱底根和核（诗）

1921年6月14日在杭州作。载1921年6月17日《民国日报·觉悟》。初收1924年3月上海商务印书馆初版《旧梦》。又收《再造》。*《旧梦》、《再造》，写作日期误注1921年6月4日。

陷阱里的女性（随感录）

载1921年6月14日《民国日报·觉悟》，署名汉胄。

女性堕落的一个原因（随感录）

载1921年6月14日《民国日报·觉悟》，署名汉胄。

割麦插禾（诗）——新禽言

1921年6月15日在杭州作。载1921年6月20日《民国日报·觉悟》。初收1924年3月上海商务印书馆初版《旧梦》。又收《卖布谣》。* 收入《卖布谣》写作日期误注1921年6月5日。

两重人格的东苏君（随感录）

载1921年6月16日《民国日报·觉悟》，署名汉胄。

抑强和扶弱底难易（随感录）

载1921年6月16日《民国日报·觉悟》，署名汉胄。

文章署名的讨论（书信）

载1921年6月16日《民国日报·觉悟》，署名汉胄。* 致正厂的信。

公厕底粉饰（随感录）

载1921年6月16日《民国日报·觉悟》，署名汉胄。

早经变了（随感录）

载1921年6月17日《民国日报·觉悟》，署名汉胄。

为什么？（诗）

1921年6月17日在杭州作。载1921年6月19日《民国日报·觉悟》。初收1924年3月上海商务印书馆初版《旧梦》。

脱却布裤（诗）——新禽言

1921年6月17日在杭州作。载1921年6月21日《民国日报·觉悟》。初收1924年3月上海商务印书馆初版《旧梦》。又收《卖布谣》、《开明活叶文选》（467）。

爱（诗）

1921年6月17日在杭州作。载1921年6月19日《民国日报·觉悟》。初收1924年3月上海商务印书馆初版《旧梦》。又收《再造》。

罢了（诗）

1921年6月17日在杭州作。载1921年6月19日《民国日报·觉悟》。初收1924年3月上海商务印书馆初版《旧梦》。又收《再造》。

露底一生（诗）

1921年6月17日在杭州作。载1921年6月20日《民国日报·觉悟》。初收1924年3月上海商务印书馆初版《旧梦》。又收《再造》。

一知半解（诗）

1921年6月18日在杭州作。载1921年6月20日《民国日报·觉悟》。初收1924年3月上海商务印书馆初版《旧梦》。又收《再造》。

罗曼的我（诗）

1921年6月18日在杭州作。载1921年6月21日《民国日报·觉悟》。初收1924年3月上海商务印书馆初版《旧梦》。又收《再造》。

驾犁（诗）——新禽言

1921年6月19日在杭州作。载1921年6月22日《民国日报·觉悟》。初收1924年3月上海商务印书馆初版《旧梦》。又收《卖布谣》。

秘密之夜（诗）

1921年6月20日在杭州作。载1921年6月22日《民国日报·觉悟》。初收1924年3月上海商务印书馆初版《旧梦》。又收《再造》。

各各作工（诗）——新禽言

1921年6月20日在杭州作。载1921年6月23日《民国日报·觉悟》。初收1924年3月上海商务印书馆初版《旧梦》。又收《卖布谣》。

婚制底罪恶底悲感（二）（书信）

1921年6月23日作。载1921年6月28日《民国日报·觉悟》。* 致晓风的信。

泥滑滑（一）（诗）——新禽言

1921年6月23日在杭州作。载1921年7月10日《民国日报·觉悟》。初收1924年3月上海商务印书馆初版《旧梦》。又收《卖布谣》。

岂但矛盾（随感录）

载1921年6月23日《民国日报·觉悟》，署名汉胄。

动着骂人？（随感录）

载1921年6月23日《民国日报·觉悟》，署名汉胄。

男女结合底大魔障（随感录）

载1921年6月24日《民国日报·觉悟》，署名汉胄。

我所看不惯的（随感录）

载1921年6月24日《民国日报·觉悟》，署名汉胄。

吊易（诗）

1921年6月28日在杭州作。载1921年7月1日《民国日报·觉悟》。初收1924年3月上海商务印书馆初版《旧梦》。又收《再造》、《世界初中活叶文选》抒情诗第二册。*《旧梦》、《再造》，题名《弔易白沙》。

造谣的真得计吗？（随感录）

载1921年6月29日《民国日报·觉悟》，署名汉胄。

现代女性所要求的（随感录）

载1921年6月29日《民国日报·觉悟》，署名汉胄。

十年六月自杭旋里归途舟山口占（诗）

1921年6月作。初收1935年4月上海开明书店《白屋遗诗·西泠小草》。

车中的一瞥（诗）

1921年7月1日在沪杭车上作。载1921年7月5日《民国日报·觉悟》。初收1924年3月上海商务印书馆初版《旧梦》。又收《再造》。

易白沙底三不要（随感录）

载1921年7月1日《民国日报·觉悟》，署名汉胄。初收1929年9月上海开明书店初版《再造》。又收《世界初中活叶文选》。

婚制底罪恶底一斑（随感录）
载1921年7月1日《民国日报·觉悟》，署名汉胄。

还没有到冲突的地步（随感录）
载1921年7月3日《民国日报·觉悟》，署名汉胄。

关于《现代女性所要求的》底说明（随感录）
载1921年7月3日《民国日报·觉悟》，署名汉胄。

创造的恋爱（随感录）
载1921年7月4日《民国日报·觉悟》。

答“关于婚制罪恶感”的二封信（书信）（一）大白给双明（二）晓风给双明
载1921年7月4日《民国日报·觉悟》。

对于女性的祷祝——致镜馨书（书信）
载1921年7月5日《民国日报·觉悟》，署名汉胄。

割麦过荒（诗）——新禽言
1921年7月8日在杭州作。载1921年7月11日《民国日报·觉悟》。初收1924年3月上海商务印书馆初版《旧梦》。又收《卖布谣》。

快要反回避了罢（随感录）
载1921年7月8日《民国日报·觉悟》，署名汉胄。

何况做官（随感录）
载1921年7月8日《民国日报·觉悟》，署名汉胄。

泥滑滑（二）（诗）——新禽言
1921年7月10日在杭州作。载1921年7月14日《民国日报·觉悟》。初收1924年3月上海商务印书馆初版《旧梦》。又收《卖布谣》。

月和思想（诗）
1921年7月10日在杭州作。载1921年7月12日《民国日报·觉悟》。初收1924年3月上海商务印书馆初版《旧梦》。又收《再造》。

又要排斥不合模型的坏料了（随感录）
载1921年7月10日《民国日报·觉悟》。

涌金门外（诗）
1921年7月11日在杭州作。载1921年7月14日《民国日报·觉悟》。初收1924年3月上海商务印书馆初版《旧梦》。又收《再造》。

一个教育长官的笑话（随感录）
载1921年7月12日《民国日报·觉悟》，署名汉胄。

背后有指挥刀的校长（随感录）
载1921年7月12日《民国日报·觉悟》，

署名汉胄。

舍曰欲之，而必为之辞（随感录）

载1921年7月12日《民国日报·觉悟》，署名汉胄。

实行掠夺婚的学生（随感录）

载1921年7月12日《民国日报·觉悟》，署名汉胄。

归学校去罢！（随感录）

载1921年7月12日《民国日报·觉悟》，署名汉胄。

心里的相思（诗）

1921年7月13日在杭州作。载1921年7月15日《民国日报·觉悟》。初收1924年3月上海商务印书馆初版《旧梦》。又收《再造》。

著新脱故（诗）——新禽言

1921年7月13日在杭州作。载1921年7月17日《民国日报·觉悟》。初收1924年3月上海商务印书馆初版《旧梦》。又收《卖布谣》。

三个寿昌（随感录）

载1921年7月13日《民国日报·觉悟》，署名汉胄。

教育者所应该抱愧的（随感录）

载1921年7月14日《民国日报·觉悟》，署名汉胄。

题裸体女像（诗）

1921年7月15日在杭州作。载1921年7月20日《民国日报·觉悟》。初收1924年3月上海商务印书馆初版《旧梦》。又收《再造》。

“假借名义”的听得吗？（随感录）

载1921年7月15日《民国日报·觉悟》，署名汉胄。

对于西谛先生《性的问题》的疑问（评论）

1921年7月16日作。载1921年7月20日《民国日报·觉悟》。

自然的微笑（诗）

1921年7月18日在杭州作。载1921年7月20日《民国日报·觉悟》。初收1924年3月上海商务印书馆初版《旧梦》。又收《再造》、《中国新文学大系·诗集》。

无端的悲愤（诗）

1921年7月19日在杭州作。载1921年7月21日《民国日报·觉悟》。初收1924年3月上海商务印书馆初版《旧梦》。又收《再造》。

父母底掠夺（随感录）

载1921年7月20日《民国日报·觉悟》，署名汉胄。

母才的缺乏（随感录）
载1921年7月20日《民国日报·觉悟》，署名汉胄。

性的问题真小吗？（随感录）
载1921年7月21日《民国日报·觉悟》，署名汉胄。

读M. U君底《U蚊》（随感录）
载1921年7月21日《民国日报·觉悟》，署名汉胄。

蝇和政客（随感录）
载1921年7月21日《民国日报·觉悟》，署名汉胄。

太说不过去了！（随感录）
载1921年7月24日《民国日报·觉悟》，署名汉胄。

又有毒打妻子的学生（随感录）
载1921年7月24日《民国日报·觉悟》，署名汉胄。

不可以减少点纨绔气吗？（随感录）
载1921年7月24日《民国日报·觉悟》，署名汉胄。

两浙盐务中学校底宗旨！（什么话）
载1921年7月25日《民国日报·觉悟》，署名汉胄。

军阀底财阀化吗？——流氓化吧！（随感录）
载1921年7月31日《民国日报·觉悟》，署名汉胄。

站在“不配骂人”的地位上的骂人声（随感录）
载1921年8月1日《民国日报·觉悟》，署名汉胄。

正当的辞正义严的谩骂（随感录）
载1921年8月1日《民国日报·觉悟》，署名汉胄。

石下的松实（诗）
1921年8月2日在杭州西湖作。载1921年8月3日《民国日报·觉悟》妇女评论第1期，署名锦心女士。初收1924年3月上海商务印书馆初版《旧梦》。又收《再造》。注：《旧梦》、《再造》署名大白。

我和郑振铎君底“麻烦”（书信）
载1921年8月2日《民国日报·觉悟》，署名汉胄。* 致振铎书。

请看西谛君底“言行合一”！（随感录）
载1921年8月2日《民国日报·觉悟》，署名汉胄。

问西谛君（随感录）
载1921年8月4日《民国日报·觉悟》，署名汉胄。

秋意（诗）

1921年8月9日在杭州作。载1921年8月12日《民国日报·觉悟》。初收1924年3月上海商务印书馆初版《旧梦》。又收《再造》。

西湖的山水（诗）

1921年8月11日在杭州作。载1921年8月15日《民国日报·觉悟》。初收1924年3月上海商务印书馆初版《旧梦》。又收《再造》。

不知“性”的问题的东西说什么东西（随感录）

载1921年8月11日《民国日报·觉悟》，署名汉胄。

聂宪藩居然过激党（随感录）

载1921年8月11日《民国日报·觉悟》，署名汉胄。

岳坟底升（随感录）

载1921年8月12日《民国日报·觉悟》，署名汉胄。

苏坟底降（随感录）

载1921年8月15日《民国日报·觉悟》，署名汉胄。

新秋杂感（诗）

1921年8月16日在杭州作。载1921年8月18日《民国日报·觉悟》。初收1924年3月上海商务印书馆初版《旧梦》。又收《再造》。

秋扇（诗）

1921年8月19日在杭州西湖作。载1921年8月24日《民国日报·觉悟》，《妇女评论》第4期，署名锦心女士。初收1924年3月上海商务印书馆初版《旧梦》。又收《再造》。*《旧梦》、《再造》，署名大白。

擅看比私拆更荒谬（随感录）

载1921年8月21日《民国日报·觉悟》，署名汉胄。

主张国民大会者底禁阻市民大会（随感录）

载1921年8月21日《民国日报·觉悟》，署名汉胄。

我希望到不成问题去！（随感录）

载1921年8月24日《民国日报·觉悟》，署名汉胄。

月儿又清减了（诗）

1921年8月27日在上海作。载1921年8月28日《民国日报·觉悟》。初收1924年3月上海商务印书馆初版《旧梦》。又收《再造》。

哀乐（诗）

1921年8月29日在上海作。载1921年8月30日《民国日报·觉悟》。初收1924年3月上海商务印书馆初版《旧梦》。

又收《再造》。* 收入《旧梦》写作日期误注1921年8月9日。

邻居的夫妇（诗）

1921年8月29日在上海白尔路三益里作。载1921年8月31日《民国日报·觉悟》，《妇女评论》第5期。初收1924年3月上海商务印书馆初版《旧梦》。又收《再造》。

学位底赠品化（随感录）

载1921年9月8日《民国日报·觉悟》，署名汉胄。

秋夜湖心独出（诗）

1921年9月16日在杭州作。载1921年9月25日《民国日报·觉悟》。初收1924年3月上海商务印书馆初版《旧梦》。又收《再造》、《中国新文学大系·诗集》。

争光（诗）

1921年9月17日在杭州作。载1921年9月26日《民国日报·觉悟》。初收1924年3月上海商务印书馆初版《旧梦》。又收《再造》。

十年前的今日（评论）

载1921年10月10日《民国日报·觉悟》。

国庆（诗）

1921年10月10日在杭州作。载1921年10月14日《民国日报·觉悟》。初收1924年3月上海商务印书馆初版《旧梦》。又收《再造》。

浙议员底“冰清玉洁”（随感录）

载1921年10月13日《民国日报·觉悟》，署名汉胄。

研究室与监狱（随感录）

载1921年10月13日《民国日报·觉悟》，署名汉胄。

教训闹什么“三十节”的（随感录）

载1921年10月13日《民国日报·觉悟》，署名汉胄。

主义者为什么没包容力？（随感录）

载1921年10月14日《民国日报·觉悟》，署名汉胄。

“一盘散沙”的“吾国第一阶级”（随感录）

载1921年10月18日《民国日报·觉悟》，署名汉胄。

将来的人生（诗）

1921年10月23日在杭州作。载1921年10月26日《民国日报·觉悟》、《妇女评论》第13期。

明知（诗）

1921年11月2日在杭州作。载1921年11月3日《民国日报·觉悟》。初收1924年3月上海商务印书馆初版《旧梦》。又收《再造》。

是谁把（诗）

1921年11月3日在杭州作。载1921年11月17日《民国日报·觉悟》。初收1924年3月上海商务印书馆初版《旧梦》。又收《再造》。*《再造》写作日期误注1921年11月9日。

张东荪罪孽深重不自陨灭祸延教师（随感录）

载1921年11月3日《民国日报·觉悟》，署名汉胄。

张东荪与吴佩孚（随感录）

载1921年11月3日《民国日报·觉悟》，署名汉胄。

湖滨之夜（诗）

1921年11月9日在杭州作。载1921年11月17日《民国日报·觉悟》，署名锦心。初收1924年3月上海商务印书馆初版《旧梦》，署名大白。又收《再造》，署名大白。

地图（诗）

1921年12月6日在杭州作。载1921年12月8日《民国日报·觉悟》。初收1924年3月上海商务印书馆初版《旧梦》。又收《再造》。注：收入《旧梦》，写作日期误注1921年1月26日。

黄金（一）（诗）

1921年12月6日在杭州作。载1921年12月9日《民国日报·觉悟》。初收1924年3月上海商务印书馆初版《旧梦》。又收《再造》。

乖呀——张东荪式缄默（随感录）

载1921年12月9日《民国日报·觉悟》，署名汉胄。

这大概也算是恕（？）吧！（随感录）

载1921年12月11日《民国日报·觉悟》，署名汉胄。

黄金（二）答吾友平沙先生（诗）

1921年12月15日在杭州作。载1921年12月27日《民国日报·觉悟》。初收1924年3月上海商务印书馆初版《旧梦》。又收《再造》。

祝母校新校舍落成——代孝丰县立高小校毕业生俞锦堂、周其庠作（祝辞）

1921年12月29日在杭州作。载1922年1月12日《民国日报·觉悟》。初收1929年9月上海开明书店初版《再造》。注：《再造》，写作日期误注1921年12月19日。

1922年

中国人为什么缺乏组织能力？（评论）

载1922年1月1日《民国日报·觉悟》，署名汉胄。

"愚"（5—8首）（诗）
载1922年1月13日《民国日报·觉悟》。

乡村人底愚笨（随感录）
载1922年1月16日《民国日报·觉悟》，署名汉胄。

雪门槛（诗）
1922年1月18日在杭州作。载1922年1月20日《民国日报·觉悟》。初收1929年11月上海开明书店初版《卖布谣》。

雪后隔江山（诗）
1922年1月21日在杭州江干作。载1922年2月3日《民国日报·觉悟》。初收1924年3月上海商务印书馆初版《旧梦》。又收《再造》、《开明活叶文选》（575）。*《旧梦》、《再造》写作日期误注1922年12月1日。

旦晚（诗）
1922年1月26日于萧山作。载1922年2月3日《民国日报·觉悟》。初收1924年3月上海商务印书馆初版《旧梦》。又收《再造》。

压岁钱（诗）
1922年1月27日在肖山作。载1922年2月2日《民国日报·觉悟》。初收1924年3月上海商务印书馆初版《旧梦》。又收《再造》。

旧梦（1—14首）（诗）
1922年1月27日在萧山作。载1922年2月6日《民国日报·觉悟》。初收1924年3月上海商务印书馆初版《旧梦》。又收《丁宁》。

旧梦（15—27首）（诗）
1922年1月27日在萧山作。载1922年2月7日《民国日报·觉悟》。初收1924年3月上海商务印书馆初版《旧梦》。又收《丁宁》。

旧梦（28—34首）（诗）
1922年1月28日在萧山作。载1922年2月9日《民国日报·觉悟》。初收1924年3月上海商务印书馆初版《旧梦》。又收《丁宁》。

春底消息（诗）
1922年1月31日在萧山作。载1922年2月5日《民国日报·觉悟》。初收1924年3月上海商务印书馆初版《旧梦》。又收《再造》。

旧梦（35—42首）（诗）
1922年2月1日于萧山作。载1922年2月10日《民国日报·觉悟》。初收1924年3月上海商务印书馆初版《旧梦》。

旧梦（43—54首）（诗）
1922年2月1日于萧山作。载1922年2月13日《民国日报·觉悟》。初收1924年3月上海商务印书馆初版《旧梦》。

又收《丁宁》。

旧梦（55—62首）（诗）

1922年2月1日于萧山作。载1922年2月13日《民国日报·觉悟》。初收1924年3月上海商务印书馆初版《旧梦》。

旧梦（63—71首）（诗）

1922年2月1日于萧山作。载1922年2月14日《民国日报·觉悟》。初收1924年3月上海商务印书馆初版《旧梦》。又收《丁宁》。

旧梦（72—79首）（诗）

1922年2月1日在萧山作。载1922年2月16日《民国日报·觉悟》。初收1924年3月上海商务印书馆初版《旧梦》。又收《丁宁》。

旧梦（80—87首）（诗）

1922年2月6日在萧山作。载1922年2月17日《民国日报·觉悟》。初收1924年3月上海商务印书馆初版《旧梦》。又收《丁宁》。

旧梦（88—101首）（诗）

1922年2月6日在萧山作。载1922年2月19日《民国日报·觉悟》。初收1924年3月上海商务印书馆初版《旧梦》。又收《丁宁》。

热（诗）

1922年2月10日在萧山作。载1922年2月16日《民国日报·觉悟》。初收1924年3月上海商务印书馆初版《旧梦》。又收《再造》。

春雨（诗）

1922年2月14日在萧山作。载1922年2月19日《民国日报·觉悟》。初收1924年3月上海商务印书馆初版《旧梦》。又收《再造》。

梦底交通（诗）

1922年2月20日于杭州作。载1922年2月24日《民国日报·觉悟》。初收1924年3月上海商务印书馆初版《旧梦》。又收《再造》。

每饭不忘（诗）

1922年2月26日在杭州作。载1922年3月2日《民国日报·觉悟》。初收1924年3月上海商务印书馆初版《旧梦》。又收《卖布谣》。

迟了（诗）

1922年3月2日在杭州作。载1922年3月5日《民国日报·觉悟》。初收1924年3月上海商务印书馆初版《旧梦》。又收《再造》。

送F·T出嫁（诗）

1922年3月15日在萧山作。初收1929年9月上海开明书店初版《再造》。

一闪（诗）

1922年3月17日在白马湖滨作。载1922年3月20日《民国日报·觉悟》。初收1924年3月上海商务印书馆初版《旧梦》。又收《再造》。

小鸟（诗）

1922年3月18日在白马湖滨作。载1922年3月22日《民国日报·觉悟》，《妇女评论》第33期。初收1924年3月上海商务印书馆初版《旧梦》。又收《丁宁》。

我底真善美利（诗）

1922年3月20日在白马湖作。载1922年3月23日《民国日报·觉悟》。

心上的写真（诗）

1922年3月21日在白马湖作。载1922年4月5日《民国日报·觉悟》，《妇女评论》第35期。初收1923年上海古今图书店《抒情小诗集》。又收《旧梦》、《再造》。*《抒情小诗集》查猛济编。

我悔了！（诗）

1922年3月22日在白马湖作。载1922年4月5日《民国日报·妇女评论》第35期。初收1924年3月上海商务印书馆初版《旧梦》。又收《再造》。

读《慰安》（诗）

1922年3月24日在白马湖滨作。载1922年3月28日《民国日报·觉悟》。初收1924年3月上海商务印书馆初版《旧梦》。又收《再造》。

桃花几瓣（诗）

1922年3月27日在白马湖作。载1922年6月28日《民国日报·妇女评论》第47期。初收1924年3月上海商务印书馆初版《旧梦》。又收《再造》。

花间（诗）

1922年4月10日在白马湖作。载1923年1月15日《责任》周刊第8期。初收1924年3月上海商务印书馆初版《旧梦》。又收《秋之泪》。

别后（诗）

1922年4月19日在杭州作。载1922年5月14日《民国日报·觉悟》。初收1924年3月上海商务印书馆初版《旧梦》。又收《再造》。

春尽（诗）

1922年5月5日在杭州作。载1922年5月9日《民国日报·觉悟》。初收1924年3月上海商务印书馆初版《旧梦》。又收《再造》。

别（诗）

1922年5月5日在杭州作。载1922年5月9日《民国日报·觉悟》。初收1924年3月上海商务印书馆初版《旧梦》。又收《再造》。

花间的露珠（1—6首）（诗）

1922年5月7日在杭州作。载1922年6月17日《晨报副刊》。又载1922年6月19日《民国日报·觉悟》。初收1924年3月上海商务印书馆初版《旧梦》。又收《再造》。

花间的露珠（7—12首）（诗）

1922年5月7日在杭州作。载1922年6月18日《晨报附刊》。又载1922年6月19日《民国日报·觉悟》。初收1924年3月上海商务印书馆初版《旧梦》。又收《再造》。

伊不该给我呵！（诗）

1922年5月8日在杭州作。载1922年5月11日《民国日报·觉悟》。初收1924年3月上海商务印书馆初版《旧梦》。又收《再造》。

泪痕（1—10首）（诗）

1922年5月7日在杭州作。载1922年5月21日《民国日报·觉悟》。初收1924年3月上海商务印书馆初版《旧梦》。又收《再造》、《世界初中活叶文选》抒情诗第二册收第五首。

泪痕（11—20首）（诗）

1922年5月7日在杭州作。载1922年5月22日《民国日报·觉悟》。初收1924年3月上海商务印书馆初版《旧梦》。又收《再造》。

泪痕（21—30首）（诗）

1922年5月7日在杭州作。载1922年5月23日《民国日报·觉悟》。初收1924年3月上海商务印书馆初版《旧梦》。又收《再造》。

泪痕（31—40首）（诗）

1922年5月7日在杭州作。载1922年5月25日《民国日报·觉悟》。初收1924年3月上海商务印书馆初版《旧梦》。又收《再造》。

泪痕（41—50首）（诗）

1922年5月7日在杭州作。载1922年5月26日《民国日报·觉悟》。初收1924年3月上海商务印书馆初版《旧梦》。又收《再造》。

泪痕（51—59首）（诗）

1922年5月7日在杭州作。载1922年5月28日《民国日报·觉悟》。初收1924年3月上海商务印书馆初版《旧梦》。又收《再造》、《世界初中活叶文选》摹状文第一册收第59首。

泪痕（60—66首）（诗）

1922年5月7日在杭州作。载1922年5月29日《民国日报·觉悟》。初收1924年3月上海商务印书馆初版《旧梦》。又收《再造》。

泪痕（67—70首）（诗）

1922年5月7日在杭州作。载1922年

5月30日《民国日报·觉悟》。初收1924年3月上海商务印书馆初版《旧梦》。又收《再造》。

泪痕（71—78首）（诗）
1922年5月7日在杭州作。载1922年6月1日《民国日报·觉悟》。初收1924年3月上海商务印书馆初版《旧梦》。又收《再造》，《中国新文学大系·诗集》收第73首。

泪痕（79—83首）（诗）
1922年5月7日在杭州作。载1922年6月2日《民国日报·觉悟》。初收1924年3月上海商务印书馆初版《旧梦》。又收《再造》。

泪痕（84—91首）（诗）
1922年5月7日在杭州作。载1922年6月4日《民国日报·觉悟》。初收1924年3月上海商务印书馆初版《旧梦》。又收《再造》。

泪痕（92—105首）（诗）
1922年5月7日在杭州作。载1922年6月5日《民国日报·觉悟》。初收1924年3月上海商务印书馆初版《旧梦》。又收《再造》，《中国新文学大系·诗集》收第93、94二首。

泪痕（106—115首）（诗）
1922年5月7日在杭州作。载1922年6月6日《民国日报·觉悟》。初收1924年3月上海商务印书馆初版《旧梦》。又收《再造》。

泪痕（116—120首）（诗）
1922年5月7日在杭州作。载1922年6月8日《民国日报·觉悟》。初收1924年3月上海商务印书馆初版《旧梦》。又收《再造》。

泪痕（121—126首）（诗）
1922年5月7日在杭州作。载1922年6月9日《民国日报·觉悟》。初收1924年3月上海商务印书馆初版《旧梦》。又收《再造》，《中国新文学大系·诗集》收第124首。

泪痕（127—133首）（诗）
1922年5月7日在杭州作。载1922年6月11日《民国日报·觉悟》。初收1924年3月上海商务印书馆初版《旧梦》。又收《再造》。

泪痕（134—141首）（诗）
1922年5月7日在杭州写毕。载1922年6月12日《民国日报·觉悟》。初收1924年3月上海商务印书馆初版《旧梦》。又收《再造》。

不要倒霉（诗）
1922年5月23日在萧山衙前白屋作。载1922年6月16日《民国日报·觉悟》。初收1924年3月上海商务印书馆初版《旧梦》。又收《再造》。

想·望(诗)

1922年5月23日在萧山作。载1922年6月13日《民国日报·觉悟》。初收1924年3月上海商务印书馆初版《旧梦》。又收《再造》。

流萤(诗)

1922年5月30日在白马湖作。载1922年6月20日《民国日报·觉悟》。初收1924年3月上海商务印书馆初版《旧梦》。又收《再造》。

谢梦中救我的女神(诗)

1922年5月30日在白马湖作。载1922年6月7日《民国日报·妇女评论》第44期。初收1924年3月上海商务印书馆初版《旧梦》。又收《再造》。

霞底讴歌(诗)

1922年6月1日在白马湖作。载1922年6月7日《民国日报·妇女评论》第44期。初收1924年3月上海商务印书馆初版《旧梦》。又收《再造》。

看月(一)(诗)

1922年6月2日在白马湖作。载1922年6月16日《民国日报·觉悟》。初收1924年3月上海商务印书馆初版《旧梦》。又收《秋之泪》。

看月(二)(诗)

1922年6月2日在白马湖作。载1922年6月22日《民国日报·觉悟》。初收1924年3月上海商务印书馆初版《旧梦》。又收《秋之泪》。

看月(三)(诗)

1922年6月2日在白马湖作。载1922年6月23日《民国日报·觉悟》。初收1924年3月上海商务印书馆初版《旧梦》。又收《秋之泪》。

看月(四)(诗)

1922年6月2日在白马湖作。载1922年6月26日《民国日报·觉悟》。初收1924年3月上海商务印书馆初版《旧梦》。又收《秋之泪》。

看月(五)(诗)

1922年6月2日在白马湖作。载1922年6月27日《民国日报·觉悟》。初收1924年3月上海商务印书馆初版《旧梦》。又收《秋之泪》。

看月(六)(七)(诗)

1922年6月3日在白马湖作。载1922年6月29日《民国日报·觉悟》。初收1924年3月上海商务印书馆初版《旧梦》。又收《秋之泪》。

看月(八)(九)(诗)

1922年6月3日在白马湖作。载1922年6月30日《民国日报·觉悟》。初收1924年3月上海商务印书馆初版《旧梦》。又收《秋之泪》。

别（二）（诗）

1922年6月3日在白马湖作。载1922年6月22日《民国日报·觉悟》。初收1924年3月上海商务印书馆初版《旧梦》。又收《再造》。

看月（十）（诗）

1922年6月4日在白马湖作。载1922年9月14日《民国日报·觉悟》。初收1924年3月上海商务印书馆初版《旧梦》。又收《秋之泪》。

《冷风》钞（1—6首）（诗）

1922年7月5日草成。载1934年4月1日《文艺茶话》第2卷第9期《纪念刘大白先生特刊》。

夜坐（诗）

1922年7月作。载1929年9月10日诗与散文社《诗与散文》第一本。初收1935年4月上海开明书店《白屋遗诗·西泠小草》。

心花（诗）

1922年7月作。载1929年9月10日诗与散文社《诗与散文》第一本。初收1935年4月上海开明书店《白屋遗诗·西泠小草》。

《旧梦》卷头自题（诗）

1922年8月10日在萧山作。载1922年12月11日《责任》周刊第3期。初收1924年3月上海商务印书馆初版《旧梦》。

不住的住（诗）

1922年8月14日在萧山舟中作。载1922年10月17日《民国日报·觉悟》。初收1924年3月上海商务印书馆初版《旧梦》。又收《秋之泪》。

秋之泪（1—10首）（诗）

1922年8月15日在杭州作。载1922年8月17日《民国日报·觉悟》。初收1924年3月上海商务印书馆初版《旧梦》。又收《秋之泪》。

秋之泪（11—19首）（诗）

1922年8月15日在杭州作。载1922年8月18日《民国日报·觉悟》。初收1924年3月上海商务印书馆初版《旧梦》。又收《秋之泪》,《中国新文学大系·诗集》收第11首。

秋之泪（20—29首）（诗）

1922年8月15日在杭州作。载1922年8月20日《民国日报·觉悟》。初收1924年3月上海商务印书馆初版《旧梦》。又收《秋之泪》，《世界初中活叶文选》抒情诗第1卷收第30首。

首秋之泪（30—45首）（诗）

1922年8月15日在杭州写毕。载1922年8月21日《民国日报·觉悟》。初收1924年3月上海商务印书馆初版《旧梦》。又收《秋之泪》。

西湖秋泛（一）（诗）

1922年8月16日在杭州作。载1922年10月5日《民国日报·觉悟》。初收1924年3月上海商务印书馆初版《旧梦》。又收《秋之泪》，《世界初中活叶文选》写景诗第一册。

西湖秋泛（二）（诗）

1922年8月16日在杭州作。载1922年10月13日《民国日报·觉悟》。初收1924年3月上海商务印书馆初版《旧梦》。又收《秋之泪》。

秋燕（诗）

1922年8月16日在杭州作。载1924年5月《新南社社刊》。初收1924年3月上海商务印书馆初版《旧梦》。又收《秋之泪》。

斜阳（诗）

1922年8月17日在杭州作。载1924年5月《新南社社刊》。初收1924年3月上海商务印书馆初版《旧梦》。又收《秋之泪》，《中国新文学大系·诗集》。

归梦（诗）

1922年8月22日在杭州作。载1923年1月1日《民国日报·觉悟》。初收1924年3月上海商务印书馆初版《旧梦》。又收《秋之泪》、《开明活叶文选》（507）。

落叶（1—7首）（诗）

1922年8月作于萧山。载1922年8月24日《民国日报·觉悟》。初收1924年3月上海商务印书馆初版《旧梦》。又收《秋之泪》。

落叶（8—15首）（诗）

1922年8月作于萧山。载1922年8月25日《民国日报·觉悟》。初收1924年3月上海商务印书馆初版《旧梦》。又收《秋之泪》。

落叶（16—23首）（诗）

1922年8月作于萧山。载1922年9月3日《民国日报·觉悟》。初收1924年3月上海商务印书馆初版《旧梦》。又收《秋之泪》。

落叶（24—33首）（诗）

1922年8月27日在萧山写毕。载1922年9月4日《民国日报·觉悟》。初收1924年3月上海商务印书馆初版《旧梦》。又收《秋之泪》。

答恶石先生底读《秋之泪》（诗）

1922年9月1日在萧山作。载1922年9月5日《民国日报·觉悟》。初收1924年3月上海商务印书馆初版《旧梦》。又收《秋之泪》。

洪水（诗）

1922年9月14日在萧山作。载1922年9月19日《民国日报·觉悟》。初收

1924年3月上海商务印书馆初版《旧梦》。又收《秋之泪》。

如此（诗）

1922年9月15日在萧山作。载1922年9月21日《民国日报·觉悟》。初收1924年3月上海商务印书馆初版《旧梦》。又收《秋之泪》。

秋之别（诗）

1922年9月20日在萧山作。载1922年10月8日《民国日报·觉悟》。初收1924年3月上海商务印书馆初版《旧梦》。又收《秋之泪》。

债（诗）

1922年9月24日在萧山作。载1922年9月28日《民国日报·觉悟》。初收1924年3月上海商务印书馆初版《旧梦》。又收《秋之泪》。

土馒头（诗）

1922年9月24日在萧山作。载1922年10月2日《民国日报·觉悟》。初收1924年3月上海商务印书馆初版《旧梦》。又收《秋之泪》。

黎明之歌（诗）

1922年9月25日在萧山作。初收1930年1月上海开明书店初版《秋之泪》。

冬夜所给予我的（诗）

1922年9月28日在绍兴作。载1922年10月2日《民国日报·觉悟》。初收1924年3月上海商务印书馆初版《旧梦》。又收《秋之泪》。

汽船中的亲疏（诗）

1922年9月28日萧绍汽船中作。载1922年10月3日《民国日报·觉悟》。初收1924年3月上海商务印书馆初版《旧梦》。又收《秋之泪》。

整片的寂寥（诗）

1922年9月28日在绍兴作。载1922年10月13日《民国日报·觉悟》。初收1924年3月上海商务印书馆初版《旧梦》。又收《秋之泪》《国文百八课》第四册（夏丏尊、叶绍钧合编）1938年9月上海开明书店初版。

腰有一匕首（诗）

1922年9月29日在绍兴作。载1922年10月3日《民国日报·觉悟》。初收1924年3月上海商务印书馆初版《旧梦》。又收《秋之泪》。

包车上的奇迹（诗）

1922年9月29日在绍兴作。载1922年10月13日《民国日报·觉悟》。初收1924年3月上海商务印书馆初版《旧梦》。又收《秋之泪》。

胎里僵着的自由（时事小说）

载1922年10月10日《民国日报·觉悟》。

九年前的今夜（诗）

1922年10月15日在杭州作。初收1924年3月上海商务印书馆初版《旧梦》。

《旧梦》付印自记（序跋）

1922年10月16日在杭州作。初收1924年3月上海商务印书馆初版《旧梦》。

谢T. H的信（诗）

1922年11月2日在白马湖作。初收1924年3月上海商务印书馆初版《旧梦》。又收《秋之泪》。

红树（诗）

1922年11月3日在白马湖作。载1922年12月15日《民国日报·觉悟》。初收1924年3月上海商务印书馆初版《旧梦》。又收《秋之泪》。

月下的想思（诗）

1922年11月3日在白马湖作。载1922年12月4日《责任》周刊第2期。初收1924年3月上海商务印书馆初版《旧梦》。又收《秋之泪》。

《抒情小诗集》序（序跋）

1922年11月20日在萧山衙前作。初收1923年上海古今图书店版《抒情小诗集》。又收《白屋说诗》、《世界初中活叶文选》说解文第一册。

责任底意见（发刊辞）

1922年11月22日在杭州作。载1922年11月27日《责任》周刊第1期，署名任社同人。

责任（杂文）

1922年11月26日在杭州作。载1922年11月27日《责任》周刊第1期。

快乐之船之群（1—13首）（诗）

载1922年11月27日《责任》周刊第1期。

快乐之船之群（14—18首）（诗）

1922年11月29日在萧山写毕。载1922年12月4日《责任》周刊第2期。初收1924年3月上海商务印书馆初版《旧梦》。又收《秋之泪》。

旧诗新话（一）（文艺）

载1922年11月27日《责任》周刊第1期。又载1922年12月7日《民国日报·觉悟》，署名汉胄。初收1928年5月上海开明书店初版《旧诗新话》，篇名题《管夫人〈我侬词〉》。

我底日本未来运命观（杂文）

载1922年12月4日《责任》周刊第2期。

责任和自由（杂文）

载1922年12月4日《责任》周刊第2期。

唐山大学解散事件（杂文）

载1922年12月4日《责任》周刊第2期。

雪（诗）
1922年12月6日在萧山作。载1922年12月17日《民国日报·觉悟》。初收1924年3月上海商务印书馆初版《旧梦》。又收《秋之泪》。

读《中国之社会本质及其作用》（杂文）
载1922年12月11日《责任》周刊第3期。

旧诗新话（二）（三）（文艺）
载1922年12月11日《责任》周刊第3期。又载1922年12月12日《民国日报·觉悟》，署名汉胄。初收1928年5月上海开明书店初版《旧诗新话》，篇名题《情诗》、《画鸡横幅诗》。

时代错误（诗）
1922年12月12日在杭州作。载1922年12月18日《责任》周刊第4期。又载1922年12月22日《民国日报·觉悟》。初收1924年3月上海商务印书馆初版《旧梦》。又收《秋之泪》。

对于《诗三百篇言字解》的怀疑（杂文）
1922年12月13日在杭州作。载1922年12月18日《责任》周刊第4期。

从《毛诗》所见的《尔汝篇》底二个例外（杂文）
1922年12月14日在杭州作。载1923年1月《责任》周刊第6期

对于女权运动的意见（杂文）
载1922年12月18日《责任》周刊第4期。

国际帝国主义的协同侵略政策（杂文）
载1922年12月18日《责任》周刊第4期。

旧诗新话（四）（文艺）
载1922年12月18日《责任》周刊第4期。又载1922年12月19日《民国日报·觉悟》，署名汉胄。初收1928年5月上海开明书店初版《旧诗新话》，篇名题《郑风淫》。

实行新学制问题（杂文）
载1922年12月25日《责任》周刊第5期。

不肖的一九二三年（诗）
1922年12月31日在萧山作。载1923年1月1日《责任》周刊第6期。初收1924年3月上海商务印书馆初版《旧梦》。又收《秋之泪》。

1923年

旧诗新话（五）（六）（文艺）
载1923年1月1日《责任》周刊第6期，署名汉胄。初收1928年5月上海开明书店初版《旧诗新话》，篇名题《从古墓中掘出抒情诗来》、《〈毛诗〉中的无韵诗》。

哈定底召集经济大会运动（杂文）
载1923年1月8日《责任》周刊第7期。

陈炯明底末路（杂文）

载1923年1月8日《责任》周刊第7期。

旧诗新话（七）（八）（文艺）

载1923年1月8日《责任》周刊第7期。又载1923年1月11日《民国日报·觉悟》，署名汉胄。初收1928年5月上海开明书店初版《旧诗新话》，篇名题《漱玉词》（一）（二）。

白天底蜡烛（诗）

1923年1月12日在杭州作。载1923年2月5日《责任》周刊第11期。初收1924年3月上海商务印书馆初版《旧梦》。又收《秋之泪》。

旧诗新话（文艺）

载1923年1月12日《民国日报·觉悟》，署名汉胄。初收1928年5月上海开明书店初版《旧诗新话》，篇名题《从古墓中掘出抒情来》。

巴黎总揆会议底破裂（杂文）

载1923年1月15日《责任》周刊第8期。

死亡问题与生活问题底冲突（杂文）

载1923年1月15日《责任》周刊第8期。

实行国历问题（杂文）

载1923年1月15日《责任》周刊第8期。

旧诗新话（九）（文艺）

载1923年1月15日《责任》周刊第8期。又载1923年1月22日《民国日报·觉悟》，署名汉胄。初收1928年5月上海开明书店初版《旧诗新话》，篇名题《李后主与宋徽宗》。

旧诗新话（十）（文艺）

载1923年1月22日《责任》周刊第9期。又载1923年1月25日《民国日报·觉悟》，署名汉胄。初收1928年5月上海开明书店初版《旧诗新话》，篇名题《钱镠山歌》。

陈炯明该怎样死法？（杂文）

载1923年1月22日《责任》周刊第9期。

理解和信奉（杂文）

载1923年1月22日《责任》周刊第9期。

成虎不死（诗）

1923年1月24日在杭州作。载1923年1月29日《责任》周刊第10期。初收1924年3月上海商务印书馆初版《旧梦》。又收《秋之泪》。

北京学潮和知识阶级底觉悟（评论）

载1923年1月29日《责任》周刊第10期。

从省参议员选举贿卖案观察弹劾权独立底必要（杂文）

载1923年1月29日《责任》周刊第10期。

旧诗新话（十一）（文艺）

载1923年1月29日《责任》周刊第10

期。初收1928年5月上海开明书店初版《旧诗新话》，篇名题《〈楚辞〉中用双声叠韵字》。

广州底变局（评论）

载1923年2月5日《责任》周刊第11期。

春底复活之群十四首（诗）

1923年2月5日在萧山作。载1923年3月19日《责任》周刊第15期。初收1924年3月上海商务印书馆初版《旧梦》。又收《秋之泪》。

假装头的青山（诗）

1923年2月5日在萧山作。载1923年2月12日《责任》周刊第12期。初收1924年3月上海商务印书馆初版《旧梦》。又收《秋之泪》、《开明活叶文选》（454）。

旧诗新话（十二）（文艺）

载1923年2月5日《责任》周刊第11期。又载1923年2月8日《民国日报·觉悟》，署名汉胄。初收1928年5月上海开明书店初版《旧诗新话》，篇名题《龚定盦〈红禅室词〉》。

耶和华底罪案（诗）

1923年2月6日在萧山作。载1923年2月12日《责任》周刊第12期。初收1924年3月上海商务印书馆初版《旧梦》。又收《秋之泪》。

雪后晚望（诗）

1923年2月6日在萧山作。载1923年2月12日《责任》周刊第12期。初收1924年3月上海商务印书馆初版《旧梦》。又收《秋之泪》。

醉后（诗）

1923年2月6日在萧山作。载1923年3月5日《责任》周刊第13期。初收1924年3月上海商务印书馆初版《旧梦》。又收《秋之泪》。

旧诗新话（文艺）

载1923年2月9日《民国日报·觉悟》，署名汉胄。初收1928年5月上海开明书店初版《旧诗新话》，篇名题《钱镠山歌》。

黄昏（诗）

1923年2月10日在绍兴作。载1923年2月23日《民国日报·觉悟》。

旧诗新话（十三）（文艺）

载1923年2月12日《责任》周刊第12期。又载1923年2月20日《民国日报·觉悟》，署名汉胄。初收1928年5月上海开明书店初版《旧诗新话》，篇名题《木兰诗》。

旧诗新话（十四）（诗）

载1923年3月5日《责任》周刊第13期。又载1923年3月8日《民国日报·觉悟》，署名汉胄。初收1928年5月上海开明书店初版《旧诗新话》，篇名题《李波小妹歌和陇西行》。

中等学校底国文教授问题（杂文）

载1923年3月12日《责任》周刊第14期。又载1923年3月20日《民国日报·觉悟》。

对于浙江省立第一师范学校毒馆案底观察（杂文）

载1923年3月12日《责任》周刊第14期。

旧诗新话（文艺）

载1923年3月12日《责任》周刊第14期，署名汉胄。

大家庭制度底崩坏（杂文）

载1923年3月19日《责任》周刊第15期。

送斜阳（诗）

1923年3月19日在绍兴作。载1923年4月26日《民国日报·觉悟》。初收1924年3月上海商务印书馆初版《旧梦》。又收《秋之泪》。

花前的一笑（诗）

1923年3月20日在绍兴作。载1923年4月26日《民国日报·觉悟》。初收1924年3月上海商务印书馆初版《旧梦》。又收《秋之泪》。

春半（诗）

1923年3月21日在绍兴作。载1923年4月27日《民国日报·觉悟》。初收1924年3月上海商务印书馆初版《旧梦》。又收《秋之泪》、《世界初中活叶文选》摹状文第二册。

生命之泉（诗）

1923年3月24日在绍兴作。载1923年4月27日《民国日报·觉悟》。初收1924年3月上海商务印书馆初版《旧梦》。又收《秋之泪》。

门前的大路（诗）

1923年3月26日在绍兴作。载1923年4月27日《民国日报·觉悟》。初收1924年3月上海商务印书馆初版《旧梦》。又收《秋之泪》。

春意（诗）

1923年3月29日在萧山舟中作。载1923年4月19日《民国日报·觉悟》。初收1924年3月上海商务印书馆初版《旧梦》。又收《秋之泪》。

梦之怀疑（诗）

1923年4月13日在绍兴作。载1923年4月16日《民国日报·觉悟》。初收1924年3月上海商务印书馆初版《旧梦》。又收《秋之泪》。*《旧梦》题名《梦之怀疑》。

春寒（诗）

1923年4月14日在绍兴作。载1923年4月17日《民国日报·觉悟》。初收

1924年3月上海商务印书馆初版《旧梦》。又收《秋之泪》。

春雨（诗）

1923年4月16日在绍兴作。载1923年4月20日《民国日报·觉悟》。初收1924年3月上海商务印书馆初版《旧梦》。又收《秋之泪》、《开明活叶文选》（503）。

得到……了（诗）

1923年4月16日作。载1923年4月20日《民国日报·觉悟》。初收1924年3月上海商务印书馆初版《旧梦》。又收《秋之泪》、《开明活叶文选》(452)。

故乡（诗）

1923年4月16日在绍兴作。载1923年4月20日《民国日报·觉悟》。初收1924年3月上海商务印书馆初版《旧梦》。又收《秋之泪》。

“龙哥哥，还还我！”（诗）

1923年4月17日在绍兴作。载1923年4月24日《民国日报·觉悟》。初收1924年3月上海商务印书馆初版《旧梦》。又收《秋之泪》。

怒和误的人生（诗）

载1923年4月22日《民国日报·觉悟》。

邮吻（诗）

1923年5月2日在绍兴作。载1923年5月27日《民国日报·觉悟》。初收1926年12月上海开明书店初版《邮吻》。又收《世界初中活叶文选》抒情诗第二册、《中国新文学大系·诗集》。

记得（诗）

1923年5月3日作。载1923年8月28日《民国日报·觉悟》。初收1926年12月上海开明书店初版《邮吻》。

我底故乡（诗）

1923年5月7日在绍兴作。载1923年5月10日《民国日报·觉悟》。初收1924年3月上海商务印书馆初版《旧梦》。又收《秋之泪》。

勇敢的泪军（诗）

1923年5月9日在绍兴作。初收1926年12月上海开明书店初版《邮吻》。

永生的心（诗）

1923年5月23日在绍兴作。载1923年5月29日《民国日报·觉悟》。初收1926年12月上海开明书店初版《邮吻》。

我愿（诗）

1923年5月23日在绍兴作。载1923年6月1日《民国日报·觉悟》。初收1926年12月上海开明书店初版《邮吻》。又收《中国新文学大系·诗集》。

白马湖之夜（诗）

1923年5月31日在白马湖作。载1923

年8月24日《民国日报·觉悟》。初收1926年12月上海开明书店初版《邮吻》。

泪珠（诗）

1923年6月5日在绍兴作。载1923年8月28日《民国日报·觉悟》。初收1926年12月上海开明书店初版《邮吻》。

别凤皇山（诗）

1923年10月20日在衙前舟中作。载1923年11月11日《午钟》半月刊第1期。初收1926年12月上海开明书店初版《邮吻》。

深秋晚眺（诗）

1923年10月29日在绍兴作。载1923年11月11日《午钟》半月刊第1期。初收1926年12月上海开明书店初版《邮吻》。

秋晚的江上（诗）

1923年10月30日在绍兴作。载1923年12月26日《午钟》半月刊第4期。初收1926年12月上海开明书店初版《邮吻》。又收《中国新文学大系·诗集》。

西风（1—5）（诗）

1923年11月7日在绍兴作。载1923年12月11日《午钟》半月刊第3期。初收1926年12月上海开明书店初版《邮吻》。

黄叶（诗）

1923年12月9日在绍兴作。载1924年4月14日《民国日报·觉悟》。初收1924年5月《新南社社刊》。又收《邮吻》。

读未见书室随笔一、假“禹”为“矩”

载1923年12月11日《午钟》半月刊第3期。

1924年

双红豆（词）

1924年2月11日在绍兴作。载1924年2月16日《民国日报·觉悟》。初收1926年12月上海开明书店初版《邮吻》。又收《旧诗新话》、《鲁迅郭沫若刘大白郁达夫四大家诗词钞》、《南国相思录》、《红豆集》。

白话提倡者偶作文言的影响（杂感）

载1924年2月17日《民国日报·觉悟》，署名汉胄。

四库全书底背景（杂感）

载1924年2月18日《民国日报·觉悟》，署名汉胄。

偷听（诗）

1924年2月19日在绍兴作。载1924年4月9日《民国日报·觉悟》。初收1926年12月上海开明书店初版《邮吻》。

“两浙东西”（杂感）

载1924年2月19日《民国日报·觉悟》，署名汉胄。

封翁（杂感）
载1924年2月19日《民国日报·觉悟》，署名汉胄。

支那人真是一个猜不透的谜吗？（杂感）
载1924年2月21日《民国日报·觉悟》，署名汉胄。

中国女子底高跟皮鞋（杂感）
载1924年2月23日《民国日报·觉悟》，署名汉胄。

白话文只能行于一时吗？（杂感）
载1924年2月26日《民国日报·觉悟》，署名汉胄。

彩票主义（杂感）
载1924年3月1日《民国日报·觉悟》，署名汉胄。

《红楼梦》和《儿女英雄传》底成书时代（杂文）
载1924年3月3日《民国日报·觉悟》。

维持风化（杂感）
载1924年3月4日《民国日报·觉悟》，署名汉胄。

东风（诗）
1924年3月4日在杭州作。载1924年6月8日《民国日报·觉悟》。初收1926年12月上海开明书店初版《邮吻》。
*《邮吻》题名《回头来了的东风》。

“不通”底转赠（杂感）
载1924年3月5日《民国日报·觉悟》，署名汉胄。

寿之时用大矣哉！（杂感）
载1924年3月6日《民国日报·觉悟》，署名汉胄。

杀未来无数女子底造意犯教唆犯（杂感）
载1924年3月17日《民国日报·觉悟》，署名汉胄。

一个再醮论的介绍（杂感）
载1924年3月18日《民国日报·觉悟》，署名汉胄。

艺术是美术底一部分（杂感）
载1924年3月21日《民国日报·觉悟》，署名汉胄。

《旧梦》
1924年3月由上海商务印书馆初版列入《文学研究会丛书》之一。

燕底言语（诗）
1924年3月24日在江湾作。载1924年6月7日《民国日报·觉悟》。初收1926年12月上海开明书店初版《邮吻》。

倚老卖老（杂感）
载1924年3月25日《民国日报·觉悟》，署名汉胄。

曹先生"用心苦矣"！（杂感）
载1924年3月26日《民国日报·觉悟》，署名汉胄。

卖花女（1—2首）（诗）
1924年3月28日在江湾作。初收1926年12月上海开明书店初版《邮吻》。

《复旦大学甲子年鉴》序（序跋）
1924年3月29日作。载1924年7月6日《民国日报·觉悟》。初收1924年《复旦大学甲子年鉴》。

答少年老成的曹慕管老先生（书信）
1924年3月29日作。载1924年3月31日《民国日报·觉悟》，署名汉胄。

静夜（诗）
1924年3月29日在江湾作。初收1926年12月上海开明书店初版《邮吻》。

恶梦（诗）
1924年3月31日在江湾作。载1924年4月14日《民国日报·觉悟》。初收1926年12月上海开明书店初版《邮吻》。

春寒（诗）
1924年4月1日在江湾作。载1924年4月9日《民国日报·觉悟》。初收1926年12月上海开明书店初版《邮吻》。

"国故毒"吗？一科举毒（杂感）
载1924年4月1日《民国日报·觉悟》，署名汉胄。

春风（诗）
1924年4月6日在江湾作。载1924年4月10日《民国日报·觉悟》。初收1926年12月上海开明书店初版《邮吻》。

北京政府赤化（？）了（杂感）
载1924年4月8日《民国日报·觉悟》，署名汉胄。

网（诗）
1924年4月9日在江湾作。载1924年4月14日《民国日报·觉悟》。初收1926年12月上海开明书店初版《邮吻》。

气煞马建忠的遗少（杂感）
载1924年4月9日《民国日报·觉悟》，署名汉胄。

国故老头子的寿险（杂感）
载1924年4月10日《民国日报·觉悟》，署名汉胄。

造成新脑盲的教育者（杂感）
载1924年4月12日《民国日报·觉悟》，署名汉胄。

"以五十步笑百步"的落伍者（杂感）
载1924年4月13日《民国日报·觉悟》，署名汉胄。

循环论者底谬误（杂感）
载1924年4月13日《民国日报·觉悟》，署名汉胄。

青年底烦闷和销沉（杂感）
载1924年4月15日《民国日报·觉悟》，署名汉胄。

时间错误（杂感）
载1924年4月17日《民国日报·觉悟》，署名汉胄。

长局与短局（杂感）
载1924年4月22日《民国日报·觉悟》，署名汉胄。

“该死”的东南大学国文试题（杂感）
载1924年4月23日《民国日报·觉悟》，署名汉胄。

寄影（诗）
1924年5月17日在江湾作。载1924年6月12日《民国日报·觉悟》。初收1926年12月上海开明书店初版《邮吻》。

别后之泪（1—24首）（诗）
1924年6月6日在江湾作。初收1926年12月上海开明书店初版《邮吻》。

双笑（1—24首）（诗）
1924年7月15日在绍兴作。初收1926年12月上海开明书店初版《邮吻》。

私语（1—10首）（诗）
1924年7月30日在绍兴作。初收1926年12月上海开明书店初版《邮吻》。

旧诗新话（1—3）（文艺）
初收1924年7月上海亚东图书馆《我们底七月》。又收《旧诗新话》，篇名题《管夫人〈我侬词〉》（二）、《宋代白话文学底发展》、《李芳树〈刺血诗〉》。

假“禹”为“矩”和假“负”为“乏”底两个考证
载1924年9月1日《复旦季刊》革新号。

真面目（诗）
1924年11月9日在江湾作。初收1926年12月上海开明书店初版《邮吻》。

枯叶的叹息（诗）
1924年11月16日在江湾作。载1924年11月26日《民国日报·觉悟》。初收1926年12月上海开明书店初版《邮吻》。

《红玫瑰》序（序跋）
载1925年9月5日《民国日报·觉悟》。

《红玫瑰》序（续）（序跋）
1924年12月22日夜于上海江湾复旦大学。载1925年9月6日《民国日报·觉悟》。*《红玫瑰》作者为李鸿梁。

忆别（诗）
1924年作。载1934年4月《文艺茶话》第2卷第9期。

1925年

《数理精蕴》纠缪
载1925年1月1日《复旦季刊》第1卷第1期。*《数理精蕴》清圣祖敕编，上海商务印书馆1935年9月初版（《万有文库》第二集207种）。

挽中山先生联十副
1925年3月作。载1931年4月《世界杂志》第1卷第4期《白屋联话·十三》。

雷峰塔倒后（散文）
1925年4月26日在江湾作。载1925年7月1日《复旦季刊》第1卷第2期。初收1929年7月大江书局初版《白屋说诗》。

无母之儿——五月六日在江湾复旦大学民治研究社讲演
载1925年5月14日《民国日报·觉悟》。

八病订误
载1925年5月10日《文学周报》第172期。

心钟（小说）
1925年5月12日在江湾作。载1925年5月24日《文学周报》第174期。

毛诗底用纽
载1925年5月24日《文学周报》第174期。初收1928年5月上海开明书店初版《旧诗新话》。

何谓民族底生存——五卅事件与中国民族之求生存讲稿中底一段
1925年5月30日作。载1934年3月杭州《黄钟》月刊第4卷第4期。

旧诗新话（1—2）（文艺）
载1925年6月9日《民国日报·觉悟》。初收1928年5月上海开明书店初版《旧诗新话》，篇名题《缢鬼诗》、《用境界说词》。

"谨防利用"——一个会场的速记（杂论）
载1925年6月14日《文学周报》第177期。

我底恸哭（诗）
载1925年6月14日《文学周报》第177期。

旧诗新话（4—7）（文艺）
初收1925年6月上海亚东图书馆《我们的六月》。又收《旧诗新话》，篇名题《圈儿信》、《双红豆》、《张打油〈咏雪诗〉》、《碎金词谱》(一)。

《毛诗》以后的停身韵（诗论）
载1925年7月5日《文学周报》第180

期。初收1928年5月上海开明书店初版《旧诗新话》。

矛盾的古诗音节论（诗论）
载1925年7月26日《文学周报》第183期。初收1928年5月上海开明书店初版《旧诗新话》。

我所见闻的徐文长故事（民间文学）
载1925年8月2日《文学周报》第184期。

《龙山梦痕》序（序跋）
1925年9月2日在江湾作。载1925年9月13日《文学周报》第190期。初收1926年11月上海开明书店初版《龙山梦痕》。又收《中国新文学大系·散文一集》。*《龙山梦痕》作者为王世颖、徐蔚南。

告诉读者们——第一次（杂文）
载1925年10月4日《黎明》周刊第1期，未署名。*《黎明》周刊系《民国日报》附刊。

我们底一群（消息）
载1925年10月4日《黎明》周刊第1期，未署名。

纸老虎与屁老虎（杂文）
载1925年10月4日《黎明》周刊第1期。

且看明年今日如何（谈话）
载1925年10月10日《民国日报·觉悟》。

国家事用不着尔等当心（杂文）
载1925年10月10日《黎明》周刊第2期。

关于屁老虎之正误（杂文）
载1925年10月10日《黎明》周刊第2期。

太阳姑娘和月亮嫂子（童话）
1925年10月12日在江湾作。载1925年11月《文学周报》第200期。

侮辱女性的李乃培——雄蜘蛛、雄螳螂
载1925年10月25日《黎明》周刊第4期。

致张同光书（书信）
1925年10月26日。载1925年11月1日《黎明》周刊第5期。*张同光致大白书，题名《绿衣人手中递来的"哕"声》。

我想提倡的几种主义（一）（杂文）
一、绪言。二、全文言主义。载1925年11月8日《黎明》周刊第6期。

我想提倡的几种主义（二）（杂文）
三、全资本主义。载1925年11月15日《黎明》周刊第7期。

"哕"的尾声——致马彦祥书（通信）
1925年11月12日夜。载1925年11月15日《黎明》周刊第7期。

人生底浪费（杂文）
一、"费寿"。载1925年11月22日《黎明》周刊第8期。

人生底浪费（二）（杂文）

二、未来。载1925年11月29日《黎明》周刊第9期。

我想提倡的几种主义（三）（杂文）

四、全个人主义。载1925年11月29日《黎明》周刊第9期。

致生项行健的信（书信）

1925年12月3日写。载1925年12月6日《黎明》周刊第10期。

大白启事

载1925年12月20日《黎明》周刊第12期。* 谢绝聘请代作题、跋、应酬文学、挽联、贺联、寿联、祭文、寿序以及种种。

《倥偬》序（序跋）

载1925年12月27日《黎明》周刊第13期。初收1926年11月上海开明书店（倥偬）。*《倥偬》作者为王世颖。

《楚辞》略说（诗论）

载1925年《立达季刊》第1卷第1期。*《楚辞》系楚国屈原宋玉所作的赋，由汉朝刘向裒集成书。

1926年

胡适之流毒无穷（杂文）

载1926年1月3日《文学周报》第206期。

《孔雀东南飞》底时代问题——致马彦祥书（通信）

1926年1月5日作。载1926年1月10日《黎明》周刊第15期。初收1929年7月大江书店初版《白屋说诗》。

《孔雀东南飞》底时代问题——答曹聚仁书（通信）

1926年1月12日在江湾复旦大学作。载1926年1月18日《黎明》周刊第16期。初收1929年7月大江书店初版《白屋说诗》。* 曹聚仁《孔雀东南飞》一文，见1926年1月12日《民国日报·觉悟》。

《万古愁》底作者问题（诗论）

载1926年1月24日《文学周报》第209期。初收1929年7月大江书店初版《白屋说诗》。

复旦大学校歌（歌词）

1926年2月15日作。载1926年4月18日《黎明》周刊第23期。初收1926年《复旦丙寅年鉴》。

《邶风·静女》篇的讨论——致颉刚先生书（书信）

1926年3月7日在上海江湾作。载1926年4月12日《语丝》第74期。初收1929年7月大江书店初版《白屋说诗》。

白纸底鼾声（诗）

1926年3月10日在江湾作。载1926年

7月18日《黎明》周刊第36期。初收1926年12月上海开明书店初版《邮吻》。

畸寄楼随笔（杂文）
一、妄言华辞底进化。二、文言文之功用。载1926年3月15日《黎明》周刊第20期。

我想提倡的几种主义（四）（杂文）
五、全不合作主义。载1926年3月15日《黎明》周刊第20期。

告诉读者们！第二次（杂文）
载1926年3月15日《黎明》周刊第20期，未署名。

中国文学科底过去未来（评论）
1926年4月1日作。初收1926年《复旦丙寅年鉴》。

湖滨晚眺（诗）
1926年4月4日在杭州作。初收1926年12月上海开明书店初版《邮吻》。

告诉读者们！第三次（杂文）
载1926年4月4日《黎明》周刊第21期，未署名。

关于瞎子断扁的一例——《静女》的异议（书信）
1926年4月17日作。载1926年4月25日《黎明》周刊第24期。初收1929年7月大江书店初版《白屋说诗》。＊致顾颉刚书。

再谈《静女》——致颉刚先生书（书信）
1926年4月24日在上海江湾作。载1926年5月2日《黎明》周刊第25期。初收1929年7月大江书店初版《白屋说诗》。＊顾颉刚之文见《语丝》第74期。

介绍上海美术专门学校底头衔（杂文）
载1926年4月25日《黎明》周刊第24期。

放屁逻辑中的归纳法（杂文）
载1926年4月25日《黎明》周刊第24期。

对于批评自杀者的批评（评论）
载1926年5月2日《黎明》周刊第25期。

春去（诗）
1926年5月5日在江湾作。初收1926年12月上海开明书店初版《邮吻》。

致景深先生书（书信）
1926年5月7日作。初收1983年1月上海文艺出版社《中国现代文艺资料丛刊》第7期。＊据赵景深先生回忆，此信大约写于1926年。

怎样洗去去年今日南京路上的血痕？（评论）
载1926年5月30日《黎明》周刊第29期。

上海美术专门学校“与日人往来绝少”的“市实不符”（评论）
载1926年5月30日《黎明》周刊第29期。

泪如红豆红（词）
1926年小满节。初收1929年10月上海开明书店加订再版《旧诗新话》。

读《何典》（书评）
载1926年6月26日《黎明》周刊第33期。*《何典》〔清〕张南庄著，刘复标点。

中国戏剧起源之我观——《中国文学史草创》之一节（文学史）
载1926年6月27日《文学周报》第231期。

音乐化的客歌（文论）
载1926年7月4日《黎明》周刊第34期。

三谈《静女》——致颉刚书（书信）
1926年7月7日在上海江湾作。载1926年7月18日《黎明》周刊第36期。初收1929年7月大江书店初版《白屋说诗》。

致张威书（书信）
1926年7月8日作。载1926年7月18日《黎明》周刊第36期。

《太平天国有趣文件十六种》之小校勘
载1926年7月11日《黎明》周刊第35期。* 本书由刘复编，上海北新书局1926年版。

我所闻的徐文长故事（九）（民间文学）
载1926年7月18日《文学周报》第234期。

介绍“殊为难得”的“大批法学博士”（杂文）
载1926年7月18日《黎明》周刊第36期。

读《评闻君一多的诗》（评论）
载1926年7月25日《黎明》周刊第37期。*《评闻君一多的诗》，朱湘作，载《小说月报》第17卷第5号。

再合“吾家”刘复博士开回顽笑（评论）
一、这回开顽笑的开场。二、璧谢“吾家”刘复博士所尊的“前辈”并领谢“俏皮”和“刻薄”。载1926年7月31日《黎明》周刊第38期。

再合“吾家”刘复博士开回顽笑（评论）
三、关于“失差业户”的问题。四、关于“飞奔狼烟”的问题。五、总而言之，统而言之。载1926年8月8日《黎明》周刊第39期。

两个圈儿和一百一十个框儿（评论）
载1926年8月8日《黎明》周刊第39期。

觉悟底向后转的进步（杂文）

载1926年8月8日《黎明》周刊第39期。

《致死者》序（序跋）

1926年8月8日在上海作。初收1926年9月上海亚东图书馆《致死者》。*《致死者》著者为张维祺。

电车上胖密丝（Miss）底粉装脑袋（杂文）

载1926年8月15日《黎明》周刊第40期。

大人物所缺少的（杂文）

载1926年8月22日《黎明》周刊第41期。

"钻到牛角尖里"尖和"前辈""亲爱"化的有趣（杂文）

载1926年8月22日《黎明》周刊第41期。

我所见闻的徐文长故事（民间文学）

载1926年8月《文学周报》第201期。

介绍"吾家"刘复博士底几种巧妙法门（杂文）

一、苦肉计式的护短法。二、二段论法的白赖法。三、增字的古诗校读法。四、偏帅乘隙的总攻击法。五、避开实际的反攻法。载1926年9月5日《黎明》周刊第43期。

介绍"吾家"刘复博士底几种巧妙法门（杂文）

六、灭字的方言解释法。1926年8月29日在江湾作。载1926年9月12日《黎明》周刊第44期。

孤树（1—3首）（诗）

载1926年10月《一般》月刊。

告诉读者们——第四次（杂文）

载1926年11月1日《黎明》周刊第51期，未署名。

广"横通"（评论）

载1926年11月8日《黎明》周刊第52期。

告诉读者们——第一年中最末的一次（杂文）

载1926年11月8日《黎明》周刊第52期，署名编者。

《蛋歌》序（序跋）

1926年11月10日在上海江湾复旦大学作。载1926年11月1日《黎明》周刊第51期。初收1927年2月上海开明书店《蛋歌》。又收《白屋说诗》附录。*《蛋歌》编者系钟敬文。

白屋文话——（六）偷旧材料造房子的鬼话文（杂文）

载1926年11月17日《复旦周刊》第9号。初收1929年8月上海世界书局《白屋文话》。

白屋文话——（七）桐城派鬼话文合八股文的关系（杂文）
载1926年11月《复旦周刊》第10号。初收1929年8月上海世界书局《白屋文话》。又收《中国新文学大系·散文一集》。

白屋说诗——（一）六义（诗论）
载1926年11月《复旦周刊》第10号。初收1929年7月大江书局《白屋说诗》。*《白屋说诗》第一部分说《毛诗》十节，原载《复旦周刊》1—16期，现原刊已残缺，仅找到第十、十六期，登载（一）、（十）二节，其他八节均未找到。

《邮吻》付印自记（序跋）
1926年12月22日在江湾复旦大学作。初收1926年12月上海开明书店初版《邮吻》。

《邮吻》（诗集）
1926年12月上海开明书店初版，列入《黎明丛书》之一。

平级错均底一斑（评论）
载1926年12月上海开明书店《一般》月刊。

代某君寿某公父母七十（诗）
代某君寿某公父母七十又（诗）
代某君寿其母七十并贺娶孙媳（诗）
风絮（诗）
1926年间作。以上均收1935年4月上海开明书店《白屋遗诗·西泠小草》。

梦境（诗）
中秋（诗）
春水（诗）
雨感（诗）
春风鬓影词（诗）
1926年间作。载1934年4月《文艺茶话》第2卷第9期。

1927年

白屋说诗——（十）柏舟（诗论）
载1927年1月《复旦周刊》第16期。收入1929年7月大江书局《白屋说诗》。

白屋文话——（十四）鬼话文政策底由来和存在（杂文）
载1927年1月《复旦周刊》第16期。收入1929年8月上海世界书局《白屋文话》。*《复旦周刊》自1926年9月—1927年1月先后共出16期，原刊已残缺不齐，现仅查到零星几期。《白屋文话》收录18篇，原载《复旦周刊》，现只查到其中六、七、十四等三篇。

《万古愁》底作者问题（二）（诗论）
载1927年2月13日《文学周报》第4卷第11期。

中山先生逝世二周年作挽联两付

1927年3月作。载1931年4月《世界杂志》第1卷第4期《白屋联话》(十三)。

致少卿先生同志书（书信）

1927年4月13日作。载1933年2月13日上海《时事新报·忆大白先生》。

宋玉赋辨伪（诗论）

载1927年6月《小说月报》第17卷号外。初收1927年商务印书馆郑振铎编《中国文学研究》。

说中国诗篇中的次第律——外形律之一（语言学）

载1927年6月《小说月报》第17卷号外。初收1927年商务印书馆郑振铎编《中国文学研究》。

中国旧诗篇中的声调问题（语言学）

载1927年6月《小说月报》第17卷号外。

田螺精（民间故事）

初收1927年10月南洋日报馆编印《椰子集》。*《椰子集》系南洋日报六周年纪念特刊。

告怀疑于第三中大令小学校勿用古话文的潘光旦君（评论）

1927年12月21日作。初收1929年8月上海世界书局《白屋文话》。

文腔革命和国民革命底关系（杂文）

1927年12月30日作。初收1929年8月上海世界书局《白屋文话》。又收《世界初中活叶文选》说解文第一册。

1928年

堕泪（诗）

1928年2月19日在杭州作。初收1930年1月上海开明书店初版《秋之泪》。*1934年4月《文艺茶话》第2卷第9期登载这首诗的墨迹。

致蔚南书（书信）

1928年2月22日作。初收1932年5月上海大夏书局《白屋书信》（四）。

致蔚南书（书信）

1928年2月末日作。初收1932年5月上海大夏书局《白屋书信》（一）。

题宋宫诗四绝（诗）

初收1928年2月上海五权书社版《宋宫十八朝演义》。*《宋宫十八朝演义》由李逸侯、赵梦云合著，严独鹤评。

致蔚南书（书信）

1928年3月5日作。初收1932年5月上海大夏书局《白屋书信》（二）。

致蔚南书（书信）

1928年3月12日作。初收1932年5月上海大夏书局《白屋书信》（三）。

致蔚南书（书信）

1928年3月24日作。初收1932年5月上海大夏书局《白屋书信》（五）。

为“双王结婚”题白话联一副祝贺

1928年4月7日作。载1983年1月《文化史料丛刊》第4卷《刘大白事迹述要》。* 双王，系王世颖（夫凡）、王绮馨。篇名系编者题。

楼外楼头狂醉（诗）

1928年4月16日作。初收1932年5月上海大夏书局《白屋书信》（六）。又收《白屋遗诗·西泠小草》、《鲁迅郭沫若刘大白郁达夫四大家诗词钞》。

致蔚南书（书信）

1928年4月17日作。初收1932年5月上海大夏书局《白屋书信》（六）。

致蔚南书（书信）

1928年5月5日作。初收1932年5月上海大夏书局《白屋书信》（八）。又收《鲁迅郭沫若刘大白郁达夫四大家诗词钞》，篇名题《凭栏》。

致蔚南书（书信）

1928年5月8日作。初收1932年5月上海大夏书局《白屋书信》（九）。

《白屋文话》自序一（序跋）

1928年5月20日在杭州国立浙江大学作。初收1929年8月上海世界书局初版《白屋文话》。

代五千万以上的学龄儿童感谢“全国教育会议”（杂文）

载1928年5月29日《民国日报·觉悟》。初收1929年8月上海世界书局《白屋文话》附录。

中华民国教育宗旨说明书

1928年5月作。初收1928年5月《第一次全国教育会议报告》，刘大白等起草。

致中华民国大学校长蔡元培、副院长杨杏佛书（书信）

1928年5月作。初收1928年5月《第一次全国教育会议报告》，署名刘大白、杨廉。

《旧诗新话》（论诗）

1928年5月由上海开明书店初版。

致蔚南书（书信）

1928年6月18日作。初收1932年5月上海大夏书局《白屋书信》（十）。

致胡适的信——停身韵和停尾韵的讨论（书信）

1928年7月5日作。初收1929年10月上海开明书店加订再版《旧诗新话》附录。

致蔚南书（书信）
1928年7月5日作。初收1932年5月上海大夏书局《白屋书信》（十一）。又收《当代名人书简》。

致蔚南论编辑中学国文教科书的信（书信）
1928年7月24日在杭州作。初收1929年8月上海世界书局《白屋文话》。又收《白屋书信》（十二）。

《蛋歌》序附记（序跋）
1928年9月7日作。初收1929年7月大江书店初版《白屋说诗》。

假隐士林逋——致景琛先生书（书信）
1928年9月27日作。载1929年1月《文学周报》第7卷。* 林逋即林和清，宋朝的隐逸诗人。

致蔚南书（书信）
1928年秋之末日、夜之半时作。初收1932年5月上海大夏书局《白屋书信》（十三）。

致任重书（书信）
1928年10月4日作。初收1936年5月上海生活书店初版《现代作家书简》。* 任重即陈望道。

致蔚南书（书信）
1928年10月30日作。初收1932年5月上海大夏书局《白屋书信》（十四）。

致蔚南书（书信）
1928年11月8日作。初收1932年5月上海大夏书局《白屋书信》（十五）。

致蔚南书（书信）
1928年11月13日24时作。初收1932年5月上海大夏书局《白屋书信》（十六）。

贺徐文骏、王杏云结婚作房对
1928年11月20日作。初收1932年5月上海大夏书局《白屋书信·致蔚南书十七》。

致蔚南书（书信）
1928年11月20日作。初收1932年5月上海大夏书局《白屋书信》（十七）。

发言变迁说（评论）
载1928年11月号上海《大江月刊》。

《万古愁》底作者问题（二）
——熊开元乎？归庄乎？
——（诗论）
载1928年11月《文学周报》第4卷。

《民间文艺丛话次集》序（序跋）
1928年12月7日大雪节之夜作于杭州国立浙江大学。载1928年12月号上海《大江月刊》。初收1934年5月上海黎明书店初版《故事的坛子》。*《民间文艺丛话次集》作者为钟敬文。

致蔚南书（书信）
1928年12月10日作。初收1932年5月上海大夏书局《白屋书信》（十八）。

致蔚南书（书信）
1928年12月16日作。初收1932年5月上海大夏书局《白屋书信》（十九）。

致蔚南书（书信）
1928年12月30日作。初收1932年5月上海大夏书局《白屋书信》（二十）。

十七年十二月十六日访曼殊塔（诗）
1928年作。初收1935年4月上海开明书店《白屋遗诗·西泠小草》。

代国立浙江大学作联语两副
1928年作。载1931年5月《世界杂志》第1卷第5期《白屋联话》（十七）。

1929年

国立浙江大学庆祝元旦作联语一副
1929年元旦作。载1931年5月《世界杂志》第1卷第5期《白屋联话》（十七）。

六书次第说（文字学）
1929年1月1日在杭州国立浙江大学作。载1931年5月《世界杂志》第1卷第5期。

致蔚南书（书信）
1929年1月19日作。初收1932年5月上海大夏书局《白屋书信》（二十一）。

致蔚南书（书信）
1929年1月20日作。初收1932年5月上海大夏书局《白屋书信》（二十二）。

人话文与鬼话文（通讯）
1929年2月9日作。载1929年《文学周报》第8卷第22号。

致蔚南书（书信）
1929年2月19日作。初收1932年5月上海大夏书局《白屋书信》（二十三）。

致蔚南书（书信）
1929年3月14日作。初收1932年5月上海大夏书局《白屋书信》（二十四）。

致蔚南书（书信）
1929年3月18日作。初收1932年5月上海大夏书局《白屋书信》（二十五）。

致蔚南书（书信）
1929年3月18日夜作。初收1932年5月上海大夏书局《白屋书信》（二十六）。

《白屋文话》自序二（序跋）
1929年3月28日在杭州国立浙江大学作。初收1929年8月上海世界书局《白屋文话》。

致蔚南书（书信）
1929年3月29日早二时作。初收1932年5月上海大夏书局《白屋书信》（二十七）。

题旧日记（减字木兰花）（词）

1929年3月31日作。初收1932年5月上海大夏书局《白屋书信》（二十九）。又收《鲁迅郭沫若刘大白郁达夫四大家诗词钞》。

题十六年前在日本东京所摄小影（减字木兰花）（词）

1929年4月3日作。初收1932年5月上海大夏书局《白屋书信》（二十九）。又收《鲁迅郭沫若刘大白郁达夫四大家诗词钞》。

致蔚南书（书信）

1929年4月4日作。初收1932年5月上海大夏书局《白屋书信》（二十八）。

致蔚南书（书信）

1929年4月6日作。初收1932年5月上海大夏书局《白屋书信》（二十九）。又收《鲁迅郭沫若刘大白郁达夫四大家诗词钞》。

四谈《静女》——译毛诗《邶风·静女》（诗论）

1929年4月29日在浙江国立大学作。初收1929年7月大江书店初版《白屋说诗》。又收《秋之泪》。

反游仙（诗）

1929年4月作。初收1935年4月上海开明书店《白屋遗诗·西泠小草》。又收《鲁迅郭沫若刘大白郁达夫四大家诗词钞》。

《邶风·静女篇》“荑”的讨论（诗论）

1929年5月2日在杭州国立浙江大学作。初收1929年7月大江书店初版《白屋说诗》。* 大白同董作宾的讨论。

致蔚南书（书信）

1929年5月8日作。初收1932年5月上海大夏书局《白屋书信》（三十）。

致蔚南书（书信）

1929年5月18日作。初收1932年5月上海大夏书局《白屋书信》（三十一）。

致蔚南书（书信）

1929年5月23日作。初收1932年5月上海大夏书局《白屋书信》（三十二）。

致蔚南书（书信）

1929年5月26日作。初收1932年5月上海大夏书局《白屋书信》（三十三）

致蔚南书（书信）

1929年6月2日作。初收1932年5月上海大夏书局《白屋书信》（三十四）。

致蔚南书（书信）

1929年6月4日作。初收1932年5月上海大夏书局《白屋书信》（三十五）。

致蔚南书（书信）

1929年6月17日作。初收1932年5月上海大夏书局《白屋书信》(三十六)。

致蔚南书(书信)
1929年6月20日作。初收1932年5月上海大夏书局《白屋书信》(三十七)。

《白屋说诗》自序(序跋)
1929年6月23日在杭州国立浙江大学作。初收1929年7月大江书店初版《白屋说诗》。

为西湖博览会教育馆入口作大门联一副
1929年6月作。载1931年5月《世界杂志》第1卷第5期《白屋联话》(十六)。

为西湖博览会教育馆出口作大门联一副
1929年6月作。载1931年5月《世界杂志》第1卷第5期《白屋联话》(十六)。

为西湖博览会教育馆花园茅亭作联语一副
1929年6月作。载1931年5月《世界杂志》第1卷第5期《白屋联话》(十六)。

为西湖博览会教育馆各陈列室作联语三副
1929年6月作。载1931年5月《世界杂志》第1卷第5期《白屋联话》(十六)。

西湖博览会教育馆特刊发刊词(序跋)
1929年6月作。载1929年《西湖博览会总务报告书》。

《白屋说诗》(诗论)
1929年7月10日由上海开明书店初版。

致蔚南书(书信)
1929年7月16日作。初收1932年5月上海大夏书局《白屋书信》(三十八)。

致蔚南书(书信)
1929年7月23日作。初收1932年5月上海大夏书局《白屋书信》(三十九)。

致蔚南书(书信)
1929年7月23日作。初收1932年5月上海大夏书局《白屋书信》(四十)。

致蔚南书(书信)
1929年7月25日作。初收1932年5月上海大夏书局《白屋书信》(四十一)。

莫干山上的风雨(诗)
1929年8月13日年莫干山作。初收1929年9月10日《诗与散文》第一本。又收《白屋书信》(四十二)。

致蔚南书(书信)
1929年8月14日作。初收1932年5月上海大夏书局《白屋书信》(四十二)。

致蔚南书(书信)
1929年8月15日作。初收1932年5月上海大夏书局《白屋书信》(四十三)。

致蔚南书（书信）

1929年8月17日作。初收1932年5月上海大夏书局《白屋书信》（四十四）。

玄庐仍在人间（诗）

1929年8月19日在莫干山作。载1931年3月《世界杂志》第1卷第3期。

致蔚南书（书信）

1929年8月20日作。初收1932年5月上海大夏书局《白屋书信》（四十五）。

莫干山的月夜（诗）

1929年8月20日在莫干山作。载1929年11月1日《当代诗文》创刊号。初收1932年5月上海大夏书局《白屋书信》（四十七）。又收《文艺茶话》第2卷第9期。

致蔚南书（书信）

1929年8月22日作（第1封）。初收1932年5月上海大夏书局《白屋书信》（四十六）。

致蔚南书（书信）

1929年8月22日作（第2封）。初收1932年5月上海大夏书局《白屋书信》（四十七）。

挽沈玄庐联

1929年8月作。初收1929年10月上海开明书店加订再版《旧诗新话·风云》。

* 沈玄庐死于1929年8月28日。

说梦答玄庐（杂文）

1929年8月作。载1934年4月《文艺茶话》第2卷第9期。

《白屋文话》（杂文集）

1929年8月上海世界书局初版。

夜坐（诗）

载1929年9月10日《诗与散文》第1本。初收1935年4月上海开明书店《白屋遗诗·西泠小草》。

心花（诗）

载1929年9月10日《诗与散文》第1本。初收1935年4月上海开明书店《白屋遗诗·西泠小草》。

恩仇（诗）

载1929年9月10日《诗与散文》第1本。初收1935年4月上海开明书店《白屋遗诗·西泠小草》。

春闺（诗）

载1929年9月10日《诗与散文》第1本。初收1935年4月上海开明书店《白屋遗诗·西泠小草》。

八月二十二日月下（诗）

载1929年9月10日《诗与散文》第1本。

《再造》（诗集）

1929年9月由上海开明书店初版。

致新甫书（手迹）（书信）
1929年10月13日作。载1933年2月13日上海《时事新报》《刘大白先生周年祭》。

浣溪纱　两阕（词）
1929年10月25日作。初收1932年5月上海大夏书局《白屋书信》（四十八）。又收《鲁迅郭沫若刘大白郁达夫四大家诗词钞》。

致蔚南书（书信）
1929年10月29日作。初收1932年5月上海大夏书局《白屋书信》（四十九）。

撕碎了《旧梦》——《丁宁》、《再造》、《秋之泪》、《卖布谣》付印自记
1929年11月1日在首都作。初收1929年11月上海开明书店初版《丁宁》。又收《卖布谣》、《秋之泪》。

从《毛诗》到《楚辞》（诗论）
载1929年11月1日《当代诗文》创刊号。

从旧诗到新话（诗论）
载1929年11月1日《当代诗文》创刊号。

白屋联话（1—7）
一、联语是什么。二、联语底起源和发展。三、西湖花神庙底叠字联。四、人名滑稽对。五、朱瑞挽联。六、挽王金发联。七、挽山阴先生联。载1929年11月1日《当代诗文》创刊号。又载1931年3月1日《世界杂志》第1卷第3期。*《当代诗文》仅收1—6。

致蔚南书（书信）
1929年11月17日作。初收1932年5月上海大夏书局《白屋书信》（五十）。

《丁宁》（诗集）
1929年11月上海开明书店初版。

《卖布谣》（诗集）
1929年11月上海开明书店初版。

《五十世纪中国历年表》
1929年12月上海商务印书馆初版。

1930年

致蔚南书（书信）
1930年1月15日作。初收1932年5月上海大夏书局《白屋书信》（五十一）。

《秋之泪》（诗集）
1930年1月由上海开明书店初版。

十九年二月二日早起微月在天（诗）
1930年2月2日作。初收1935年4月上海开明书店《白屋遗诗·西泠小草》。

致敬文先生书——与钟敬文先生论学书（书信）
1930年4月9日作。载1934年4月1日《文艺茶话》第2卷第9期《纪念刘大白先生特刊》。

致蔚南书（书信）

1930年5月27日作。初收1932年5月上海大夏书局《白屋书信》（五十二）。

致静闻先生书（与钟敬文先生论学书）（书信）

1930年6月18、26日作。载1934年4月1日《文艺茶话》第2卷第9期《纪念刘大白先生特刊》。

致蔚南书（书信）

1930年7月30日作。初收1932年5月上海大夏书局《白屋书信》（五十三）。

致蔚南书（书信）

1930年11月27日上午作。初收1932年5月上海大夏书局《白屋书信》（五十四）。

致蔚南书（书信）

1930年11月27日作。初收1932年5月上海大夏书局《白屋书信》（五十五）。

打油诗一首

1930年12月4日作。初收1932年5月上海大夏书局《白屋书信》（五十六）。

* 原诗为："腐恶豪坤共帝军，墙头标语贴纷纷；宣传工作真努力，打倒铲除一大群。"

昏黄（虞美人一首）

1930年作。初收1935年4月上海开明书店《白屋遗诗·西泠小草》。

昏黄（七绝二首）（诗）

1930年作。初收1935年4月上海开明书店《白屋遗诗·西泠小草》。

1931年

故事的坛子（民间文学）

一、"王八蛋就是我"。二、额外秀才解元。三、"谁教你中了第三"。载1931年1月1日《世界杂志》第1卷第1期。初收1934年5月上海黎明书局初版《故事的坛子》。

致蔚南书（书信）

1931年2月5日作。初收1932年5月上海大夏书局《白屋书信》（五十七）。

致敬文先生书——与钟敬文先生论学书（书信）

1931年2月7日作。载1934年4月1日《文艺茶话》第2卷第9期《纪念刘大白先生特刊》。

《因明学》序（序跋）

1931年3月10日在杭州作。载1931年9月《世界杂志》第2卷第3期。初收1931年10月上海世界书局《因明学》。

*《因明学》由陈望道编著。

白屋联话

八、谭嗣同挽联。九、三"夫子"和三"相公"。十、纪晓岚善作对子。十一、"社会党"。十二、集句的联语。十三、挽中山先生联。载1931年

4月1日《世界杂志》第1卷第4期。

故事的坛子（民间文学）
四、大恭秀才。五、状元旗杆竖在后门口。六、“皇恩浩荡”的秀才。载1931年4月1日《世界杂志》第1卷第4期。初收1934年5月上海黎明书局初版《故事的坛子》。

致蔚南书（书信）
1931年4月4日作。初收1932年5月上海大夏书局《白屋书信》（五十八）。

致蔚南书（书信）
1931年4月19日作。初收1932年5月上海大夏书局《白屋书信》（五十九）。

致蔚南书（书信）
1931年4月22日作。初收1932年5月上海大夏书局《白屋书信》（六十）。

《中诗外形律详说》自序（序跋）
1931年4月22日在杭州作。初收1943年11月上海中国联合出版公司初版《中诗外形律详说》。

白屋联话
十四、切议员身份的联语。十五、难找对语的出语。十六、西湖博览会教育馆联。十七、纪念联语。十八、挽徐烈士伯荪联。十九、挽顾家相联。二十、挽范仰乔联。二十一、挽陶荫轩联。二十二、贺结婚的联语。载1931年5月1日《世界杂志》第1卷第5期。

为张某结婚作贺联一副
载1931年5月1日《世界杂志》第1卷第5期《白屋联话》（二十二）。

代做贺结婚房对一副
载1931年5月1日《世界杂志》第1卷第5期《白屋联话》（二十二）。

代贺人家结婚作白话贺联一副
载1931年5月1日《世界杂志》第1卷第5期《白屋联话》（二十二）。

故事的坛子（民间文学）
七、会元就是我底儿子。八、“兄弟也是监生出身”。九、之字秀才。十、“古之人，古之人”。十一、“另头碎角之肉”。十二、“香油煎鲞鱼，豆油炒千张”。载1931年5月1日《世界杂志第1卷第5期。初收1934年5月上海黎明书店初版《故事的坛子》。

致蔚南书（书信）
1931年5月9日作。初收1932年5月上海大夏书局《白屋书信》（六十一）。

致蔚南书（书信）
1931年5月22日作。初收1932年5月上海大夏书局《白屋书信》（六十二）。

绰号文学底研究（论文）
载1931年6月1日《世界杂志》第2卷

第1期。

致蔚南书（书信）

1931年6月6日作。初收1932年5月上海大夏书局《白屋书信》（六十三）。

致蔚南书（书信）

1931年6月22日作。初收1932年5月上海大夏书局《白屋书信》（六十四）。

遗嘱（1—3）（诗）

1931年7月17日在杭州作。初收1932年5月上海大夏书局《白屋书信》（六十五）。载1933年2月13日上海《时事新报》（刘大白先生周年祭）。又载1933年2月13日南京《中央日报》《刘大白先生周年祭》。1934年4月1日《文艺茶话》第2卷第9期《纪念刘大白先生特刊》。

遗嘱（4—5）（诗）

1931年7月20日在杭州作。初收1932年5月上海大夏书局《白屋书信》（六十五）。载1933年2月13日上海《时事新报》《刘大白先生周年祭》。又载1933年2月13日南京《中央日报》《刘大白先生周年祭》1934年4月1日《文艺茶话》第2卷第9期《纪念刘大白先生特刊》。

致蔚南书（书信）

1931年7月24日作。载1933年2月14日上海《时新事报》。

故事的坛子（民间文学）

十三、李纯客不认老师。十四、北闱乡试预漏题目。十五、破题中倒嵌解元姓名。十六、“乌胧松”值银三百两。十七、“廿一日上天”。十八、“羊血仓三打天下”。十九、“妹妹我思之”。二十、伯夷叔齐做成大八块。二十一、“翻编七虞诗韵，韵内无蝴”。二十二、“这是周白民先生底文章”。二十三、“该死十三元”。二十四、高心夔对矮脚虎。二十五、“请大宗师跪听圣谕”。二十六、“明日不考文”。二十七、俞曲园底怪题目。二十八、“中庸须从太极讲起”。二十九、“文笔太粗”。三十、“胡虍者，齐王之妻舅也”。三十一、误认宝藏在水边。三十二、弹词秀才。载1931年8月1日《世界杂志》第2卷第2期。初收1934年5月上海黎明书局初版《故事的坛子》。

致蔚南书（书信）

1931年8月3日作。初收1932年5月上海大夏书局《白屋书信》（六十六）。

致蔚南书（书信）

1931年8月10日作。载1933年2月13日上海《时事新报》。又载1934年4月1日《文艺茶话》第2卷第9期。

致蔚南书（书信）

1931年8月21日作。初收1932年5月上海大夏书局《白屋书信》（六十七）。

致蔚南书（书信）

1931年8月25日作。初收1932年5月上海大夏书局《白屋书信》（六十八）。

致蔚南书（书信）

1931年8月26日作。初收1932年5月上海大夏书局《白屋书信》（六十九）。

致蔚南书（书信）

1931年8月31日作。初收1932年5月上海大夏书局《白屋书信》（七十）。

致蔚南书（书信）

1931年9月1日夜作。初收1932年5月上海大夏书局《白屋书信》（七十一）。

致蔚南书（书信）

1931年9月5日作。初收1932年5月上海大夏书局《白屋书信》（七十二）。

致蔚南书（书信）

1931年9月14日作。载1933年2月13日上海《时事新报》。又载1934年4月1日《文艺茶话》第2卷第9期。

致蔚南书（书信）

1931年9月18日作。初收1932年5月上海大夏书局《白屋书信》（七十三）。

致蔚南书（书信）

1931年9月21日作。初收1932年5月上海大夏书局《白屋书信》（七十四）。

白屋联话

二十三、一字四读联语。二十四、“不祥之兆”。二十五、拆句对。二十六、无情对（一）。二十七、从小童到举人。二十八、先生对马快？二十九、无情对（二）。三十、郑成功庙联。三十一、摹声对。三十二、曾国藩挽联。三十三、一字二意对。三十四、人名滑稽对。三十五、科场对。载1931 年9月《世界杂志》第2卷第3期。

告不辨人鬼强分雅俗的《白屋文话》评者敌远君（杂文）

初收上海世界书局1931年9月7版《白屋文话》。

致蔚南书（书信）

1931年10月14日作。初收1932年5月上海大夏书局《白屋书信》（七十五）。

致蔚南书（书信）

1931年11月23日夜作。初收1932年5月上海大夏书局《白屋书信》（七十六）。

致蔚南书（书信）

1931年12月5日作。初收1932年5月上海大夏书局《白屋书信》（七十七）。

与瘦红书（书信）

1931年作。载1933年2月13日上海《时事新报》。又载1934年4月1日《文艺茶话》第2卷第9期。

1932年

《修辞学发凡》序（序跋）

1932年元旦在杭州作。初收1932年4月5日上海大江书铺初版《修辞学发凡》。*《修辞学发凡》作者系陈望道。

致蔚南书（书信）

1932年1月4日作。初收1932年5月上海大夏书局《白屋书信》（七十八）。

致蔚南书（书信）

1932年1月8日作。初收1932年5月上海大夏书局《白屋书信》（七十九）。

《辞通》序（序跋）

1932年1月18日在枕上口授，由儿子丙震代为写成。初收1934年8月上海开明书店初版《辞通》。*《辞通》由朱起凤撰。

致蔚南书（书信）

1932年1月31日作。初收1932年5月上海大夏书局《白屋书信》（八十）。

与邵力子先生书（书信）

1932年1月末作。载1934年4月1日《文艺茶话》第2卷第9期。

故事的坛子（民间文学）

三十三、蒲鞋王故事。1932年作（病重不能执笔，口授由其子丙震笔录）。载1934年4月1日《文艺茶话》第2卷第9期。初收1934年5月上海黎明书店初版《故事的坛子》。

莫干山的月夜（诗）

写作年月未详。载1934年4月1日《文艺茶话》第2卷第9期。

长毋相忘（诗）

写作年月未详。载1934年4月1日《文艺茶话》第2卷第9期。

劝您一杯酒（诗）

写作年月未详。载1934年4月1日《文艺茶话》第2卷第9期。

挽徐谊臣联

写作年月未详。收入1982年10月四川人民出版社《对联选》。* 徐曾为官，后弃而为优。

刘大白著作书目

编者说明

（一）本书目辑录了刘大白1924年至1930年出版的新诗、诗论、杂论等9种，刘大白逝世后经徐蔚南等收集汇编或整理出版的旧诗、书信、文学论著等6种，以及收入合集或选集中的作品目录共计17种（包括台湾、香港出版的《刘大白文集》、《刘大白选集》）。

（二）本书目按体裁分类，同类书籍按初版时间先后顺序排列。

（三）本书目著录项目次第，包括：书名（列入丛书名附于书名后）；出版者；版次（只著录初版、增订版）；目次（照原书著录）。

新诗

旧梦（文学研究会丛书）

上海商务印书馆1924年8月初版。

旧梦卷头自题（一九二二，八，一〇，大白在萧山）

序（一九二三，四月八日，周作人在北京）

序（一九二三年，四月十三日，陈望道在上海）

题旧梦和旧梦以外（一九二三，三，二七，玄庐，衙前）

旧梦付印自记（一九二二，一〇，一六，大白，在杭州）

总目录

旧梦

旧梦之群一百一首

雪后晚望
醉后
送斜阳
花前的一笑
春半
生命之泉
门前的大路
春意
疑怀之梦
春寒
春雨
得到……了
故乡
“龙哥哥，还还我！”
我底故乡
红色
红色的新年
劳动节歌三首
八点钟歌三首
五一运动歌二首
金钱
卖布谣（一）
卖布谣（二）
收成好
田主来
每饭不忘

新禽言

挂挂红灯（一）
挂挂红灯（二）
渴杀苦
布谷
割麦插禾
脱却布袴
驾犁
各各作工
泥滑滑（一）
泥滑滑（二）
割麦过荒
著新脱故

邮吻（黎明社丛书）

上海开明书店1926年12月初版。

目次

《邮吻》付印自记
邮吻
记得
勇敢的泪军
永生的心
我愿
白马湖之夜
泪珠
别凤皇山
深秋晚眺
秋晚的江上
西风五首
黄叶
双红豆
偷听
回头来了的东风
燕底言语
卖花女二首
静夜
恶梦
春寒
春风
网

再造

上海开明书店1929年9月初版。

目录

一闪
心上的写真
我悔了
读慰安
慰安（附）——谢楚伦先生底诗，
俍工肃文先生底信
桃花几瓣
别后
春尽了
别（一）
别（二）
她不该给我呵！
"不要倒霉"
想望
谢梦中救我的女神
霞底讴歌
泪痕之群一百四十一首
花间的露珠之群十二首
流萤之群十首
自记（见1931年10月第3版）
撕碎了《旧梦》——《丁宁》《再造》《秋之泪》《卖布谣》付印自记

丁宁
上海开明书店1929年11月初版。
目录
丁宁之群六十三首
盼月
救命
雪
这沉吟……为甚？
燕子去了
月夜
舟行晚霁所见
立秋日病里口占
问西风
促织
爱
心印
丁宁（一）
丁宁（二）
秋深了
月蚀
病院里雨后看吴山
一座大山
黄昏
两个老鼠抬了一个梦（一）
两个老鼠抬了一个梦（二）
姻缘——爱
夜坐忆故乡老梅
一样的鸡叫
看牡丹底唐花
看盆栽的千叶红梅
寂寞（一）
寂寞（二）
救寞（三）
寂寞（四）
送灶
车中人语
捉迷藏
一幅神秘的画图
在湖滨公园看人放轻气泡儿
愁和忧底新领土
春问（一）
春问（二）

卖布谣

上海开明书店1929年11月初版。

目次

秋之泪

上海开明书店1930年1月初版。

目录

西湖秋泛（二）
秋燕
斜阳
旧梦
答恶石先生底读《秋之泪》
读《秋之泪》（附）恶石
洪水
如此
秋之别
债
土馒头
黎明之歌
秋夜所给与我的
汽船中的亲疏
整片的寂寥
包车上的奇迹
腰有一匕首
谢 T. H 的信
红树
月下的相思
雪
时代错误
不肖的一九二三年
白天底蜡烛
成虎不死
假装头白的青山
耶和华底罪案
雪后晚望
醉后
送斜阳
花前的一笑
春半
生命之泉
门前的大路
春意
梦之怀疑
春寒
春雨
得到……了
故乡
“龙哥哥，还还我”！
我底故乡
堕泪
译泰戈尔《园丁集》第廿三首
译泰戈尔《园丁集》第廿四首
译泰戈尔《园丁集》第廿八首
静女——译《毛诗》《邶风》《静女》
看月之群十首
秋之泪之群四十五首
落叶之群三十三首
快乐之船之群十八首
春底复活之群十四首
孤树之群三首
自记
撕碎了《旧梦》——《丁宁》《再造》《秋之泪》《卖布谣》付印自记

旧诗

白屋遗诗

开明书店校勘印行。1935年4月序，1935年春日。王世裕识。

总目

辨云剩稿（书名页钤“伯贞”印章）
白屋遗诗之一
春意

自遣
秋夜雨
有感而作
春日病起
红玉墓
读石头记
无题唐句
踏青
题壁
采莲
花朝
惜春
春游
代族侄某谢某女士画扇
秋海棠
又
招秋魂
拜月词
意园以无题三十首见示书此
讽之
劝酒
忆旧
赠唐句
辛丑立秋病中口占
昨宵
催妆
绮怀
小酌
祝樱桃
玩月
春晓即事
戏代仲弟新婚纪事
又代题聚头扇
早秋
有赠
旧时
任寅秋日薄游西湖过藕香居　小饮适藕花盛开把酒赋此
偕显臣廑父泛棹西湖显臣不　惯乘船急思返棹口占嘲之
旧时
纪恨
早春集句
小游仙
临别有赠
却雉行
明妃
月夜集温句
代某题小影影中作女儿妆立雪月中梅花树下
艳情

自丙申至甲辰。旧作近二百首。率皆芜陋冗杂。阅之汗下。兹择其稍可者。录存七十余首。虽格卑词靡。不足当识者一笑。然亦以见旧时思想之一斑尔。戊申仲秋伯贞自识。

冰庑集（书名页钤“伯贞”印章）白屋遗诗之二

清明即事
醉歌
界树晚望
郁轮袍
山居
乙巳四月寄子炎
春阴

鸦片毒
缠足苦
八股祸
偶像讽
龙
纵笔
秋感
我有匕首行
吊史阁部
题桥梓冬荣图
冬日湖上采句补录丙午
题碌生梦醒词后
惊潮
自嘲
秋感八首
白日篇二首
新相思二首
三十自励
飞絮行投戚串某
反枯鱼过河泣
白日何短短
读桃花扇杂感
北郭有健儿
剑胆集（书名页钤“刘大白”印章）白屋遗诗之三
喜来一杯酒
酒德祝
哭陈烈士伯平
今朗月行
越溪谣
述怀并寄梦庵
病中简梦庵
感时寓恨
叠前韵
简梦庵
又
家山回文
辛亥寄瘦红都门
癸丑初闻南北战事感赋
又
丙辰夏夜西园小饮
都中近事寄感和韵
都中近事寄感再和
爆竹
爆竹
（昨岁咏爆竹四绝。意有所指。见者或谓逼人太甚。未免蹈灌夫刘四之习。且爆竹何辜。竟蒙此榜。爰叠前韵。更成四绝。聊为爆竹解嘲。幸易以笔端翻覆见诮）
北征小草（书名页钤“寻常百姓”印章）白屋遗诗之四
北上留别诸友
浮海口占
游陶然亭感赋
游陶然亭感赋叠前韵
重过陶然亭醉后题壁
又
南山有慈乌
送宋梦兰出都
皎皎夜光璧
秋蚊
七夕作
中秋忽动乡思
海上口占寄瘦红
渡钱塘江

过金陵

（庚戌杪秋有南昌之行。往来两过石头城下。皆未一作勾留。时金陵正开南洋劝业会。游人如蚁。余独不之顾。同行者颇以为怪。不知余固别有怀抱也。因口占四绝。聊以自遣。语触时忌。未以示人。今金陵又阅一度兴亡矣。宵来于故纸堆中。检得是稿。灯前复诵一过。不胜今昔之感。会当一过白下。重补清游。风景已殊。从头细认。江山无异。劫后方看。较之当年曾经领略者。其感触当复何如。）

鄱阳湖晓望思亲

舟行过大小姑山

东瀛小草（书名页钤“寻常百姓”印章）白屋遗诗之五

赠剑侯

稚憨二十初度

四月三日偕剑侯侠民勤豪亮集芝轩游向岛之百花园园主人出笺丐诗为题一绝句

百花园看花后偕登太阳阁醉后观竞渡

樱花

窃国

刺梁任公

黄蜀葵

读苏眇公简剑侯诗次韵作

寄瘦红杭州

眼波

偕剑侯过神田市。睹盆松四铁树一。区区盎中物耳。而偃蹇葱郁。颇有奇气。以杖头钱三缗得之。提挈而归。纪之以诗。

次剑侯简万公度韵

题画扇

奉和瘦红寄怀

再和瘦红寄怀

答瘦红见和仍叠前韵

愁城

自题小影寄瘦红

吴叔兮新筵醉后书示在座诸客心事

梦归故国舟中口占一绝句

闻某氏被赦归国作诗一章以当赠策

自题小影赠剑侯

又赠侠民

又赠公度

戴君亮集为日本女郎梅子徵诗言将以当红叶焉漫书二绝句应之

袁祸叹用己酉秋感韵

三年秋归国留别剑侯

归途舟泊长崎醉后登高

寿陈戎生四十

富士山

炭墼

南冥小草（书名页玄庐题）白屋遗诗之六

图南

任运

四月二十八日夜坐

四月二十九夜次剑侯玩月韵时足疾未痊

晚凉

自窜南荒倍怀中土偶闻国事不禁怆

然
送曾汉武归国
乙卯长至书怀
自苏门答腊寄瘦红
闻滇师起义感赋
寄怀剑侯星洲
一九一六年岁首
无题戏嘲粉衫
无题叠前韵答粉衫反嘲
无题再叠前韵答粉衫托名狂讪
忧患
纪梦
写恨
别西湖三年矣某日得西湖名胜图一卷以显微镜读之回忆旧游因题二绝
往街东海滨浴罢晚归途中口占
西泠小草（书名页钤“刘大白”印章）
白屋遗诗之七
西湖水
春闺
六年夏移寓孤山广化寺
恩仇
代某君寿某将军夫妇
书参议院众议院（新国会）初选举调查单后
合欢词
题水村第五图次芷畦先生自题六绝原韵
读芷畦先生原唱第二首及记中行吟泽畔云云谓非感时愤语未之敢信再次重题二绝韵以博一粲
何阆仙居士断弦后曾作僧伽装奉佛白衲庵忽以子媳并丧复娶继室朋辈拈华应羞上老人头句以辘轳体诗贺之余拈得三五作二律
风云
十年一月六日遇十年前旧友余不孤强余赋此
十年六月自杭旋里归途舟中口占
夜坐
心花
余君不孤招饮即席赋此
代某君寿某公父母七十
又
代某君寿某母七十并贺娶孙媳
风絮
楼外楼头狂醉
反游仙
十七年十二月十六日访曼殊塔
十九年二月二日早起微月在天
昏黄七绝二首
昏黄虞美人一首

诗论

旧诗新话（黎明社从书）

上海开明书店1928年5月初版。

目录

（一）闽风篇
（二）雁字
（三）樵夫哭娘
（四）当窗织和采桑词
（五）郑板桥教子
（六）华山畿和折杨柳枝歌
（七）桃花源诗序
（八）牛行迟和柘皋老妇行

（九）梅花接老爷
（十）弹铗歌底用韵
（十一）郑板桥绍兴诗
（十二）胡适译节妇吟
（十三）姑恶
（十四）无韵诗
（十五）董西厢和王西厢
（十六）管夫人我侬词（一）
（十七）情诗
（十八）画鸡横幅诗
（十九）郑风淫？
（二十）从古墓中掘出抒情诗来
（二十一）毛诗中的无韵诗
（二十二）漱玉词（一）
（二十三）漱玉词（二）
（二十四）李后主与宋徽宗
（二十五）钱镠山歌
（二十六）楚辞中用双声叠韵字
（二十七）龚定庵红禅室词
（二十八）顾贞观金缕曲
（二十九）木兰诗
（三十）李波小妹歌和陇西行
（三十一）楚辞和成相
（三十二）管夫人我侬词（二）
（三十三）宋代白话文学底发展
（三十四）李芳树刺血诗
（三十五）圈儿信
（三十六）双红豆
（三十七）张打油咏雪诗
（三十八）碎金词谱（一）
（三十九）缢鬼诗
（四十）用境界说词
（四十一）“八病”正误
（四十二）毛诗底用纽
（四十三）毛诗以后的停身韵
（四十四）矛盾的古诗音节论
（四十五）碎金词谱（二）
（四十六）题画竹“叶书”
（四十七）书新国会选举调查单后
（四十八）陈莲远先生遗诗
（四十九）红禅室词中的某王孙
（五十）爆竹诗
（五十一）新相思
（五十二）我有匕首行
（五十三）眼波
（五十四）任瘦红
（五十五）暗合和蹈袭

以下五篇及附录见1929年10月加订再版，1931年9月3版。

（五十六）“泪如红豆红”
（五十七）风云
（五十八）十五年前的玄庐
（五十九）中国评诗的内容论者
（六十）新律声运动和五七言

附录

停声韵和停尾韵的讨论

（一）胡适致大白的信 1928年7月1日

（二）大白答适之的信 1928年7月5日

（三）适之答大白的信 1928年7月7日

白屋说诗

上海开明书店1929年7月初版。

北京作家出版社1958年1月第1版。

目次

说毛诗
（一）六义
（二）绿衣
（三）葛生
（四）鸡鸣
（五）卷耳和陟岵
（六）关雎
（七）绸缪
（八）有狐
（九）遵大路
（十）柏舟
杂说
（一）双声叠韵和句中用韵问题
（A）大白致李石岑的信（1）
（B）胡怀琛致李石岑的信（1）
（C）大白致李石岑的信（2）
（D）胡怀琛致李石岑的信（2）
（E）大白双声叠韵和句中用韵问题底往事重提
（F）胡怀琛答复刘大白
（G）大白答复胡怀琛——“双声叠韵”和“句里用韵”问题
（H）胡怀琛再答刘大白
（I）大白再答胡怀琛
（二）孔雀东南飞底时代问题
（A）马彦祥质大白
（B）大白答复马彦祥
（C）曹聚仁谈孔雀东南飞
（D）大白答复曹聚仁
（三）万古愁底作者问题（一）
——王思任乎？归庄乎？——
（四）万古愁底作者问题（二）
——熊开元乎？归庄乎？——
（五）毛诗邶风静女底讨论
（A）瞎子断扁的一例——静女（顾颉刚）
（B）大白关于瞎子断扁的一例——静女的异议（致颉刚先生·信）
（C）邶风静女篇的讨论——致大白先生信（顾颉刚）
（D）大白再谈静女——致颉刚先生信
（E）郭全和读邶风静女的讨论——致颉刚、大白的信
（F）邶风静女的讨论——致颉刚的信（魏建功）
（G）大白三谈静女——对于《语丝》八十三期魏建功先生邶风静女的讨论的讨论（致颉刚信）
（H）大白四谈静女
（I）董作宾邶风静女篇《荑》的讨论
（六）一千年前的弹词——敦煌遗书小说明妃传残卷
（七）读楚辞韵例和楚辞文艺杂论
（八）关于“八病”的诸说
（九）中国诗篇底分步
附录
（一）《抒情小诗》序
（二）《蛋歌》序（附后记）
（三）《龙山梦痕》序
（四）雷峰塔倒后
自序

中诗外形律详说

中国联合出版公司1943年11月初版。

自序

凡例

目次

第一篇　律声

第二篇　诗篇底范围如何

第三篇　诗形

第四篇　外形律

第五篇　外形律的总结和它底形式美

第六篇　结论

附录

从毛诗到楚辞

中诗外形律详说跋　1943年6月夏丏尊书于上海

杂文

白屋文话

上海世界书局1929年8月初版。

目次

一、革掉文言文底头衔

二、研究鬼话文

三、蓝青鬼话底一代不如一代

四、古话死人底蓝青鬼话观

五、时间上的准外国话

六、偷旧材料造新房子的鬼话文

七、桐城派鬼话文合八股文的关系

八、检书换易法的鬼话文作法秘诀

九、"不成话"的律体鬼话文

十、不出鬼门关的散体鬼话文运动

十一、鬼话文家是反常的疯子

十二、律体鬼话文底用处

十三、"跟著二鞑子吃螺蛳"的用典

十四、鬼话文政策底由来和存在

十五、鬼话文底妙用之一

十六、打破活死人们最后的一道防线

十七、人话文是最无聊的吗?

十八、对付鬼话文的态度

附录

一、告怀疑于第三中大令小学校勿用古话文的潘光旦君　1927年12月21日

二、文腔革命和国民革命底关系　1927年12月30日

（一）什么叫文腔革命

（二）鬼话文底由来和存在

（三）人话革命跟著国民革命而起

（四）国民革命要仗著人话革命而成功

三、代五千万以上的学龄儿童感谢全国教育会议

四、致蔚南论编辑中学国文教科书的信1928年7月24日大白在杭州

序跋

一、徐蔚南序　1929年3月15日

二、胡适跋　1928年9月22日

三、自序一　1928年5月20日大白在杭州国立浙江大学

四、自序二　1929年3月28日大白在杭州国立浙江大学

新附录

（见1931年9月7版，1933年4月9版）告不辨人鬼强分雅俗的《白屋文话》评者敬远君

书信

白屋书信　　　　　　　　徐蔚南编

上海大夏书局1932年5月初版。

刘大白遗像及其墨迹

大白生卒年月及其著作物表弁言　徐蔚南　1932年3月5日

* 本书收入1928年2月至1932年1月刘大白致徐蔚南的信80封。

文学史、文字学

中国文学史

上海大江书铺1933年1月30日初版。

目次

第一篇　引论

第二篇　第一期上古至商

第三篇　第二期周至秦

第四篇　第三期上二汉

第五篇　第三期下三国至隋

第六篇　第四期唐

* 本书在大江书铺新书预告内列入《大江学术丛书》之一种，原书封面及版权页均未标明丛书名。

中国文字学概论

上海大江书铺1933年3月10日初版。

目次

一、解题

二、文字底性质和效用

三、文字底三要素

四、文字底起源

五、文字底构成

六、文字发生和演变的次第

七、文字底形态

八、文字底声韵

民间故事

故事的坛子

上海黎明书局1934年5月初版。

目次

钟序　1934年1月14日

坛子的泥头　自序

故事的坛子

王八蛋就是我

额外秀才中解元

谁教你中了第三

大恭秀才

状元旗杆竖在后门口

皇恩浩荡的秀才

会元就是我底儿子

兄弟也是监生出身

之字秀才

古之人古之人

零头碎角之肉

香油煎鲞鱼，豆油炒千张

李莼客不认老师

北闱乡试预漏题目

破题中倒嵌解元姓名

乌胧松值银三百两

廿一日上天

羊血仓三打天下

妹妹我思之

伯夷叔齐做成大八块

翻编七虞诗韵韵内无蝴

这是周白民先生底文章

该死十三元

高心夔对矮脚虎

请大宗师跪听圣谕
明日不考文
俞曲园底怪题目
中庸须从太极讲起
文笔太粗
胡龁者齐王之妻舅也
误认宝藏在水边
弹词秀才
蒲鞋王
故事零拾
好孙媳妇
顽皮的跟班
聪明的新女婿
呆女婿（一）
呆女婿（二）
聪明的戏子（一）
聪明的戏子（二）
聪明的戏子（三）
我所见的徐文长故事（一）
我所见的徐文长故事（二）
田螺精
太阳姑娘月亮嫂子
附录
（1）绰号文学底研究
（2）《蛋歌》序
（3）《民间文艺丛话次集》序

其他

五十世纪中国历年表　刘大白编
上海商务印书馆1929年12月初版。
例言
本编分正表附表二类。正表从神农氏元年起，至民国八十九年止。附表分十四种。
目录
（1）周秦之际七国表
（2）楚汉之际表
（3）二汉之际诸国表
（4）汉末三国表
（5）晋宋十六国南北朝表一
（6）晋宋十六国南北朝表二
（7）隋唐之际诸国表一
（8）隋唐之际诸国表二
（9）五代十国表一
（10）五代十国表二
（11）五代二宋辽夏金元表
（12）元朝之际诸国表
（13）明清之际表
（14）太平天国表

世界初中活叶文选
刘大白主编，朱剑芒、陈霭麓编辑
上海世界书局1932年10月初版。
摹状文1—6册
其中收入刘大白诗四首：
自然的略领——泪痕之群五十九（1）
春半——花间之群三十四（2）
一幅神秘的画图——丁宁之群三十五（2）
雪——丁宁之群三（3）
写景诗1—2册
其中第一册收入刘大白诗二首：
钱塘江上的一瞥
西湖秋泛
记叙文1—16册
叙事诗1—4册

发抒文1—3册

抒情诗1—4册

其中收入刘大白诗五首：

秋之泪之群三十（1）

邮吻（2）

爱（2）

吊易白沙（2）

泪痕之群五（2）

说解文1—9册

其中第一册收入刘大白散文二篇：

《抒情小诗》序

文腔革命和国民革命的关系

论难文1—6册

其中第一册收入刘大白散文一篇：

革掉文言文的头衔

合集或选集

分类白话诗选（一名：新诗五百首）
许德邻编辑

上海崇文书局1920年8月初版。

写实类：《卖布谣》（一）（二）。

写意类：《淘汰来了》。

新诗年选　北社编

上海亚东图书馆1922年8月初版。

《应酬》

抒情小诗集　查猛济编

上海古今图书店1923年。

刘大白序《心上的写真》

诗学讨论集　胡怀琛编

上海晓星书局1924年3月初版。

《“双声叠韵”和“句里用韵”的问题底讨论》

恋歌　丁丁、曹锡松合编

上海泰东书局1926年。

《心上的写真》

中国新文学大系·散文一集
周作人编选

上海良友图书印刷公司1935年8月。

《龙山梦痕》序、《时间上的准外国话》

《桐城派鬼话文合八股文的关系》

《检书换易法的鬼话文作法秘诀》

《对付鬼话文的态度》

中国新文学大系·诗集　朱自清编选

上海良友图书印刷公司1935年10月。

《爱》、《失恋的东风》、《自然的微笑》

《秋夜湖心独出》、《泪痕》（七十三、九十三、九十四、一百二十四）

《斜阳》、《整片的寂寥》、《秋之泪》、《邮吻》

《我愿》、《秋晚的江上》

国文百八课　夏丏尊、叶绍钧合编

上海开明书店1938年9月初版。

《整片的寂寥》

开明活叶文选

上海开明书店（出版年不详）。

《生命底箭》、《雪后隔江山》、《归梦》

《得到……了》

鲁迅　郭沫若　刘大白　郁达夫四大家诗词钞

晓冈编。上海秀州出版社1950年2月初版。

序　1949年7月20日　晓冈编后序

刘大白诗词钞目次

题小影寄瘦红

新相思

此什系仿黄遵宪今别离而作。

界树晚望

先生二十余岁时在归山阴县界树村表兄李廑父家作。

眼波

先生居东京时作，朋辈读此诗者大都叫绝，以为双关绝妙，任瘦红且戏称之为“刘眼波”。

春寒

先生于民国十七年忆得三十年前旧作。

狂酒

十七年四月十六日晚，先生在西湖楼外楼喝酒二十八两，大醉一场。归后酒花与血花齐喷，自谓十五年来无此狂态。

凭栏

本无题，姑拟之，先生自称此诗为“一个实感”第二句改为“便不伤春也恼春”。

反游仙

十八年四月间作。

归途

一九二一年间先生归自杭州在舟中作，本无题。

爆竹诗

民国纪元前四年岁暮作盖借爆竹以讽世。

爆竹诗又

先生自叙曰：“昨岁咏爆竹四绝，意有所指；见者或谓‘逼人太甚，未免蹈灌夫刘四之习。且爆竹何辜，竟蒙此谤？’爰叠前韵，更成此绝，聊为爆竹解嘲，幸勿以笔端翻覆见诮！”云云。

书新国会选举调查单后

民国七年先生居杭州，值冯国璋段祺瑞当国，举行所谓新国会选举，调查员送参议院众议院初选举调查单请填，先生拒之而信笔题绝句八首于纸背。

次瘦红寄怀韵

海上口占寄瘦红

民国纪元前二月先生与任瘦红同游北京，住山会邑馆，朝夕相见，谈笑甚欢，为二人订交之始。九月间先生出京以海道南归，在新铭轮望月，有怀瘦红。

寄瘦红都门

是年瘦红亦回里其明年春间又北上，先生寄此什盖有招隐之意。

寄瘦红

光复后先生与瘦红同在绍兴公报社，共事一年余，民国二年赣宁讨袁之役不利，绍兴公报因主张浙江独立讨袁遂被封闭，先生离国去日本，瘦红则留绍，三年春间瘦红在杭州，先生寄七绝二首。

再寄瘦红并叠前韵

时绍兴公报社改组为禹域新闻社，瘦红主持编务，但经费短绌，时虞中断。

寄瘦红

丙辰夏夜西园小饮

湖上吊韩世忠

赠余不孤

此什见一九二一年白屋日记，先生自叙曰：“今儿碰到十年前诗友余不孤，一定要我做旧体诗。我说不弹此调，已经二年了，实在干不来了！他说：不行！我们如此相逢，难得的，总得干！我没法，做了二首七律。”

我有匕首行

民国纪元前二年，先生在北京与友人吴琛同饮酒楼，酒酣耳熟，吴告以将继汪唐之后，行刺某亲贵，先生因乘醉题诗壁上，吴曰：“你今天好象水浒传里的宋江，在浔阳楼题反诗了。”相对大笑，掷笔而出，题诗后三日先生即出京，吴亦谋刺未成。

词

题画竹“叶书”

民国三年，先生在日本东京买得绘叶书一纸，上绘修竹二竿，极有风致，题南歌子一阕，寄海上某女词人，不见盖十年矣。

双红豆

一九二四年元旦，江阴周刚直君赠先生红豆一双，先生置之怀袖间，不时把玩，睹物怀人，赋双红豆三首。

金缕曲四阕

民国纪元前二年秋间，先生自北京回故乡，念在京诸友，于重九日赋此寄任瘦红。

减字木兰花

题旧日记民国十八年四月间作。

减字木兰花

题十六年前小影十八年四月间作。

浣溪沙

十八年十月间作。

刘大白诗选

人民文学出版社编印，1958年1月北京第1版。

目次

布谷
割麦插禾
脱却布袴
驾犁
各各作工
割麦过荒
丁宁选辑　丁宁之群
爱
心印
丁宁（一）
丁宁（二）
黄昏
看盆栽的千叶红梅
在湖滨公园看人放轻气泡儿
春问（二）
龟——为任君茂梧题画
春雪
西渡钱塘江遇雨
旧梦之群
旧梦（五，十，十二，二十三，二十五，二十六，三十，三十四，三十六，五十三—五十六，五十八，五十九，六十五，六十六，七十四，七十五，七十七—七十九，九十，九十一，九十九，一百）
小鸟之群
小鸟（一，二）
再造选辑　再造之群
再造
露底一生
罗曼的我
秘密之夜
自然底微笑
石下的松实
新秋杂感
秋扇
邻居的夫妇
秋夜湖心独出
国庆
将来的人生
是谁把？
旦晚
春底消息
心上的写真
春尽了
想望
霞底讴歌
泪痕之群（一，九，十四，三十四，三十六，四十五，四十八，六十五，一百十七，一百二十三，一百二十七）
花间的露珠之群（五，八，九，十）
流萤之群（一，八）
邮吻选辑
邮吻
记得
永生的心
我愿
深秋晚眺
秋晚的江上
西风
黄叶
卖花女
静夜
湖滨晚眺
秋之泪选辑　花间之群

花间
西湖秋泛（一）
西湖秋泛（二）
洪水
雪
白天底蜡烛
成虎不死
门前的大路
春意
看月之群（五，七）
秋之泪之群（二，四，十二，十六—十九，二十五，二十九，三十八）
落叶之群（七，十，十七，二十九）
春底复活之群（一，五，六，八）
孤树之群（一，二，三）

刘大白文集

台湾大汉出版社 1977 年版。

* 细目未详

中国现代作家作品选

华中师范学院中文系现代文学教研室、武钢教育处教学研究室1978年6月编印《卖布谣》、《红色的新年》。

新诗选

北京大学等编，上海教育出版社1979年6月第1版。

《红色的新年》、《卖布谣》（一）、《卖布谣》（二）
《田主来》、《龟——为任君茂梧题画》
《五一运动歌》、《布谷》、《脱却布裤》、《是谁把》
《泪痕之群》（九十七、九十八、九十九、一百、一百十七）
《每饭不忘》、《成虎不死》、《秋晚的江上》
《旧梦之群》（三十六、五十三、五十八、五十九）

折江现代作家创作选

张颂南等编，浙江人民出版社1981年6月第1版

《卖布谣》（一）、《卖布谣》（二）、《田主来》

中国现代作家作品选

上海教育学院编，福建教育出版社1981年11月。

《卖布谣》、《时间上的准外国话》
附录：《龙山梦痕》序（节录）

刘大白选集（中国现代文选丛书）

香港文学研究社1981年版。

《刘大白选集》前言
目次
第一辑　诗选
小诗选（卅五首）
旧梦之群（七首）
泪痕之群（十八首）
花间的露珠之群（五首）
流萤之群（二首）
春的复活之群（三首）
秋之泪
爱

两个老鼠抬了一个梦
我愿
失恋的东风
春意
再造
罗曼的我
自然底微笑
秋夜湖心独出
明知
是谁把——？
心上的写真
桃花几瓣
春尽了
别（一）
别（二）
西湖秋泛（一）
西湖秋泛（二）
斜阳
整片的寂寥
成虎不死
卖布谣
相思子
卖花女
邮吻
秋晚的江上
湖滨晚眺
第二辑　文选
时间上的准外国话
桐城派鬼话文合八股文的关系
打破活死人们最后的一道防线
对付鬼话文的态度
胡适译节妇吟
管夫人我侬词（一）
从古墓中掘出抒情诗来
漱玉词（一）
漱玉词（二）
顾贞观金缕曲
管夫人我侬词（二）
双红豆
爆竹诗
任瘦红
抒情小诗序
龙山梦痕序
撕碎了旧梦

刘大白诗集（中国作家研究资料丛书）

书目文献出版社编，北京书目文献出版社1983年3月第1版。

总目：

卖布谣
丁宁
再造
秋之泪
邮吻

研究、评论文章目录索引

刘大白著作研究、评论文章目录索引

编 者 说 明

本目录辑自1920年至1982年底国内外有关图书、报刊。按内容分类编排：第一类为纪念、论述刘大白的专文，第二类为涉及刘大白的有关文章，第三类为收有刘大白生平传略的工具书。按发表时间先后排列。

（一）

浙江新闻史（之江丛书第一种）

项士元编

杭州之江日报社1930年9月初版。第三章：民国以来浙省之新闻状况。

刘大白逝世遗体付解剖

1932年2月16日《北平晨报》。

大白先生的不死之处　　陈望道

1933年2月13日南京《中央日报》、上海《时事新报》。收入1934年4月《文艺茶话》第2卷第9期《纪念刘大白先生特刊》。

忆大白先生　　朱少卿

1933年2月13日南京《中央日报》、上海《时事新报》。

刘大白先生像　　陈抱一

1933年2月13日上海《时事新报》。收入1934年4月《文艺茶话》第2卷第9期《纪念刘大白先生特刊》。

大白之死　徐蔚南

1933年2月13日南京《中央日报》、上海《时事新报》。收入1934年4月《文艺茶话》第2卷第9期《纪念刘大白先生特刊》。

纪念诗人刘大白先生　夫　凡

1933年2月13日南京《中央日报》。

回忆刘大白先生　斯　曛

1933年2月14日南京《中央日报》。

忆诗人刘大白先生　徐咏平

1933年2月14日南京《中央日报》。

文学家和数学家——城东随笔之一　钟敬文

1933年8月《文艺茶话》第2卷第1期。

范成大与刘大白　何　如

1933年9月19日《申报·自由谈》。

纪念刘大白先生　乐嗣炳

1934年2月13日上海《大晚报》。

刘大白先生小传　朱邦达

1934年2月13日上海《大晚报》。收入《第一次中国教育年鉴》戊编《教育杂录·第九教育先进传略》，1934年5月初版。

刘大白及其作品　杨树芳

1934年3月《师大月刊》第1卷第10期。

刘大白先生小传　陈伯君

1934年4月《文艺茶话》第2卷第9期《纪念刘大白先生特刊》。

大白的生地　徐蔚南

1934年4月《文艺茶话》第2卷第9期《纪念刘大白先生特刊》。

刘大白先生遗族近况　汪志青

1934年4月《文艺茶话》第2卷第9期《纪念刘大白先生特刊》。

严格的训练　蔚　南

1934年4月《文艺茶话》第2卷第9期《纪念刘大白先生特刊》。

白屋杂忆　夏丏尊

1934年4月《文艺茶话》第2卷第9期《纪念刘大白先生特刊》。收入贺炳铨编《新文学家传记》，上海旭光社1934年10月初版。

读了刘大白的遗书以后　胡怀琛

1934年5月《文艺茶话》第2卷第10期。

刘大白　贺炳铨编

《新文学家传记》，上海旭光社1934年10月初版。

刘大白　受　仲

1935年4月《人间世》半月刊“今人志”收入《二十今人志》，上海良友图书公司1935年。又收入《文人画像》，上海晨光出版公司1947年3月初版。

刘大白的双红豆　俞友清
《红豆集》上海开明书店1936年5月。

写在大白双红豆后　俞友清
《红豆集》上海开明书店1936年5月。

相思子（附录）　曹聚仁
《红豆集》上海开明书店1936年5月。

红豆（附录）　海　啸
《红豆集》上海开明书店1936年5月。

新录鬼簿——现代文坛逸话之一　陈时和
1944年8月《万象》月刊。

刘大白　赵景深编
《文人印象》上海北新书局1946年4月初版。

刘大白　善秉仁编
《文艺月旦》（文艺批评丛著）北平普爱堂1947年6月出版。

笔人浮塑刘大白　丁　丁
1944年11月《作家》季刊第3期。

忆刘大白——诗人，和尚，优贡生，寻常百姓，教部次长　天　行
1948年6月6日上海《新民报》晚刊。

古文叛徒刘大白　兆　良
1949年5月5日上海《新民报》晚刊。

《鲁迅郭沫若刘大白郁达夫四大家诗词钞》序　晓　冈
上海秀州出版社1950年2月初版。

白屋诗人刘大白　曹聚仁
1981年2月《新文学史料》季刊第1期收入《我与我的世界》，人民文学出版社1983年3月北京第1版。

霞底讴歌　曹聚仁
1981年2月《新文学史料》季刊第1期收入《我与我的世界》，人民文学出版社1983年3月北京第1版。

刘大白事迹述要　陈于德
1983年1月《文化史料丛刊》第4辑。

前四金刚　曹聚仁
《我与我的世界》，人民文学出版社1983年3月北京第1版。

（二）

读大白的《对镜》　玄　庐
1920年9月20日《民国日报·觉悟》。

读大白的《一颗月》　玄　庐
1920年9月20日《民国日报·觉悟》。

月
1920年9月30日《民国日报·觉悟》。

* 评大白6月14日《月夜》诗一首。

一拳打得镜子破　九
1920年9月30日《民国日报·觉悟》。
* 评大白7月26日《对镜》诗一首。

“可”字底综合——对于我底“文学漫谈”底“可”字条的辩护　望　道
1920年10月4日《民国日报·觉悟》。

讨论诗学答复刘大白先生　胡怀琛
1921年3月22日《民国日报·觉悟》。

答复刘大白先生　胡怀琛
1921年4月3日《民国日报·觉悟》。

寄刘大白（并序）　胡怀琛
1921年5月1日《民国日报·觉悟》。

感谢大白君申说补足我底“谈韵律”　晓　风
1921年5月23日《民国日报·觉悟》。

“萧伯纳作品观”底作品观　晓　风
1921年6月6日《民国日报·觉悟》。
* 晓风致汉胄（大白）的信。

文章署名的讨论（通信）　正　厂
1921年6月12日《民国日报·觉悟》。

文章不署名问题的讨论（通信）　陈斯白
1921年6月15日《民国日报·觉悟》。
* 陈斯白致正厂的信，驳6月2日致汉胄书。

婚制底罪恶底悲感（通信）　晓　风
1921年6月28日《民国日报·觉悟》。

对文章署名的一点小意见（通信）　C. T.
1921年7月1日《民国日报·觉悟》。

关于婚制底罪恶感的两封信　双　明
1921年7月3日《民国日报·觉悟》。

文章署名和学术研究　王警涛
1921年7月3日《民国日报·觉悟》。

一个女性底说话（通信）　镜　馨
1921年7月3日《民国日报·觉悟》。

谈无抵抗主义的两封信　闻　天
1921年7月10日《民国日报·觉悟》。

看汉胄底“回学校里去罢”的感想（通信）　瀑　华
1921年7月20日《民国日报·觉悟》。

诗与文体　平　沙
1921年12月27日《民国日报·觉悟》。

黄金——与大白先生　曹聚仁
1922年1月8日《民国日报·觉悟》。

“愚” 玄庐
1922年1月13日《民国日报·觉悟》。

读大白《旧梦》第九十 剑侯
1922年2月26日《民国日报·觉悟》。

读《秋之泪》 恶石
1922年8月24日《民国日报·觉悟》。

泪河之波——读了大白先生《秋之泪》以后 猛济
1922年9月7、8、10日《民国日报·觉悟》。

《旧梦》序 作人
1923年4月12日《晨报附刊》，又载4月17日《民国日报·觉悟》。收入《旧梦》，上海商务印书馆1924年3月初版。

《旧梦》诗序 陈望道
1923年4月15日《民国日报·觉悟》。收入《旧梦》，上海商务印书馆1924年3月初版。

讨论古史答刘胡二先生 顾颉刚
1923年10月《读书杂志》“努力增刊”第14期。

讨论古史答刘胡二先生 顾颉刚
1923年11月《读书杂志》“努力增刊”第15期。

双红豆——呈大白先生 赵铁鸣
1924年2月24日《民国日报·觉悟》。

致汉胄先生书 曹慕管
1924年3月27日《民国日报·觉悟》。

题《旧梦》和《旧梦》以外 玄庐
《旧梦》，上海商务印书馆1924年3月初版。

旧梦 蔚南
1925年9月17—21日《民国日报·觉悟》。

绿衣人手中递来的“哕”声（通信） 张同光
1925年11月《黎明》周刊（《民国日报》附刊）第5期。

世颖致同光同志信
1925年11月《黎明》周刊第5期。
* 此信为对刘大白放屁逻辑的评论。

“哕”的尾声——马彦祥致大白老师
1925年11月《黎明》周刊第7期。

广放屁逻辑 行健
1925年12月《黎明》周刊第10期。

项行健致大白
1925年12月《黎明》周刊第10期。

我也想提倡的几种主义　胡寄南
一、前面的胡说。二、泛杀主义。三、泛杀主义的尾巴。四、全机械主义。
1925年12月《黎明》周刊第12、13期。
* 本文对大白提倡的几种主义表示举双手赞成。

孔雀东南飞底时代问题——马彦祥致大白先生
1926年1月《黎明》周刊第15期。

谈孔雀东南飞——质刘大白先生　曹聚仁
1926年1月12日《民国日报·觉悟》。

复旦大学校歌　徐蔚南
1926年4月18日《黎明》周刊第23期。

读《邶风·静女》的讨论——致颉刚、大白二位先生　郭全和
1926年6月《语丝》周刊第82期。

两个圈儿　刘　复
1926年7月《语丝》周刊第89期。

不与刘大白先生拌嘴　刘　复
1926年8月《语丝》周刊第93期。

盲人摸象式的诗谈　钟敬文
《柳花集》，上海群众图书公司初版（无版年）。

《白屋文话》序　徐蔚南
上海世界书局1929年8月初版。

《白屋文话》跋　胡　适
上海世界书局1929年8月初版。

论刘大白的诗——纪念大白先生的死　张露薇
1932年4月6、13日《北平晨报》“时代批评”栏。

《白屋书信》前言　徐蔚南
上海大夏书局1932年5月初版。

关于刘大白先生——序刘著《故事的坛子》　钟敬文
1934年4月《文艺茶话》第2卷第9期《纪念刘大白先生特刊》。收入《故事的坛子》，上海黎明书店1934年5月初版。

题大白先生旧诗稿　静　君
1934年4月《文艺茶话》第2卷第9期《纪念刘大白先生特刊》。

《中诗外形律详说》跋　夏丏尊
上海中国联合出版公司1934年11月初版。

《白屋遗书》序　王世裕
开明书店1935年4月校勘印行。

龙山杂忆　　王夫凡
1936年2月《越风》半月刊第8期。

中国文学史稿　　王　瑶
开明书店1951年版。
第一编　第一章　从文学革命到革命文学。

中国现代文学史略　　丁　易
作家出版社1955年7月北京第1版。
第三节　一、白话诗运动。

文坛五十年　　曹聚仁
香港新文化出版社1956年1月。
二二、新诗。

中国文学史初稿　　刘绶松
作家出版社1956年4月北京第1版。
第四章　一、诗歌。

中国现代文学　　公兰谷
河北天津师范学院函授部1957年8月出版。
第一编　第一章　五四新文学运动的发生与扩展。
第二编　第三章　其他五四诗人的诗歌。

中国现代文学史　　孙中田编
吉林人民出版社1957年。
第一章　第一节"五四"和第一次国内革命战争时期的文学。

中国现代文学史　　复旦大学中文系现代文学组学生集体编著
上海文艺出版社1959年7月第1版。
第五章　二、刘大白的《旧梦》与《邮吻》。
第五章　三、第一节　刘半农、刘大白。

女神再生的时代——"新诗发展概况"之一　　谢冕等著
1959年《诗刊》第6期。

中国现代文学史
山东师范学院中文系1960年7月编印
第三章　第七节　刘半农、刘大白。

撕碎了的《旧梦》　　晦　庵
《书话》，北京出版社1962年6月第1版，又见《晦庵书话》，北京生活·读书·新知三联书店1980年9月第一版。

现代中国文学史话　　刘心皇
台湾正中书局1971年8月初版。
二、论新文学运动初期的新诗。

刘大白的诗
〔苏〕Л·E.契尔卡斯基著、理然译
苏联科学出版社1972年版。
中国新诗（20—30年代）第一编第五章"现实主义者"。

刘大白的著作——书话之一四六
木　一
1973年9月15日香港《华侨报·青年

生活》。

文坛五十年（正补）　　　曹聚仁
香港新文化出版社1973年。

蛹与蝶之间——过渡时期的白话诗人刘大白　　　痖　弦
1974年10月22日香港《快报·快趣》。

中国新文学史　　　司马长风
香港昭明出版社1975年1月初版。
第十四章　重整步伐的新诗。

中华民国文艺史
　　　中华民国文艺史编纂委员会编
台北市正中书局1975年。
第三章　诗歌。

斜阳心情刘大白　　　赵　聪
1976年5月2日香港《星岛日报·星辰》。

中国现代文学史　　　唐　弢主编
人民文学出版社1979年6月北京第1版。
第四章　第一节　文学革命初期创作。

中国现代文学史　　　九院校编写组
江苏人民出版社1979年8月第1版。
第二节　文学革命的实绩和各社团、流派的涌现。

中国现代文学史
　　　田仲济、孙昌熙主编
山东人民出版社1979年8月第一版。
刘大白及其《旧梦》。

《白屋遗书》　　　唐　弢
《晦庵书话》，北京生活·读书·新知三联书店1980年9月第1版。

《邮吻》　　　唐　弢
《晦庵书话》，北京生活·读书·新知三联书店1980年9月第1版。

中国现代文学史　　　唐　弢主编
人民文学出版社1980年12月北京第一版。
第四章“五四”第一次国内革命战争时期的文学创作（一）。

《刘大白选集》前言　　　谭　鸣
香港文学研究社1981年3月出版。

中国现代文学史
　　　十四院校编写组编著
云南人民出版社1981年6月第1版。
第五章　第一节　其他作家作品和工农革命歌谣。

现代诗话　　　孙克恒
青海人民出版社1981年11月第1版。
开创期白话新诗漫谈。

现代诗人及流派琐谈
钱光培、向 远著
人民文学出版社1982年2月北京第1版。
《星期评论》之群。

中国新文学史稿 王 瑶
上海文艺出版社1982年11月。
第二章 觉醒了歌唱。

（三）

当代中国名人录 樊荫南编
上海良友图书公司1931年版。

中国文学家辞典 顾凤城编
上海乐华图书公司1932年8月初版。

现代中国作家笔名录 袁涌进编
北平中华图书馆协会1936年3月。

中国新文学大系·史料索引
阿 英编
上海良友图书印刷公司1936年。

中国文化界人物总鉴
〔日〕桥川时雄编
北京中华法令编印馆1940年10月。

作家笔名索引 蒋星煜编著
重庆燎原出版社1944年10月初版。

民国人物小传 刘绍唐主编
台北传记文学出版社1975年6月。

中国现代六百家小传 李立明编
香港波文书局1977年10月初版。

二十世纪中国作家笔名录 朱宝梁编
1977年英文版。

中国现代作家小传
山东师范学院、山东聊城分院中文系现代文学研究室1978年11月编印。

中国文学家辞典（现代第一分册）
北京语言学院《中国文学家辞典》编委会编。四川人民出版社1979年12月第1版。

编后记

1980年初，我开始编辑《刘大白研究资料》。当时，我的思想负担很重，常常担心自己力薄，难于完成这一专集的编辑工作。但是，在专家和许多热心同志的帮助下，历时三年，终于拿出了成稿，这不能不使我感到欣慰。

刘大白是“五四”时期新诗界有代表性的诗人，他同时还是一个渊博的学者，虽然在世的时间不长，但在文艺上、学术上都有较大的贡献。我在编辑过程中发现，由于早期报刊或散失，或残缺，已经很难进行全面的搜寻和整理。这是我深以为憾的。

承文化界前辈赵景深先生惠借图书并提供资料，又蒙鲍晶、徐恭时、陈永志、李葆琰等同志慨然相助，积极提出建议并提供资料，香港中文大学中文系副教授卢玮銮女士也在资料上有所帮助，使得这个专集编成现在这个样子。对此，我谨表示衷心的感谢。

书稿付梓时，正值刘大白先生逝世五十二周年，就以此书献于刘大白先生灵前，算作一个纪念。

编　者

1984年11月